Melissa Foster

# Bei Aufprall Liebe

DIE BRADENS

## DIE AUTORIN

Melissa Foster ist eine preisgekrönte *New-York-Times-* und *USA-Today*-Bestsellerautorin. Ihre Bücher werden vom *USA-Today-Bücherblog*, vom *Hagerstown Magazin*, von *The Patriot* und vielen anderen Printmedien empfohlen. Melissa hat mehrere Wandgemälde für das *Hospital for Sick Children*, eine Kinderklinik in Washington, D. C., gemalt.

Besuchen Sie Melissa auf ihrer Website oder chatten Sie mit ihr in den sozialen Netzwerken. Sie diskutiert gern mit Lesezirkeln und Bücherclubs über ihre Romane und freut sich über Einladungen. Melissas Bücher sind bei den meisten Online-Buchhändlern als Taschenbuch und E-Book erhältlich.

www.MelissaFoster.com

# Melissa Foster

# Bei Aufprall Liebe

## Die Bradens

### Love in Bloom – Herzen im Aufbruch

Aus dem Amerikanischen von Rita Kloosterziel

Die Originalausgabe erschien erstmals 2015 unter dem Titel
»Crashing into Love – The Bradens« bei World Literary Press, MD, USA.

Deutsche Erstveröffentlichung
2016 bei World Literary Press, MD, USA
© 2015 der Originalausgabe: Melissa Foster
© 2016 der deutschsprachigen Ausgabe: Melissa Foster
Lektorat: Judith Zimmer, Hamburg
Umschlaggestaltung: Natasha Brown

ISBN: 978-1-941480-60-1

*Für meine Leser und Leserinnen
Danke, dass Sie mich immer wieder aufs Neue inspirieren
und unsere Helden
und Heldinnen ebenso lieben wie ich.*

# *Vorwort*

Sie gehen füreinander durchs Feuer, sie sind wohlhabend und außerdem unverschämt sexy – das sind die Bradens und Jake ist einer von ihnen. Er ist aber auch ein bisschen anders als die anderen Bradens, und ich hoffe, Sie genießen seine Reise in Richtung Liebe. Jake ist ein gebrochener Mann, obwohl er selbst es nicht merkt. Fiona Steele aber kennt ihren Jake, auch wenn er nichts mit ihr zu tun haben will. Sie liebt ihn seit ihrer Jugend, und es ist diese Liebe, eine Liebe, die jeden Schmerz überwindet, die das Schreiben so schwierig und so erfüllend macht. Ich hoffe, Sie lieben Fiona und Jake so wie ich es tue.

Jakes Geschichte ist die letzte in unserer Serie über die Bradens in Trusty. Aber keine Sorge – die Reihe»Love in Bloom – Herzen im Aufbruch« hält noch jede Menge selbstbewusste Heldinnen und verführerische Helden bereit! Weiter geht es mit den Snow-Schwestern – witzig, leidenschaftlich und so sympathisch unvollkommen, dass sie einem gleich ans Herz wachsen – und wir haben auch noch mehr brandheiße Bradens in Reserve. In Band 3 der Snow-Schwestern werden Ihnen die Braden-Cousins aus Weston zum ersten Mal begegnen.

Wenn dies Ihr erstes Buch über die Bradens ist, können Sie sich auf viele weitere Bände mit warmherzigen und sinnlichen Bradens freuen. *Bei Aufprall Liebe* ist das zwölfte Buch über die Bradens und das zwanzigste in der Reihe »Love in Bloom –

Herzen im Aufbruch«. Es kann für sich oder als Teil der Reihe gelesen werden. Am Ende des Buches finden Sie eine vollständige Liste aller bereits erschienenen »Herzen-im-Aufbruch«-Titel.

*Melissa Foster*

# Eins

Eigentlich sollte es nur ein kurzer Besuch in Trusty sein, ihrer Heimatstadt in Colorado. Eine Stippvisite bei der Mutter, ein paar Tage mit alten Freunden abhängen und dann weiter nach Los Angeles. Dort wollte sie sich mit Trish Ryder treffen, ihrer besten Freundin. Das war es jedenfalls, was sie jedem erzählte, der es wissen wollte – außer ihrer Schwester Shea und Trish natürlich.

Fiona kippte den Rest ihrer Margarita hinunter. Wie unwirklich es sich an dem Abend angefühlt hatte, als Trish sie anrief und ihr sagte, dass sie die weibliche Hauptrolle in dem Actionfilm *Jäger der Vergangenheit* übernehmen sollte. Trish würde also mit dem berühmtesten Filmregisseur im ganzen Land zusammenarbeiten. Mit Steve Hileberg! Es war das größte Ereignis in ihrer bisherigen Karriere als Schauspielerin, wenn man von der Nominierung für den Academy Award im vergangenen Jahr absah. Fiona und Trish hatten den Anlass mit einer virtuellen Party auf Skype gebührend gefeiert. Das war vor vier Monaten gewesen, doch für Fiona fühlte es sich wie eine halbe Ewigkeit an. Schließlich stieß Trishs Karrieresprung eine Tür auf, nachdem Fiona jahrelang überlegt hatte, wie sie sie öffnen sollte. Acht Wörter reichten, um Fiona zu überreden, sich von ihrem Job als Geologin beim Bergbauministerium beurlauben zu lassen und Trish für die Zeit der Dreharbeiten als ihre persönliche Assistentin zu begleiten.

*Jake Braden übernimmt die Stunts für Zane Walker.*

Alles klar.

»Schwesterherz, hörst du mir überhaupt zu?« Shea war vier Jahre jünger als Fiona. Sie war die Jüngste in der Familie der Steeles. Sie war blond, während Fiona und ihr Zwillingsbruder Finn dunkles Haar hatten. Außerdem war Shea die PR-Agentin von Trish. Fiona und Trish kannten sich seit ihrer Collegezeit, und als Trish soweit war, dass sie eine PR-Agentin für ihre Karriere brauchte, hatte sich Shea in diesem Bereich bereits einen Namen gemacht. Fiona war begeistert, als die zwei handelseinig wurden.

»Natürlich.« Fiona blickte auf und warf ihr langes braunes Haar über die Schulter zurück. Dann hielt sie ihr leeres Glas in die Höhe und signalisierte dem Kellner, dass sie Nachschub wollte.

»Ja, sicher. Also, was meinst du?« Shea sah sie mit ihren babyblauen Augen an und klapperte mit den Lidern.

Fiona rutschte verlegen auf ihrem Sitz hin und her. Sie war mit ihren Gedanken ganz woanders gewesen. Eigentlich hatte sie gehofft, in der Brewery, einem Pub und Restaurant in der Stadt, ihren Ex-Freund Jake zu treffen. Sie wusste, dass er in Trusty war und seine Familie besuchte, doch bis jetzt hatte sie ihn noch nicht gesehen. Die letzten beiden Stunden hatte sie mit einem Knoten im Bauch dagesessen und die Tür kaum eine Sekunde aus den Augen gelassen, als könnte sie ihn durch die schiere Kraft ihres Willens herbeiwünschen. Sie war sich sicher: Wenn Jake ihr schließlich gegenüberstand, würde er ihr nicht widerstehen können. Ihre Verbundenheit war zu tief gewesen, ihre Liebe zu stark und ihre Leidenschaft hatte immer ein Verlangen nach mehr geweckt.

»Hab ich's mir doch gedacht.« Shea beugte sich vor, ihre glänzenden goldenen Locken umrahmten ihr Gesicht. »Er. Kommt. Nicht.«

Fiona verdrehte die Augen. »Tja, dumm gelaufen.«

»Finn hat mich gestern angerufen«, sagte Shea.

»Und? Was macht mein böser Zwilling so?« Finn war überhaupt nicht böse, doch es war einer dieser Standardwitze in ihrer Familie, dass einer von ihnen böser sein müsse als der andere. Also hatte Fiona ihren Bruder den »bösen Zwilling« getauft. Sie selbst konnte gar nicht böse sein, sie wusste nicht einmal, wie das ging. Finn war allerdings in dieser Hinsicht auch nicht besser als sie.

»Nicht viel. Er war gerade in New York bei Reggie zu Besuch, und als ich den beiden sagte, dass du endlich versuchen willst, Kontakt mit Jake aufzunehmen, hat Reggie den großen Bruder herausgekehrt und gesagt, er würde ihn checken. Was immer das bei einem Privatdetektiv bedeuten mag«, setzte Shea lachend hinzu. Reggie war ihr ältester Bruder und arbeitete als Privatdetektiv.

Fiona verdrehte die Augen. »Sollte mich nicht wundern, wenn Reggie auch Jesse und Brent Bescheid sagt. Nur, um mir in den nächsten paar Wochen das Leben schwer zu machen. Als ob ich nicht schon nervös genug wäre.« Jesse und Brent waren jünger als Fiona, sie waren ebenfalls Zwillinge. Reggie, Jesse und Brent übertrieben gerne, wenn sie sich als Beschützer ihrer Schwestern aufspielten. Sie war froh, dass Shea wie ein Puffer zwischen ihr und ihren Brüdern stand. Finn ging etwas behutsamer vor und es überraschte sie nicht, dass er Shea angerufen hatte und nicht sie.

»Keine Bange, ich hab ihm gesagt, er soll mal halblang machen. Er weiß, dass du es im Moment nicht gebrauchen kannst, wenn dir die Jungs ständig auf den Fersen sind. Ich sorge dafür, dass sie dich in Ruhe lassen.«

»Danke, Shea. Meinst du, unsere Brüder werden jemals aufhören, auf uns aufzupassen?« Sie mochte sich nicht ausmalen, wie Jesse und Brent reagierten, wenn sie von ihrem Auftrag in L. A. hörten. Wahrscheinlich würden sie einen Bodyguard für sie anheuern.

»Bestimmt nicht. Ein Bruder kommt mit einem Beschützerinstinkt auf die Welt und wir Schwestern werden mit einem großen Tattoo auf der Stirn geboren, das nur Brüder lesen können. *O je, ich bin ein Mädchen*, steht da. *Hilf mir, bitte, bitte, hilf mir!*« Shea lachte.

Der Kellner brachte Fiona ihren Drink. Sie bedankte sich und leerte das halbe Glas in einem Zug. Margaritas waren aus zweierlei Gründen gut: Sie schwächten ihre Konzentrationsfähigkeit und ließen sie beherzter erscheinen, als sie tatsächlich war. Um unkonzentriert zu sein, brauchte sie allerdings keinen Alkohol, dafür reichte der bloße Gedanke an Jake schon aus. Doch Courage in flüssiger Form hatte sie dringend nötig.

»Da nehme ich ein einziges Mal all meinen Mut zusammen, um endlich mit meinem Ex zu reden, und er beschließt, nicht auf ein Bier in die Kneipe zu gehen. Jake geht doch immer mit seinen Brüdern weg, wenn er zu Hause ist.« Seit Jahren überlegte Fiona, wie sie an Jake herankommen sollte. Allerdings war Trusty so klein, dass sie unweigerlich mitbekam, wie er ihr aus dem Weg ging, wann immer er zu Hause war. Die Angst vor Ablehnung hatte sie zurückgehalten, doch nun stand ihre Zeit mit Trish in Los Angeles bevor. Am Set würden sie sich zwangsläufig begegnen, daher galt das Motto: Jetzt oder nie. Sie würde es riskieren, auch wenn die Möglichkeit bestand, dass er sie abwies.

»Meinst du, er hat vielleicht gehört, dass du hier sein wirst? Und dass er deshalb beschlossen hat, nicht zu kommen? Schließlich sind wir hier in Trusty, wo sich Gerüchte schneller verbreiten als Windpocken.« Shea trank ihr Glas leer und lehnte sich zurück. Sie ließ den Blick durch das Lokal schweifen. »Du hast ein tolles Leben in Fresno, Fiona. Und ich weiß, dass du dir dort die Männer aussuchen könntest. Außerdem ...« Shea beäugte die Männer an der Bar. »Hier gibt es jede Menge gut aussehende Typen.«

Fiona funkelte sie wütend an. Von außen betrachtet sah ihr Leben wahrscheinlich tatsächlich verdammt gut aus, und in mancher Hinsicht war es das auch. Sich von ihrer Arbeitsstelle beurlauben zu lassen war ihr leichtgefallen, denn die Entscheidung kam von Herzen und das scherte sich nicht um ihren klugen Kopf, der lauter rote Flaggen schwenkte und sie drängte sich zu erinnern, warum sie in ihrem Beruf so schuftete und was ihre Ziele waren. Für eine Frau, die Geologie mehr liebte als Shoppen, war Fionas Job wahnsinnig spannend. Und ihr Privatleben ... Nun ihr Privatleben sah auch nicht schlecht aus, jedenfalls von außen. Trish war eine wunderbare beste Freundin und sie trafen sich, so oft ihr Terminkalender es zuließ. Shea pendelte ständig zwischen Colorado, Los Angeles und New York hin und her, sodass sie sich ebenfalls ziemlich oft sahen. Fiona wurde zwar recht häufig zu einem Date eingeladen, doch die paar Mal, die sie mit einem Mann ausgegangen war, konnte sie an den Fingern einer Hand abzählen. In den letzten zwei Jahren hatte sie die allermeisten Einladungen ausgeschlagen. Wahrscheinlich würden die meisten jungen Frauen wer weiß was darum geben, mit den Wissenschaftlern auszugehen, die sich um sie bemüht hatten. Sie waren alle gebildet und höflich und, nun ja, solide. *Langweilig.* Warum war es so schwierig, einen *echten* Mann zu finden? Einen Mann, der sie nur anzusehen brauchte, um sie feucht werden zu lassen, und der findige Hände und einen geschickten Mund hatte, um die Sache zu Ende zu bringen. Ein Mann, der sich nahm, was er wollte, und es mochte, wenn eine Frau dasselbe tat.

Shea hob resigniert die Hände. »Ich weiß, ich weiß. Du bist es leid, dir weiter die Hörner abzustoßen und die Zeit zu vertrödeln. Jake Braden ist der Einzige, der zählt. *Jake, Jake, Jake.*«

*Genau. Jake Braden ist der einzige Mann, den ich will.*

Shea senkte die Stimme. »Fi, es ist sechzehn Jahre her, seid ihr zusammen wart. Sechzehn Jahre! Und wenn man den Gerüchten glauben kann, ist er nicht mehr so wie früher. Du hast ihm das Herz gebrochen, und zwar richtig.«

Dachte Shea, das wüsste sie nicht? Zwei Jahre lang waren Fiona und Jake ein Paar gewesen. Sie waren damals noch auf der High School und hatten eigentlich vor, auf dasselbe College zu gehen und dann zu heiraten. Ihr Leben war durchgeplant, ein ordentlich geschnürtes Päckchen. Sie hatte alles gehabt, was sich ein Mädchen nur wünschen konnte. Jake war aufmerksam und liebevoll, und er hatte keine Angst, sich zu binden. Die Bradens waren eine freundliche Familie, hielten zusammen wie Pech und Schwefel, und Fiona wusste, dass ihr Leben an Jakes Seite behütet und wunderbar geworden wäre. Jake hätte sich seinen Traum erfüllt, Stuntman zu werden, und sie wollte Geologin werden, und so hätten sie glücklich gelebt bis ans Ende ihrer Tage.

So war es geplant.

Die Wirklichkeit sah nicht ganz so bezaubernd aus.

Auf Drängen ihrer Mutter hatte Fiona mit Jake Schluss gemacht, zwei Wochen, bevor sie aufs College gehen sollten. Am Morgen nach der Trennung war sie zur Penn State University aufgebrochen. Sie wollte nicht bis zum Beginn des Studiums in Trusty bleiben, denn sie hatte Angst, dass sie seinen Bitten nachgab und mit ihm zusammenblieb. Stattdessen wollte sie herausfinden, was sie bisher in ihrem Leben verpasst hatte. Hunderte von Meilen von Jake entfernt vergrub sie sich in ihr neues Leben, und das bedeutete, dass sie bis zum Umfallen ackerte, um gute Noten zu bekommen, dass sie sich die Hörner abstieß – eine irrwitzige Idee, denn sie hatte gar keine Hörner – und schließlich ihren Abschluss an der Universität machte. Erst ein paar Jahre später, als sie einen guten Job hatte und einen Gang herunterschaltete, erkannte sie, welch gigantischen Fehler sie gemacht hatte. Sie hatte überhaupt nichts verpasst. Jake war alles, was sie brauchte.

Und nun saß sie hier an einem Dienstagabend, in der Stadt, in der sie vor so langer Zeit alles mit ihm beendet hatte, und wünschte, sie könnte die Zeit zurückdrehen.

»Nun, Shea, vielleicht ist es an der Zeit, dass ich sein Herz wieder zusammensetze.«

Jake wollte nur ein kaltes Bier und Zeit, mit seinen Brüdern abzuhängen, sonst nichts. Sie waren alle in der Stadt, weil Luke, ihr jüngster Bruder, geheiratet hatte. Er und seine Frau Daisy waren am Tag zuvor in die Flitterwochen gestartet. Jake hatte noch eine Woche frei, dann sollte er für Dreharbeiten am Set erscheinen. Er hatte dem Druck seiner Familie nachgegeben und blieb in Trusty, um seinen Brüdern Wes und Ross mit dem

Dach von Wes' Schuppen zu helfen. Sonst wäre er nach L. A. zurückgekehrt und wahrscheinlich die ganze Woche von einer Party zur nächsten gezogen. In Trusty zu sein machte ihn nervös. Er liebte seine Familie, doch die Stadt war nicht viel größer als sein Daumennagel, und er hatte mehr als anderthalb Jahrzehnte damit zugebracht, Fiona Steele aus dem Weg zu gehen. Freunde hatten ihm erzählt, dass Fiona auch in Trusty war, und er wollte ihr nicht in die Arme laufen.

Nein, heute war Jungsabend. Ihre Schwester Emily hatte ihren Verlobten Dae Bray zu Lukes Hochzeit mitgebracht. Sie und ihre Mutter und die Verlobten ihrer Brüder wollten im Haus von Ross und Elisabeth einen Mädelsabend veranstalten, sodass Dae und Jakes Brüder frei hatten. Ihm war es scheißegal, wohin sie gingen. Hauptsache, sie liefen *ihr* nicht über den Weg.

»Emily meinte, sie hätte gehört, dass Fiona ins Fingers in Allure gehen wollte. Ist also alles in Ordnung.« Wes packte Jake am Arm und zerrte ihn quer über die Zufahrt zum Leihwagen ihres Bruders Pierce, wo Ross schon an der geöffneten Beifahrertür wartete.

»Nun komm schon. Schließlich haben wir nicht alle Tage die Gelegenheit, ein Bier zusammen zu trinken.« Pierce lebte mit seiner Verlobten Rebecca in Reno. Ross, Wes, Emily und Luke wohnten in Trusty und Jake in Los Angeles. Ein gemeinsamer Abend mit seinen Brüdern war tatsächlich eine Seltenheit.

»Okay, aber ich nehme meinen eigenen Wagen. Komm, Dae, du kannst bei mir mitfahren.« Jake kletterte auf den Fahrersitz seines gemieteten Lexus SUV. Er wollte sowieso Zeit mit Dae verbringen und ihn ein bisschen besser kennenlernen, und solange Fiona nicht in der Bar war, hatte er kein Problem mit den Plänen für den Abend. Er brauchte dringend einen Drink oder auch sechs, nachdem er das ganze Wochenende hatte mit ansehen müssen, wie seine Geschwister mit den Frauen beziehungsweise mit dem Mann an ihrer Seite turtelten. Er liebte sie alle, aber irgendwann war ein Punkt erreicht, an dem ihm dieses ganze Herumgeschmuse mächtig auf die Nerven ging. Ihm reichte eine hübsche Blondine unter jedem Arm, dann ging's ihm prima.

Kurz darauf schob Jake die Tür zur Brewery auf. Einen Arm hatte er Wes um den Hals geschlungen und bohrte ihm die Fingerknöchel in den Schädel. Dann schubste er ihn mit einem lauten Lachen weg. Wes schlug ihm kräftig auf den Rücken und zeigte auf die Bar.

Im hinteren Teil des Raumes spielte eine Countryband. Die fünf Männer bahnten sich einen Weg zur Bar und Jake fielen mindestens drei heiße Mädels ins Auge, die er sicher für ein, zwei Stunden mit nach Hause genommen hätte. Natürlich nur, wenn er zu Hause in Los Angeles gewesen wäre. Hier in Trusty war es problematisch, Frauen aufzureißen. Er müsste mit zu ihnen gehen, was zwar für eine kurze Flucht nicht schlecht wäre, aber da Trusty nun einmal Trusty war, würde er damit nur die Gerüchteküche anheizen. Und Jake hatte nicht die Absicht, die Klatschmäuler mit Futter zu versorgen.

Heute Abend würde er mit niemandem nach Hause gehen, außer mit seinen Brüdern.

Pierce bestellte eine Runde Bier und hob die Flasche zu einem Trinkspruch. »Auf Luke und Daisy.«

Sie stießen an und Jake leerte seine Flasche fast mit einem Zug. Eine heiße Blondine mit hungrigen Augen, die neben Ross stand, beugte sich vor und sah ihn mit unverhohlenem Interesse an. Er setzte sein wirkungsvollstes Lächeln auf, dem bisher noch keine Frau widerstehen konnte, und musterte sie. Er hatte zwar nicht vor, mit ihr anzubandeln, doch etwas Hübsches fürs Auge war trotzdem nicht zu verachten. Nicht zu dünn, ansehnlicher Vorbau und … Er beugte sich nach hinten und besah sich ihre Rückseite. Hübscher Hintern.

Ross packte ihn am Arm und kehrte der Blondine den Rücken zu. »Sie hat's mit der Hälfte aller unverheirateten Männer von Trusty getrieben.«

»Na und? Interessiert mich nicht.« Jake zog eine Augenbraue hoch.

»Das sollte es aber.« Ross war der Tierarzt von Trusty. Genau wie Jake und die anderen Brüder hatte er sich nie mit Frauen aus Trusty verabredet. Es war einfacher, Frauen aus den Nachbarstädten zu treffen und den Klatsch zu umgehen.

Jake fuhr sich mit der Hand durch das dichte, kräftige Haar. Er leerte seine Flasche, setzte sie mit einem lauten *Ahh* auf den Tresen und bedeutete dem Mann hinter der Bar, dass er noch eins wollte.

»Emily sagte, du seist nicht gerade wählerisch«, meinte Dae. Bei den Bradens waren alle Männer über eins achtzig groß, hatten dunkles Haar und die typischen dunklen Augen. Dae war ebenso groß und dunkel wie sie und sah genau wie die Bradens so aus, als würde er keinem Streit aus dem Weg gehen. Sein Haar war jedoch viel länger als das der Bradenbrüder mit ihren Kurzhaarschnitten.

»Das Leben ist kurz, Junge. Da muss man nehmen, was man kriegen kann.« Jake dankte dem Barkeeper für das Bier und stützte sich mit der Hüfte an den Tresen, sodass er die Tische und die Tanzfläche im hinteren Teil des Lokals besser überblicken konnte. »Ich glaube nicht, dass ich jemals so viele hübsche Frauen in Trusty gesehen habe.«

Wes drehte sich um und ließ den Blick über die Tanzfläche schweifen. »Deine Maßstäbe sind auch nicht mehr das, was sie mal waren, Junge.«

»Autsch, das tat weh.« Jake lachte.

»Kommt«, sagte Pierce. »Setzten wir uns da drüben in eine Nische, dann können wir reden.« Als der Älteste von ihnen war Pierce es gewohnt, die Führung zu übernehmen. Ihr Vater hatte sich aus dem Staub gemacht, bevor Luke auf die Welt kam, und Pierce war an seine Stelle getreten und hatte auf sie alle aufgepasst. Er besaß Hotelanlagen auf der ganzen Welt, und es hatte eine Zeit gegeben, in der er Jake in nichts nachstand, wenn es um Eroberungen für eine Nacht ging. Damals war er ein Playboy, der nicht im Traum daran dachte, sich auf eine dauerhafte Beziehung einzulassen. Doch seit er Rebecca Rivera kennengelernt hatte, hatte er sich um hundertachtzig Grad gedreht. Jake war der einzige Braden, der noch nicht in festen Händen war, und er hatte nicht vor, an diesem Status etwas zu ändern.

»Gute Idee. Ich hatte ganz vergessen, was für eine Fleischbeschau in solchen Bars abgeht. Ist schon eine Weile her, dass ich in einer war«, sagte Ross und folgte Pierce in die Nische.

Jake blickte ihnen nach. Sie sahen allesamt gut aus, daran bestand kein Zweifel, doch irgendetwas hatte sich bei seinen Brüdern verändert, seit sie in festen Beziehungen lebten. Ihre Ecken und Kanten waren nicht gerade rundgeschliffen, das konnte man nicht sagen – die Männer der Bradens waren und blieben Alpha-Tiere – doch Jake fiel auf, dass sie nicht mehr so lässig die Hüften schwenkend daherschlenderten. Sie strahlten mehr Selbstvertrauen aus, eben so, wie ein Mann es tut, wenn er weiß, dass seine Frau zu Hause auf ihn wartet.

»Ich schnapp mir schnell noch ein Bier.« Jake winkte seinen

Brüdern kurz zu und ließ dann den Blick zurück zu der Blondine wandern. Sie wickelte eine blonde Strähne um einen Finger und betrachtete ihn, als sei er ein einziger großer Schokoladenriegel. *O ja, Babe, du kannst gerne ein Stück abhaben.*

Sie lächelte und kam langsam auf ihn zu. Sie wölbte den Rücken und schmiegte sich an ihn, sodass Jake einen ungehinderten Blick in ihre großzügig ausgeschnittene Bluse werfen konnte.

»Jake Braden, stimmt's?«, sagte sie mit betörender Stimme.

»Genau der.« Er erwiderte ihren verführerischen Blick, doch sofort kam ihm in den Sinn, was sein Bruder gesagt hatte. *Deine Maßstäbe sind auch nicht mehr das, was sie mal waren, Junge.*

Maßstäbe. Jake wusste nicht, ob er überhaupt noch welche hatte, und sein Leben gefiel ihm so, wie es war. Unkompliziert. Keine Verpflichtungen, außer sich selbst und seiner Familie gegenüber. Er stürzte sein Bier hinunter und bestellte ein neues.

Die Blondine schob ihm den Zeigefinger in den Bund seiner tief sitzenden Jeans. Ihre Augen weiteten sich, als ihr Finger auf der erfolglosen Suche nach seiner Unterhose seine Haut streifte. Jake grinste.

»Über dich erzählt man sich hier so manches.« Sie warf einen Blick auf ihren Finger, der immer noch in seinem Hosenbund festgehakt war. »Stimmt es, dass Stuntmen es gerne wild treiben?«

Jake beugte sich zu ihr, sodass sein Mund fast ihr Ohr berührte. Er atmete den Duft ihres süßlichen Parfüms ein und ließ sie einen Moment erwartungsvoll zappeln, bevor er ihr antwortete. Er kannte diese Spielchen. Er beherrschte sie meisterhaft. Verdammt, die meiste Zeit hatte er das Gefühl, als hätte er sie erfunden. Er warf einen kurzen Blick durch das Lokal und wollte ihr gerade sagen, wie gut er sein konnte – wild und rau oder sanft wie eine Blumenwiese –, als er Fiona Steel sah, die in einer Nische im hinteren Teil des Lokals saß und ihn geradewegs anstarrte. Sein Magen krampfte sich zusammen.

*Mist.*

Die Blondine zupfte an seinem Hosenbund und zerrte ihn zurück in die Gegenwart, in der er sich über eine blonde Frau in den Zwanzigern beugte, die vielleicht oder vielleicht auch nicht mit halb Trusty geschlafen hatte. Sein Kopf war wie vernagelt. Er konnte keinen klaren Gedanken fassen. Fiona war da und sie sah so verdammt gut aus, dass es ihn sofort erregte. Wenn sein Schwanz ein Kerl wäre, würde er ihn nach Strich und Faden verdreschen. In all den Jahren hatte er einen großen Bogen um sie gemacht – nun, außer im vergangenen Jahr, als er in einem schwachen Moment versucht hatte, sie zu finden. Das war bei seinem letzten Besuch in Trusty gewesen. Er hatte sie nicht gefunden, dafür aber eine Brünette aus einer anderen Stadt aufgetan, die mehr als bereit war, ihn abzulenken.

Er zwang sich, den Blick von Fiona zu wenden, nahm sein Bier vom Tresen und ging in den hinteren Teil der Bar, ohne ein einziges Wort an die Blondine.

»Hey!«, rief sie ihm nach.

Er hielt seinen Blick auf die Rückwand des Lokals gerichtet und hatte nur ein einziges Ziel: Er wollte seine Brüder finden und sich bis zur Besinnungslosigkeit betrinken.

»Jake.«

Es war eine Ewigkeit her, seit er ihre Stimme gehört hatte, und dennoch entfachte sie wieder dieselbe Hitze in ihm wie früher. Er stand wie angewurzelt da. *Weitergehen. Nicht stehenbleiben.* Sein Körper hörte nicht auf ihn, sondern drehte sich zu Fiona Steele um. Da stand sie. Sie war aus ihrer Nische aufgestanden und auf ihn zugekommen. Sein Blick streifte ihre makellose Haut. Ihre hohen Wangenknochen und die klare Kontur ihres Kinns gaben ihr etwas Majestätisches. Nicht, weil sie eingebildet wirkte, sondern weil ihre natürliche Schönheit sie von allen anderen abhob. Sein Blick blieb an ihren mandelförmigen Augen haften. Sie waren blau wie das Meer bei Nacht. Gott, er hatte ihre Augen immer geliebt. Ihr Gesicht war so schön wie damals, vielleicht sogar noch schöner. Er sah auf ihren süßen Mund und erinnerte sich an den ersten Abend, als sie herumgeknutscht hatten. Sie waren beide fünfzehn, fast sechzehn. Sie schmeckte nach Zahnpasta und Verlangen. Sie küssten sich langsam und forschend. Er drängte ihre Lippen auseinander und als ihre Zungen sich zum ersten Mal begegneten, durchfuhr ihn ein Stromstoß, wie er ihn mit keiner anderen Frau je wieder erlebt hatte. Sein ganzer Körper zitterte vor Lust. Er träumte von ihren Küssen, sehnte sich nach ihnen in jedem Augenblick, den sie nicht zusammen waren. Sie küssten sich in den Pausen und nach der Schule und konnten sich bis spät in die Nacht nicht trennen. Ihr Mund war wie Kryptonit, er raubte ihm alle Willenskraft, die er je besessen hatte.

Bis zu jenem Sommernachmittag, als dieser Mund, in den er sich verliebt hatte, sein Herz endgültig zerbrach.

»Jake«, sagte Fiona erneut.

Er biss die Zähne zusammen und sah weg. Nicht, dass sein Blick irgendetwas gesucht hätte. Er wollte nur der Erinnerung daran entkommen, wie er den einzigen Menschen verlor, den er jemals geliebt hatte. Jahr um Jahr hatte er sich gezwungen zu vergessen, wie sehr er sie geliebt hatte. Er hatte sich ermahnt, endlich erwachsen zu werden, und sich verboten, auch nur ihren Namen zu nennen. Und so sollte es verdammt nochmal bleiben. Er reckte trotzig das Kinn vor.

»Gut siehst du aus. Wie geht es dir?«

Vielleicht hätte niemand außer ihm das leise Zittern in ihrer Stimme wahrgenommen oder die Art, wie sie mit dem Saum ihres T-Shirts spielte, doch Jake erinnerte sich nur zu gut an all ihre Eigenarten und was sie bedeuteten. Gut. Sie hatte allen Grund, nervös zu sein.

Er wusste, dass er sich wie ein Idiot benahm, doch in ihm brodelte die Wut, die er jahrelang unterdrückt hatte. Plötzlich zuckte die Erinnerung durch seinen Kopf, wie sie sich zum ersten Mal liebten. Er erinnerte sich an die lähmende Angst und die Aufregung. Es war das erste Mal für sie beide. Er fürchtete, dass es alles zu schnell gehen würde oder dass er etwas falsch machen könnte, doch seine größte Angst war, dass er ihr vielleicht wehtat. Er wandte sich ab, drängte die Gedanken beiseite. Er konnte ja nicht ahnen, dass zwei Jahre später sie diejenige sein würde, die ihm wehtat.

»Danke, prima«, brachte er mühsam heraus. Es hatte keinen Zweck, er musste sie einfach ansehen, und kaum begegnete er ihrem Blick, hatte er das Gefühl, in ihren meerblauen Augen zu versinken. Unweigerlich stiegen all die Erinnerungen in ihm hoch, die er zu vergessen versuchte. Er konnte nicht wegsehen, auch wenn der Gedanke daran, wie sie ihn hatte fallenlassen, ihn innerlich verbrannte wie glühende Kohlen. Sie war nicht mehr ans Telefon gegangen, wenn er sie anrief. Erst hatte sie noch auf seine SMS geantwortet, doch nach ein, zwei Tagen war auch das vorbei, und sie verschwand, ohne sich einen Deut darum zu scheren, dass sie ihm das Herz gebrochen hatte. Jetzt wandte sie den Blick ab und Jake stellte fest, dass sie Wes ansah.

Sie lächelte ihm zu und sah dann schnell weg.

*Was zum Teufel hatte das zu bedeuten?* Jake wies mit dem Daumen über die Schulter nach hinten. »Meine Brüder warten auf mich.«

»Oh.« Fiona senkte den Blick.

Endlich schien Jakes Körper wieder so zu funktionieren, wie er es wollte. Im Gehen sah er, wie Shea aus einer Nische zu seiner Linken herüberwinkte. Als er aufs College ging, war sie nicht mehr als ein naives und verträumtes Schulmädchen gewesen. Er hob grüßend das Kinn und ging zu dem Tisch, den seine Brüder mit Beschlag belegt hatten.

»Ich hau ab.« Er spürte, wie sich Fionas Blick in seinen Rücken brannte.

»Was? Wir haben noch nicht einmal ein Bier zusammen getrunken.« Pierce klopfte auf den Sitz neben seinem. »Setz dich, Junge.«

Jake schnaubte entnervt. »Sie ist hier.«

Wes und Ross sahen einander vielsagend an und Jake spürte, wie er wütend wurde. Hatten sie gewusst, dass Fiona hier sein würde? *Was war hier los?*

Pierce packte Jake beim Arm und zerrte ihn neben sich auf die Sitzbank. »Setz dich und trink ein Bier mit deiner Familie und mit Dae.«

In der Stimmung, in der er gerade war, hätte Jake seinem Bruder normalerweise gesagt, dass er die Klappe halten solle, doch es war seltsam. Er war zu wütend und durcheinander, um sich die Mühe zu machen. Die Erinnerung an Fionas schönes Gesicht ließ ihn nicht los. *Verdammt.* Er griff sich Pierces Bierflasche und als Pierce den Mund aufmachte, um zu protestieren, brachte er ihn mit einem eindeutigen Blick zum Schweigen. Er hätte sich die Blondine schnappen und mit ihr abhauen sollen, dann stünde ihm jetzt wenigstens ein paar Stunden mit unverbindlichem Sex bevor. Doch nun würde er die ganze Nacht nicht schlafen können, weil ihn Fionas Blick voller Hoffnung und Schmerz nicht zur Ruhe kommen ließ. Derselbe Blick, mit dem sie ihn damals in den Dreck getreten hatte.

»Du hättest aber ruhig ein bisschen freundlicher zu ihr sein können«, meinte Wes. »Du siehst aus wie eine Klapperschlange, die gleich zuschnappt.«

»Das war bescheuert, wie du dich benommen hast«, pflichtete Ross ihm bei. »Du hast sie da einfach stehen lassen, dabei wollte sie doch nur Hallo sagen.«

Jake sah seine Brüder nicht an. Sein Atem ging immer schneller.

»Jake.« Dae sah ihn aus seinen dunklen Augen ernst an. »Seid ihr nicht zwei Jahre zusammen gewesen? Vielleicht will sie sich wieder mit dir vertragen oder die ganze Sache für sich zu Ende bringen.«

»Ach ja?« Jake stand mit einem Ruck auf und stellte die Bierflasche unsanft auf den Tisch. »Nun, ich bin nicht mehr der, der ich damals war, und ich habe nicht das geringste Interesse daran, mich mit irgendwem zu vertragen.« Er stürmte zur Bar, packte die Blondine bei der Hand und zerrte sie nach draußen. Und die ganze Zeit verfolgten ihn Fionas trauriger Blick und der schmerzhafte Wunsch in seinem Innern, sie möge diejenige sein, der er die Autotür aufhielt.

# Zwei

In einem Liegestuhl auf der Terrasse hinter dem Haus seiner Mutter sah Jake zu, wie die Sonne über den Bergen aufging. Es war lange her, dass er einen Sonnenaufgang in Colorado gesehen hatte, und er sträubte sich innerlich gegen die Erinnerungen, die das prachtvolle Schauspiel in ihm aufkommen ließ. Er wollte gerade einen Schluck Kaffee aus seinem Becher trinken, als die Glastür aufging und Catherine, seine Mutter, hinaustrat. Sie knotete den Gürtel ihres flauschigen blauen Bademantels zu und drückte im Vorbeigehen lächelnd seine Schulter. Er bot ihr seinen Kaffeebecher an.

»Danke, Schatz.« Sie trank einen Schluck. »Wie lange bist du schon hier draußen?«

Jake zuckte die Schultern und rieb sich über das unrasierte Kinn. »Paar Stunden.« Der Schlafmangel machte seine Stimme rau.

»War's nett mit deinen Brüdern und Dae?« Catherines langes, vom Schlaf zerzaustes Haar hatte dieselbe Farbe wie Jakes. Sie lächelte, trotz der frühen Stunde. Jake konnte sich kaum erinnern, sie jemals ohne ein Lächeln gesehen zu haben. Nachdem ihr Mann sie wegen einer anderen Frau verlassen hatte, hatte sie mit ihm und seinen Geschwistern allein dagestanden. Damals war sie mit Luke schwanger.

»Ja, klar, ist es doch immer.« Seine Mutter hatte Jake und seine Geschwister zu verantwortungsbewussten und hilfsbereiten Menschen erzogen und er fragte sich, was sie über seinen Lebensstil in den letzten Jahren wusste. Er war sich ziemlich sicher, dass Emily und seine Brüder die schlimmsten Einzelheiten seines ausschweifenden Privatlebens vor ihr verheimlichten.

Sie gab ihm den Becher zurück und er trank einen Schluck, bevor er ihn neben seinem Liegestuhl auf dem Terrassenboden abstellte. Catherine lehnte am Geländer und blickte auf die Berge hinaus.

»Schön, nicht wahr? Vom Sonnenaufgang kann ich nie genug bekommen.« Sie wandte sich um und sah Jake liebevoll an.

Er beugte sich vor und stützte seufzend die Arme auf die Knie. »Ja, sieht schön aus.«

»Ist alles in Ordnung? Brauchst du was gegen deinen Kater?«

Er blickte auf. *Gegen diesen Kater ist kein Kraut gewachsen.* »Nein, geht schon. Danke, Mom. Bin einfach nur müde. Wie war euer Abend? Bist du lange bei Emily und den Mädels geblieben?«

»Lieber Himmel, nein. Ich hab mich eine Stunde dazugesetzt und dann bin ich gefahren. Sie sollten doch ihren Spaß haben und da stört eine Mutter nur. Aber es war nett, dass sie mich eingeladen haben.« Sie trank noch einen Schluck von seinem Kaffee. »Ich glaube, ich habe Emily noch nie so ruhig und glücklich gesehen. Sonst wirkt sie oft ein bisschen gereizt und aufgekratzt, als könnte sie nicht stillsitzen.«

Jake wusste nicht, was er darauf sagen sollte. Frauen sahen die Dinge mit ganz anderen Augen als Männer. Er wäre nie auf den Gedanken gekommen, Emily als unruhig zu bezeichnen. Sie war eben Emily, seine kleine Schwester, die er liebte und um die er sich sorgte. War sie gereizt und aufgekratzt? Davon hatte er bisher überhaupt nichts gemerkt. Sie hatte einfach jede Menge Energie. Oder war es alles nicht so einfach, wie er dachte? War es nicht gut, viel Energie zu haben? Sie wirkte glücklich, aber sie war doch auch glücklich gewesen, bevor sie Dae kennenlernte, oder?

»Ich glaube, Dae tut ihr gut«, fügte seine Mutter hinzu.

»Er ist ein netter Bursche.« Sein Handy vibrierte. Als er es aus der Hosentasche zog, sah er die Worte *Allzeit bereit* über der Telefonnummer im Display. Er drückte den Anruf weg und legte das Handy neben seinen Liegestuhl.

»Alles okay?«, fragte seine Mutter.

»Ja, alles okay.« *Allzeit bereit.* Solche Namen hatte er für viele der Frauen, mit denen er anbandelte. Hinter *Allzeit bereit* verbarg sich eine gut gebaute Blondine. Mit ihr und ihren beiden ebenso gut gebauten Freundinnen *Immer gern* und *Nicht übel* hatte er sich ein paar Stunden vergnügt. Je wilder es Jake in seiner Freizeit trieb, desto besser konnte er sich von der Tatsache ablenken, dass er jede Beständigkeit mied wie der Teufel das Weihwasser. Doch nachdem er Fiona begegnet war, fühlte er sich bei dem Anblick der Telefonnummer von *Allzeit bereit* auf seinem Display nur noch schäbiger. Höchste Zeit für seinen allmorgendlichen Dauerlauf. Ein paar Meilen durch die Gegend zu rennen half ihm immer, einen klaren Kopf zu bekommen. Seit er fünfzehn war, drehte er jeden Morgen seine Runden, egal, wie die Nacht gewesen war und wie er sich fühlte. Er warf einen raschen Blick auf seine Mutter und beschloss, noch einen Moment bei ihr sitzen zu bleiben.

Bei seinen Besuchen in Trusty war er immer hin- und

hergerissen. Er war gern mit seiner Familie zusammen, doch als sich Fiona von ihm getrennt hatte, war für ihn ein großer Teil seines Lebens verlorengegangen, und wenn er nach Hause kam, fühlte er sich unbehaglich, als würde ständig ein Stück Sandpapier an seiner Haut scheuern.

Wieder vibrierte sein Handy. »In L. A. ist es doch noch mitten in der Nacht, oder?«, fragte seine Mutter stirnrunzelnd.

»Stimmt.« Er nahm das Handy und sah auf das Display. Es war Emily. *Mist.* Er hatte keine Lust auf ein Kreuzverhör. Jake reichte seiner Mutter das Telefon und lehnte sich in seinem Stuhl zurück.

»Emily? Was will sie denn so früh am Morgen?« Catherine ging dran, und noch bevor sie Hallo sagen konnte, hörte Jake schon Emilys Stimme: »Ist es wahr? Sag mir, dass es nicht wahr ist.«

Jake fuhr sich mit der Hand über das Gesicht und streckte die Hand nach seinem Handy aus.

»Viel Glück«, sagte seine Mutter und reichte es ihm.

»Guten Morgen, Em.«

»Jake.« Sie klang vorwurfsvoll. »Ist es wahr? Bist du gestern Abend mit Sarah Chelsum nach Hause gegangen?«

Jake stellte sich vor, wie Emily mit in die Hüfte gestemmter Hand und grimmiger Miene in ihrem Wohnzimmer auf und abging. Sie hatte einen ausgeprägten Beschützerinstinkt, wenn es um ihre Brüder ging, doch alles, was er gerade aus ihrer Stimme heraushörte, war Abscheu.

»Verdammt, Emily, bist du zu dieser unchristlichen Uhrzeit aufgestanden, um mich das zu fragen?«

»Jake!«

»Reg dich ab, Schwesterherz. Nein, ich bin nicht mit ihr nach Hause gegangen.« Er wandte den Blick von seiner Mutter.

»Du bist aber mit ihr zusammen aufgebrochen. Anscheinend hat dich ganz Trusty gesehen.«

»Du meinst, Dae hat gesehen, wie ich die Bar verließ, und hat's dir erzählt.«

Sie stieß einen entnervten Seufzer aus. »Nein. Dae und drei Freundinnen, die mich gestern Abend mit SMS zugeschüttet haben. Sei froh, dass ich jetzt erst anrufe.«

»Lieber Himmel«, murmelte er.

»Lieber Himmel? Ist das alles, was du dazu zu sagen hast? Du weißt ganz genau, dass sich alle in der Stadt das Maul darüber zerreißen werden, und Fiona ist hier, sie wird es also brühwarm erfahren.«

Jake biss die Zähne zusammen. »Meinst du wirklich, ich gebe einen Dreck auf das, was die Leute von mir denken? Und was *sie* von mir hält, interessiert mich noch viel weniger.«

»Jake …«

»Emily …«

Sie schnaubte wütend.

»Ich geh jetzt laufen. War nett, mit dir zu reden, Schwesterchen.«

»Warte, Jake –«

Er reichte seiner Mutter das Telefon. »Ich lauf ein paar Runden. Willst du versuchen, deine Tochter zu beruhigen?«

Sie nahm das Handy und hielt die Hörmuschel mit der Hand zu. »Jake. Sarah Chelsum? Sie ist doch bestimmt zehn Jahre jünger als du.«

Jake verdrehte die Augen und gab seiner Mutter einen Kuss auf die Wange. »Vertrau mir, Ma. Ich bin schließlich kein Idiot.« *Nur ein Schweinehund.*

Fiona stand in Tanktop und Laufshorts an dem Aussichtspunkt am Rand der alten Bergstraße und warf einen Blick auf die Landschaft, die sich vor ihr ausbreitete. Sie dachte daran, wie oft sie mit Jake diese Strecke gelaufen war. In den zwei Jahren, in denen sie zusammen waren, liefen sie fast jeden Morgen vor der Schule und meist auch am Wochenende. Irgendwann hatte sie es ausgerechnet: Mehr als eintausend Stunden mit lockeren Gesprächen und erregenden Anspielungen kamen dabei heraus. Mehr als eintausend Stunden, die sie Seite an Seite neben dem einzigen Mann hergelaufen war, der sie wirklich verstand. Und seitdem hatte sie sich Tausende von Stunden lang ausgemalt, ihn hier zu treffen und vielleicht, hoffentlich, ihre Beziehung wieder aufleben zu lassen. Denn es gab nichts, das an Jake Braden heranreichte. Die Geologie nicht, ihre Familie nicht und ganz sicher kein anderer Mann.

Fiona hüpfte aufgeregt von einem Bein auf das andere. Sie konnte es kaum erwarten, ihn zu sehen. Sie sah auf ihre Uhr, obwohl sie sich nicht sicher war, um welche Zeit er laufen ging. Außerdem war er am Abend zuvor zusammen mit Sarah Chelsum aus der Brewery verschwunden. Bei dem bloßen Gedanken wurde ihr übel. Allerdings war er genau wie sie immer schon ein Gewohnheitstier gewesen, also würde er vermutlich irgendwann auftauchen. Außerdem hatten Freunde ihr erzählt, dass er jeden Morgen hier entlanglief, seit er zu Hause war.

Sie sah auf Trusty hinunter und dachte daran, wie oft sie und Jake sich genau hier geküsst hatten und wie oft sie im Laufe der Jahre hergekommen war, um ihren Erinnerungen nachzuhängen. Manchmal fragte sie sich, wie sie so dumm hatte sein können, mit Jake Schluss zu machen, bevor sie beide aufs College gingen. Dann wieder gab es Zeiten, in denen sie nicht die Kraft hatte, sich diese Frage zu stellen, und es einfach bei dem Gedanken beließ, dass es die richtige Entscheidung gewesen war.

*Stoß dir die Hörner ab*, hatte ihre Mutter in jenem Sommer zu ihr gesagt, gleich nachdem ihr Vater ausgezogen war. *Sammle Erfahrungen.* Diesem Ratschlag hatte sie letztendlich ihre guten Noten am College zu verdanken, denn wenn sie mit Jake zusammengeblieben wäre, hätte sie sich nicht so sehr auf ihr Studium konzentriert. Nach der Trennung hatte sie sich kopfüber in die Arbeit gestürzt und damit ihre Zweifel zugeschüttet. Schon bald wurde ihr jedoch klar, dass der Rat ihrer Mutter ihr zwar zu einem brillanten Studienabschluss verholfen hatte, für ihren Seelenfrieden aber alles andere als hilfreich war. Sie hatte keine Party ausgelassen und hatte auch ein paar Dates, doch all das bestätigte nur, was sie im tiefsten Innern ihres Herzens längst wusste: Jake war der Richtige für sie. Der Einzige.

Sie stieß mit der Schuhspitze einen Stein weg und sah die Straße hinunter. Hätte sie mit dieser Gewissheit gewusst, dass er der einzige Mann für sie war, wenn sie nach der Highschool zusammengeblieben wären? Oder hätten sie bei jedem Streit, bei jedem Problem aneinander gezweifelt? Als ihr Vater nach Hause kam und verkündete, dass er die Familie verlassen würde, weil ihre Mutter ihn einfach nicht *verstand* und er eine andere Frau gefunden hatte, die es tat, war bei Fiona plötzlich alles ins Wanken geraten. Gab es denn überhaupt Beziehungen, die nicht zerbrachen? Auch Jakes Vater hatte seine Mutter wegen einer anderen Frau verlassen. Egal, wie tief ihre Liebe auch schien und wie sehr sie sie erfüllte: Reichte das, um von Dauer zu sein? Der Ratschlag ihrer Mutter kam unmittelbar, nachdem ihr Vater ausgezogen war, und klang damals so vernünftig.

Seltsamerweise hatte sie sich nie Sorgen gemacht, dass Jake

sie hintergehen könnte. Er war so ehrlich und zuverlässig, wie man es sich nur vorstellen konnte, und er selbst hatte ihre Treue nie in Frage gestellt. Doch als ihre Mutter sie eindringlich warnte, sich nicht in so jungen Jahren zu binden, bekam sie es mit der Angst zu tun. Sie vertraute darauf, dass sie wusste, wovon sie sprach, und nachdem ihr Vater ausgezogen war, erzählte ihre Mutter ihr, wie sehr sie einander geliebt hatten, als sie in Fionas und Jakes Alter waren. Das macht ihr noch mehr Angst. Konnten sich die Gefühle eines Menschen im Laufe der Jahre so ändern, dass er plötzlich ganz andere Werte hatte?

Fiona war dem Rat ihrer Mutter gefolgt. Sie hatte ein paar Dates und schlief mit ein paar Typen, doch ihr Herz war so voll von Jake, dass es letztendlich eine nutzlose Übung war. Sie hatte Jahre gebraucht, um all ihren Mut zusammenzunehmen und Jake anzusprechen, doch es war ihr egal, wie lange es gedauert hatte. Es war ihr auch egal, dass sie sich eine halbe Ewigkeit den Kopf darüber zerbrochen hatte, was sie für ihn empfand. Wenigstens hatte sie es probiert. Es war ein Anfang, auch wenn er nicht sehr vielversprechend war. Sie war sich ihrer Liebe zu Jake vollkommen sicher und wusste inzwischen auch, dass sie diese Zeit nach der Highschool gebraucht hatte, das herauszufinden.

Manche Fehler mussten einfach gemacht werden. *Oder?*

Sie hörte den gleichmäßigen Klang seiner Schritte die Straße hinaufkommen und sofort überschwemmte sie eine angstvolle Woge. Am Abend zuvor hatte er sie kaum ansehen können. Vielleicht war es doch keine gute Idee, ihn hier abzupassen. Sie sah sich um. Auf der gegenüberliegenden Straßenseite ging es steil in die Höhe und hinter ihr ging es ebenso steil in die Tiefe. Wenn sie sich nicht den Abhang hinunterstürzen wollte, gab es kein Entrinnen. Sie hatte keine andere Wahl als die Sache durchzuziehen und zu hoffen, dass es gutging.

Sie machte ein paar vorsichtige Schritte zur Straßenmitte und weidete sich an seinem Anblick. Er hatte nichts weiter an als schwarze Laufshorts. Sein muskulöser Oberkörper glänzte vor Schweiß. Ein Bizepsband umspannte seinen massigen Oberarm und ein dünnes Kabel führte zu zwei Ohrstöpseln. Am Abend zuvor hatte er schon hinreißend ausgesehen, in seinen tief sitzenden Jeans und dem eng anliegenden T-Shirt, aber jetzt … Jake war immer schon ein athletischer Typ gewesen, doch der Mann, der nun den Hügel hinaufgerannt kam, ähnelte einem bronzefarbenen Gott. Reine, unverfälschte Kraft.

Er sah auf und ihre Blicke trafen sich.

*Ein sehr zorniger Gott.*

*Mist.*

Jake runzelte die Stirn. Er ballte die Hände zu Fäusten, sodass sich seine Armmuskeln anspannten. Ohne auch nur einen Moment innezuhalten, rannte er an ihr vorbei. Einen Augenblick lang war Fiona wie erstarrt, doch dann sprintete sie hinter ihm her die steil ansteigende Straße hoch.

»Hey.« Wahrscheinlich hörte er sie wegen dieser verdammten Ohrstöpsel überhaupt nicht. Sie legte ihm die Hand an den Ellenbogen, um ihn auf sich aufmerksam zu machen. Er hielt den Blick starr geradeaus gerichtet und rannte in unvermindertem Tempo weiter.

*Aha, so soll das Spielchen also laufen.*

Fiona wusste genau, wie starrköpfig Jake sein konnte, obwohl sich diese Dickschädeligkeit bisher nie gegen sie gerichtet hatte. Oder vielleicht doch? Die bloße Tatsache, dass er mehr als zehn Jahre lang einen Bogen um sie gemacht hatte, war wohl der beste Beweis. Sie spürte, wie sich ihr der Magen zusammenkrampfte, doch sie war fest entschlossen, die Sache durchzuziehen, und wenn er sie noch so hartnäckig ignorierte. Sie überholte ihn, drehte sich um und lief rückwärts weiter.

Jake riss sich die Ohrstöpsel heraus. »Was machst du da?«

Bis jetzt hatte er sie noch nicht beim Namen genannt und das ärgerte sie. »Ich laufe.« So hatten sie es in ihrer Highschoolzeit trainiert. Jake hatte ihr gesagt, dass sie beim Rückwärtslaufen andere Muskelpartien beanspruchte und ihre Sinne schärfte. Jake erhöhte sein Tempo und umrundete sie und Fiona ahnte, dass sie hier womöglich in ein Wespennest gestochen hatte.

Und wenn schon. Sie hatte keine Angst vor Wespen.

Sie drehte sich um und folgte ihm, bis sie wieder auf gleicher Höhe waren.

Als sich Jake die Ohrhörer wieder in die Ohren stopfen wollte, packte Fiona ihn beim Handgelenk und zwang ihn, anzuhalten. Er blieb so plötzlich stehen, dass sie sich an seinem Handgelenk festklammern musste, um nicht zu stürzen.

Beide atmeten schwer. Sie standen so dicht beieinander, dass Fionas Gedanken unweigerlich zu den Augenblicken zurückschweifen, als er sie an sich gezogen und seinen Mund auf ihren gelegt hatte.

»Was willst du, Fiona?« Der Blick, mit dem er sie bedachte, war derart feindselig, dass sie fast der Mut verließ.

»Ich …« Sie stockte. Er hatte ihren Namen geradezu ausgespuckt. Hatte sie ihn wirklich so tief verletzt?

»Was?« Er verengte die Augen zu einem schmalen Schlitz und fuhr sich mit der Hand durchs Haar.

Der Anblick durchzuckte sie wie ein Blitz. Sie liebte diese Geste an ihm.

»Ich dachte, wir könnten vielleicht reden.« Na also. Sie hatte es geschafft.

»Ich wüsste nicht, worüber wir reden sollten.« Er steckte sich die Ohrstöpsel in die Ohren und rannte los, den Hügel hoch.

Fiona hatte gewusst, dass es nicht einfach sein würde, doch sie hatten so viel gemeinsam erlebt und ihre Gefühle füreinander waren so tief gewesen. Sie konnte nicht glauben, dass er all das einfach beiseitegeschoben hatte.

Sheas Worte dröhnten ihr durch den Kopf. *Du hast ihm das Herz gebrochen, und zwar richtig.*

Sie wandte sich ab und lief in die entgegengesetzte Richtung davon. Tränen stiegen ihr in die Augen und sie fragte sich, ob sie sich etwas vorgaukelte.

Vielleicht ließen sich manche Fehler einfach nicht mehr gutmachen.

# Drei

Als Ross und Wes an Wes' Haus ankamen, um Jake mit dem Dach des Schuppens zu helfen, war es bereits sechs Uhr. Wes betrieb eine Gästeranch außerhalb von Trusty und in seinen ausgeblichenen Jeans und den Cowboystiefeln sah er auch genau wie ein Rancher aus. Ross war der einzige Tierarzt in der Stadt und Jake konnte sich ein Lächeln nicht verkneifen, als er seinen älteren Bruder sah. Offenbar kam er geradewegs aus der Praxis, er hatte noch seine beigefarbene Hose und das schwarze Hemd mit der Aufschrift *Tierklinik Trusty* an. Jake wusste, dass die beiden viel zu tun hatten, und das war einer der Gründe, weshalb er sich bereit erklärt hatte, ihnen zu helfen. Außerdem war er nach seinem Zusammentreffen mit Fiona noch ganz durcheinander und körperliche Anstrengung war das beste Mittel, seinen Frust loszuwerden. Bei seiner Arbeit als Stuntman war eine andere Art von Körpereinsatz gefordert. Der Adrenalinstoß, den ein Sprung aus einem brennenden Haus oder von einem fahrenden Zug ihm bescherte, war unvergleichlich. Jake liebte das Risiko und er war einer der besten Stuntleute im ganzen Land, doch es fehlte ihm, etwas mit seinen Händen zu schaffen.

Er wischte sich den Schweiß von der Stirn und blickte nach

unten, wo sich Wes und Ross gerade die T-Shirts auszogen. Beide waren geschickte Handwerker und wie ihre muskulösen Arme zeigten, scheuten sie sich nicht, kräftig anzupacken. Früher hatten Jake und seine Brüder ihre Autos selbst in Schuss gehalten und alle Reparaturen erledigt, die im Haus ihrer Mutter anfielen. Dabei versuchten sie ständig, sich gegenseitig zu überbieten.

»Lasst gut sein«, rief Jake ihnen zu.

Wes hatte sich das T-Shirt schon halb über den Kopf gezogen. »Wieso?«

»Ist alles fertig. War ein Kinderspiel.« Er kletterte die Leiter hinunter und reichte Wes seinen Gürtel mit den Werkzeugen. »Ich hab die Dachpappe und die Schindeln erneuert. Das sollte ein paar Jahre halten.«

»Ist ja super!« Wes schlug Jake auf den schweißnassen Rücken und wischte sich dann die Hand an seiner Jeans ab. Dann reichte er ihm sein T-Shirt, das auf dem Boden lag, und Jake rieb sich damit das Gesicht trocken.

»Habt ihr mir ein Bier mitgebracht?«

Ross griff in die Papiertüte, die er auf dem Boden abgestellt hatte, und gab Jake eine Dose. »Elisabeth erzählte, dass Emily dich in aller Herrgottsfrühe angerufen hat.«

Jake nickte, wischte sich noch einmal durchs Gesicht und stürzte dann gierig sein Bier hinunter. »Jepp. Sie hat mir wegen der Schnalle aus der Brewery die Hölle heiß gemacht.«

»Ich hab dir doch gesagt, dass du die Finger von ihr lassen sollst.« Ross massierte sich den Nacken. »Emily ist das nicht egal, Jake. Es gefällt ihr nicht, wenn sich die Leute über einen von uns das Maul zerreißen. Und du hast der ganzen Stadt reichlich Munition geliefert.«

»Ich bin schon groß, Ross. Mit ein paar Gerüchten komme

ich schon klar.« Jake trank seine Bierdose leer und überlegte wieder einmal, ob es eine gute Idee war, in Trusty zu bleiben. Eigentlich hatte er keine Lust, sich mit Gerüchten herumzuschlagen. Und außerdem stellte die Begegnung mit Fiona seltsame Sachen mit ihm an und auch damit wollte er sich nicht herumschlagen.

»Du musst überhaupt nicht damit klarkommen. Schließlich wohnst du nicht hier. Aber Emily ist tagein, tagaus mittendrin in der Gerüchteküche«, fuhr Ross ihn an.

»Ja, schon gut.« Als käme er sich nicht schon mies genug vor, nachdem er Fiona zweimal hintereinander hatte abblitzen lassen. Das alles machte ihn verwirrt und wütend, und von seinem Bruder eins aufs Dach zu kriegen war das Letzte, was er brauchen konnte.

»Komm mit«, sagte Wes und wies mit dem Kopf Richtung Veranda. »Mach mal Pause. Callie und Lis müssten gleich mit der Pizza hier sein.«

»Also, was war gestern Abend los?«, fragte Wes, als sie es sich in ihren Liegestühlen bequem gemacht hatten.

Jake starrte ihn finster an. »Ich glaube, das sollte ich euch fragen.«

Wieder tauschten Wes und Ross einen vielsagenden Blick und Jake ballte die Fäuste.

»Du bist doch derjenige, der mit Sarah abgehauen ist«, meinte Ross.

»Ihr habt mir doch gesagt, dass sie in Allure ist.«

»Sie?«, fragte Wes.

Jake griff sich ein neues Bier und schwieg.

»Und du bringst es noch nicht einmal fertig, ihren Namen zu sagen?«, fragte Ross.

»Was ist hier verdammt nochmal los? Warum interessiert es

dich, ob ich ihren Namen sage oder nicht? Und warum habt ihr mich gestern Abend in die Brewery geschleppt? Ihr habt doch gewusst, dass sie dort sein wird.« Er wischte sich übers Gesicht. »Hört auf, euch dauernd so vielsagend anzugucken, und sagt mir, was hier gespielt wird.«

Wes hob entschuldigend die Hände. »Hey, soweit ich wusste, wollte Fiona wirklich nach Allure fahren.«

»Das hat Emily jedenfalls gesagt.« Ross' Mundwinkel zuckten, als er Wes ansah.

Jake versetzte ihm einen Stoß und verdrehte die Augen. »Idioten. Wenn ihr das eingefädelt habt, mach ich euch beide einen Kopf kürzer.«

Ross und Wes lachten.

»Was ist denn schon dabei?«, fragte Ross. »Du hast mit Fiona geredet. Na und? Ihr seid seit Ewigkeiten nicht mehr zusammen. Das ist doch kein Grund, sich wie ein Idiot aufzuführen, oder?«

Jake seufzte. Er wusste nur zu gut, dass er sich nicht gerade vorbildlich benommen hatte. Er konnte einfach nichts daran ändern, dass er so auf Fiona reagierte. Für ihn gab es nur eine Möglichkeit: Abstand halten und so tun, als sei nichts passiert. Genau so, wie er es immer machte.

»Mal ehrlich, Jake, du bist doch nicht blöd. Ist es denn wirklich so schlimm, mit ihr zu reden?« Wes winkte Callie und Elisabeth zu, die gerade in die Einfahrt einbogen.

»Ich hab mit ihr geredet. Heute Morgen.«

Wes fuhr herum und starrte Jake an. »Was hast du?«

»Mit ihr geredet.« *Und jetzt bin ich total von der Rolle.*

»Und?«

»Und … du solltest Callie mit der Pizza helfen«, meinte Jake und wies mit dem Kopf auf Wes' Freundin, die mit zwei großen Pizzakartons auf sie zukam.

Wes stand auf, nahm Callie die Pizzakartons ab und begrüßte sie mit einem leidenschaftlichen Kuss. Ross stand direkt hinter ihm und nahm Elisabeth in die Arme. Jake war froh über die Ablenkung, doch Ross und Elisabeth tuschelten und rieben die Nasen aneinander und küssten sich hierhin und dorthin, bis Jake nicht länger hinsehen konnte. Seine Brüder und Emily hatten sich einer nach dem anderen verliebt, und immer wenn wieder einer von ihnen die Frau oder den Mann fürs Leben gefunden hatte, fiel es ihm selbst ein wenig schwerer, den Gedanken an eine feste Beziehung mit der gewohnten Entschlossenheit von sich zu weisen. Es gab nur eine einzige Frau, die er damit in Verbindung brachte, und diese Geschichte war ein für alle Mal zu Ende.

Er nahm Wes die Pizzakartons ab, stellte sie auf den Tisch und nahm sich ein Stück.

»Jake, danke, dass du das Dach repariert hast.« Callie griff ebenfalls nach einem Stück Pizza. Sie kam geradewegs von der Arbeit in der Stadtbücherei und in ihrem schmal geschnittenen, knielangen Kleid und der schlichten Perlenkette um den schlanken Hals sah sie genauso aus, wie man sich eine Bibliothekarin vorstellte.

»Keine Ursache. Es ist alles erledigt, jetzt müsstet ihr eine Weile Ruhe haben.«

»Schon fertig? Ehrlich?« Callie sah ihn mit großen Augen an. Sie hatte ihr braunes Haar zu einem festen Knoten aufgesteckt, den Wes jetzt mit einem Ruck löste, indem er den Bleistift herauszog, der ihn an Ort und Stelle hielt. Callie schüttelte ihre seidigen Wellen und hielt Wes ihr Pizzastück zum Abbeißen hin.

»Ihr seid wirklich zu süß«, sagte Ross.

»Hey, aber wir sind auch ganz schön süß«, sagte Elisabeth. Sie legte ihm den Arm um die Taille und gab ihm einen Kuss auf die Wange.

»Wir sind die Süßesten überhaupt.« Ross küsste sie sanft auf den Mund.

»So süß, dass einem schlecht davon wird.« Jake lächelte, um seiner Bemerkung die Schärfe zu nehmen, und versuchte, den Gedanken wegzuschieben, dass er seine Brüder um ihre Beziehungen beneidete. Er aß den letzten Bissen von seinem Pizzastück und nahm sich ein neues.

»Wie ich höre, hast du Fiona heute getroffen«, sagte Elisabeth mit einem vorsichtigen Lächeln. Sie schob sich eine blonde Strähne hinter das Ohr und zuckte die Schultern, als Jake sie mit unbewegter Miene ansah. »Was ist? Ich war heute Mittag im Trusty Diner. Margie wusste bestens Bescheid.« Margie Holmes hatte schon im Trusty Diner gearbeitet, als Jake noch ein kleiner Junge war. Sie bekam alles mit, was in der kleinen Stadt passierte.

Jake fragte sich, was sie von Fionas Verfolgungsjagd hielt.

»Ich war heute früh zum Kaffee dort«, fügte Callie hinzu. »Und natürlich hat sie mir auch sofort von deiner Nacht mit Sarah erzählt.« Sie wischte sich den Mund mit einer Serviette ab und setzte sich neben Wes. Wes griff nach ihrer Hand.

»Zu Sarah gibt es nicht viel zu erzählen und ja, ich habe Fi – sie gesehen, als ich heute Morgen laufen war. Na und?« Man könnte meinen, Margie ließe Drohnen mit Überwachungskameras über der Stadt kreisen.

»Schon gut.« Callie straffte den Rücken und presste die Lippen aufeinander. Normalerweise achtete sie peinlich genau darauf, nichts Falsches zu tun oder zu sagen. Jake sah den besorgten Ausdruck in ihren Augen und wusste, dass sie meinte, eine Grenze überschritten zu haben.

»Tut mir leid, Callie. Aber es gibt wirklich nichts zu erzählen. Ich habe Sarah gestern nach Hause gebracht und bin nicht einmal mit hineingegangen.« Jake nahm sich ein weiteres Stück Pizza, doch als sich das Bild von Fiona in seine Gedanken schob, hatte er plötzlich keinen Hunger mehr. Am Morgen, als er den Kopf hob und sie dort auf der Bergstraße stehen sah in ihrem eng anliegenden Tanktop und den elastischen Laufshorts, die jede ihrer Rundungen betonten, da war es fast um ihn geschehen. Er hatte sich zwingen müssen, weiterzulaufen.

»Moment mal«, sagte Ross. »Dann hast du die Nacht also nicht mit Sarah verbracht? Aber warum hast du sie dann mitgezerrt, als du aus der Brewery abgehauen bist?«

Jake zuckte mit den Schultern. Genau dieselbe Frage hatte er sich seit dem vorangegangenen Abend mindestens hundertmal gestellt. »Macht der Gewohnheit, würde ich sagen. Ich gehe selten allein nach Hause.«

Das war reiner Blödsinn. Er ging oft genug allein nach Hause. Nach seinem Zusammenstoß mit Fiona wollte er allerdings nicht allein sein. Er hatte sich vorgestellt, dass er seinen Frust so loswerden würde, wie er es immer tat: mit einer Nacht mit heißem, hirnlosem Sex. Doch dann kam er aus dem Lokal und atmete ein paarmal tief durch, um einen klaren Kopf zu bekommen. Selbst mit klarem Kopf konnte er jedoch an nichts anderes denken als an Fiona und an das Entsetzen in ihren Augen, als er hinausstürmte. In diesem Moment geschah etwas Unerwartetes: Sein Gewissen schaltete sich ein. Sarah war zwar kein Kind mehr, aber im Vergleich zu Jake war sie noch recht jung – eine schöne, willige, junge Frau, aber eben zu jung.

Und was viel wichtiger war: Sie war nicht Fiona.

Dieser Gedanke ließ ihn mit einem Ruck in der Wirklichkeit landen. Jake hatte Sarah nach Hause gefahren, sie höflich, wie die Bradens nun einmal waren, bis zu ihrer Haustür begleitet und sich dann von ihr verabschiedet – ohne einen einzigen Kuss oder wenigstens eine Umarmung. Nun, streng genommen hatte er den Ruf als höflicher Gentleman längst eingebüßt. Trotzdem war es sicher keine gute Idee, in seiner eigenen Heimatstadt eine Spur von One-Night-Stands zu hinterlassen. Diese Erkenntnis traf ihn wie ein Schlag und es ärgerte ihn maßlos, dass er dem Ruf der Bradens schon lange nicht mehr gerecht wurde.

Als er nach Hause gefahren war, hatte er mit einer weiteren Erkenntnis zu kämpfen: Nachdem er Fiona gesehen hatte, konnte er sein Verlangen nicht mehr mit jeder x-beliebigen Frau befriedigen. Das Drängen, das er verspürte, war anders als sein übliches Bedürfnis, sich Erleichterung zu verschaffen, egal wie. Es war der Wunsch nach etwas anderem, einer tieferen Verbindung. Einer Verbindung, von der er immer gedacht hatte, dass er sie vor vielen Jahren hinter sich gelassen hatte und nicht mehr brauchte. Diese Überzeugung geriet nun ernsthaft ins Wanken, was ihm einen Höllenschrecken einjagte und gleichzeitig ärgerte.

Emily und Dae bogen in die Einfahrt ein. Sie hatten Pierce und Rebecca mitgebracht.

»Na prima«, murmelte Jake.

»Emily wird sich freuen, wenn sie hört, dass du nicht mit Sarah geschlafen hast.« Ross klopfte Jake auf den Rücken.

Dae öffnete Emily die Beifahrertür und die beiden kamen Hand in Hand zur Veranda. Jake nutzte die Gelegenheit und sah sich seine Schwester genauer an. Sie ging locker und entspannt neben Dae her und sah zu ihm auf wie … wie … *wie Fiona es früher bei mir gemacht hat.*

Ja, jetzt sah er es genau. Diese Leichtigkeit in ihrem Gang, der rosige Schimmer der Liebe auf ihren Wangen. Er warf einen Blick auf die Runde am Tisch. Wes hielt Callies Hand. Elisabeth saß auf Ross' Schoß, sie hatte einen Arm um seinen Hals gelegt und lächelte. Jake konnte die Sehnsucht nicht leugnen, die tief in seinem Innern verborgen war. Er zwang sich, sie noch tiefer einzugraben, und räusperte sich, wie um einen klaren Kopf zu bekommen.

»Hey, Jake.« Pierce klopfte ihm auf den Rücken.

Jake nickte. »Hey, Pierce. Hey, Rebecca. Wie geht's?«

Rebecca umarmte ihn. »Mir geht's gut. Wie war dein Tag?«

»Danke, gut. Hab Wes' Dach repariert, bin laufen gegangen.« *Gut?* Nicht unbedingt die passende Bezeichnung für einen Tag, an dem er Fiona zum zweiten Mal in weniger als vierundzwanzig Stunden begegnet war und dabei fast den Verstand verloren hatte. »Und ihr fahrt morgen wieder nach Hause?«

»Wir haben unser Meeting verschoben, weil wir zur County Fair hier sein wollen.« Sie sah Pierce an und lächelte.

Die alljährliche County Fair – Jahrmarkt, Landwirtschaftsmesse und Sportveranstaltung in einem – war eines der wichtigsten Ereignisse im Veranstaltungskalender von Trusty, und bei den Bradens war es Tradition, sich die Monstertrucks, die Tierschauen und die anderen Vergnügungen anzusehen, Karussell zu fahren und die Leckereien an den zahlreichen Imbissbuden zu probieren. Allein der Gedanke, Fiona möglicherweise auf der County Fair erneut zu begegnen, machte Jake noch nervöser, als er sowieso schon war.

Pierce gab Rebecca einen Kuss auf die Schläfe. »Familienangelegenheiten gehen vor.«

»Außerdem hatte Pierce keine Lust auf den Typen, mit dem

wir uns treffen sollten. Der Kerl ist ein Idiot, aber wir werden ihm einen guten Deal aus den Rippen leiern«, meinte Rebecca. Ihre Mutter war gestorben, kurz bevor sich die beiden kennenlernten. Rebecca hatte sie zwei Jahre lang gepflegt, und nach ihrem Tod stand sie mit einem Berg unbezahlter Arztrechnungen da. Für kurze Zeit musste sie in ihrem Auto wohnen, bis sie es schaffte, ihre Angelegenheiten zu regeln, und wieder Boden unter den Füßen hatte. Sie war zu stolz, um finanzielle Hilfe anzunehmen. Das alles war inzwischen ein Jahr her. Seitdem hatte sie ihren Abschluss an der Uni gemacht, ihren Job als Kellnerin gekündigt und arbeitete nun in der Einkaufsabteilung der Hotelanlage, die Pierce in Reno betrieb.

»Weil du so eine geschickte Verhandlungspartnerin bist.« Pierce gab ihr einen Kuss auf die Wange. »Ich freue mich auf Danica und Blake. Und natürlich auf das Baby. Chessie muss mittlerweile schon ein Jahr alt sein und ich möchte sie endlich kennenlernen. Die Band von Danicas Schwester Kaylie spielt dieses Jahr bei der County Fair.« Blake Carter war ein Cousin der Bradens aus Trusty. Mit seiner Frau Danica lebte er in Allure, der Nachbarstadt. Die beiden waren sich nach dem tragischen Unfalltod von Blakes Freund begegnet. Danica war Therapeutin und Blake hatte sich an sie gewandt, weil er Hilfe brauchte. Es war Liebe auf den ersten Blick gewesen. Danica musste zwar ihre Therapeutenlizenz zurückgeben, um mit Blake zusammensein zu können, doch sie hatte diese Entscheidung nie bereut, und Blake hatte noch nie so zufrieden ausgesehen. Seit der Geburt ihrer Tochter Francesca, die alle Chessie nannten, war ihr Glück perfekt.

»Tja, ich weiß noch nicht, ob ich hingehe.« Da Fiona offenbar versuchte, mit ihm Kontakt aufzunehmen, fand er den Gedanken nicht gerade verlockend. Dieser Zug war schon vor

Ewigkeiten abgefahren und es war vollkommen sinnlos, alles noch einmal durchzukauen. Wenn sie irgendeine Form von erlösendem Abschluss brauchte, dann konnte sie ihn verdammt nochmal allein finden. Er musste nicht noch einmal den schmerzlichen Verlust der einzigen Frau durchleben, die er je geliebt hatte.

»Was sagst du da?« Pierce ließ Rebecca los und zog Jake von den anderen weg. »Was redest du denn da, Junge? Du steigst gefälligst nicht aus etwas aus, das wir uns gemeinsam als Familie vorgenommen haben. Die Gelegenheiten dazu sind sowieso in letzter Zeit reichlich dünn gesät. Mom wäre wirklich traurig, wenn du das machst.«

Jake zog eine Augenbraue hoch. »Aha, jetzt ziehst du die Mom-Karte aus dem Ärmel, was?«

Pierce lachte leise. »Aber du willst doch bestimmt Kaylie singen hören, oder? Sie ist mittlerweile genauso berühmt wie du.«

Vor ein paar Jahren hatte Kaylie einen wichtigen Plattenvertrag unterschrieben und für Trusty war es eine Riesensache, dass jemand so Berühmtes in die kleine Stadt zurückkehren und bei der County Fair singen würde. Und außerdem würden alle ihre Cousins aus Weston in Colorado auch dabei sein.

»Okay, mit dieser Karte kannst du nun wirklich nichts reißen.« Jake warf einen Blick über die Schulter und betrachtete seine Brüder. Er würde gerne noch einen Abend mit ihnen verbringen, doch bei dem Gedanken, Fiona noch einmal zu begegnen, bekam er Magenschmerzen.

»Gut, dann ziehe ich jetzt die Großer-Bruder-Karte.« Pierce klang plötzlich ernst. »Du kommst mit.«

»Pierce.« Jake sah seinen Bruder nicht an. »Mann, ich will sie nicht sehen. Kapierst du das nicht?«

Pierce zwang ihn, ihm in die Augen zu sehen. »Das wissen wir alle, Jake. Du hast es klar und deutlich gesagt, okay? Ich weiß, dass du nicht darüber reden willst, aber ist dir schon mal der Gedanke gekommen, dass du so bist, wie du bist, weil Fiona dich so sehr verletzt hat?«

Jake biss die Zähne zusammen.

»Sieh es doch endlich ein, Junge. Sie hat dich verletzt, und zwar richtig. So ist das eben. So etwas passiert.«

Jake packte Pierce am Arm und zog ihn von den anderen weg zur Einfahrt. Die wenigen Augenblicke reichten, um seinen auflodernden Zorn unter Kontrolle zu bringen. »Und warum sollte ich der Frau begegnen wollen, die mich in den Dreck getreten hat?«

Pierce starrte Jake so lange an, dass Jake sich zusammenreißen musste, um ihn nicht am Kragen zu packen und ihn durchzuschütteln.

»Weil du nie über sie hinweggekommen bist«, erwiderte Pierce schließlich mit ruhiger Stimme.

»*Pfft.* Blödsinn.«

»Du kannst ja noch nicht einmal ihren Namen sagen, Jake.«

»Das nennt man Hass.« Jakes verengte die Augen zu schmalen Schlitzen, jeder Muskel in seinem Körper war angespannt.

»Das nennt man Verdrängung.«

<h1 style="text-align:center">Vier</h1>

»Man kann ja nicht gerade sagen, dass er dich mit offenen Armen empfangen hat, Schwesterherz. Er weiß jetzt, dass du hier bist, und hat sich nicht ein einziges Mal gemeldet. Meinst du, es ist klug, es noch einmal zu riskieren? Vielleicht solltest du dir die ganze Sache doch überlegen.« Shea lag auf dem Bett in Fionas altem Kinderzimmer, den Kopf in die Hand gestützt. Fiona war schlank und sportlich, Shea dagegen anmutig und geschmeidig. Und sie nahm kein Blatt vor den Mund.

Fiona fragte sich, ob Shea recht hatte und sie tatsächlich zu zuversichtlich war, was Jake anging. Ihre gemeinsame Zeit war Ewigkeiten her. Vielleicht hatte er sich doch so sehr verändert, dass ihre Hoffnungen aussichtslos waren und sie nie wieder zusammenkommen würden. Als er sie auf der alten Bergstraße sah, hatte sich sein Gesichtsausdruck schlagartig in eine Maske verwandelt, die kaum den brennenden Zorn verbarg, der dahinter zu lodern schien. Im Nachhinein kamen ihr Zweifel, aber ihr Herz war störrisch und weigerte sich, aufzugeben.

»Shea, ich kenne ihn. Ich kenne den Mann, der er einmal war.« Sie strich ihr eng anliegendes schwarzes Seidentop glatt und betrachtete ihre abgeschnittenen Jeans im Spiegel.

»Damals war er fast noch ein Junge.« Shea ging zum

Schrank und warf Fiona ihre Lieblingsstiefel zu. »Ich erinnere dich ja nur ungern daran, aber du hast ihm das Herz gebrochen, und davon erholt sich ein Typ nicht so leicht. In ihrem Innern sind sie wie kleine Mädchen, ganz empfindlich und weinerlich, wenn sie jemand zurückweist. Bestimmt hasst er dich, weil du ihm gezeigt hast, wie verletzlich er ist.«

Fiona warf ihrer Schwester einen wütenden Blick zu, während sie ihre Cowboystiefel anzog. Sie fühlten sich himmlisch an. Am liebsten würde sie tagein, tagaus in abgeschnittenen Jeans und Cowboystiefeln herumlaufen.

»Ich dachte, du bist auf meiner Seite, Shea. Warum versuchst du, mir diese Sache auszureden? Du weißt doch, wie sehr ich ihn liebe.«

Sie reichte Shea, die vor dem Schrank hockte, die Hand und zog sie hoch.

»Ich will nur nicht, dass er dir wehtut.«

»Nun, ich gebe jedenfalls nicht auf. Mal abgesehen davon, dass ich schrecklich nervös bin, weiß ich, dass ich das Richtige tue. Ich vertraue auf meinen Instinkt.«

Shea lächelte sie ermutigend an. »Ich weiß, dass du das tust, und darum stehe ich auch voll und ganz hinter dir. Aber du hast mir immer gesagt, ich soll ehrlich sagen, was ich denke. Wenn er sich weiterhin wie ein Idiot aufführt, kriegt er es mit mir zu tun.«

Fiona schloss sie in die Arme. »Und dafür liebe ich dich! Du bist so süß, wenn du wütend wirst.«

»Süß? Ich sehe kämpferisch aus, genau wie du.« Shea löste sich aus Fionas Armen und sah sie prüfend an. »Du siehst klasse aus, Fi. Wenn er dich diesmal wieder in die Wüste schickt, ist er ein ausgemachter Trottel.«

»Tja, wahrscheinlich sind wir alle Trottel. Vielleicht ist es tatsächlich keine gute Idee, es noch einmal zu riskieren, nachdem er mich zweimal abgebürstet und sich dann auch noch Sarah Chelsum angelacht hat.« Sie kämpfte die Übelkeit nieder, die bei diesem Gedanken in ihr hochstieg, und legte Shea den Arm um die Schultern. »Na komm, dann wollen wir mal dafür sorgen, dass sich der große dunkle Mann mit dem zornigen Gesicht seinen Dämonen stellt.«

»Die Dämonenjägerin. So werde ich dich von jetzt an nennen.«

*Hoffentlich kann ich diesem Namen Ehre machen.*

Fiona stieg aus dem Auto aus und sog den Duft von Popcorn, Grillfleisch und den unverkennbaren Geruch von Kühen, Schweinen und Hühnern ein. Der Freitagabend läutete für viele das Ende einer harten Arbeitswoche auf ihrer Farm oder Ranch ein und die alljährliche County Fair bot eine willkommene Abwechslung zu dem, was Trusty sonst an Vergnügungen zu bieten hatte. Es sah aus, als sei die ganze Stadt zur County Fair geströmt. Jedenfalls war die riesige Wiese, die als Parkplatz diente, voll von Motorrädern, Pick-ups und anderen Autos. Fiona genoss das Getöse, das von der County Fair zu ihnen herüberschall.

Sie hakte sich bei Shea unter und sagte: »Wenn ich arbeite, vergesse ich immer, wie schön es ist, wieder zu Hause zu sein.« Das Leben in Trusty war einfach und unkompliziert. Bei der Arbeit dagegen hockte sie in einem Büro über ihrem geografischen Informationssystem und analysierte Daten, wie das Verhältnis zwischen der geochemischen Zusammensetzung von Gesteinsarten und ihrer Reaktion auf äußere Magnetfelder oder das Vorkommen von Mineralisationen bei Verwerfungen und Gesteinsfalten. Oder sie war mit ihrem Zelt im Gelände unterwegs, stand im Morgengrauen auf und arbeitete bis zum Einbruch der Dunkelheit. Sie liebte ihre Arbeit, doch darüber vergaß sie leicht, dass ein einfacheres Leben ebenso viel Spaß machen konnte.

»Früher hast du immer gemeint, Trusty sei dir zu schlicht. Weißt du noch? Als du aufs College gegangen bist? Da hast du mir gesagt, dass du nie zurückkommst.«

Hatte sie das tatsächlich gesagt? Sie konnte sich gar nicht daran erinnern. Nach der Trennung ihrer Eltern und dem Ende der Beziehung zu Jake war sie so unglücklich gewesen, dass sie sich wahrscheinlich überhaupt nicht hatte vorstellen können, jemals wieder in Trusty zu sein. Doch eigentlich fehlte ihr ihre Heimatstadt. Alle ihre Erinnerungen an Jake waren mit Trusty verbunden und ihre Gedanken kreisten fast ständig um Jake. Hier zu Hause fühlte sie sich ihm näher – trotz seiner Kratzbürstigkeit. Sie war überzeugt, dass der warmherzige und sinnliche Mann, den sie liebte, immer noch unter der Fassade der Rastlosigkeit schlummerte. Sie musste nur den Schutzwall durchstoßen, den er um sich hochgezogen hatte, und sich einen Weg zu seinem Herzen bahnen.

Sie ließen sich von den Menschenmassen auf die hell erleuchtete County Fair zuschieben.

»Damals hast du mir einen Höllenschrecken eingejagt«, gab Shea zu.

»Ach, Shea, das tut mir so leid. Ich glaube, in dem Alter denkt man immer, dass das Gras anderswo grüner ist.«

»Hast du deshalb mit Jake Schluss gemacht?« Shea sah Fiona nicht an, während sie sich in der Schlange am Eingang zur County Fair einreihten.

Fiona seufzte. »Nein, eigentlich nicht. Ich hatte Angst. Das war der Sommer, als Dad ausgezogen ist, weißt du noch? Und Mom war ganz … ich weiß nicht. Heute verstehe ich, dass ihr alles zu viel wurde und sie sich furchtbar im Stich gelassen fühlte, als Dad wegging. Und verbittert war sie natürlich auch.«

»Wie vom Traktor überfahren wäre wahrscheinlich die treffendere Beschreibung.«

»Ja, stimmt. Sie hat mich gedrängt, mir die Hörner abzustoßen. Himmel, ich hasse diese Redewendung, aber genau das hat sie zu mir gesagt.« Fiona schraubte ihre Stimme eine Oktave höher. »*Fiona Faith, du denkst, du weißt, was Liebe ist, aber glaub mir: Du musst dich umsehen, Erfahrungen sammeln, dir die Hörner abstoßen. Ich weiß, du meinst, du hast gar keine, doch da draußen ist eine ganze Welt, die dich in Versuchung führt. Du solltest dich den Versuchungen stellen, dann bist du dir ganz sicher, wenn du dich schließlich bindest.*«

»Das hat sie zu dir gesagt?«, fragte Shea mit weit aufgerissenen Augen. Mittlerweile waren sie an dem altmodischen Kassenhäuschen angekommen, an dem es die Eintrittskarten gab. Sie bezahlten und betraten endlich den Rummelplatz.

»Ja, das hat sie gesagt.« Fiona hielt nach Jake Ausschau, während sie sich durch die Menschenmenge einen Weg über die zertrampelte Wiese bahnten. »Hab ich dir das nie erzählt?«

»Nein, aber du redest ja nie über diesen Sommer. Ich kann einfach nicht glauben, dass du ihren Rat befolgt hast. Andererseits ist es auch verständlich, schließlich warst du völlig fertig, als Dad ausgezogen ist.«

Fiona hatte es fast das Herz gebrochen, als ihr Vater beschloss, die Familie zu verlassen. Sie hatte das Gefühl, zwischen zwei Stühlen zu sitzen. Einerseits wollte sie zu ihrer Mutter halten, denn *die* hatte die Familie schließlich nicht hintergangen. Andererseits sollte die enge Beziehung zu ihrem Vater nicht abbrechen. Letztendlich war es zu schwierig, beide Bälle in der Luft zu halten. Zwei Jahre lang hatte sie kaum Kontakt zu ihrem Vater. Mittlerweile sahen sie sich gelegentlich, doch sie hatte ihn nie auf jenen Sommer angesprochen, in dem er alles hinter sich ließ.

»Mom hat mir wirklich Angst gemacht. Ich meine, sie hat mich davor gewarnt, meinen Gefühlen zu vertrauen – und was konnte ich dem schon entgegensetzen? Schließlich war sie Mom. Verstehst du?«

»Ja, ich weiß, was du meinst. Rate mal, was sie zu mir gesagt hat, bevor ich aufs College gegangen bin.« Shea zog Fiona zur Achterbahn, an der reger Betrieb herrschte.

»Dass du dir die Hörner abstoßen sollst?« In der Highschool war Shea bei ihren Mitschülern beliebt gewesen, doch sie unternahm lieber etwas mit ihrer Clique als sich zu Dates zu verabreden und sich auf eine Beziehung einzulassen. Mit ihrem langen blonden Haar und ihrer tollen Figur bekam sie mehr als genug Angebote, doch soweit Fiona wusste, hatte sie immer noch keinen festen Freund.

»Nein, ganz im Gegenteil. Sie meinte, ich sollte mehr aus mir herausgehen, und hoffte, dass ich den richtigen Mann finden würde, der mich glücklich macht.«

»Unsere Familie hat wirklich einen Hang zu seltsamen Ratschlägen! Finn sagte, ich sollte enthaltsam leben, das würde meinem Herzen guttun.«

»Tja, Finn war immer schon … bodenständig«, sagte Shea lachend.

Während Fiona noch über die unterschiedlichen Ratschläge nachdachte, die ihre Mutter ihnen beiden mit auf den Weg gegeben hatte, hatte sich die Menschenschlange an der

Achterbahn aufgelöst und sie waren als nächste an der Reihe. Gleich darauf saßen sie angeschnallt auf ihren Sitzen und warteten darauf, dass es losging.

»Weißt du, was ich glaube? Vielleicht hat Mom erkannt, dass sie damals einen Fehler gemacht hat, als sie dir sagte, du sollst dir die Hörner abstoßen.« Shea verschränkte ihre Finger mit Fionas, als ihr Wagen die erste Steigung erklomm und der Rummelplatz unter ihnen immer kleiner wurde.

Auf dem höchsten Punkt angekommen hielt er an und Shea wies auf die improvisierte Bühne, die auf der Wiese aufgebaut worden war. »Guck mal, die Bradens sind wirklich nicht zu übersehen.«

Fiona konnte gerade noch einen Blick auf die breitschultrigen, hochgewachsenen, dunkelhaarigen Bradens werfen, die an eine Footballmannschaft erinnerten, wie sie so dicht beieinander dastanden. Im nächsten Moment schoss der Wagen in die Tiefe und es war nicht nur der plötzliche Adrenalinschub, der für Herzklopfen sorgte. Jake Braden würde sie überall erkennen. Mit seiner Größe von etwas über eins neunzig, seinem breiten Kreuz und dem knackigsten Hintern, den sie je gesehen hatte, stach er unweigerlich aus der Menge hervor. Nicht, dass sie seinen Hintern von der Achterbahn aus hätte beäugen können. Das war auch gar nicht nötig: Das Bild von Jakes Körper hatte sich für immer in ihr Gedächtnis gebrannt.

Der Wagen rollte die nächste Steigung hoch und Fiona dachte an die Sprüche, die ihr Fußballtrainer immer losgelassen hatte: *Es ist egal, ob du hinfällst. Wichtig ist, dass du wieder aufstehst. Nur wer das Unsichtbare sehen kann, kann das Unmögliche schaffen.* Blödsinn. Sie musste einfach mutiger sein. Jede Zurückweisung von Jake traf sie ein bisschen härter und sie wünschte sich ein dickes Fell, dem selbst die übellaunigsten

Abfuhren nichts anhaben konnten. Der Achterbahnwagen hatte den Gipfel der Steigung erreicht und sauste nun mit einer Höllengeschwindigkeit nach unten.

*Pass auf, dass dein ärgster Feind nicht der ist, der zwischen deinen eigenen Ohren sitzt.*

*Danke, Laird Hamilton.*

Die Schwestern hielten sich bei den Händen und rissen die Arme in die Luft. Fiona kreischte aus Leibeskräften und schrie sich die letzten Zweifel von der Seele.

*Ich schaffe das.*

Die Achterbahnfahrt war zu Ende und Shea stieß Fiona lachend mit der Schulter an.

»Gehen wir, Dämonenjägerin.«

»Ich weiß, dass es das Richtige ist, Shea. Ich weiß es und ich gebe nicht auf, bevor er mir in die Augen sieht und mir sagt, dass er mich nicht mehr liebt. Wenn er mir das sagt …« Sie musste schlucken. »Wenn er mir das sagt, dann ziehe ich mit eingekniffenem Schwanz ab. Aber bis mir dieses dickschädelige Prachtexemplar von einem Mann das sagt, versuche ich es weiter.«

Jake war so angespannt, dass er am liebsten zu einem Fünfmeilensprint losgerannt oder aus einem brennenden Gebäude gesprungen wäre oder irgendeine namenlose, gesichtslose Schnalle gevögelt hätte, bis er sich vor Erschöpfung nicht mehr rühren konnte. Allerdings war er mit seinen Brüdern und einigen Cousins unterwegs und ein brennendes Gebäude war nirgendwo in Sicht, daher kamen weder der Sprint noch der Sprung in Frage. Und seit er Fiona in der Brewery gesehen hatte, wurde ihm übel bei dem Gedanken, mit irgendeiner anderen Frau als ihr zu schlafen, also schied auch dieses bewährte Mittel zum Stressabbau aus.

Er war total von der Rolle.

Ihm blieb keine andere Wahl, als ein freundliches Gesicht aufzusetzen, so zu tun, als hätte er kein komisches Gefühl, wenn er sah, wie seine Brüder oder Cousins mit der Frau herumschmusten, die sie liebten, und sich nett und amüsant zu geben. Sein Blick glitt über die Menge und blieb an jeder schlanken, etwa eins fünfundsechzig großen Frau mit kastanienbraunem Haar haften. Jedes Gesicht löste einen Widerstreit der Gefühle in ihm aus und sein Puls raste. Er musste ununterbrochen an Fiona denken.

*Verdammte Fiona.*

Sie hatte die Betonmauern durchdrungen, die er um sich herum hochgezogen hatte. Er hatte alle Mühe, weiterhin den Unbeteiligten zu spielen, wenn er ihre weiblichen Rundungen sah und ihre süße Stimme hörte, die geradewegs in sein Herz schnitt.

Warum dachte er überhaupt an sie? Sie hatte ihn fertiggemacht und war gegangen, ohne sich noch einmal umzusehen. Doch noch während ihm dieser Gedanke durch den Kopf schoss, wusste er, dass er nicht unbeteiligt bleiben konnte. Fiona besaß einen Teil von ihm, den niemand sonst je würde berühren können.

*Ich bin wirklich total von der Rolle.*

Er versuchte, sich auf den Countrysong zu konzentrieren, den Kaylie gerade sang, aber es nutzte nichts. Selbst beim Rhythmus der Musik musste er an Fiona denken und daran, wie gerne sie tanzte.

»Wie sieht's aus, Jake?« Rex Braden, Jakes Cousin aus

Weston in Colorado, war gut aussehend, eins dreiundneunzig groß, hatte Schultern wie ein Ochse und gewaltige Arme und Beine. Kein Wunder, schließlich arbeitete er seit Jahren auf der Braden-Ranch. Er schob den unvermeidlichen Stetson ein Stück weiter in den Nacken und zog seine Verlobte Jade an sich. Sie hatten beide pechschwarzes Haar. Rex reichte seines über den Hemdkragen, Jade trug ihres taillenlang. Mit ihren leuchtend blauen Augen war sie eine auffallende Erscheinung. »Wir wollten rüber zur Tanzfläche. Kommst du mit?«

Jake sah hinüber zu Rex' Bruder Treat, der auf einem Arm seinen kleinen Sohn Dylan trug und seine vierjährige Tochter Adriana an der Hand hielt. Adriana war nach der Mutter der Brüder benannt, die starb, als die Jungen noch sehr klein waren. Treats Frau Max packte Jake beim Arm.

»Nun komm schon, Jake. Treat wird mit Adriana tanzen und ich brauche noch einen Tanzpartner.«

»Tanzen?« Er sah seine Brüder stirnrunzelnd an, in der Hoffnung, dass sie den Sarkasmus in seiner Stimme heraushören und ihn retten würden.

Pierce schubste ihn jedoch zu der von Strohballen eingegrenzten Tanzfläche. »Nun mach schon.«

»Na gut, also schön«, lenkte Jake ein. Warum sollte er sich nicht amüsieren? Er war ein verdammt guter Tänzer, doch er musste vorsichtig sein. Seine Art zu tanzen passte wohl eher zur Damenwelt von L. A. und nicht so sehr zur Ehefrau seines Cousins.

Max erwies sich als angenehme Tanzpartnerin. Sie war selbstbewusst und plauderte munter, und Jake spürte überrascht, wie sich seine Anspannung löste.

»Na, wie ist es, wieder nach Hause zu kommen?«, fragte Max, während Kaylie das nächste Lied schmetterte.

Jake wurde nachdenklich. Rings um ihn lachten und tanzten seine Brüder und ihre Verlobten. Er hatte seine Cousins vermisst. Sein Onkel Hal hatte sechs Kinder: Treat war der Älteste, dann kamen Rex, Dane, Savannah, Josh und Hugh. Dane, Rex und Josh waren verlobt, alle anderen waren inzwischen glücklich verheiratet. Früher hatten sie viel Zeit miteinander verbracht, doch in den letzten Jahren war Jake so sehr mit seiner Arbeit beschäftigt gewesen, dass sie sich nur gelegentlich gesehen hatten.

»Fühlt sich gut an, zu Hause zu sein.« Die kleine Stadt hatte auch ihre Nachteile. So konnte Fiona jeden Moment auftauchen, außerdem brodelte die Gerüchteküche unablässig und dann war Trusty … nun ja, Trusty war eben Trusty. Die Stadt war überschaubar und sicher und passte überhaupt nicht zu Jakes Lebensstil. Früher hatte er sich hier so wohlgefühlt, dass er sich vorstellen konnte, für immer so zu leben: Nach dem College würden er und Fiona heiraten, in ein Haus im Wald außerhalb von L. A. ziehen und dort das friedliche Dasein genießen, das sie seit ihrer Kindheit aus Trusty kannten. Diesen Traum hatte er schon vor Jahren begraben. Inzwischen war in seinem Alltag kein Platz mehr für irgendetwas Ruhiges.

»Treat vermisst dich.« Die Musik wurde langsamer. Max streifte sich das dunkle Haar aus dem Gesicht und band es zu einem Pferdeschwanz zusammen. Sie war schlank und hatte strahlende Augen, eine natürliche Schönheit. »Wie wär's mit einem langsamen Tanz?«

»Klar«, sagte Jake schulterzuckend. »Aber soll ich nicht lieber auf Adriana und Dylan aufpassen? Dann kannst du mit Treat tanzen.«

»Offenbar hast du noch nie versucht, Adriana von ihrem Daddy loszueisen.« Sie wies mit dem Kopf auf ihre Tochter.

Treat trug sie auf dem Arm, die Kleine hatte die Arme um seinen Hals geschlungen und schmiegte die Wange an seine. Mit seiner Größe von fast zwei Metern war Treat ein stattlicher Bursche und Adriana sah in seinen mächtigen Armen noch kleiner aus.

»Wo ist Dylan?«, fragte Jake.

Max wies auf Jade. Sie wiegte das Baby in den Armen und betrachtete es liebevoll. Rex sah ihr über die Schulter. Sein Blick war weich.

»Sie wünscht sich eins«, sagte Max. »Siehst du das?«

»Oh ja. Und Rex scheint damit einverstanden zu sein.« Er legte Max die Hände auf den Rücken und gemeinsam folgten sie dem langsamen Rhythmus der Musik.

»Ich weiß, dass das Thema offenbar tabu ist, aber was ist mit dir, Jake? Denkst du nicht auch manchmal an eine feste Beziehung?«

Etwas an Max' aufrichtigem Blick brachte eine Seite an Jake zum Vorschein, von der er sich selbst nur selten eingestand, dass sie überhaupt existierte. Er dachte an Fiona und antwortete: »Früher schon.« Er zuckte mit den Schultern, als sei damit alles gesagt.

Max ignorierte den Wink mit dem Zaunpfahl.

»Aber jetzt nicht mehr?« Sie wusste, dass sie sich auf gefährliches Terrain wagte, das erkannte er an der Art, wie sie ihn ansah.

»Sagen wir einfach, dass ich nicht mehr der Typ für feste Beziehungen bin.«

»Warum?«

Er sah sie mit unbewegter Miene an.

»Ach, komm schon, Jake. Ich weiß, was man über dich redet, aber sieh dir doch nur Hugh an.« Sein Cousin Hugh war

Rennfahrer und sein Lebensstil hatte früher große Ähnlichkeit mit dem von Jake. Dann verliebte er sich in Brianna Heart und ihre Tochter Layla. Sie heirateten bald darauf und heute Abend hatten sie das jüngste Familienmitglied im Kinderwagen dabei. Hugh hatte einen Arm um Layla und den anderen um Brianna gelegt, die den zehn Monate alten Christian in seinem Wagen schob. Eine große, glückliche Familie. Selbst Jake konnte nicht leugnen, dass sich bei ihrem Anblick etwas in seinem Herzen rührte.

*Wenn er das kann …* Er erlaubte sich nicht, den Satz zu Ende zu denken.

»Er sieht glücklich aus.« Er räusperte sich und wandte den Blick ab.

»Leute verändern sich, Jake.«

Er sah Max geradewegs in die Augen und schüttelte den Kopf. »Okay, Max, spuck's aus: Wer hat dich dazu angestiftet?« Finster betrachtete er seine Brüder.

»Niemand.« Sie spielte nervös mit einer Haarsträhne und wich seinem Blick aus.

»Mmmh.« Er glaubte ihr kein Wort. Plötzlich klopfte ihm jemand auf die Schulter.

»Das war ich, aber Max würde dir das natürlich nie verraten«, hörte er seine Mutter sagen. Sie lächelte Max an. »Danke, Max. Macht es dir etwas aus, wenn ich deinen Tanzpartner abklatsche?«

»Natürlich nicht. Danke, Jake, und wenn du meine Meinung hören willst: Ich denke, ein so netter Kerl wie du sollte sich unbedingt verlieben.«

Jake verdrehte die Augen und ließ sich von seiner Mutter in die Arme schließen.

»Du solltest Max nicht benutzen, um mich zu einer festen

Beziehung zu bekehren.«

»Das war nicht meine Absicht.« Catherine sah hübsch aus. Meist trug sie ihr dunkles Haar offen, doch heute hatte sie es hinten mit einer Spange zusammengefasst, sodass ihre hohen Wangenknochen besonders gut zur Geltung kamen.

»Was war denn deine Absicht?« Er ließ den Blick über die Tanzfläche gleiten und war nicht ganz so erleichtert, wie er gedachte hatte, als er Fiona nirgendwo entdeckte. Vielleicht würde sie gar nicht auftauchen. Er war sich nicht mehr sicher, wie er das fand.

»O Jake, das bin ich dir als Mutter einfach schuldig. Ist es nicht schwer, immer so angespannt zu sein? Findest du es nicht sehr anstrengend?«

»Mom, eigentlich will ich gar nicht darüber reden.« Er spannte die Kiefermuskeln an und seine Mutter streckte die Hand aus und strich ihm über das Kinn.

»Das sehe ich.«

Er wich ihrem Blick aus.

»Ich möchte doch nur, dass du glücklich bist«, sagte sie.

»Danke, Mom, das ist lieb von dir.« Wenn er nicht gerade seinen Brüdern auf die Nerven ging, war er sehr gern mit seiner Mutter zusammen, auch wenn sie bisweilen unbequeme Fragen stellte. »Und wie geht es dir, Mom?«

»Mir? Gut. Du kennst mich doch. Mich bringt so leicht nichts aus der Ruhe.«

»Irgendwelche Herrenbekanntschaften?« Er hatte seine Mutter noch nie mit einem Mann zusammen erlebt, doch er hoffte für sie, dass sie glücklich war. Vielleicht übertrug sie auch ihre eigenen Wünsche auf ihn.

Sie lachte. »Ach, das habe ich doch alles schon hinter mir.«

Er runzelte die Stirn. »Ja, stimmt. Aber warum drängst du

mich dann in dieselbe Richtung?«

»Ach, Schätzchen, Eltern wünschen sich nun mal, dass ihre Kinder glücklich sind. Und nur, weil mein Liebesleben nicht so war, wie ich es mir erhofft hatte, glaube ich doch immer noch an die Liebe.« Sie sah zu Wes und Callie hinüber, die Wange an Wange tanzten, und zu Pierce und Rebecca, die einander tief in die Augen sahen.

»Die Liebe ist etwas Wundervolles, Jake.« Sie sah ihn an. »Aber das hast du ja selbst schon erlebt.«

»Wenn ich mich recht entsinne, ist die Liebe etwas, das dir einen kräftigen Tritt in den Hintern gibt.«

Seine Mutter nickte. »Das kann sie natürlich auch. Dir einen Tritt in den Hintern versetzen, nur um dich dann wieder einzuholen und all den Schmerz zu lindern, bis du dich kaum noch daran erinnerst. Du musst sie aber zulassen, die Liebe. Du musst offen für sie sein, Jake.«

»Ich denke, für heute habe ich genug gehört.« Jake trat einen Schritt zurück. »Ich hab dich lieb, Ma, aber es gibt ein paar Sachen, die ich nicht noch einmal durchmachen möchte.«

»Jake.« Sie stemmte eine Hand in die Hüfte und hob die andere in die Höhe, als warte sie auf eine Erklärung.

Er winkte ab und ging davon.

»Hey, Jake.« Emily packte ihn am Arm, als er an ihr vorbeihasten wollte. Ein Blick in sein Gesicht reichte und sie ließ ihn los, als hätte sie sich die Finger verbrannt. »Alles okay?«

»Ja. Danke, Em. Bin gleich wieder da.« *Vielleicht.*

Die Augen starr auf das zertrampelte Gras gerichtet stürmte er davon, möglichst weit weg von den Menschen, die er liebte. Bald drangen die Geräusche vom Rummelplatz nur noch gedämpft an sein Ohr. Nach den Gesprächen mit Max und seiner Mutter hatte er das Gefühl, als hätte ihm jemand eine kaum verheilte Wunde aufgerissen. Er stapfte um das Gebäude herum, in dem die Snacks angeboten wurden, und lehnte sich aufatmend an die Rückwand. Er ließ den Kopf an den kühlen Beton sinken. Mit einem Fuß stützte er sich an der Mauer ab und schloss die Augen. Was zum Teufel war bloß los mit ihm?

Es war, als hätte er seit Jahren in einem eisernen Kasten gelebt. Überleben des Stärkeren. Überleben des Angepasstesten.

*Überleben kann nur, wer sich am besten versteckt.*

»Jake?«

Du lieber Himmel. Jake öffnete die Augen. Vor ihm stand Fiona und sah so verdammt verführerisch aus ihrer knappen abgeschnittenen Jeans und dem seidigen Top, unter dem sich ihre köstlichen Brüste abzeichneten.

*Total von der Rolle.* Anders konnte man seinen Zustand kaum beschreiben.

Er schob die Hände in die Taschen seiner Jeans. »Hey, Fiona.«

Er hatte noch nicht einmal die Energie, wütend zu sein. Seine Mutter hatte recht. Zornig sein war verdammt anstrengend. Allerdings hätte er ein Quäntchen Zorn gerade jetzt gut brauchen können, denn Fiona kam auf ihn zugeschlendert und wiegte dabei die Hüften auf eine Weise, die er nur zu gut kannte und die ihm immer schon den Mund wässrig gemacht hatte.

Sie lächelte ihn an, mit einem Lächeln, bei dem früher all seine Launen dahingeschmolzen waren – und das heute eine ähnliche Wirkung zu haben schien.

»Redest du heute tatsächlich mit mir?« Sie lehnte sich neben ihm an die Wand.

Ihre Nähe brachte jeden Nerv in ihm zum Glühen. Er hielt den Blick auf die Wiese gerichtet und zuckte mit den Schultern.

»Sieht so aus.«

»Gut.« Sie seufzte. »Ich dachte schon, du hasst mich.«

Einen Moment lang schloss er die Augen. Er wollte sie hassen, doch als er die Worte aus ihrem Mund hörte, erkannte er, wie weit er in Wirklichkeit davon entfernt war, sie zu hassen.

»Tja, tut mir leid. Ich war wohl nicht besonders nett.«

»Shea meint, ich sollte dir deswegen keine Vorwürfe machen.«

»Ich hab Shea immer schon gemocht.« Er lächelte unwillkürlich und warf Fiona einen verstohlenen Blick zu. *Oh, verdammt.* Keine gute Idee. Ihr verschmitztes Lächeln war so verlockend und er musste sich zwingen, den Kopf zu senken und wieder das Gras zu fixieren.

Schweigen breitete sich zwischen ihnen aus. Fiona stand so dicht bei ihm, dass Jake jeden ihrer Atemzüge wie seinen eigenen spürte.

»Tut mir leid, dass ich dich in der Bar und beim Laufen überfallen habe. Ich kann noch nicht einmal sagen, dass es Zufall war. Es war Absicht.«

Er hörte das Lächeln in ihrer Stimme und konnte nicht anders: Er musste sie ansehen.

Er stieß sich von der Wand ab und trat mit der Schuhspitze gegen ein Grasbüschel. Die Hände hatte er nach wie vor in den Hosentaschen vergraben. Er musste die nervöse Energie loswerden, die sich in ihm aufstaute und sich in etwas ganz anderes zu verwandeln drohte.

»Tja, Glückwunsch. Du hast mich kalt erwischt. Das können nicht viele Frauen von sich behaupten. Tatsächlich fällt mir sonst keine ein, die das geschafft hätte.« Er sah sie an und konnte einen Augenblick nicht weiterreden. Die Hitze, die ihn durchfuhr und die er bisher so hartnäckig geleugnet hatte, bahnte sich einen Weg von ihm zu ihr.

»Was willst du, Fi?« *Fi. Wo zum Teufel kam plötzlich dieser Kosename her?* Den hatte er seit Jahren nicht mehr ausgesprochen und sich nicht einmal erlaubt, ihn zu denken.

Sie zuckte eine Schulter und knabberte an ihrer Unterlippe. »Ich bin mir nicht sicher. Ich wollte einfach …«

Einfach was? Mich noch ein bisschen mehr fertigmachen?

Er biss die Zähne zusammen, damit sein Mund nicht auf einmal Dinge tat, die er besser sein ließ.

Sie drückte sich von der Wand ab und trat so dicht an ihn heran, dass die Glut zwischen ihnen ihn fast versengte. Mit einer Hand griff sie nach seinem T-Shirt, so wie sie es früher immer getan hatte. Offenbar überraschte sie die vertraute Geste mindestens ebenso wie ihn, doch sie ließ nicht los.

»Jake …« Sein Name hing in der Luft zwischen ihnen, die voller unausgesprochener Fragen und drängendem Verlangen war. »Ich … Was würdest du sagen, wenn deine Ex erkennt, dass sie einen Fehler gemacht hat? Einen großen Fehler. Und dass sie versucht, wieder mit dir zusammenzukommen?«

Er packte ihr zierliches Handgelenk, aber sie behielt sein T-Shirt fest im Griff. Fiona war stark, doch er wusste auch um ihre Schwächen. Er machte einen Schritt vorwärts, sie wich zurück und stand nun mit dem Rücken an der Wand. Jake stützte seine freie Hand neben ihrem Kopf ab und beugte sich nah zu ihr. Sie duftete nach süßen Äpfeln und warmem Zimt. Jake wollte ihr über das Haar streichen und es wie früher durch seine Finger rieseln lassen. Stattdessen zwang er sich, die Hand flach an die Wand zu drücken. Mit der anderen löste er ihre Hand von seinem T-Shirt und hielt sie gegen den Beton gepresst. Das schmerzliche Verlangen, ihre Hüfte an seiner zu fühlen, hatte er bei keiner anderen Frau jemals verspürt. Denn er kannte die Tiefe der Lust, die er empfunden hatte, wenn sie sich liebten, und wusste, wie sehr sie ihn verzaubern konnte. Der Lärm des Rummelplatzes schien zu verstummen. Es gab nur noch sie beide und die Hitze, die zwischen ihnen brodelte.

»Es ist zu spät, Fi. Ich bin nicht mehr der, der ich früher war.« In seiner Brust brannte der Schmerz, so wie vor all den Jahren, als sie mit ihm Schluss gemacht hatte. Er wollte nicht noch einmal in diesen gähnenden Abgrund fallen. Er biss die Zähne zusammen und kämpfte gegen das Verlangen an, das ihn schier zerriss.

Durch ihre dichten Wimpern sah sie zu ihm auf. Als sie sich mit der Zungenspitze über die Lippen fuhr, stieß ein sengender Strahl der Lust direkt in seine Lenden. Mit ihrer freien Hand berührte sie sein T-Shirt und er fragte sich, ob sie spüren konnte, wie heftig sein Herz schlug – und ob ihres das auch tat. Die Art, wie ihre Brüste sich hoben und senkten und wie sich ihre hellblauen Augen verdunkelten, ließ ihn vermuten, dass es ihr ähnlich ging wie ihm.

»Aber vielleicht bist du es tief drinnen doch noch«, flüsterte sie kaum hörbar.

Er schloss die Augen. Sie befanden sich auf gefährlichem Terrain. Sie standen viel zu dicht beieinander und es fühlte sich viel zu gut an. Er ließ die Hände sinken. Ihre Finger krallten sich in sein T-Shirt und hielten ihn fest.

»Fiona.« Leise sagte er ihren Namen und hätte ihn am liebsten wieder und wieder und wieder gesagt. Sie war so wunderbar vertraut. Da waren die Nähe und der Zwiespalt zwischen dem, was er vernünftigerweise tun sollte, und dem, was er tun wollte. Seine Erregung ließ ihm keinen Zweifel, was er sich wünschte, und Fiona wusste es auch. *Verdammt.* Er verfluchte seinen Körper, sich selbst und vor allem Fiona. Er wollte sich nicht noch einmal mit ihr einlassen. Er hatte sie schon das erste Mal kaum überlebt.

»Ich bin nicht mehr derselbe.« Er packte ihr Handgelenk, riss ihre Hand von seinem T-Shirt und zwang sich, einen Schritt zurückzutreten. »Du kennst mich nicht mehr, und glaub mir, Fiona, du würdest mich nicht mögen, wenn du es tätest.« *Ich bin mir nicht einmal sicher, dass ich selbst mich mag.* Er fuhr sich mit der Hand über das Gesicht und wandte sich ab.

»Mir ist es egal, dass du die Nacht mit Sarah Chelsum verbracht hast«, sagte sie hastig. In ihrer Stimme schwang Verzweiflung mit.

Jake sah sie an. Ihre Augen schimmerten feucht und er spürte, wie seine Fassade Risse bekam.

»Fiona …« *Warum ist es mir nicht gleichgültig, was sie von mir denkt?*

Mit einem Schritt war sie bei ihm. Ihre Finger krallten sich in sein T-Shirt, ihre Schenkel drückten gegen seine. Ihr Gesicht war tränennass.

»Es ist mir egal, Jake. Es ist nicht wichtig.«

Mit Mühe löste er sich von ihr. »Du verstehst es nicht, Fiona.«

»Doch, ich verstehe es, Jake. Ich verstehe es sehr gut. Für dich sind Frauen eine Flucht. Du könntest mit der Hälfte aller Frauen in Trusty schlafen und es würde mir nichts ausmachen. Denn ich weiß, dass du bei mir bleibst, wenn du zu mir zurückkehrst.«

*Zu dir zurückkehren?* »Ich würde mit keiner anderen Frau aus Trusty schlafen. Du kennst mich nicht, Fiona. Tu nicht so, als wüsstest du, wer ich bin.« Sie war die erste und die einzige Frau aus Trusty, mit der er je geschlafen hatte, und in

Wirklichkeit bereute er es nicht, auch wenn er immer so tat, als ob.

»Du hast sie nach Hause gebracht, Jake. Alle haben mitgekriegt, wie du mit ihr zusammen weggegangen bist. Jemand hat dich mit ihr an ihrer Haustür gesehen. Die Leute wissen Bescheid, also brauchst du mir nichts vorzumachen.«

»Die Leute haben keinen blassen Schimmer. Ich hab sie nach Hause gefahren. Kein Gutenachtkuss. Keine schnelle Nummer auf dem Rücksitz. Nichts. Aber es schert mich einen Dreck, was hier über mich geredet wird.«

»Bist du dir da so sicher?« Sie senkte die Stimme. »Offenbar ist es dir nicht egal, wie ich über dich denke, sonst hättest du mir nicht gesagt, wie es wirklich war.«

*Zum Teufel.* Er fuhr sich mit der Hand durch die Haare.

»Hör zu«, sagte er entnervt. »Ich weiß nicht, was du dir vorstellst, was zwischen uns passiert, aber übermorgen verschwinde ich von hier und gehe zurück nach L. A. Zurück zu meinem Leben.«

Sie nickte.

»Da ist nichts mehr, Fiona. Es ist vorbei. Was immer wir miteinander hatten …« Er zuckte mit den Schultern.

Der Lärm der County Fair drang wieder in sein Bewusstsein. Lieber Himmel, wie lange standen sie jetzt hier? Er war völlig in sie versunken gewesen und hatte alles andere ringsum vergessen. Sein Atem ging rasch und mehr denn je spürte er seine Erregung. Er zwang sich, sich umzudrehen und von Fiona wegzugehen. Er hatte kein Ziel, wollte nur weg, bevor er dem drängenden Verlangen nachgab, das ihn aufwühlte.

»Jake.«

Er hörte die Verzweiflung in ihrer Stimme. Er war innerlich wie zerrissen.

*Geh zu ihr.*

*Probier's aus, mal sehen, wohin es führt.*

*Hau ab, du Idiot.*

*Hau ab, sieh zu, dass du Land gewinnst. Sonst reißt sie dir die paar Fetzen, die von deinem Herzen übrig sind, auch noch entzwei.*

Jake schob die Hände in die Hosentaschen und ging zurück zum Rummelplatz. Fiona ließ er stehen, und mit ihr seine Vergangenheit.

# Fünf

Am nächsten Morgen forderte Jake seinem Körper alles ab, als er die alte Bergstraße hochsprintete. Es war früh am Morgen, die Sonne ging gerade auf. Er liebte diese Tageszeit, wenn die Stadt langsam erwachte und die kühle Luft und das taufeuchte Gras die Schatten der Nacht noch einen Moment festhielten. Normalerweise genoss er die Ruhe, bevor er nach seinen E-Mails sah und fieberhaft überlegte, was er alles zu erledigen hatte. Ein paar Meilen und sein Kopf war klar für einen weiteren stressigen Tag. Heute jedoch trommelten seine Füße die alte Bergstraße hinauf und in seinem Kopf herrschte das reinste Chaos. Die Möglichkeit, dass Fiona vielleicht auf ihn wartete, ließ seine Gedanken durcheinanderwirbeln. Er dachte kurz daran, umzudrehen und einen anderen Weg entlangzulaufen, doch eigentlich wusste er überhaupt nicht mehr, was er wollte. Sollte er Fiona aus dem Weg gehen? Oder sie in die Arme nehmen und nie wieder loslassen? Nun, vorerst konzentrierte er sich darauf, zu laufen und seine Muskeln bis zum Äußersten zu strapazieren.

Ihre Begegnung bei der County Fair hatte ihn vollends aus dem Gleichgewicht gebracht. Und als sie ihn anfasste – lieber Himmel, als sie ihn anfasste, da hatte er alles andere vergessen.

Für ein paar Momente gab es nur ihn und sie und diese verrückte, herrlich knisternde Spannung, die sie schon früher verbunden hatte. Er hätte es sich nie träumen lassen, dass er in ihrer Nähe überhaupt etwas empfinden würde.

Und was hatte sie da gestern Abend geredet? Dass er zu ihr zurückkehren würde? *Du könntest mit der Hälfte aller Frauen in Trusty schlafen und es würde mir nichts ausmachen. Denn ich weiß, dass du bei mir bleibst, wenn du zu mir zurückkehrst.* Lebte sie in einer Fantasiewelt? *Ich kann noch nicht einmal sagen, dass es Zufall war. Es war Absicht.* Er hob den Blick und sah, dass die Straße leer war. Die Enttäuschung versetzte ihm einen Stich. Was hatte das nun wieder zu bedeuten? Sollte er nicht froh sein, dass sie nicht dastand und auf ihn wartete? Das war es doch, was er wollte: Fiona ein für alle Mal loswerden. Oder?

Klar, das war es, was er wollte. Gestern Abend allerdings …

Als er den Aussichtspunkt erreichte, an dem Fiona gestern früh auf ihn gewartet hatte, verlangsamte er seine Schritte. *Sie hat auf mich gewartet.* Am Straßenrand blieb er schwer atmend stehen, die Hände in die Hüften gestemmt. Er sah auf die Stadt hinunter. In weniger als achtundvierzig Stunden würde er wieder in Los Angeles sein, in seinem Haus, in seinem Leben. Und Fiona war wieder weit weg, in einer ganz anderen Welt. Aus den Augen, aus dem Sinn.

Er massierte sich den Nacken, der auf einmal wehtat.

Ein Geräusch ließ ihn herumfahren. Hoffnungsvoll spähte er die Straße hinunter. Er war heute früher dran als sonst. Vielleicht hatte sie sich nur verspätet. Plötzlich brach ein Hirsch zwischen den Bäumen hervor, blieb mitten auf der Straße stehen und sah ihn aus riesigen schwarzen Augen an, bevor er wieder im Wald verschwand. Jake stand da und starrte vor sich hin. Er sehnte sich danach, Fiona zu sehen, und fragte sich gleichzeitig, was zum Teufel er sich dabei dachte. Fiona war eine ganz schlechte Idee, und wenn sich jemand mit schlechten Ideen auskannte, dann war es Jake. Wenn er nicht in gigantische Schwierigkeiten geraten wollte, gab es nur eins: Er musste so schnell wie möglich verschwinden.

# Sechs

Am Montagabend trafen sich Fiona und Shea mit Trish in einem Restaurant, das ganz in der Nähe des Sets lag, wo *Jäger der Vergangenheit* gedreht werden sollte. Fiona lebte zwar schon seit Jahren in Fresno in Kalifornien, doch nach Los Angeles hatte sie sich bisher noch nicht getraut. Natürlich war die Stadt riesig, doch sie wollte auf keinen Fall riskieren, Jake über den Weg zu laufen, auch wenn sie oft genug überlegt hatte, ob sie es wagen sollte. Sie hatte sich ja nicht einmal vorstellen können, wie es wäre, wenn sie ihm in Trusty begegnete. Seit einer gefühlten Ewigkeit war sie überzeugt, dass sie Jake immer noch liebte. Ihr war jedoch auch klar, dass er sich alle Mühe gab, ihr aus dem Weg zu gehen, und sie war sich nicht sicher gewesen, ob sie eine Zurückweisung verkraften würde, wenn sie ihn ansprach. Genauso wenig wusste sie allerdings, was sie mit ihrem Verlangen nach ihm anfangen sollte. Die ganze Situation erschien ihr schrecklich verfahren, als ihr Chef ihr eine neue Stelle anbot. Sie sollte zwei Geologenteams leiten und wäre ständig unterwegs. Es war ein Traumjob, auf den sie seit Jahren hingearbeitet hatte, und falls der Artikel, den sie vor Kurzem eingereicht hatte, tatsächlich veröffentlicht wurde, wäre das eine weitere Bestätigung, dass sie die Richtige für diesen Posten war.

Sie befand sich auf dem Höhepunkt ihrer Karriere, doch wenn sie sich für den Traumjob entschied, würde sie ihren ganz privaten Traum aufgeben müssen. Trishs Angebot, als ihre Assistentin nach L. A. zu kommen und dort zu versuchen, Kontakt mit Jake aufzunehmen, kam genau zum richtigen Zeitpunkt. Das war ihre Chance, ihrem Herzen zu folgen und herauszufinden, ob sie den Mann, den sie liebte, endgültig loslassen musste.

»Nun erzähl mal«, sagte Trish und setzte im Flüsterton hinzu: »Von Anfang an und mit allen unanständigen Details.«

Shea griff nach Fionas Hand und Fiona drückte sie dankbar. Trish sah sie aus ihren großen braunen Augen erwartungsvoll an. Sie schaffte es, selbst in einem grauen Tanktop und Jeans total sexy auszusehen. Als Fiona nicht gleich antwortete, streckte sie die Hand aus.

Fiona ließ Sheas Hand los und schob Trishs Hand auf ihre Seite des Tisches zurück. »Mir geht's gut, Leute. Ich meine, ich hatte ja nicht damit gerechnet, dass auf einen Schlag alles vergeben und vergessen ist.«

Nachdem eine blonde Kellnerin ihre Bestellung aufgenommen hatte, berichtete Fiona Trish alles, was sie Shea schon erzählt hatte.

»Ich haben ihn dreimal gesehen und jedes Mal war er ein bisschen weniger abweisend.« So kam es ihr jedenfalls vor, auch wenn er in der Brewery und am Morgen danach auf der Bergstraße ausgesprochen unfreundlich gewesen war.

»Auf der County Fair schien er sogar sehr empfänglich zu sein.« Shea lehnte sich zurück und hob ihre schmalen Augenbrauen. »Meinst du nicht auch?«

»Ja … und nein.«

»Warum? Erzähl mal. Wenn es um Männer geht, bist du bei

mir an der richtigen Adresse«, sagte Trish. Sie war ganz anders, als man sich eine typische Schauspielerin vorstellte. Sie interessierte sich brennend für Geologie, genau wie Fiona, und hatte das Fach sogar studiert, weil ihre Eltern darauf bestanden hatten. Wenn sie Schauspielerin werden wollte, hatten sie gesagt, brauchte sie einen Beruf, auf den sie im Notfall zurückgreifen konnte. Die Geologen, mit denen Fiona normalerweise zu tun hatte, waren nicht gerade leidenschaftliche Naturen, es sei denn, sie redeten über Erdbeben und Vulkanausbrüche, untersuchten Metalle oder Mineralien oder waren einer neuen Methode auf der Spur, Erdgas, Wasser oder Öl zu fördern.

Sie hatten sich in ihrem ersten Jahr am College in einem Geologieseminar kennengelernt. Fiona war von Anfang an begeistert von Trishs Art, ihre Intelligenz und Aufrichtigkeit hatten sie beeindruckt. Gleich am ersten Tag war Trish mit dem Dozenten aneinandergeraten und seitdem waren sie und Fiona beste Freundinnen. Es war wundervoll, mit jemandem befreundet zu sein, der sich auch für Geologie interessierte und mit dem man außerdem jede Menge Spaß haben konnte.

»Also, ich habe euch doch erzählt, dass zwischen Jake und mir … nun, dass da dieses unglaubliche Knistern war?«

»Ja, hast du. Knistern ist immer gut.« Trish lächelte.

»Sehr gut sogar. Und er hat es auch gespürt, wenn ihr wisst, was ich meine.« Fiona merkte, wie sie rot wurde, als sie an die beeindruckende Wölbung in seiner tiefsitzenden Jeans dachte.

»Er ist hart geworden«, stellte Shea nüchtern fest.

»Shea!«

»Was?« Shea nippte an ihrem Wasser.

In diesem Moment brachte die Kellnerin ihr Essen und Fiona wartete, bis sie weg war, bevor sie etwas sagte.

»Du brauchst doch nicht dem ganzen Restaurant zu erzählen, dass er erregt war«, flüsterte Fiona.

Trish verdrehte die Augen. »Fi, du bist in L. A. So etwas schockiert hier niemanden. Nun erzähl schon. Das klingt doch alles ganz gut. Was findest du denn nicht in Ordnung daran?«

»Das war alles. Ich meine, da war dieser Augenblick, als alles rings um uns verschwand. Der Rummel, der Lärm, die Gerüche. Lieber Himmel, hab ich euch schon erzählt, wie gut er riecht?«

»Ja«, antworteten die beiden wie aus einem Munde.

»Tut mir leid.« Fiona stocherte in dem Salat herum, der vor ihr stand, dann spießte sie ein Salatblatt mit der Gabel auf. »Wir waren uns so nahe und auf einmal war es alles wieder da. Wie es sich anfühlt, in seinen Armen zu liegen, seine Lippen zu spüren.« Sie seufzte verträumt, voller Sehnsucht nach dem, was früher zwischen ihnen war. »Ich war mir ganz sicher, dass wir uns küssen würden, und dann …« Sie zuckte mit den Schultern. »Dann hat er sich umgedreht und ist gegangen.«

»Er ist einfach gegangen?« Enttäuscht ließ Trish die Schultern sacken.

»Yep. Sagte, er wisse nicht mehr, wer er sei, und verschwand.« *Und der Riss in meinem Herzen wurde noch ein wenig tiefer, als ich ihn weggehen sah.* »Es war wie auf der Achterbahn«, sagte sie zu Shea gewandt. »Erst schwebte ich über den Wolken und dann ging es wie im Sturzflug ungebremst in die Tiefe.«

»O nein, Fi.« Trishs Augen füllten sich mit Tränen.

Fiona legte die Hände flach auf den Tisch. »Ist schon okay. Mir geht's gut. Wirklich. Ich gebe nicht auf. Sein Schutzpanzer ist nicht mehr ganz so undurchdringlich. In seinen Augen habe ich den alten Jake gesehen, auch wenn es nur für einen

Augenblick war. Ich weiß, dass es ihn immer noch gibt, und ich habe das Gefühl, dass er noch nicht mit mir abgeschlossen hat.«

»Egal, wie hartnäckig er behauptet, dass das alles vorbei ist?«, fragte Shea.

Fiona funkelte sie wütend an.

»Nein, sie hat recht, Fi«, sagte Trish. »Wahrscheinlich *wünscht* er, er hätte mit dir abgeschlossen – meinst du nicht? Nach allem, was du erzählst, hast du ihm sehr wehgetan.«

»Sie war seine erste Liebe und sie hat ihm nicht nur wehgetan – sie hat sein Herz gebrochen. Die ganze Stadt hat darüber geredet, ach, bestimmt ein Jahr lang.« Shea legte Fiona den Arm um die Schultern. »Du meine Güte, Fiona. Hast du deshalb gesagt, dass du nie wieder nach Trusty zurückkommen willst, als du aufs College gegangen bist?«

Es war furchtbar gewesen, das Gesprächsthema Nummer eins in der Stadt zu sein, weil sie Jake verletzt hatte. Lange Zeit hatte sie nicht den geringsten Wunsch verspürt, nach Hause zurückzukehren. Sie hatte sich einen Ferienjob in Pennsylvania gesucht und war nach ihrem ersten Jahr am College dort geblieben. Als sie im darauffolgenden Sommer wieder nach Trusty kam, hatten sich die Klatschmäuler neue Opfer gesucht. Bis auf ein paar feindselige Blicke war nichts mehr von den Wogen zu spüren, die ihre Trennung von Jake in Trusty ausgelöst hatte.

»Ja, das war einer der Gründe. Aber ich fand es wirklich schlimm, an dem Ort zu sein, an dem mich so vieles an Jake erinnerte.« Sie zuckte die Schultern. »Aber irgendwann ging es wieder. Schließlich konnte ich dich nicht allein lassen, oder?«

»Früher oder später hätte ich dich sowieso nach Trusty zurückgeschleift«, lachte Shea. »Also, meine mutige, selbstsbewusste, schöne Schwester hat dem einzigartigen, unvergleichlichen Jake Braden den Laufpass gegeben. Und nun wird sie ihn sich wiederholen, denn immerhin ist sie Fiona Faith Steele. Stimmt's, Schwesterherz?«

»Jedenfalls hoffe ich das.« Sie merkte selbst, dass sie nicht sonderlich hoffnungsvoll klang.

»Was höre ich da in deiner Stimme?«, fragte Trish.

»Ach, es ist nur … Es tut weh, diesen Zorn in ihm zu sehen und zu wissen, dass ich der Grund dafür bin. Du hattest recht, Shea. Ich muss ihm wirklich mehr zugesetzt haben, als ich es mir je vorgestellt hatte. Sonst würde er nicht so reagieren. Es fühlt sich schrecklich an, dass ich jemandem wehgetan habe, den ich liebe.«

»Du warst damals fast noch ein Kind«, sagte Shea. »Du musst dir selbst verzeihen und alles daransetzen, ihn zurückzugewinnen.«

»Wir werden sechs Wochen hier sein. Nutze die Zeit, finde heraus, was du wirklich willst, und dann nimm es dir. Ich bin für dich da, und wenn du beschließt, dass du ihn aufgibst, dann machen wir uns einfach ein paar schöne Tage und tun so, als gäbe es ihn gar nicht.«

»Du bist die beste Freundin, die man sich wünschen kann, Trish.«

»Und ich?«, fragte Shea schmollend und spielte die Beleidigte.

»Du bist die beste *Schwester* von allen.«

Trish deutete mit ihrer Gabel auf Fiona. »Du kennst doch diesen Spruch über beste Freunde, oder?«

Fiona sah sie fragend an.

»Ein guter Freund bestätigt dein Alibi und stellt deine Kaution. Ein noch besserer Freund hilft dir, die Leiche zu verstecken, aber der beste Freund … der allerbeste Freund weiß, wie man die Leiche beiseite schafft.« Trish warf ihr einen verschwörerischen Blick zu. »Auf mich kannst du zählen, Mädel.«

»Gut zu wissen, aber ich glaube, diese besondere Fähigkeit ist hier nicht gefragt.«

»Ja, ich weiß. Trotzdem: Ich bin für dich da, egal, was passiert.« Trish lehnte sich auf ihrem Stuhl zurück und sah sich im Restaurant um. »Wie cool ist das denn? Von hier sind es nur zehn Minuten bis zu dem Studio, in dem ich *Jäger der Vergangenheit* mit Zane Walker drehen werde. Hast du dir damals auf dem College damals träumen lassen, dass ich mal soweit komme?«

»Tja, das ist endlich eine Frage, die ich beantworten kann. Und die Antwort lautet: Ja, habe ich. Ich hatte nie einen Zweifel, dass du den Durchbruch als Schauspielerin schaffen würdest.« Fiona hob ihr Glas. »Trinken wir auf Steve Hileberg, der die tollste Schauspielerin für die weibliche Hauptrolle gefunden hat. Und auf eine sexy und schlaue beste Freundin.« Sie stießen mit ihren Gläsern an. »Und auf eine sexy und schlaue Schwester, die mir ganz bestimmt helfen würde, die Leiche loszuwerden, wenn ich sie darum bitten würde.«

»Aber sicher«, sagte Shea und sie prosteten sich erneut zu.

»Ich finde es furchtbar, dass ich so aufgeregt bin, nur, weil ich mit Steve Hileberg filme. Meistens werde ich gar nicht mehr nervös«, meinte Trish. »Ich kenne meinen Text auswendig und alles, aber der Produktionsassistent ist total gestresst. Als ich gestern am Set ankam, rannte er herum wie ein kopfloses Huhn, und dann fällt es mir doch schwer, ruhig zu bleiben. Vor allem, weil Hileberg in dem Ruf steht, ein äußerst reizbarer Perfektionist zu sein.«

»Und warum ist der Produktionsassistent so gestresst?«

Fiona hatte immer angenommen, dass die Schauspieler nervöser waren als die Assistenten, aber wenn sie ehrlich war, hatte sie keine Ahnung, was ein Produktionsassistent eigentlich machte.

»Im Grunde müssen sie die ganze Zeit auf Hochtouren laufen«, sagte Shea. »Die Produktionsassistenten kriegen von allen möglichen Leuten eins aufs Dach, wenn etwas schiefläuft. Ich sehe mal in meinem Kalender nach, was für diese Woche geplant ist.« Shea zog ihren Tagesplaner hervor und sah sich die Termine für die nächsten Tage an. »Freitag in einer Woche ist ein Dinner für alle, also Besetzung und Stab.«

»Sollte das nicht eigentlich vor Drehbeginn stattfinden?« Trish winkte die Kellnerin herbei und bat um die Rechnung.

»Ja, sollte es. Aber offenbar hatte Zane Walker vorher keine Zeit und du weißt ja, dass ohne Zane überhaupt nichts läuft.« Shea griff nach ihrer Brieftasche. »Ich finde ihn total süß.«

»Von mir aus kannst du Zane haben. Ich will nur Jake, und ich ahne schon, dass er vollkommen durchdreht, wenn er mitkriegt, dass ich hier bin.« Fiona kramte in ihrer Handtasche nach ihrem Portemonnaie. »Ich übernehme das, Shea.«

Trish knallte ihre Kreditkarte auf den Tisch, sodass die Schwestern sie überrascht ansahen. »Ihr seid eingeladen. Du bist meine PR-Agentin und du bist meine persönliche Assistentin. Das geht auf mich.« Sie winkte der Kellnerin.

»Danke, Trish«, sagten Shea und Fiona im Chor.

»Morgen Vormittag hast du einen Termin mit dem Aufnahmeleiter und morgen Nachmittag musst du für deine Szene mindestens eine Stunde vorher da sein, falls sie früher fertig werden«, sagte Shea zu Trish. »Aber das weißt du ja schon alles.«

»Klar, ich bin doch ein alter Hase. Sei zeitig da, sonst rasten sie aus.« Sie verdrehte die Augen. »Fi hat sich das alles in ihrem

Planer notiert und sie liegt mir jetzt schon in den Ohren, ich soll nur ja pünktlich sein. Fi, auch wenn du wieder mit Jake zusammenkommst, kümmerst du dich weiter um meinen Zeitplan, nicht wahr?« Trish trommelte nervös mit den Fingern auf die Tischplatte, doch Fiona wusste, dass sie sehr gut ohne sie zurechtkommen würde. Sie war seit Jahren im Geschäft und brauchte überhaupt keine persönliche Assistentin. Sie wollte ihr nur das Gefühl geben, dass sie gebraucht wurde, und Fiona war ihr dafür dankbar.

»Natürlich. Dir ist klar, dass ich vielleicht nicht die allerbeste persönliche Assistentin bin, oder? Ich werde mir alle Mühe geben, dich zu scheuchen und darauf zu achten, dass du nichts verpasst. Aber wenn ein Wunder geschieht und Jake und ich wieder zusammenkommen, kann ich für nichts garantieren. Ich werde versuchen, meinen Job zu machen, aber wahrscheinlich schwebe ich dann irgendwo in den Wolken.«

»Ganz bestimmt. Ich sage dir per SMS Bescheid, Fi, dann vergisst du nichts.« Shea setzte sich ihre Handtasche auf den Schoß. »Ich werde nicht am Set sein, aber mal ehrlich, Trish: Du brauchst uns gar nicht. Ich glaube, das wissen wir alle.«

»Was? Doch, ich brauche euch! Ich brauche euch wie meine tägliche Ration Schokolade. Ihr wirkt so beruhigend.« Sie klimperte neckisch mit den Augenlidern. »Du hast Jake also nicht gesagt, dass du hier sein wirst, Fi?« Sie warf Shea einen raschen Blick zu, der zu sagen schien: *Ich weiß nicht, ob das eine gute Idee war.*

»Wir hatten ja keine Gelegenheit, zu plaudern und von der Arbeit zu erzählen. Ich konnte kaum atmen, wenn wir zusammen waren.« Seit sie Jake auf der County Fair getroffen hatte, machte sich Fiona Sorgen, wie er reagieren würde, wenn er sie am Set sah. »Außerdem war es *deine* Idee.«

Trish hob abwehrend die Hände. »Klar. Es war absolut meine Idee, dass du herkommst und versuchst, die Sache mit Jake ins Reine zu bringen. Seit ich dich kenne, denkst du darüber nach. Aber dass du ihn nicht vorgewarnt hast, dass du hier sein wirst …« Sie verzog zweifelnd das Gesicht. »Ich mache mir eben Sorgen. Ich meine, was ist, wenn er am Set eine Freundin hat – oder auch zwei oder drei? Bei seinem Ruf würde mich gar nichts wundern.«

Trishs Worte trafen Fiona bis ins Mark. Sie versuchte, den Schmerz zu ignorieren, der sie durchzuckte. Trish hatte natürlich recht. »Daran würde sich auch nichts ändern, wenn er wüsste, dass ich komme, also …«

»Fiona kommt schon damit klar. Stimmt's, Fi?« Shea klopfte ihr aufmunternd auf die Schulter und sagte dann zu Trish gewandt: »Und wenn nicht, dann sind wir ja schließlich auch noch hier. Wir machen sie so betrunken, dass sie nicht mehr weiß, warum sie überhaupt hier ist, und ich suche dir eine andere Assistentin, damit Fiona in die Wüste ziehen und Steine ausgraben kann, bis sie sich wieder besser fühlt.«

»Himmel, ich liebe dich.« Fiona drückte Shea an sich. »Ich schaff das schon. Über seinen Ruf weiß ich Bescheid. Obwohl er sagt, dass er nicht mit Sarah Chelsum geschlafen hat.«

»Ist sie das Mädel aus der Bar, von der du mir geschrieben hast?«, fragte Trish.

»Genau. Er hat gesagt, dass er sie nur nach Hause gebracht hat.«

»Das stimmt«, sagte Shea. »Als du mir erzählt hast, was er gesagt hat, habe ich Jeanette gefragt und die hat Cara gefragt, die Sarahs allerbeste Freundin ist. Und sie hat es bestätigt. Nicht, dass Sarah es nicht mit allen Mitteln versucht hätte, aber er ist nicht darauf eingegangen, sondern hat sich an der Haustür von ihr verabschiedet. Offenbar hat Sarah versucht, eine andere Version der Ereignisse zu verbreiten, bis ich angefangen habe, Fragen zu stellen.«

Fiona musste unwillkürlich lächeln. »Tja, wie es aussieht, habe ich doch etwas bewirkt bei dem Mann, der angeblich nicht mehr so ist wie früher.«

Der Gedanke war Balsam für ihr angeschlagenes Selbstbewusstsein. Nachdem Jake sie auf der County Fair hatte stehen lassen, war ein bisschen mehr Selbstbewusstsein genau das Richtige.

Es fühlte sich verdammt gut an, zu Hause zu sein. Jake machte es sich auf dem Ledersofa in seinem großen Wohnzimmer bequem, schloss die Augen und genoss es, wieder in seiner Welt zu sein, in der er das Sagen hatte und niemand ein Urteil über ihn fällte. Als er ankam, waren ein paar Freunde schon da und begrüßten ihn überschwänglich. So etwas kam häufig vor, schließlich wussten seine Kumpels, dass man in seinem Garten jederzeit feiern konnte. Wenn er in L. A. war, schloss er meist nicht einmal ab, sodass sie kamen und gingen, wie es ihnen gerade passte.

Als Pierce ihn das letzte Mal besuchte, hatte ihn dieses Kommen und Gehen beinahe wahnsinnig gemacht. Es war nie still im Haus. Jake gefiel es so. Je weniger Zeit er allein mit seinen Gedanken verbrachte, desto besser. Und seit er Fiona wiedergesehen hatte, brauchte er dieses Chaos umso mehr, um den Klang ihrer Stimme zu verdrängen. Wieder und wieder hatte er im Geiste ihre Begegnungen durchgespielt und dabei Erinnerungen hochgespült, die ihm mehr zusetzten, als er wahrhaben wollte.

Er spürte, wie zarte Finger federleicht über seinen Bauch fuhren, und grinste. Selbst mit geschlossenen Augen wusste er, dass es Jerria war. Ihr Parfüm war unverkennbar.

»Ich hatte mich schon gefragt, wann du wiederkommst«, sagte sie mit kehliger Stimme.

Jerria hatte vor ein paar Monaten in irgendeinem Film mitgespielt, in dem Jake eine Stuntrolle hatte. Er konnte sich nicht einmal an den Titel des Films erinnern. Als sie sich an ihn lehnte und er ihre Brüste spürte, stellte er überrascht fest, dass er sich bedrängt fühlte und nicht etwa angenehm erregt. Sie küsste ihn am Hals und stieß dabei süße kleine Laute aus, die ihn normalerweise in Stimmung gebracht hätten, doch diesmal fand er sie eher abstoßend. Er drückte sich in die Sofakissen und schob sie sanft von sich weg.

»Hey, Jer.« Er setzte sich aufrecht hin und versuchte, den Ärger in seiner Stimme zu unterdrücken. Was zum Teufel war denn mit ihm los? Statt sich zu entspannen und den Abend mit seinen Freunden zu genießen, hatte er plötzlich den Wunsch, allein zu sein. Er warf einen Blick in den Garten und dachte an Pierce. Als er ihn besucht hatte, war seine Beziehung zu Rebecca noch ganz frisch. Jake erinnerte sich nur zu gut an seine Worte: *Da draußen wartet noch viel mehr auf dich, nicht nur Titten und Ärsche.* Wie üblich hatte Jake es mit einem Lachen abgetan und dachte, dass sein Bruder ihn auf den Arm nahm. Doch wenn er nun an Fionas hoffnungsvolle Augen dachte, an ihre Nähe und an die Reaktion seines Körpers, die viel tiefer ging als das Verlangen nach Sex, wusste er, dass Pierce es ernst gemeint hatte.

Jerria hatte blondes Haar, das ihr bis zum Hintern reichte, und hatte nichts an außer einem knappen gelben Bikini. Ihre

Brustwarzen ließen keinen Zweifel daran, dass sie erregt war. Noch vor einer Woche wäre sie das ideale Willkommensgeschenk gewesen. Netter, unverbindlicher Sex, dem nur ein winziger Bikini im Weg stand. Doch nun behagte ihm die Vorstellung, mit ihr ins Bett zu gehen, überhaupt nicht.

Irgendetwas stimmte nicht mit ihm.

»Ich habe dich vermisst.« Sie fuhr ihm mit den Fingern durchs Haar.

Jake packte ihr Handgelenk und bog ihre Hand weg. Dann schob er ihre andere Hand von seinem Oberschenkel, wo sie sich festgekrallt hatte. Er stand auf und ging im Zimmer auf und ab. Jerria kniete neben dem Sofa und starrte ihn überrascht an.

Er war genauso durcheinander wie sie.

»Ich bin zu müde«, murmelte er. Vielleicht war es das. Ach, verdammt, natürlich war es das nicht. Fiona ging ihm unter die Haut.

Nichts stimmte mehr. Alles ging ihm auf die Nerven. Plötzlich erschien ihm die Musik viel zu laut. Dass Jerria in ihrem Bikini in seinem Wohnzimmer stand und ihn mit unverhohlener Lust anstarrte, ließ ihn erschaudern. Der Lärm, den seine Freunde draußen im Garten veranstalteten, hörte sich an, als würde jemand mit dem Fingernagel über eine Schiefertafel kratzen.

Er musste hier weg. Er schnappte sich seine Schlüssel und stürmte zur Haustür hinaus.

Draußen war es dunkel und die kühle Nachtluft fühlte sich gut an. Und nun? Sein Blick glitt über seine beiden Motorräder in der großen Garage. Dahinter erstreckte sich sein Grundstück. Er überlegte kurz, ob er eine Spritztour mit dem Motorrad machen sollte, doch in seinem Innern wusste er, dass die

Dämonen zu Hause auf ihn warten und sich nach seiner Rückkehr auf ihn stürzen würden.

Er ging zurück ins Haus und tat etwas, was er in all den Jahren, die er schon in Los Angeles lebte, noch nie getan hatte. Statt Stars und Models mit offenen Armen zu empfangen, warf er sie hinaus und nahm sein Haus wieder in Besitz. Er erklärte ihnen, er müsse sich auf seine neue Rolle vorbereiten, und scheuchte sie zur Tür hinaus.

Sobald seine Freunde verschwunden waren, kam die Stille.

Jake vertrug Stille nicht so gut.

Er sank auf das Sofa und nahm sein Handy in die Hand. Es gab jede Menge Leute, die er hätte anrufen und auf einen Plausch einladen können, doch er wollte das Haus für sich haben. Er hatte keine Lust auf belanglose Unterhaltungen. Er wollte verstehen, was verdammt nochmal mit ihm los war. Er stützte die Ellbogen auf die Knie, sank dann mit einem frustrierten Seufzer in die Polster zurück und starrte an die Decke.

Jake spannte den Kiefer an und wappnete sich gegen den Gedanken, den er so weit weggeschoben hatte, dass er sich inzwischen einredete, es gäbe ihn gar nicht.

Fiona ging ihm unter die Haut. Daran hatte sich in den sechzehn Jahren ihrer Trennung nichts geändert.

# Sieben

Der Dienstagvormittag verging wie im Fluge. Trishs Termin mit dem Aufnahmeleiter dauerte ewig, weil immer mehr Leute dazustießen, die ebenfalls hinter den Kulissen beschäftigt waren. Am Set ging es wesentlich hektischer zu, als Fiona erwartet hatte, dabei hatte sie selbst als Trishs Assistentin nicht allzu viel zu tun. Alle hasteten gestresst umher und die Anspannung war fast mit Händen zu greifen. Die meisten hatten ein Funkgerät dabei oder trugen Headsets und ununterbrochen gingen Anweisungen hin und her. Als Fiona mitbekam, dass bei einem gehetzt aussehenden jungen Mann eine Stimme aus dem Funkgerät quakte und er nicht reagierte, dachte sie, er hätte die Nachricht nicht gehört, und machte ihn höflich darauf aufmerksam. Zum Dank für ihre Mühe erntete sie einen abschätzigen Blick und ein Kopfschütteln, bevor er wortlos davonging. Zum Glück klärte sie Zane Walkers Assistent Patch Carver, ein Mann in den Zwanzigern mit kantigen Gesichtszügen und tätowierten Armen, darüber auf, dass jeder nur auf die Funksprüche antwortete, die ausdrücklich an ihn gerichtet waren, obwohl alle Mitteilungen auf denselben Kanälen gesendet wurden.

Inzwischen war es Nachmittag geworden und Fiona

beobachtete Trish, die auf ihre Szene wartete. Trish sah süß aus in ihren khakifarbenen Shorts und einem bauchfreien weißen Top, das vorne geknotet war. Dazu hatte sie Wanderschuhe und dicke Wollsocken an. Fiona überlegte voller Mitleid, wie schrecklich sich Trishs Füße anfühlen mussten. Die Szene spielte im Innern einer Höhle und unter den Scheinwerfern, die das Set ausleuchteten, war es furchtbar heiß. Fiona gab sich Mühe, absolut still zu sein, nachdem sie gesehen hatte, wie der Regisseur zwei Männer wütend anstarrte, die für sie unhörbare Geräusche gemacht hatten.

Trish spielte mit dem Saum ihrer Shorts und daran erkannte Fiona, dass sie nervös war. So hatte Trish es schon am College vor den Prüfungen gemacht. Fiona wünschte, sie könnte zu ihr gehen, ihr versichern, dass sie ihre Sache wunderbar machen würde, und sie zum Lachen bringen, damit sich ihre Aufregung legte. Doch natürlich wagte sie nicht, sich zu rühren, und feuerte sie nur stumm an, während Trish in der nachgebauten Höhle ihren Text sprach.

Fiona beobachtete, wie Zane auf Trish zuging. Er und Jake waren einander so ähnlich, dass sie zweimal hinsehen musste. Zane hatte kurzes, dunkles Haar und an seinem kantigen Kinn spross ein Fünf-Tage-Bart. Er war gut gebaut, wenn auch sein Oberkörper nicht so breit und seine Arme nicht so kräftig waren wie Jakes. Und während sich Jake entschlossen und zielstrebig bewegte, merkte man Zane an, dass er gewohnt war, im Rampenlicht zu stehen. Seit sie in L. A. war, hatte Fiona Jake noch nicht gesehen, doch sie hatte das Drehbuch gelesen und wusste, dass es eine Szene mit Zane gab, in der der Held an der Höhlenwand hochklettern und in ein schlammiges Wasserloch fallen sollte. Sie war sich ziemlich sicher, dass sich ein Mann, der peinlich genau darauf achtete, dass seine Schuhe nicht staubig wurden, kaum an einer Höhlenwand die Finger schmutzig machen und sich erst recht nicht in den Schlamm fallen lassen würde.

»Schnitt!«, dröhnte eine gebieterische Stimme durch das Set.

Sofort brach Hektik aus, immer neue Kommandos ertönten und ein ganzer Schwarm von Leuten rannte plötzlich zwischen den Kulissen hin und her. Fiona betrachtete das Chaos verwirrt und wusste nicht, was sie tun sollte. Ob sie zu Trish gehen und sie fragen sollte, ob sie etwas brauchte? Vielleicht ein Glas Wasser? Eine Frau machte sich an Trishs Frisur zu schaffen, während eine andere ihr Stirn und Wangen mit einem Make-up-Schwamm abtupfte.

»Entspann dich. Sie bereiten nur alles für den Einsatz des Stuntmans vor«, sagte Patch, der mit Klemmbrett und Headset ausgestattet neben Fiona stand.

Warum hatte sie das Gefühl, dass ihr Herz aussetzte und sie keine Luft mehr bekam? Schließlich war Jake der Grund, weshalb sie hier war. Doch wenn es um Jake ging, führten ihre Emotionen ein Eigenleben.

»Oh«, brachte sie mühsam hervor. Sie hörte Jakes Stimme, bevor er plötzlich auftauchte und Patch auf den Rücken schlug.

»Schön, dich zu sehen, Pat—«

Offenbar hatte Fionas Anblick auf ihn dieselbe Wirkung wie umgekehrt. Jake blieb unvermittelt stehen und zog verwirrt die Stirn kraus. Und alle am Set sahen zu. Und warteten.

*O Gott, das war überhaupt keine gute Idee.*

Sie hatte die ganze Sache nicht bis zu Ende durchdacht. Er starrte sie an und sein Gesichtsausdruck war unergründlich. Er war entweder wütend, durcheinander oder irgendetwas dazwischen, aber eins war sicher. Er war nicht erfreut.

»Jake Braden, Fiona Steele. Sie ist Trishs Assistentin«, sagte

Patch.

»H-hallo.« Wenigstens klang sie so, als habe es ihr die Sprache verschlagen, weil sie plötzlich dem berühmten Jake Braden gegenüberstand. Dass sie kaum ein Wort hervorbrachte, weil sie in Jake Braden verliebt war, konnte keiner ahnen. Sie sah verlegen an sich herunter. Ihre Klamotten waren nicht gerade sexy, doch eine sexy Aufmachung hatte sie noch nie gebraucht, um Jakes Blicke auf sich zu ziehen. Als sie sich am Morgen angezogen hatte, war sie sicher, dass sie ihn auch in Shorts und T-Shirt zurückgewinnen konnte. Dass er sie ansehen und der Hitze erliegen würde, die zwischen ihnen aufflammte.

Jake nickte ihr kurz zu und ging dann zum Set hinüber. Die beiden Frauen ließen von Trish ab und eilten zu Jake. Er war genauso gekleidet wie Zane, und Fiona brauchte einen Moment, bevor sie verstand, dass das Absicht war. *O je.* Ihr Kopf war wirklich nicht in Höchstform.

»Jetzt ist er im Stress, aber eigentlich ist er ein richtig netter Typ.« Patch stieß ihr den Ellbogen in die Rippen und riss sie aus ihrer Benommenheit. »Nimm's nicht persönlich.«

Sie atmete tief ein und aus. Sie würde es schaffen. Es war so, als würde sie sich einen Film ansehen. Genau so. Einen Film mit dem Mann, den sie anbetete und der gleich fünfzehn Meter tief in ein schlammiges Wasserloch fallen würde.

Trish warf ihr einen Blick zu, lächelte sie strahlend an und winkte. Fiona gelang es, ihr mit hochgerecktem Daumen *Alles prima* zu signalisieren, bevor die Dreharbeiten weitergingen. Wenn sie sich nicht unendlich blamieren wollte, musste sie sich zusammenreißen und selbst ein bisschen schauspielern.

»Ach, kein Thema. Ich kenne Jake seit Ewigkeiten. Wir ... sind zusammen aufgewachsen«, sagte sie zu Patch. Na also. Sie konnte sich tatsächlich wie ein ganz normaler Mensch verhalten. Und niemand brauchte zu wissen, dass sie hoffte, die eiserne Fassade zu durchdringen, die ihr zorniger Ex-Freund um sich hochgezogen hatte.

»Ach, dann kommst du also aus Colorado?«, fragte Patch.

»Ja, genau.«

Jemand rief: »Ruhe bitte!«, und Fiona wusste, dass gleich wieder gedreht werden sollte. Dann folgte eine Reihe von Ansagen: *Ton ab, Läuft, Kamera ab, Läuft, Klappe* und schließlich *Bitte.* Sie hatte sich immer vorgestellt, dass einfach jemand die Filmklappe schlug und der Regisseur »Action!« brüllte. Auf jeden Fall lernte sie eine Menge über das Filmemachen und konnte inzwischen verstehen, warum so viele Leute davon magisch angezogen wurden. Jeder einzelne Moment war unglaublich spannend und erforderte Disziplin und Gewissenhaftigkeit. Das Ergebnis all dieser harten Arbeit schließlich auf der Kinoleinwand zu sehen war für Besetzung und Stab sicherlich so aufregend wie die Entdeckung von Supervulkanen in Utah für Geologen.

Jake, der wie eine kräftigere, männlichere Version von Zane aussah und dabei tausendmal sinnlicher wirkte, hangelte sich mit Fingern und Stiefelspitzen an der gewölbten Wand hoch, bis er fast genau über dem Höhlenboden hing. Fiona hielt den Atem an. Sie hatte sich die Filme, in denen Jake mitspielte, immer wieder angesehen, doch sie hatte sich nie wirklich Gedanken darüber gemacht, wie gefährlich diese Stunts für ihn waren und wie viel Mut sie ihm abverlangten. Doch Jake war immer schon mutig gewesen. Sie hatte noch nie erlebt, dass er einer brenzligen Situation auswich, und sie wusste, dass er das Risiko liebte. Als Teenager hatte er nichts ausgelassen, das nach Gefahr roch, genau wie sein Bruder Wes. Jake war noch keine sechzehn Jahre alt, da hatte er schon Fallschirmspringen,

Bungee-Jumping, Felsklettern, Höhlenwandern und alle möglichen anderen halsbrecherischen Sachen ausprobiert. Er hatte Fiona sogar überredet, mit ihm auf Quads und Geländemotorrädern durch die Landschaft zu jagen. Sie hatte ihn auch auf einigen weniger anspruchsvollen Klettertouren begleitet, doch sie war längst nicht so waghalsig und tollkühn wie er. Seinen Mut hatte sie immer bewundert und liebte seine draufgängerische Art ebenso wie alles andere an ihm. Jake wäre nicht Jake, wenn er sich nicht kopfüber in jedes Risiko stürzte, das sich ihm bot – und sie würde nie versuchen, daran etwas zu ändern. Außer, es ging um andere Frauen. Wenn er in seinem Beruf Kopf und Kragen riskierte, war das eine Sache. Doch wenn es nach ihr ginge, würde er nie wieder mit jemand anderem als ihr etwas riskieren wollen.

Sie wandte sich ab, als er mit Armen und Beinen rudernd von der Höhlendecke stürzte. Er landete mit einem lauten *platsch* im Wasser und ein schlammig brauner Sprühregen ergoss sich über alles. Fiona presste sich die Hand auf den Mund, um nicht erschreckt aufzuschreien.

*Bitte, es soll ihm nichts passiert sein, bitte, bitte.*

Jake verschwand für einen Augenblick unter der Wasseroberfläche, dann tauchte er plötzlich wieder auf. Er war über und über mit Schlamm bedeckt, doch sein Lächeln strahlte durch die Schmutzschicht, als er die Arme hochreckte und einen triumphierenden Schrei ausstieß.

»Schnitt!«, brüllte der Regisseur. »Jake, wie oft muss ich dir das noch sagen? Nicht schreien, bevor ich *Schnitt* gesagt habe!«

»Es war brillant, das weißt du genau«, erwiderte Jake mit einer wegwerfenden Handbewegung. Eine Frau kam mit einem Handtuch, eine andere wischte ihm den Schlamm ab.

Fiona beobachtete ihn genau, als er davonging. Sie wollte

sich vergewissern, dass er sich nicht verletzt hatte. Ein paar Schritte und dann strahlte er dieselbe Kraft und Entschlossenheit aus wie sonst. Sie atmete erleichtert auf. Nur Jake konnte es wagen, dem Regisseur Widerworte zu geben. Fanden die anderen Frauen am Set das auch so faszinierend wie sie? Sie liebte sein selbstbewusstes Auftreten – und erinnerte sich nur zu gern daran, wie sehr es ihr im Bett gefallen hatte.

»Ganz schön spannend, was? Er ist der Beste von allen.« Patch ging quer über das Set zu Zane und reichte ihm eine Flasche Wasser. Fiona wachte widerstrebend aus ihren aufregenden Erinnerungen auf und griff sich ebenfalls eine Wasserflasche für Trish.

Jake folgte ihr mit dem Blick, als sie an ihm vorbeiging. Sie hätte ihm gern zu seiner Vorstellung gratuliert und ihm gesagt, wie atemberaubend es war, ihm zuzusehen, doch sie hatte so weiche Knie, dass sie es kaum bis zu Trish schaffte.

»Alles okay?«, fragte Trish.

»Das sollte ich dich eigentlich fragen.« Die Anspannung ließ ihre Stimme leicht zittern. »Erstaunlich, wie konzentriert alle bei der Sache sind.«

»Ist doch cool, oder? Ich kann es gar nicht fassen, dass du mich in all den Jahren noch nie am Set besucht hast. Ich bin froh, dass du hier bist.« Trish sah rasch zu Jake hinüber. »Der Typ ist heiß«, sagte sie leise.

»Unverschämt heiß.« Sie wusste ganz genau, wie heiß er war, und offenbar wusste ihr Körper es auch noch. Sie spürte, wie sich ihre Nippel unter Jakes eindringlichen Blick aufstellten. Wie sollte sie das sechs Wochen lang durchstehen? Und wenn sie tatsächlich wieder zueinanderfanden, fragte sie sich, wie sie den Rest ihres Lebens mit einem Mann zusammensein sollte, dessen bloßer Anblick sie in purer Lust entflammen ließ.

# Acht

Als Jake alle Szenen für diesen Tag abgedreht hatte, hatte sich der Himmel bewölkt und es war kühl geworden – ein sicheres Zeichen, dass ein abendlicher Sturm im Anmarsch war. Gegen niedrigere Temperaturen hatte er nichts einzuwenden. Er war schmutzig und verschwitzt und angespannt wie eine Feder, die jeden Moment losschnellen konnte. Im Laufe des Nachmittags hatte er Fiona mehrmals gesehen, war sich aber nicht sicher, ob sie ihn auch wahrgenommen hatte. In den Pausen zwischen den Takes hatte er sie beobachtet und gesehen, wie sie mit Trish lachte, sich mit Patch und Zane unterhielt und munter mit praktisch allen plauderte, die am Set arbeiteten. Selbst der Regisseur hatte mit ihr geredet. Was sie wohl gesagt hatte, dass Steve Hileberg auf sie aufmerksam wurde? Und warum arbeitete sie als Trishs persönliche Assistentin? Sie war keine Assistentin, sie war Geologin.

Jakes Assistentin Trace war eine pfiffige College-Absolventin mit einem Abschluss in Musik, die hoffte, irgendwann in der Unterhaltungsindustrie Fuß zu fassen. Sie spielte Bassgitarre und fand es anregend, mit Gleichgesinnten zusammenzusein. Für sie war es also völlig normal, sich einen entsprechenden Job zu suchen. Bei Fiona war es allerdings unwahrscheinlich, dass sie sich plötzlich nicht mehr für Geologie interessierte, sondern ihr Glück beim Film suchte. *Was zum Teufel machte sie also hier?*

Jake steuerte auf seinen Wohnwagen zu. Er musste unbedingt duschen.

»Jake!«

Er wandte sich um, als er Jon Katon rufen hörte. Jon war einer der Produktionsassistenten. Er war groß, hatte sandfarbenes Haar und leuchtend blaue Augen und wollte wie so viele andere hier am Set eigentlich Schauspieler werden. »Hey, da war ein Mädel, das nach dir gefragt hat.«

»Ach ja? Und was gibt's sonst Neues?« Jakes Lachen war nur Fassade. Ein Teil von ihm hoffte, dass es Fiona war, während ein anderer Teil von ihm versuchte, diese Hoffnung mit einem Vorschlaghammer niederzuknüppeln. Allerdings ohne großen Erfolg.

»Tja, also, sie ließ sich nicht so leicht abwimmeln. Meinte, sie hätte was für dich. Ich hab ihr zwar gezeigt, wo dein Wohnwagen steht, hab ihr aber auch gesagt, dass sie zu Trace gehen soll.«

Jake sah missmutig zu seinem Wohnwagen hinüber. Einmal hatte er dort zwei splitternackte Schauspielerinnen vorgefunden, die auf seinem Sofa herumknutschten. Seitdem hatte er zwar ein zusätzliches Schloss an der Tür, doch ein hartnäckiger Eindringling ließ sich auch davon nicht abschrecken.

»Keine Sorge, ich hab sie vorhin drüben an einem anderen Set gesehen. Sie wartet nicht auf dich.«

»Puh, ein Segen! Danke, Jon.« Erleichtert setzte Jake seinen Weg fort.

Jakes Wohnwagen glich eher einem ansehnlichen Einfamilienhaus auf Rädern. Dort fehlte es an nichts: Plasmafernseher, bestens eingerichtetes Wohnzimmer und Essecke, komplettes Bad mit allem Drum und Dran. Es gab sogar ein Obergeschoss. Mit etwas über sechzehn Metern Länge konnte es, was Größe und Ausstattung anging, durchaus mit den Luxuswohnmobilen der A-Promis der Branche mithalten. Er streifte sein Hemd ab und holte sich ein Glas Wasser. Auf dem Tisch lag sein Zeitplan, dafür hatte Trace gesorgt. Er setzte sich aufs Ledersofa und schlug die Mappe auf, die sie ihm ebenfalls hingelegt hatte. Darin fand er einen Umschlag, auf dem von Hand geschrieben sein Name stand. Die schnörkelige Schrift würde er überall erkennen. Es war also tatsächlich Fiona gewesen, die nach ihm gesucht hatte. Er war sich nicht sicher, was er bei diesem Gedanken empfand.

»Fi, was hast du getan?« Er lächelte unwillkürlich, als er den Umschlag öffnete und die Kopie eines Schwarzweißfotos herauszog. Es war eine Seite aus ihrem Highschool-Jahrbuch. Er hatte das Bild seit Ewigkeiten nicht mehr gesehen, doch an den Abend, an dem es aufgenommen worden war, erinnerte er sich, als sei es gestern gewesen. Beim Abschlussball der Highschool hatte er einen hellgrauen Smoking getragen und Fiona hatte ein trägerloses weißes Kleid mit einer goldfunkelnden Schärpe an, die von der Hüfte quer über das geraffte Oberteil bis zu einer Schulter reichte. Sie sah umwerfend aus und es war ein wundervoller Abend gewesen.

Sie waren zu *King* und *Queen* des Abschlussballs gekürt worden und hatten sich stundenlang in die Augen gesehen, getanzt und mit ihren Freunden herumgealbert und gelacht. Jake war nie glücklicher gewesen als an jenem Abend. Ein ganzes Leben mit Fiona erwartete ihn und er hatte sich vorgestellt, dass es von nun an immer so unglaublich sein würde. Nach der Feier waren sie zu dem Aussichtspunkt an der alten Bergstraße gegangen, um sich den Sonnenaufgang anzusehen. Andere Paare hatten sich nach dem Ball davonge-stohlen, um die Nacht in einem Hotelzimmer in einer der benachbarten Städte zu verbringen, doch bei der Beziehung zwischen Fiona und ihm ging es nicht nur um Sex, sondern um etwas viel Tieferes.

Mit Fiona war Sex so intensiv und leidenschaftlich, wie er es seitdem nie wieder erlebt hatte. Bis vor ein paar Tagen hatte er geglaubt, dass er es auch nie wieder so erleben würde. Er hatte sie geliebt. Und er hatte sie gehasst. Jedenfalls dachte er, dass er sie hasste, doch allmählich wurde ihm klar, dass es kein Hass war, den er empfand. Es waren Angst und Schmerz, die Schwächen, die er am meisten fürchtete und die er erst langsam zu verstehen begann.

Es war einfacher, wütend statt verletzt zu sein, aber es war nicht weniger schmerzhaft.

Überhaupt nicht.

Auf der Rückseite des Fotos stand in Fionas Handschrift: *Hanging by a Moment… Von einem Moment zum anderen, so haben wir damals gelebt. Ich bin bereit für mehr. Fi.*

Fast wäre er aufgestanden, um *Hanging by a Moment* von Lighthouse aufzulegen, doch er blieb sitzen, starrte auf das, was Fiona geschrieben hatte, und schob schließlich alles wieder in die Mappe.

Es war kurz nach sieben, als er mit Duschen fertig war. Er hatte Hunger und draußen regnete es in Strömen. Wie war das? *It never rains in Southern California…* Bevor er den Wohnwagen verließ, steckte er den Umschlag von Fiona in die Tasche. Er musste noch eine Weile darüber nachdenken.

Er stieg auf seine Ducati und fragte sich, warum es ausgerechnet an dem Abend wie aus Eimern schütten musste, an dem er nicht mit dem Auto, sondern mit dem Motorrad unterwegs war, und an dem er zu allem Überfluss den Kopf voll hatte mit Gedanken an Fiona. Als er durch die Tore vom Filmgelände fuhr, waren die Bürgersteige menschenleer, bis auf eine Frau, die schützend eine Zeitung über sich hielt. *Fiona?*

Jake hielt ein paar Meter vor ihr an, sprang vom Motorrad und griff sich den zusätzlichen Helm, den er immer dabei hatte. Fiona war vollkommen durchnässt, die triefende Zeitung konnte den Regen nicht abhalten. Er nahm seinen Helm ab und reichte ihr den anderen, während er überlegte, ob das ein abgekartetes Spiel der Regengötter war.

»Jake.«

»Komm«, brüllte er gegen das Prasseln des Regens an. »Sag mir, wo du hinwillst, und ich fahre dich.« Sie hielt sich immer noch die Zeitung über den Kopf, also nahm er sie ihr aus der Hand und setzte ihr den Helm auf. Ein kaum wahrnehmbares Lächeln huschte über ihr Gesicht. Er klappte das Visier hoch und sie blinzelte ihn an. Sie sah hinreißend aus – und erstaunt.

»Wohin?« Er stand im strömenden Regen neben ihr und merkte plötzlich, dass der gewaltige, wutschnaubende Gorilla, der ihn jahrelang begleitet hatte, verschwunden war. Stattdessen verspürte er nur den Wunsch, Fiona zu helfen.

»Du brauchst nicht …«, begann sie und sah ihn an.

»Fiona, wo willst du hin?«

Sie nannte ihm die Adresse des Apartments, das sie gemietet hatte.

»Das ist ziemlich weit von hier. Warum hast du dir kein Taxi genommen?«

»Wollte ich ja, aber ich hab keins gesehen.« Sie troff vor Nässe und zitterte.

Für Jake war es das Selbstverständlichste der Welt, ihr seine Jacke überzustreifen, so wie er es früher immer getan hatte. Ihre

Hände verschwanden in den langen Ärmeln und sie sah so verletzlich aus, dass er sie am liebsten in die Arme geschlossen hätte. Der nächste Gedanke, mit dem er nicht gerechnet hatte.

»Es gibt einen Taxiservice. Wahrscheinlich hat dir das niemand gesagt. Hast du schon was gegessen?«

Sie schüttelte den Kopf.

»Okay. Bis zu meinem Haus ist es nicht so weit. Lass uns zu mir fahren, einen Happen essen, und dann bringe ich dich mit dem Auto nach Hause.« Er hatte keine Ahnung, woher *dieser* Gedanken plötzlich kam, aber es war in Ordnung so. Vielleicht war es an der Zeit, dass er seine mürrische Art aufgab und sich ehrlich ansah, was da gerade mit ihm passierte.

»Nein, Jake, das musst du nicht. Ich habe ein schlechtes Gewissen, wenn ich dir deinen Feierabend stehle.«

Er hob eine Augenbraue. »Das tust du nicht.«

Diesmal war ihr Lächeln nicht zu übersehen. »Stimmt, aber —«

Er nahm sie bei der Hand und führte sie zum Motorrad. Ihre Hand fühlte sich so tröstlich und vertraut an wie die Rückkehr nach Hause, wenn man zu lange fort gewesen ist. Er half ihr auf das Motorrad und setzte sich dann vor sie. Sie legte die Arme um ihn und er zog sie behutsam näher zu sich heran, sodass sie mit dem Oberkörper an seinem Rücken lag und ihre Beine sich berührten. Als er den Motor dröhnend anließ, klammerte sie sich noch fester an ihn. Jake grinste breit.

Am liebsten wäre er ganz langsam gefahren, um ihren süßen Körper an seinem zu spüren, doch er sah ein, dass sie so schnell wie möglich ins Trockene musste. Er nahm die letzte Kurve und raste den Hügel hoch zu seinem Haus. Als er in die Zufahrt einbog, aktivierte er automatisch die Außenbeleuchtung, die das zweistöckige Haus in warmes Licht tauchte. Mithilfe einer

Fernbedienung am Lenkrad ließ er das Garagentor hochfahren, parkte das Motorrad und stieg ab. Dann half er Fiona, den Helm abzunehmen. Sie lächelte ihn an.

Er versuchte, nicht auf ihre kecken Nippel zu starren, die sich gegen den Stoff ihres durchnässten T-Shirts drängten. In ihren Shorts, die wie angegossen saßen, und seiner viel zu langen Jacke sah sie sexy und unschuldig zugleich aus. Und unglaublich verführerisch.

Da standen ein mitternachtsblauer Aston Martin, ein schwarzer Jaguar, ein roter Ferrari und ganz hinten ein Mercedes McLaren. Bei ihrem Anblick wurde ihr Lächeln etwas zögerlicher.

»Gehören die alle dir?«

»Yep.« Wieder nahm er ihre Hand, und sie waren schon fast an der Tür, die von der Garage ins Haus führte, bevor er merkte, was er da getan hatte. Er blieb stehen und blickte auf ihre Hände hinunter. Dann sah er Fiona an, die ihn anlächelte, als hätte sie gerade einen Preis gewonnen. *Ach verdammt.* Er war hin und weg von ihrem Lächeln.

»Macht der Gewohnheit«, sagte er schulterzuckend. Er führte sie ins Haus und holte frische Handtücher aus dem Hauswirtschaftsraum. Er schob ihr seine Jacke von den schmalen Schultern und hängte sie an einen Haken neben dem Trockner. Dann begann er, behutsam erst ihre Schultern, den einen und schließlich den anderen Arm abzutrocknen. Sie standen dicht beieinander und er spürte, wie ihn unter ihrem Blick ein heißer Schauder durchlief, obwohl er vom Regen völlig durchnässt war. Fiona zitterte und er legte ihr ein trockenes Handtuch um die Schultern. Sie krallte die Finger darum, um es festzuhalten, und für den Bruchteil einer Sekunde berührten sich ihre Fingerspitzen. Sie sahen sich an.

Rasch wandte er den Blick ab und versuchte, seine widerstreitenden Gefühle unter Kontrolle zu bringen.

»Tut mir leid. Dir ist sicher furchtbar kalt.«

»Ist schon okay«, sagte sie leise.

Er kniete sich auf den Boden, um ihr die Beine abzutrocknen, und als er ihre Haut berührte, traf es ihn wie ein Hitzestrahl. Er richtete sich auf und reichte ihr das Handtuch.

»Du solltest ... ähm ...«

»Ja, natürlich. Tut mir leid.« Mit zitternden Fingern nahm sie das Handtuch und rubbelte sich die Beine trocken.

Es war so lange her, dass sie einander so nah gewesen waren, und Jake kämpfte gegen das Verlangen an, sie wieder zu berühren. Er hatte sich Fiona nie in seinem Haus vorgestellt, aber hier war sie nun, schöner als alle Frauen, die er je gesehen hatte, und sah ihn an, als hätte es die Jahre der Trennung nie gegeben. Wie einfach wäre es, sie zu küssen? Seine Lippen auf ihre zu senken und sie zu schmecken, wie früher? Ihr die nassen Sachen abzustreifen und sie zu lieben?

*Heiliger Strohsack.* Was war denn bloß in ihn gefahren? Er atmete tief ein und aus und nahm wieder ihre Hand. *Mist.* Eigentlich hatte er das gar nicht tun wollen, doch nun lag ihre Hand in seiner und fühlte sich verdammt gut an. Er führte Fiona in den Wohnbereich, der sich über einen großen Teil des Erdgeschosses erstreckte.

»Wow. Hier wohnst du?« Ihr Lächeln schwand, als sie sich umsah.

»Meistens«, erwiderte er. »Ich reise viel und habe mehrere Häuser, aber das hier ist mein Hauptwohnsitz.« Normalerweise war er stolz auf das, was er erreicht und sich geschaffen hatte, doch nun hatte er das Gefühl, großspurig zu klingen.

»Jake, das ist ...« Sie ging zu den Glastüren, die zum Garten führten, und spähte durch den Regen zu der beleuchteten Bar und dem Swimmingpool hinüber.

Jake beobachtete sie mit einer Mischung aus Stolz und Verlegenheit. Er hatte die besten Innenarchitekten angeheuert, die den Raum mit dunklen, maskulinen Farben und den feinsten handgefertigten Möbeln gestaltet hatten. Das Bild, das er mit seinen Häusern und Autos vermittelte, war Lichtjahre entfernt von dem bodenständigen Typen, der er früher gewesen war und der jede Protzigkeit verabscheute. War er wirklich zu einem reichen Angeber geworden? Oder war das auch nur eine Fassade, wie sein Zorn? Eine Fassade, mit der er den Rest der Welt auf Armeslänge von sich weghielt, damit niemand sah, wer er wirklich war. Damit niemand den Mann sah, den Fiona vernichtet hatte.

»Ich glaube, es ist ganz anders, als ich es erwartet hatte«, sagte sie stockend. »Ich wusste gar nicht, dass du einen so extravaganten Geschmack hast.«

Nein, woher sollte sie das auch wissen? Als sie zusammen gewesen waren, hatte er keine materiellen Dinge gebraucht. Er hatte Fiona und seine Familie und war vollkommen zufrieden. Verdammt, mit Fiona hätte er auch in einem Zelt geschlafen. Er fuhr sich mit der Hand durch das nasse Haar, schob die Erinnerungen beiseite und führte sie ins Obergeschoss, vorbei an den Gästezimmern zu seinem Schlafzimmer. Erst als er vor seinem Schrank stand, ging ihm auf, dass er sie geradewegs in sein privates Reich gelassen hatte. Hier war er noch nie mit einer Frau gewesen. Bei Fiona war es ganz selbstverständlich, er dachte gar nicht darüber nach. Es war, als sei sich sein Körper die ganze Zeit sicher gewesen, dass Fiona eines Tages in sein Leben zurückkehren würde. Nun war sie hier und sein Körper wusste genau, was zu tun war.

Er wollte sich nicht näher mit diesem Gedanken beschäftigen, auch wenn er ihn überraschte. Er betrat den begehbaren Kleiderschrank, um etwas zum Anziehen für Fiona herauszusuchen. Sie lehnte im Türrahmen und sah nass und süß aus. Sofort war sein Beschützerinstinkt hellwach. Fiona war stark und tüchtig, doch sie hatte auch eine feminine, verletzliche Seite. Er hatte sie von Anfang an vor allem schützen wollen, vor Schmerz und Verletzungen ebenso wie vor schrecklichen Anblicken wie dem von toten Tieren, die jemand angefahren und am Straßenrand zurückgelassen hatte. Und jetzt hätte er sie am liebsten ins Badezimmer getragen, ihr ein heißes Bad eingelassen und sie von oben bis unten abgewaschen, bis sie sich warm und sicher fühlte. Er zwang sich, seine Aufmerksamkeit auf das Naheliegende zu richten: Fiona brauchte etwas Trockenes zum Anziehen.

»Dieser Kleiderschrank ist geräumiger als das Apartment, das ich gemietet habe.«

»Ja, er ist sehr praktisch.« Er fand eine Sweathose, die nicht ganz so groß war wie die anderen, und ein T-Shirt und reichte ihr beides. Wahrscheinlich passte sie in ein Hosenbein seiner Trainingshosen. »Ich lasse dir ein Bad ein und dann werfe ich deine nassen Sachen in den Trockner.«

Sie folgte ihm ins Bad und versuchte den Eindruck zu erwecken, als sei sie überhaupt nicht neugierig.

»Fiona, ich habe nichts zu verbergen.« Er sah zum Waschtisch hinüber, auf dem neben seinem Zahnputzbecher seine Rasierwässer und andere Männerdüfte standen.

»Ich dachte auch nicht …«

»Nein, aber du versuchst, dich nicht umzusehen.« Er lächelte, um ihr zu zeigen, dass er nicht verärgert war.

Sie errötete. »Danke, dass du mich aufgesammelt hast.

Diesmal hab ich unser Zusammentreffen wirklich nicht geplant.« Sie lächelte und fuhr mit dem Finger am Rand des Waschtisches entlang, während er heißes Wasser in die Wanne laufen ließ.

Er nickte. »Ich weiß.«

Er sah ihr zu, wie sie seine Duftwässer eines nach dem anderen in die Hand nahm und begutachtete. Vielleicht hätte sie seine Worte nicht als Aufforderung verstehen sollen, seine Sachen durchzusehen, doch er merkte, dass es ihn keineswegs ärgerte. Es überraschte ihn eher, wie sehr es ihm gefiel, dass sie in seinem Badezimmer war und alles anfasste. Ihre Blicke trafen sich und sie lächelte.

»Auf der alten Bergstraße hast du aber auf mich gewartet«, fuhr er fort, »und irgendwie hast du es geschafft, das hier in meinen Wohnwagen zu manövrieren.« Er griff in seine Hosentasche und zog den Umschlag hervor, den er gefunden hatte.

»Ich habe Trace ausfindig gemacht, deine Assistentin. Sie ist übrigens wahnsinnig nett.« Sie lehnte sich an den Waschtisch und spielte nervös mit einer Haarsträhne.

Er legte den Umschlag neben sie. Ihre Ehrlichkeit berührte ihn. Sie war stets aufrichtig gewesen und er wusste es zu schätzen, dass sie unumwunden zugab, sich nach Trace umgesehen zu haben. Sie war immer noch dieselbe Fiona wie früher. Das Leben hatte sie nicht so abgeklärt und zynisch gemacht wie ihn, und er wollte ihr nahe sein, um etwas von ihrer Unschuld abzubekommen.

»Fi, was willst du von mir?« Er erkannte seine eigene Stimme kaum, so locker und sanft klang sie. Er trat einen Schritt näher zu ihr und hatte das Gefühl, sich selbst nicht mehr zu kennen. Das nervöse Flattern in der Magengegend nicht und auch nicht die Art, wie er atmete, so schwer und laut.

»Ich will nichts *von* dir, Jake. Ich …« Sie senkte den Blick und fuhr wieder mit dem Finger am Waschtisch entlang. »Ich möchte nur eine Chance, herauszufinden, ob …« Sie wedelte mit der Hand durch die Luft, als könnte er sich den Rest ihres Satzes sowieso zusammenreimen. In ihren blauen Augen lagen Sorge, Schmerz und noch etwas anderes.

»Ist schon okay, Fi. Ich werde dir nicht den Kopf abreißen.« Im Moment war ihm eher danach zumute, sie in die Arme zu nehmen und zu küssen, und dieser Gedanke jagte ihm einen Höllenschrecken ein. »Ich war gemein zu dir, als wir uns in Trusty gesehen haben, und es tut mir leid. Es … es war so lange her.«

»Es tut dir leid? Wirklich?« Ihr Blick wurde wieder weich.

Ihre Stimme war sanft und süß und es war beinahe zu viel für ihn. *Aber nur beinahe.* Seine Wunden waren noch längst nicht verheilt, auch wenn sich seine Gefühle offenbar selbständig machten. Er überlegte einen Moment, bevor er antwortete.

»Ja, es tut mir leid. Es gibt keinen Grund, weshalb ich mich dir gegenüber so verhalten sollte.«

Sie stieß einen erleichterten Seufzer aus und nickte.

»Ich weiß nur nicht, was du willst.« Er warf einen Blick auf den Umschlag. Versuchte sie wirklich, die ganze Sache wieder einzurenken? Nach all den Jahren? Warum? Und was wollte er?

Für Jake war nicht nur der Zorn zum täglichen Begleiter geworden, sondern er war auch misstrauischer als früher. Er hatte ständig mit Leuten zu tun, die die Karriereleiter nicht schnell genug hinaufklettern konnten, sodass die erste Frage, die ihm durch den Kopf schoss, tatsächlich die war, die er Fiona gestellt hatte: Was wollte sie von ihm? Er wusste, dass es ihr nicht um ihr persönliches Fortkommen ging. Allein der Gedanke machte ihm klar, wie zynisch er geworden war. Falls er und Fiona versuchen sollten, die ganze Sache wieder ins rechte Lot zu bringen, musste er sich mit diesem Charakterzug beschäftigen – und nicht nur mit diesem.

*Falls …*

Seit wann stand diese Frage überhaupt im Raum?

Die Spiegel beschlugen, als sich die Wanne mit heißem Wasser füllte. Sie standen so dicht beisammen, dass er jeden ihrer Atemzüge hören konnte, und ihm fiel auf, dass ihr Atem schneller ging. Das Verlangen, die Hand auszustrecken und sie zu berühren, ihr die Wange zu streicheln, die sanfte Rundung ihrer Hüften zu fühlen, war überwältigend. Er ballte die Hände zu Fäusten und hätte schwören können, dass ihre weichen blauen Augen dunkler wurden. Er kannte diesen Blick. Es war lange her, doch es war ein Blick, den kein Mann je vergessen konnte.

»Ich glaube, du weißt, was ich will.« Ihre Lippen öffneten sich leicht.

Die Luft zwischen ihnen vibrierte vor Lust und Begierde und er spürte seine Erregung hart wie Stahl werden. Fiona stieß sich vom Waschtisch ab und streckte die Hände nach ihm aus.

»Jake.« Sie wandte den Blick ab.

Die Wogen des Verlangens schlugen über ihm zusammen, als er seine Hände auf ihre Hüften legte. Fast hätte er aufgestöhnt, als er nach all den Jahren ihren verführerischen Rundungen nachspürte.

»Jake! Das Wasser.«

Sein Kopf schnellte herum. Das Badewasser rann über den Rand der Wanne und um ihre nackten Füße bildete sich schon eine Pfütze. Wieso hatte er nicht aufgepasst? Er drehte den

Wasserhahn ab und schnappte sich ein Handtuch vom Regal. Er versuchte, alle Lust aus seinem Kopf und seinem Körper zu verbannen, doch Fiona kniete neben ihm und half ihm, das Wasser aufzuwischen. Dabei stieß sie an seine Schulter und ihre Knie streiften seine Schenkel. War es ein Versehen oder wollte sie ihm damit ein Zeichen geben? *Verdammt.* In seinem Kopf ging wirklich alles durcheinander.

Sie richteten sich gleichzeitig auf und prallten zusammen.

»Ich sollte besser …« Sie blickte zur Badewanne.

»Ja.« Sein Herz pochte heftig. Er hatte so seine eigenen Vorstellungen davon, was sie tun sollte, und das hatte nichts mit Baden zu tun, es sei denn, er stieg mit ihr zusammen in die Wanne. Er ließ etwas Wasser ab und war froh, eine Beschäftigung für seine Hände gefunden zu haben, sonst hätte er für nichts garantieren können.

»Damit es nicht überschwappt«, erläuterte er. Er deutete mit dem Daumen über die Schulter. »Ich werde … ich warte draußen. Du kannst, ähm, deine Sachen einfach vor die Tür legen und ich werfe sie in den Trockner.«

Sie schluckte und brachte kaum ein Nicken zustande, während er sich zwang, auf den Flur hinauszugehen und die Badezimmertür hinter sich zu schließen. Er lehnte sich an die Wand, schloss die Augen und wünschte, die Härte seiner Erregung möge sich weniger drängend in seiner Jeans bemerkbar machen. Dabei wusste er, dass es aussichtslos war.

Die Badezimmertür öffnete sich einen Spalt und Fiona streckte ihm ihre nassen Sachen entgegen. Wieder berührten sich ihre Fingerspitzen für einen Moment und wieder jagte wildes Verlangen durch seinen Körper. Als sich die Tür wieder schloss, fiel sein Blick auf das schwarze Spitzenhöschen und den passenden BH, die Fiona ihm mit Shorts und T-Shirt gegeben hatte. Er starrte die Badezimmertür an. Sie war nackt und ließ wahrscheinlich in diesem Augenblick ihre köstlichen Rundungen in das warme Wasser gleiten. Er konnte ihr nicht widerstehen. Er streckte die Hand nach dem Türknauf aus.

Sein Handy vibrierte in seiner Hosentasche und schickte kleine Stoßwellen gegen seine Erektion. Wer hätte gedacht, dass ein Klingelton solche Nebenwirkungen haben könnte – abgesehen davon, dass er ihn davon abhielt, eine Riesendummheit zu begehen.

# Neun

Jakes männlicher Duft hing in der dampfigen Luft im Badezimmer. Sein hungriger Blick hatte ihre eigene Lust angefacht und das Verlangen nach Jake ließ ihren Körper beben. Nervös warf sie einen raschen Blick auf die Tür, dann ertastete sie ihre feuchte Spalte und schloss die Augen. Sie wusste, dass sie sich in kürzester Zeit zum Höhepunkt treiben konnte. Danach würde sie wenigstens in der Lage sein, mit Jake zu Abend zu essen, ohne ihm die Kleider vom Leib reißen zu wollen. Ihre Finger wussten, was zu tun war, und streichelten gekonnt die empfindliche Stelle, während sie in ihrer Fantasie Jake vor sich sah, in seinem durchnässten T-Shirt, unter dem sich jeder Muskel abzeichnete. Sie stellte sich vor, dass seine Finger sie rieben und liebkosten, und glitt tiefer ins Wasser.

*Ich weiß nur nicht, was du willst.*

*Oh, Jake, in deinen Augen konnte ich sehen, dass du es weißt. O ja, du weißt es.*

Ihre Glieder kribbelten in Erwartung des Orgasmus, der wie eine Welle heranrollte. Ihr Atem ging schneller und sie spannte die Beine an, biss sich auf die Unterlippe und sehnte die befreiende Explosion herbei.

»Fiona?«

Ihre Hand stockte. »Ähm … ja?« *Mist. Mist. Mist.* Sie sah sich unwillkürlich im leeren Badezimmer um und kreuzte die Arme schützend über der Brust. Sie fühlte sich ertappt. Hastig ließ sie das Wasser aus der Wanne und griff nach einem Handtuch.

»Wie ist es mit Pasta zum Abendessen?«, rief Jake durch die geschlossene Tür.

Eigentlich hatte sie mehr Appetit auf ihn und nun lauerte zu allem Überfluss ein vielversprechender Orgasmus darauf, dass jemand das richtige Knöpfchen drückte. Sie würde also keinen klaren Gedanken fassen und schon gar nichts essen können.

»Klar«, brachte sie mühsam hervor.

Sie trocknete sich in Windeseile ab und zog sich sein T-Shirt über den Kopf. Es reicht ihr fast bis zu den Knien. Plötzlich fiel ihr ein, dass ihre Unterwäsche noch im Trockner war. Sie knotete das T-Shirt in der Taille, als ihr Blick auf die Sweathose fiel. Nicht gerade das passende Outfit, um einen Ex-Freund zu verführen, aber was blieb ihr anderes übrig? Sie zog sie an und rollte den Hosenbund so weit herunter, dass ihr Bauchnabel zu sehen war. Jake war ein kräftiger Bursche. Sie selbst war zwar nicht gerade gertenschlank, aber sie würde trotzdem Mühe haben, die Hose an Ort und Stelle zu halten. Und das nicht nur wegen ihrer wilden Fantasien.

Sie sah sich nach einem Kamm um und wollte gerade die Schublade am Waschtisch aufmachen, als sie plötzlich zögerte. Wer weiß, was er darin aufbewahrte. Sachen einer anderen Frau, Kondome, Sexspielzeuge? Sie beschloss, dass sie lieber nicht wissen wollte, was sich in der Schublade verbarg, und fuhr sich mit den Fingern durch die Haare. Das musste reichen. Gegen die Hitze auf ihren Wangen konnte sie allerdings wenig unternehmen. Nervös drehte sie den Türknauf.

Das Schlafzimmer war leer, wie Fiona erleichtert feststellte. Sie sah sich verstohlen um. Das Mobiliar aus dunklem Holz wirkte männlich, massiv und teuer. *Die flauschige braune Tagesdecke sah butterweich aus. Der Raum strahlte Behaglichkeit und Komfort aus und zeigte eine Seite an Jake, die sie noch nicht kannte.* Früher hatte Jake sich nicht um materielle Dinge geschert, abgesehen von den typischen Jungsspielzeugen wie Motorrädern, Jagdgewehren und Autos.

Auf der Kommode war kein Staubkörnchen zu sehen und sie schloss daraus, dass er seiner Putzfrau einen ansehnlichen Lohn zahlte. Jake mochte zwar ordentlich sein – für einen Mann war er sogar sehr ordentlich –, doch fürs Wäschewaschen oder sogar Staubwischen war er dennoch nicht der Typ.

*Er hat meine Sachen in den Trockner getan.*

Nun, das zählte eigentlich nicht. Wenn sie ihre eigenen Sachen nicht mehr anziehen konnte, müsste sie in seinen nach Hause gehen, und sie war sich sicher, dass ihm das nicht recht sein würde. Auf der Kommode stand ein gerahmtes Foto von Jake und Pierce. Sie nahm es in die Hand und sah es sich genauer an. Wahrscheinlich war es erst ein paar Jahre alt, jedenfalls war das Unschuldige und Weiche der Jugend aus den Gesichtern verschwunden. Sie sahen aus wie kernige Männer, beide unverschämt attraktiv wie alle in der Familie. Dabei waren sie aber nie eingebildet. Irgendetwas war anders an Jake, das war ihr bei ihrer Begegnung in der Brewery aufgefallen, etwas, das nichts mit dem Widerstreit der Gefühle in seinen Augen zu tun hatte. Sie hätte nicht gedacht, dass er so angespannt sein würde. Erst als er mit Sarah im Schlepptau aus der Bar stürmte, wurde ihr klar, was es war. Sie hatte von den Gerüchten gehört, hatte die Fotos in den einschlägigen Illustrierten gesehen. Es war unüblich, dass ein Stuntman von Fotografen verfolgt wurde, doch Jake war nicht irgendein Stuntman. Er war mit berühmten Filmstars befreundet und hatte ein Date nach dem anderen mit den begehrtesten Models und glamourösesten Schauspielerinnen. Da blieb es nicht aus, dass sich die Paparazzi an seine Fersen hefteten. Fiona wusste, dass er ein Draufgänger war, doch es war ein Schock, das mit eigenen Augen zu sehen. Auf keinem der Zeitschriftenfotos sah er glücklich aus und auch an jenem Abend hatte er nicht glücklich ausgesehen.

Sie starrte auf das Bild in ihrer Hand. Das Lächeln auf seinen vollen Lippen spiegelte sich in seinen Augen. Bei seiner Familie war er glücklich. Das konnte sie verstehen – seine Familie war einfach großartig. Sie liebten ihn und halfen einander, wo sie konnten. In ihrer Familie war es auch so, jedenfalls früher, bevor ihr Vater ausgezogen war. Traurigkeit überkam sie. Wenigstens kannte sie ihren Vater, während Jake seinen nie gesehen hatte. Ihr Herz krampfte sich zusammen bei diesem Gedanken.

»Das ist bei Ross' Verlobung aufgenommen worden.«

Sie zuckte zusammen, als Jake zu ihr trat. »Tut mir leid, ich wollte nicht in deinen Sachen herumschnüffeln.« Sie stellte das Bild auf die Kommode zurück.

Jake lächelte. Er legte ihr die Hand auf den Rücken und beugte sich zu ihr und sah dabei entspannter aus, als sie sich fühlte. »O doch, das wolltest du.«

Beim Klang seiner heiseren Stimme fuhr ihr ein Schauer über den Rücken. Sie hatte das Gefühl, als hätte er sie mit der Hand in der Keksdose erwischt, und das Lächeln in seiner Stimme machte es nur noch schlimmer.

Er drückte ihr seine Hand ein wenig fester an den Rücken. »Komm, lass uns nach unten gehen.«

Er klang so entspannt, dass sie plötzlich zweifelte, ob sie sich das erotische Knistern zwischen ihnen nur eingebildet hatte. *Lieber Himmel, das würde wirklich allem die Krone aufsetzen.* Er ließ sie vorausgehen und das machte sie verlegen. Früher hatte er sie immer damit aufgezogen, wie hübsch ihr Hinterteil sei. An etwas anderes konnte sie nicht denken, als sie nun die Treppe hinunterging. Sie hatte kaum einen Gedanken daran verschwendet, wie sich ihr Aussehen verändert hatte, seit sie achtzehn war, und eigentlich machte es ihr jetzt auch keine Sorgen, doch als sie die Hitze seines Blickes spürte, war sie sich ihrer Figur deutlicher denn je bewusst und war froh, dass sie alle die Jahre hindurch weiter gejoggt war. Die Botschaften, die Jake aussandte, hätten nicht widersprüchlicher sein können. Eben noch hatte sie gedacht, dass sie sich alles nur eingebildet hatte, und nun brannte sein Blick förmlich auf ihrem Rücken und die Knie wurden ihr weich.

Als sie ins Wohnzimmer traten, dachte Fiona, dass das ganze Haus einen sehr männlichen Eindruck machte, und obwohl Jake durch und durch männlich war, fragte sie sich, ob er es tatsächlich selbst eingerichtet hatte. Nirgendwo im Haus war er wirklich zu spüren, außer vielleicht im Schlafzimmer.

Sie folgte ihm in die geräumige Küche. Dort öffnete er eine Vitrine aus dunklem Holz und reichte ihr zwei Weingläser.

»Kleinere Anziehsachen hab ich nicht, tut mir leid.«

»Nein, tut es nicht«, sagte sie mit einem verschmitzten Lächeln.

Er nahm die Weinflasche und trat so nah an sie heran, dass ihr Herz einen Sprung machte.

»Nein, es tut mir wirklich nicht leid.« Seine Augen wurden dunkel und er sah sie unverwandt an. »Wenn ich ehrlich bin, wünschte ich, ich könnte alle meine Anziehsachen loswerden.«

Das war der Jake, den sie kannte und liebte und der immer

zum Flirten und Witzeln aufgelegt war. Allerdings war sie sich keineswegs sicher, dass der zornige Jake so schnell von der Bildfläche verschwunden war. Sie folgte ihm zu einer gemütlichen Essnische mit gedämpftem Licht und einem Ausblick über die Stadt, der selbst im strömenden Regen noch atemberaubend war. Dort hatte Jake zwei Gedecke aufgelegt.

Er rückte ihr den Stuhl zurecht, bevor er sich setzte, und Fiona war überrascht von der Vertrautheit seiner Gesten und gleichzeitig unsicher, was das alles zu bedeuten hatte.

»Dann bist du mir also nicht mehr böse?«, fragte sie, als er ihre Gläser füllte. Das Abendessen duftete köstlich und sah noch köstlicher aus. Sie hatte gar nicht gewusst, dass er kochen konnte, doch die verschiedenen Nudelsorten, das appetitlich angerichtete Gemüse und die cremige Soße ließen ihr das Wasser im Munde zusammenlaufen, fast so wie der Anblick von Jake in seinem eng anliegenden T-Shirt.

»Ich würde keine voreiligen Schlüsse ziehen.« Er nippte an seinem Wein und warf ihr einen verführerischen Blick zu. »Aber du bist hier und wir haben eine gemeinsame Vergangenheit.«

»Und? Fühlst du dich deshalb verpflichtet, nett zu mir zu sein?« *Warum musste ich diese Frage bloß stellen?*

Er lehnte sich zurück und nahm seine Gabel zur Hand. »Ich weiß nicht, was ich fühle, aber im Moment essen wir einfach zu Abend und unterhalten uns. Schließlich steigen wir nicht miteinander ins Bett.«

*Okay, hätten wir das also geklärt.*

Sie senkte den Blick und spießte eine Nudel auf. Sie war selbst überrascht, wie ärgerlich seine Worte sie machten. Wie kam sie auf den Gedanken, dass sie miteinander ins Bett steigen würden? Und warum wollte er nicht? Schließlich hatte er den Ruf, keine Gelegenheit auszulassen. Wahrscheinlich sagte das mehr über ihn aus als die Großzügigkeit und Fürsorglichkeit, die er ihr gegenüber gezeigt hatte. Das Problem war nur, dass sie nicht wusste, ob es ein gutes oder ein schlechtes Zeichen war.

Sie warf ihm einen verstohlenen Blick zu und sein selbstgefälliges Grinsen war eindeutig: Er wollte sie ärgern. Nun, dieses Spielchen konnte sie auch spielen.

»Danke für das Abendessen, es schmeckt sehr gut. Ich wusste gar nicht, dass du kochen kannst.«

Er setzte ein überhebliches Lächeln auf. »Ich bin eben vielseitig begabt.«

»Ein Mann, der kochen kann – das ist eine Begabung. Aber ein Mann, der beim Kochen nichts als eine Schürze anhat, tja, das ist wirklich ein lohnender Anblick.«

Jake betrachtete seine Gabel mit einer aufgespießten Nudel, während er sie langsam zwischen den Fingern drehte. »Die Schürze lasse ich meist ganz weg.«

Fionas Gabel blieb auf halber Strecke zu ihrem Mund stehen. Sie legte sie schnell auf den Teller zurück und trank ihr Weinglas in einem Zug leer. Jake schenkte ihr rasch nach.

»Dein Stunt am Set heute war super.« Sie musste unbedingt das Thema wechseln, denn wenn es um anzügliche Bemerkungen ging, war Jake ihr offenbar haushoch überlegen.

Er runzelte die Stirn. »Reine Routine. Du und Patch, ihr habt euch ganz gut angefreundet, oder?«

»Er war wirklich hilfsbereit. Alle waren sehr nett. Selbst Zane ist total unkompliziert.«

»Zane ist ein netter Bursche. Wir sind gute Freunde.« Jake spannte den Kiefer an und Fiona wusste, dass sie einen wunden Punkt erwischt hatte. Sie beschloss, ihren Vorteil auszuspielen.

»Live und in Farbe sieht er sogar noch besser aus als auf der Leinwand. Er hat mich gefragt, ob ich nächsten Freitag zu dem

Dinner für die Schauspieler und die Crew komme.«

»Nächsten Freitag?« Er trank sein Glas leer und schenkte ihnen beiden nach.

»Ja, Trish und ich gehen hin.« Sie nippte an ihrem Wein und fühlte sich entspannter und mutiger als vorher. Wein war ihr neuer bester Freund.

»Gehst du auch hin?«

»Ja, ich gehe auch hin«, erwiderte er mürrisch.

Sie beendeten ihre Mahlzeit und tranken die Flasche Wein leer. Irgendwann stand Jake auf und als er mit einer weiteren Flasche wiederkam, setzte er sich neben sie statt ihr gegenüber an der anderen Seite des Tisches. Sie sprachen über Luke und Daisys bevorstehende Hochzeit und wie seltsam es für Fiona war, dass Trish und Jake im selben Film auftraten. Das erinnerte Fiona daran, dass sie noch jemanden aus der Filmbranche kannte.

»Erinnerst du dich noch an Kaira Pepper?«, fragte sie. Kaira war mit ihren Eltern nach Trusty gezogen und hatte für die letzten zwei Schuljahre die dortige Highschool besucht. Ihr Vater hatte eine Farm gekauft und versucht, damit den Lebensunterhalt für die Familie zu verdienen, doch dann starb er plötzlich an einem Herzinfarkt. Danach kehrten Kaira und ihre Mutter nach Illinois zurück, wo Verwandte wohnten.

»Wer erinnert sich nicht an Kaira? Heiße Blondine, hat inzwischen Karriere als Pornostar gemacht.« Er stürzte seinen Wein hinunter.

Fiona beugte sich vor und legte ihm unwillkürlich die Hand auf den Oberschenkel. »Sie ist kein Pornostar. Sie ist Model.«

»Ist doch alles dasselbe.«

»Ist es überhaupt nicht.« Sie trank ihr Glas leer und war sich plötzlich seiner heißen, harten Muskeln unter ihrer Hand bewusst.

»Du hast recht. Ich weiß auch nicht, warum ich das gesagt habe. Es ist nicht dasselbe, aber sie hat tatsächlich Pornofilme gedreht.« Er nahm ihre Hand, stand auf und zog sie hoch. Sie strauchelte und hielt sich an seinem Hemd fest, um nicht das Gleichgewicht zu verlieren. Wieder wurde sein Blick dunkel und sexy, und Fiona musste sich beherrschen, um sich nicht auf die Zehenspitzen zu stellen und ihn zu küssen. Sie krallte die Finger in sein Hemd und ermahnte sich, keine Dummheiten zu machen, doch scheinbar war die Verbindung zwischen ihrem Kopf und ihrem Körper gestört, denn sie näherte sich seinen köstlichen Lippen.

*Nein. Nein. Nein. Ja, bitte, ja.*

Jake legte ihr den Arm um die Taille und wandte den Blick ab. Sie spürte, wie sein Körper starr wurde, bevor er einen Schritt zur Seite trat.

»Komm, ich zeig dir ein Beispiel für Kairas Arbeit.« Sein Ton war schroffer als noch vor einem Moment.

Fiona fühlte, wie ihr die Schamröte ins Gesicht stieg. Jake führte sie eine Treppe hinunter und durch einen großen Raum mit Billardtisch und Bar zu einem weiteren, schwach beleuchteten Raum, der mit Theatersitzen ausgestattet war. Wow. Der alte Jake hätte für samtbezogene Theatersitze nur Spott übriggehabt. Klappstühle wären für ihn allemal gut genug gewesen.

Während er in einem Schrank kramte, ging Fiona auf, was er da gerade gesagt hatte. Wollte er ihr wirklich einen Pornofilm vorspielen? *O Mist.* So weit war sie noch nicht, dass sie sich Pornos mit Jake ansehen konnte. Mit einer Fernbedienung in der Hand setzte er sich auf den Boden vor den Sitzen und klopfte einladend auf den Platz neben sich. Ihr wurde etwas wärmer ums Herz. Er hatte doch noch etwas vom alten Jake an sich.

Er drückte einen Knopf und Fiona wartete nervös. Kaira erschien in Großaufnahme auf dem Bildschirm, in einem Hauch von Unterwäsche. Sie sah so sexy aus, dass Fiona überlegte, ob sie nicht die Fronten wechseln sollte.

»Wow. Sie sieht unglaublich sexy aus«, flüsterte sie. Sie hörte Jake leise in sich hineinlachen und spürte, wie sich ihre Verlegenheit nach ihrem Beinahe-Kuss allmählich legte.

»Du hast recht. Es ist kein Porno, aber sie ist fast nackt.«

»Ich traue mich kaum zu fragen, warum du diesen Film hast.« Sie konnte ihren Blick nicht von Kaira losreißen, die ihre wundervollen Rundungen auf einem Laufsteg vor Publikum präsentierte. Sie gehörte zu einer Gruppe von sechs weiteren Models, die alle unglaublich sexy waren.

»Weil sie ihn mir gegeben hat.« Er blickte sie an und sie fragte sich, ob er sie eifersüchtig machen wollte.

Es funktionierte.

»Also … hattet ihr eine Beziehung?« Sie verabscheute den weinerlichen Ton in ihrer Stimme.

»Ich habe keine Beziehungen, Fiona.« Für einen Moment war der Zorn wieder da, dann verebbte er. »Sie wollte es mit der Schauspielerei versuchen und dachte, ich könnte die Aufnahmen an meinen Agenten weiterleiten.«

»Oh.« *Du hast keine Beziehungen?* Den Rest hatte sie nicht richtig mitbekommen.

»Er konnte nichts für sie tun, aber es war einen Versuch wert.« Er schaltete das Video ab und legte den Arm auf die Sitzreihe hinter ihr. Im schwachen Licht des Raumes wandte er ihr das Gesicht zu. »Warum siehst du mich so an?«, fragte er.

»Wie sehe ich dich denn an?« Sie schluckte. Bei dem

Gedanken, dass Jake und Kaira zusammen gewesen sein könnten, hatte sie ein flaues Gefühl im Magen bekommen. Trotz seiner Behauptung, keine Beziehungen zu haben, war ihr die Enttäuschung sicher noch anzusehen. Aber es ging ja nicht nur um Kaira. Wenn er sagte, dass er keine Beziehungen hätte, warum dachte sie dann, dass sie ihn wieder für sich gewinnen könnte? Vielleicht merkte er ihrem Blick an, dass sie alle Hoffnung dahinschwinden sah.

»Wie du mich ansiehst?«, fragte er. Seine Stimme klang weicher. »Wie damals auf dem Musikfestival, als ich versehentlich deinen Heliumballon habe fliegen lassen.«

Sie lächelte. Die Sache mit dem Ballon hatte sie ganz vergessen. »Ich wollte ihn dem kleinen Mädchen im Rollstuhl geben, weißt du noch?«

Seine Hand glitt auf ihren Rücken und sie spürte, wie er mit einer ihrer Haarsträhnen spielte, so wie er es früher immer getan hatte. Wunderbar warme Erinnerungen durchströmten sie und erfüllten sie mit Hoffnung.

»Ja, das weiß ich noch.« Seine Stimme klang leise und rau. Sie brauchte ihn nicht anzusehen, um zu wissen, dass er denselben Hitzefunken spürte wie sie. »Du hattest immer ein riesengroßes Herz.« Seine Hand lag einen Moment zwischen ihren Schulterblättern, dann verschwand sie.

Sofort sehnte Fiona sie zurück. Er wandte sich ab und die Atmosphäre im Raum wurde plötzlich kühler.

»Du hattest ein riesengroßes Herz«, wiederholte er, »aber nicht für mich.«

*O nein.* Vor dieser Unterhaltung hatte sie sich seit Jahren gefürchtet, und nun war es soweit und sie konnte kaum einen klaren Gedanken fassen. Alles, was sie hatte sagen wollen, war wie ausgelöscht, als sie die Verletztheit in seiner Stimme hörte.

»Jake.«

»Ist schon okay, Fiona. Wahrscheinlich war es besser so. Dass wir uns getrennt haben, meine ich.«

»Es war besser so?« War das sein Ernst?

»Klar. Überleg doch mal: Wie viele Leute, die in der Highschool zusammen waren, bleiben auf ewig zusammen? Es hätte sicher ein hässliches Ende genommen.«

»Das stimmt nicht und das weißt du auch.«

»Tatsächlich?«

Wieder wandte er ihr das Gesicht zu. Ihre Augen hatten sich inzwischen an das Dämmerlicht gewöhnt, sodass sie den Zorn sah, der in seinem Blick schwelte, auch wenn er sich bemühte, seine Stimme weicher klingen zu lassen.

»Du hast mich geliebt, Jake. In den zwei Jahren hättest du mich jederzeit betrügen können. Wir beide hatten reichlich Gelegenheit, fremdzugehen.«

»Und du bist dir sicher, dass ich es nicht getan habe?«, fragte er stirnrunzelnd. Für den Bruchteil einer Sekunde zweifelte sie.

Dann nickte sie wortlos.

Wieder glitt seine Hand auf ihren Rücken, doch sie wagte nicht, sich zu entspannen und seine Berührung zu genießen.

»Du hast recht. Damals hätte ich das nie getan. Aber jetzt …« Er zuckte mit den Schultern.

»Damals war ich völlig durcheinander, Jake. Als mein Dad ausgezogen ist, konnte ich kaum einen klaren Gedanken fassen.«

Er strich ihr über den Rücken. »Das war eine harte Zeit für deine ganze Familie. Ich weiß noch, wie Reggie wutentbrannt nach Trusty zurückkam.«

In dem Sommer, als ihr Vater die Familie verließ, machte Reggie gerade ein Praktikum in New York.

»Keiner meiner Brüder hat unserem Vater je verziehen. Ich

glaube, Reggie ist Privatdetektiv geworden, weil er nie wieder hinters Licht geführt werden will. Jedenfalls könnte man das vermuten.« Brent und Jesse lebten in Harborside in Massachusetts, sie wollten nichts mehr mit ihrem Vater zu tun haben. Finn arbeitete als Feuerspringer bei einer Spezialeinheit der Feuerwehr für Wald- und Flächenbrandbekämpfung, und so wie Jake brauchte er das Risiko in seinem Leben. Er hatte ein Herz aus Gold – außer, wenn es um ihren Vater ging.

»Und du, Fiona? Hast du deinen Frieden mit deinem alten Herrn gemacht?«

Sie nickte. »So gut es ging.«

Jake wandte den Blick ab. »Gut. Das freut mich. Ihr hattet immer eine enge Beziehung.«

»Jake, es tut mir leid, dass du deinen Vater nie kennengelernt hast.«

Mit einem leisen Lächeln auf den Lippen erwiderte er: »Tja, so ist das im Leben. Es läuft eben nicht immer so, wie man es sich vorstellt.«

*Autsch.*

Er rieb sich den Nacken, drehte den Kopf nach rechts und nach links, dann massierte er wieder.

»Komm, lass mich das machen.«

»Ist alles in Ordnung.«

»Ach, nun komm schon, Jake. Ich weiß, dass sich dein Nacken schnell verspannt, und außerdem hast du heute einen beeindruckenden Sturz hinter dir.« Behutsam drehte sie ihn so, dass sie von hinten an seinen Nacken kam. Mit beiden Händen fuhr sie ihm über den Hals, presste die Daumen in die verhärteten Muskeln und strich dann abwärts unter den Ausschnitt seines Hemdes und von der Wirbelsäule nach außen. Sie konzentrierte sich auf die Massage und versuchte, das Verlangen zu ignorieren, dass sich in ihr aufstaute.

Jake griff nach hinten und zog sich das Hemd über den Kopf. Fiona stockte kurz der Atem. Bald konnte sie für nichts mehr garantieren. Ihr Körper kribbelte vor Hitze, als sie die Hände wieder an seinen Hals legte. Er legte seine Hand auf ihre und drückte sie fest.

»Ich hatte vergessen, was du mit deinen Händen alles anstellen kannst.«

Sie schloss die Augen. Vernünftigerweise sollte sie nicht zu viel in den anzüglichen Unterton in seiner Stimme hineinlesen. Das Verlangen nach ihm war so mächtig, dass sie Gefahr lief, alles so zu deuten, wie sie es sich wünschte.

Er ließ ihre Hand los und sie spürte, wie er sich unter ihren Berührungen entspannte. Dabei musste sie sich zusammenreißen, um nicht lustvoll aufzustöhnen. Ihn zu berühren war ein Fest für alle ihre Sinne, nur der Geschmackssinn kam zu kurz – sehr zu ihrem Leidwesen. Sie hätte ihn nur allzu gern gekostet. Sie ließ die Hände über seine Schultern gleiten und knetete die angespannten Muskeln.

»Ich wollte dir nicht wehtun«, flüsterte sie. Die Worte kamen, ohne dass sie darüber nachdachte, was sie sagte.

Er nickte schweigend.

Sie fuhr mit den Händen über seine Oberarme und rutschte näher an ihn heran. Mit den Oberschenkeln an seinen Hüften hatte sie mehr Halt und konnte beim Massieren fester zupacken.

Jake seufzte und lehnte den Kopf an ihre Brust. Tränen stiegen ihr in die Augen. Sie spürte, dass sein Verteidigungswall zu bröckeln begann. Das bildete sie sich nicht ein, da war sie sich sicher. Sie genoss alles an ihm, den Seifenduft auf seiner Haut, das Gefühl, dass er sich entspannte und ihre Freundschaft annahm. Nach seiner Reaktion in der Brewery hätte sie sich all das nicht träumen lassen.

»Damals in Trusty haben wir uns wirklich von einem Moment zum anderen treiben lassen«, sagte er. »Aber das ist mir erst viel später aufgefallen. Ich dachte, was wir hatten, sei für immer.« Er griff nach hinten, legte den Arm um ihre Taille und drückte sie an sich. »Aber dir ging es wohl wie dem Mädchen in ›Drops of Jupiter‹.«

»Das Lied von Train«, flüsterte sie. Sie kannte es gut. Darin ging es um ein Mädchen, das seinen Freund verlässt, um sich selbst zu finden. Am Ende erlebt sie jedoch nur Einsamkeit. Das Lied hätte von ihr handeln können.

»Hast du gefunden, wonach du gesucht hast, Fi?« Er drehte sich halb herum und sah ihr in die Augen. »Wird der Himmel tatsächlich überschätzt, wie es im Lied heißt?«

»Alles ohne dich wird überschätzt. Das ist es, was ich herausgefunden habe.«

Er lehnte seine Stirn an ihre und ihre Hand glitt an seinen Oberkörper herab. Sein Herz schlug ebenso heftig wie ihres, das konnte sie spüren. Seine Hand glitt auf ihren Rücken.

»Fi, ich werde dich enttäuschen«, flüsterte er.

Sie schüttelte den Kopf. »Das glaube ich nicht«, entgegnete sie kaum hörbar.

Seine Hand wanderte an ihrem Rücken hoch bis zu ihrem Nacken und raubte ihr den letzten Rest an Vernunft. Seine Lippen waren so nah und sein Herz öffnete sich ganz vorsichtig. Sie spürte es in seinen Berührungen, sah es in den Tiefen seiner Augen.

»Ich will dir nicht wehtun«, sagte er ernst.

»Ich wollte dir nicht wehtun und ich werde für den Rest meines Lebens bereuen, was ich damals getan habe. Ich werde es nie wieder tun, Jake. Dafür habe ich dich viel zu sehr vermisst.«

»Hast du nicht gehört, was ich gesagt habe, Fi?« Er runzelte die Stirn. »Ich bin nicht mehr der, der ich früher war.«

Sie fuhr ihm mit der Hand durch die Haare. Aus seiner Kehle drang ein Laut, der ihr ins Herz schnitt. »Du bist auch nicht der, der du jetzt bist. Du bist irgendetwas dazwischen und ich würde gerne herausfinden, wer dieser Mensch ist.«

»Du bist mein Kryptonit«, flüsterte er und zog sie näher zu sich heran. Seine Lippen streiften ihre. »Ich konnte dir noch nie wiederstehen.«

»Dann tu es auch nicht.«

Er sah sie forschend an und sie hoffte, dass er erkannte, wie sehr sie sich nach ihm sehnte. Im nächsten Moment trafen sich ihre Lippen und ihr Körper fühlte sich an, als stünde er in Flammen. Der Kuss war sanft und rau zugleich, einen Moment lang zögernd, dann aggressiv und gierig. Seine Zunge glitt über ihre. Er zog sie mit sich auf den Boden, schob sie mit einer einzigen Bewegung unter sich und schlang beide Arme um sie, während er den Kuss vertiefte. Seine Lippen waren genauso weich, wie sie sie in Erinnerung hatte, doch die Bartstoppeln, die über ihre Wangen kratzten, waren neu und aufregend. Sein Kuss war eindringlicher, besser, hungriger und besitzergreifender. Sie wünschte, dieser Kuss würde nie zu Ende gehen, und als sich seine Hand unter ihr T-Shirt schlich und er die Unterseite ihrer Brüste mit dem Daumen streichelte, stöhnte sie voller Lust.

*Ja, bitte. Berühre mich. Nimm mich, werde mein.*

Plötzlich löste sich Jake von ihr und horchte stirnrunzelnd. »Hörst du das?«

Außer dem Tosen ihres eigenen Blutes und ihrem keuchenden Atem hörte sie nichts. Sie schüttelte den Kopf.

»Verdammt.« Er setzte sich auf, zog sie hoch und starrte an die Decke.

»Was ist das?« Sie nahm ein schwaches Geräusch wahr, konnte aber nicht sagen, was es war.

»Tut mir leid, Fi.« Er stand auf und half ihr auf die Füße. Sein Blick glitt über ihren Körper. Sie fühlte sich nackt. Ihre Brustwarzen waren hart, sie spürte die Feuchtigkeit zwischen ihren Beinen und ihr Innerstes bebte vor Verlangen. »Gott, sieh dich nur an.«

Sie versuchte vergeblich, sich die Haare glattzustreichen. »Ich konnte keinen Kamm finden.«

»Nein, du bist …« Er schüttelte den Kopf. »Viel zu sexy für diese Idioten.« Er zog sie an sich und atmete tief ein. Der Kuss, den er ihr auf den Scheitel gab, erinnerte sie an früher und sie fühlte sich sicher in seinen Armen.

»Komm.« Er nahm ihre Hand und führte sie die Treppe hoch ins Erdgeschoss. Stimmengewirr und Gelächter drangen von draußen herein. Der Regen hatte aufgehört und am Swimmingpool gingen mindestens zehn Leute umher und lachten und plauderten.

»Tut mir leid, ich wusste nicht, dass du Besuch erwartest.« Sie kreuzte die Arme über der Brust. Sie hatte keinen BH an, von einem Slip ganz zu schweigen. »Wo sind meine Sachen?«

Er legte ihr den Arm um die Schultern, führte sie zum Hauswirtschaftsraum und schloss die Tür. Dann holte er ihre Anziehsachen aus dem Trockner.

»Ich habe keinen Besuch *erwartet*. Das ist jetzt mein Leben, Fi.« Er sah sie fragend an, nahm dann ihre Wangen in die Hände und gab ihr einen langen, leidenschaftlichen Kuss. Seltsamerweise fühlte sich dieser Kuss wie eine Entschuldigung an.

Sie wusste nicht, was sie sagen sollte, und selbst wenn sie es gewusst hätte, hätte sie wahrscheinlich kein Wort hervorgebracht. Sie wollte noch einen Kuss und noch einen und noch einen. Sie drehte sich um, streifte sein T-Shirt ab und zog den BH an. Jake legte von hinten die Arme um sie und küsste sie auf den Nacken. Sie hielt lange genug inne, um den wohligen Schauer zu genießen, den seine Zunge auslöste, als sie langsam ihren Hals entlangfuhr.

»Das ist dein Leben.« Sie runzelte die Stirn. »Was meinst du damit?« Sie schlüpfte in ihr T-Shirt, dann drehte sie sich um und sah ihn an. Sein hungriger Blick traf sie wie ein Hitzestrahl, doch solange sie klar denken konnte, musste sie versuchen, ihn zu verstehen.

»Jake?« Es klang wie eine Bitte.

»Tut mir leid.« Er schüttelte den Kopf, als würde er gerade aufwachen. »Es passiert oft, dass Leute einfach vorbeischauen, ohne Vorwarnung.«

»Jake?«, rief eine Frauenstimme im Flur.

Fionas Augen weiteten sich. Jake beachtete die Frau im Flur gar nicht, sondern zog Fiona an sich und drängte seine harte Männlichkeit an ihre Hüfte. Er küsste sie mit einer Leidenschaft, bei der ihr die Knie weich wurden und in ihr die Sehnsucht nach mehr weckte.

»Du ziehst dich besser an. Das Spitzenhöschen, das du da in der Hand hältst, erinnert mich ständig daran, dass du keine Unterwäsche anhast.«

Nach diesem glühend heißen Kuss konnte sie keinen klaren Gedanken fassen und der hungrige Blick, mit dem er sie betrachtete, machte die Sache auch nicht besser.

»Jake?« Die Stimme der Frau kam näher und riss Fiona aus ihrer Benommenheit.

»Vielleicht solltest du dich um deine Freundin kümmern, während ich mich umziehe.« Sie wollte nicht, dass er ging. Sie wollte, dass er bei ihr blieb und sie wieder und wieder küsste, doch die Stimme der Frau weckte die Eifersucht in Fiona. Wenn ihre Beziehung zu Jake eine Chance haben sollte, musste sie sich gegen solche Dinge wappnen.

Jake wusste, dass er sich irgendwann mit der Frau im Flur auseinandersetzen musste. Später. Jetzt wollte er bei Fiona sein. Ihre Küsse hatten längst verloren geglaubte Erinnerungen und Gefühle aufgewühlt, die er nicht mehr loslassen wollte. Er hatte vergessen, dass ein Kuss mehr sein konnte als ein Ventil für seine angestaute Wut. Fionas Küsse waren warm und erotisch, wundervoll und sündig, und er wollte nicht riskieren, dass einer dieser verdammten Schauspieler dort draußen am Set, der unkomplizierter und lockerer war als er, genau das herausfand.

»Jake?« Die Stimme der Frau entfernte sich.

Er atmete erleichtert auf.

Fiona drehte sich um und ließ Jakes Sweathose langsam über ihre Hüften gleiten. Himmel, er würde es nicht schaffen, die Finger von ihr zu lassen. Vorsichtshalber stopfte er die Hände in die Hosentaschen und wandte sich ab.

»Lieber Gott, Jake. Die Leute kommen und gehen, wie es ihnen gefällt? Ich komme mir vor wie ein Teenager, der sich auf einer Party in die Besenkammer verdrückt.«

»Wenn du ein Teenager bei einem Stelldichein in der Besenkammer wärst, würdest du diese süßen Shorts bestimmt nicht *anziehen*.«

Sie machte gerade den Reißverschluss an ihrer Shorts zu, als er sich zu ihr umdrehte. Sie betrachtete ihn mit einem neckischen Lächeln. Jake nahm ihre Hand. Dabei versuchte er die Stimme in seinem Hinterkopf zu ignorieren, die ihn daran erinnerte, dass sie ihn in Tiefen berührte, die allen anderen Frauen verborgen geblieben waren. Sie hatte aber auch die Macht, ihn zu zerstören. Sie hatte ihn einmal verlassen, zu einer Zeit, als er gut und freundlich war. Ganz anders als jetzt. Als er ein besserer Mensch war. Wie konnte er darauf vertrauen, dass sie diesmal bei ihm bleiben würde, wenn ihm seine Vergangenheit wie ein Mühlstein um den Hals hing?

»Ich kann mir ein Taxi rufen. Dann kannst du hier bei deinen Freunden bleiben.«

*Freunde.* Das Wort ließ ihn innerlich zusammenzucken. Sicher, er hatte eine Handvoll Freunde, die er notfalls anrufen konnte, aber in dieser Hinsicht machte er sich nichts vor. Sie gehörten allesamt zu der Fassade, die er vor sich aufgebaut hatte. Sie kamen zu den Partys oder weil sie es schick fanden, in Jake Bradens Haus zu sein. Sie bewahrten ihn davor, zu viel Zeit mit seinen eigenen Gedanken zu verbringen und all die Gefühle zu analysieren, die Fiona ausgelöst hatte.

Er schob die unangenehmen Gedanken beiseite und zog sie an sich.

»Kommt nicht in Frage.« Das fühlte sich richtig an, dass sie bei ihm war, dass er sie in den Armen hielt. Heiliger Strohsack, er *wollte* sie wirklich in den Armen halten, nicht nur mit ihr schlafen. Es war Jahre her, dass er diesen Wunsch verspürt hatte – und ein unschönes Zeichen dafür, wie tief er gefallen war.

»Jake, es ist okay. Es macht mir nichts aus.«

Ihrer Stimme war deutlich anzumerken, dass es nicht wirklich okay war, auch wenn sie es ihm einreden wollte.

Vielleicht wollte sie es selbst auch glauben, doch die Hoffnung in ihren Augen war nicht zu übersehen.

Er war sich auch darüber im Klaren, wofür die Leute auf der anderen Seite der Tür standen: für den Mann, der er geworden war. Er fühlte sich so zerrissen, dass es wehtat. Es kam ihm vor wie beim Tauziehen: An einem Ende war Fiona, die ihm ein Tor zu dem öffnete, was er früher war, was sie beide früher hatten. Sie bot ihm eine Liebe an, die ihn ganz umfangen würde. Doch er konnte nicht vergessen, dass sie damals all das von einem Moment zum anderen hinter sich gelassen hatte. Am anderen Ende des Seils waren die Leute, die jetzt sein Haus bevölkerten und noch jede Menge andere, die das Leben und den Ruf symbolisieren, den er sich aufgebaut hatte. Wie sollte er bloß den richtigen Weg zwischen beiden Polen finden?

Er drückte Fiona noch fester an sich und sah ihr fragend in die Augen. Sie konnte ihm auch nicht sagen, was er mit all den unerfreulichen Gedanken anstellen sollte, die ihm durch den Kopf schwirrten. Sie hatte ihm zwar sehr wehgetan, aber sie hatte ihm auch geholfen zu erkennen, was aus ihm geworden war. Es gab noch verdammt viel nachzudenken, doch eines war sicher. Fiona verdiente es, dass er ehrlich zu ihr war.

»Fiona, ich kann dir nichts versprechen. Ich kann dir nicht versprechen, wie es mit uns weitergeht. Und was mich angeht, so kann ich dir ganz sicher nichts versprechen. Ich bin Stuntman, soviel weiß ich noch. Ansonsten bin ich mir nicht mehr sicher, wer ich bin.«

Sie schluckte schwer. In ihren hellblauen Augen standen Tränen.

»Ich kann dir nur eins sagen. Wenn wir uns küssen, empfinde ich etwas, was ich noch nie empfunden habe. Du machst etwas mit mir, was noch keine andere Frau vor dir mit mir gemacht hat, und ehrlich gesagt möchte ich auch gar nicht, dass eine andere Frau es probiert.«

»Aber?«, fragte sie vorsichtig.

»Aber zwischen dem, der ich war, und dem, der ich bin, liegen Jahre. Ich weiß nicht, ob man zurückgehen kann. Ich verbocke es bestimmt, und dann sicher richtig. Ich weiß nicht.«

Sie lehnte die Stirn an seine Brust und krallte die Hände in sein Hemd. »Ich weiß.«

Er umschloss ihr Gesicht mit den Händen und hob ihren Kopf an, sodass er ihr in die Augen sehen konnte. Er wollte, dass sie sich anhörte, was er zu sagen hatte. Er musste sicher sein, dass sie verstand, wie wichtig es ihm war, was er bereits gesagt hatte und noch sagen würde.

»Ich habe dir wehgetan, Jake, also wäre es nur fair.«

»Nein, es ist nie fair, wenn man jemandem wehtut, der einem etwas bedeutet. Wir haben es doch am eigenen Leib erfahren, oder? Wenigstens das haben unsere Väter uns fürs Leben mitgegeben.« Er schwieg, während er über seine Worte nachdachte.

»Ich habe keine Ahnung, wie ich in zehn Minuten sein werde, und schon gar nicht in einer Woche oder einem Monat.« Jake ermahnte sich, ehrlich zu sein. Am liebsten hätte er Fiona versprochen, dass er das Richtige tun konnte, aber er wusste, dass er dieses Versprechen nicht geben konnte.

»Ich will ja kein Reihenhaus und drei Komma fünf Kinder. Ich will nur sehen, ob wir wieder wir sein können. Von Tag zu Tag.«

»Von Tag zu Tag?«

Sie zuckte mit den Schultern und blinzelte gegen die Tränen an. »Jake, an mir sind die Jahre auch nicht spurlos vorübergegangen. Ich bin auch keine Heilige. Wir haben beide unsere Geschichte. Ich weiß nur, dass ich mich seit Langem nach dir zurücksehne und mich nie getraut habe, dieser Sehnsucht nachzugehen. Dein Erfolg als Stuntman hat mich etwas eingeschüchtert, aber vor allem hatte ich Angst, dass du mich hasst, weil ich damals Schluss gemacht habe ... und wahrscheinlich hast du mich tatsächlich gehasst. Das kann ich verstehen. Aber so sehr ich auch versucht habe, meine Gefühle zu ignorieren: Es ging nicht.«

»Fi ...« Er wusste nicht, was er sagen sollte. Dass sie sich schon seit Jahren wieder zu ihm hingezogen fühlte, aber Angst hatte, etwas zu unternehmen, machte ihn nachdenklich. Sie hatte Angst gehabt, weil er eine Wand zwischen ihnen hochgezogen hatte, und jetzt hätte er sich dafür ohrfeigen können. Sie sagte, sie sei keine Heilige, aber er kannte sie gut genug und wusste, dass sie nicht mit jedem Mann ins Bett stieg, der sie anmachte. Der Gedanke, dass er genau das mit Frauen gemacht hatte, ließ ihn beinahe auf die Knie sinken. Er wollte ihr danken, dass sie es noch einmal mit ihm versuchen wollte, doch das Einzige, das er hervorbrachte, war: »Okay. Von einem Tag zum nächsten. Ich glaube, das schaffe ich. Das will ich.«

Und das von ihm, der jede Verbindlichkeit scheute wie der Teufel das Weihwasser. Für ihn war es ein Riesenschritt, der ihm auch Angst einjagte, aber er wollte es probieren. Und wie er es probieren wollte! Er drückte sie an sich und hoffte im Stillen, dass er ihr nicht wehtun würde.

Den Arm besitzergreifend um Fionas Schulter gelegt, trat Jake aus dem Hauswirtschaftsraum in den Flur. Er dachte an den vorangegangenen Abend, als er erkannt hatte, in welche Schwierigkeiten er sich mit seinem gegenwärtigen Lebensstil gebracht hatte. Er war sich nicht sicher, ob er sich jemals daraus befreien konnte, und war sich schon gar nicht sicher, ob er sich tatsächlich daraus befreien wollte. Als er nun jedoch die lachenden, schwatzenden Leute in seinem Wohnzimmer sah, konnte er nur an die Frau denken, die er im Arm hielt. Am liebsten hätte er sie nach oben getragen und sie geküsst, bis sie beide die Jahre seit ihrer Trennung vergaßen. Allerdings hatte er die Rechnung ohne Megan Flexx gemacht. Jeder im Filmgeschäft kannte die dralle, dunkelhaarige Schauspielerin. Sie trug ein eng anliegendes blaues Kleid, das kaum ihren Hintern bedeckte, und stürzte sich sofort auf Jake, legte ihm den Arm um den Hals und küsste ihn auf die Wange, ohne Fiona auch nur eines Blickes zu würdigen.

Jake befreite sich behutsam aus Megans Klammergriff. »Megan, das ist Fiona. Fiona Steele, Megan Flexx.«

»Sie haben in ›Transformation‹ mitgespielt, stimmt's?« Fiona lächelte Megan an, doch Jake spürte die Anspannung in ihren Schultern.

Megan fuhr sich mit den Fingern durch das lange Haar. Mit abschätzigem Blick begutachtete sie Fiona von oben bis unten, sodass Jake sie am liebsten aus dem Haus geworfen hätte. Er zog Fiona noch ein wenig fester an sich.

»Ja.« Megan kaute auf ihrem Kaugummi herum wie eine Kuh und produzierte dann eine beeindruckende Blase. »Jake hat damals die Stunts gemacht. So haben wir uns kennengelernt, nicht wahr, Jake?« Sie ließ die Finger über seinen Oberkörper gleiten.

Jake trat einen Schritt zurück, bevor sie ihre Aktivitäten auf die tieferen Regionen ausdehnte.

»Äh, ja.« *Mist.* Fionas aufgesetztes Lächeln wurde zusehends steifer. »Ich möchte Fiona ein paar Leuten vorstellen. Wir sehen uns.« Er ging mit Fiona zu den Glastüren, die zum Garten führten. »Tut mir leid.«

»Es ist okay. Das ist dein Leben, Jake, ich verstehe das. Und du konntest ja nicht mit mir rechnen.«

Das kannst du laut sagen.

»Jake!« Kenny Clayton, ein vielversprechendes Schauspieltalent, winkte ihm von der Bar am Swimmingpool aus zu. Er hatte einen Arm um eine rothaarige Schönheit geschlungen, den anderen um eine Blondine.

Jake hatte das Gefühl, als bewegte er sich in Zeitlupe durch ein schrilles Gemisch aus Gelächter und Musik. Susie Clifton, eine zierliche Schauspielerin mit großen braunen Augen, hohlen Wangen und etwas schief stehenden Zähnen reichte Jake einen Drink.

»Danke.« Er drückte Fionas Schulter.

Auch Susie betrachtete Fiona von oben bis unten, allerdings etwas diskreter als Megan. Fiona war höllisch sexy und sie war eine natürliche Schönheit. Sie trug kaum Make-up, aber sie brauchte es auch nicht, und selbst mit ihrem vom Regen zerzausten Haar sah sie hinreißend aus. Er war froh, als Susie sie freundlich anlächelte und ihr die Hand entgegenstreckte.

»Hi, ich bin Susie.« Daran, dass sie so breit sprach, wie es bei ihr zu Hause in den Südstaaten üblich war, erkannte Jake, dass sie sich nicht verstellte. Auf ihren L. A.—Dialekt griff sie zurück, wenn sie Eindruck schinden wollte, wie bei ihrer ersten Begegnung mit ihm. Wenn man heraushören konnte, woher sie stammte, war sie einfach eine ganz normale junge Frau. Es kam allerdings nicht oft vor.

»Hi, ich bin Fiona.«

Jake spürte, wie die Anspannung in ihren Schultern etwas nachließ.

»Hast du ein Glück! Fiona ist so ein schöner Name. Nicht wie Susie. Ich meine, irgendwann ist man es leid, wenn die

Leute reflexartig ›und Strolch‹ sagen, sobald man seinen Namen nennt, oder?« Susie legte den Kopf schief und sah Jake an. »Behältst du sie für dich allein? Dann muss sie etwas ganz Besonderes sein.« Ohne eine Antwort abzuwarten, nahm sie Fionas Hand und zog sie mit sich. »Komm, wir besorgen dir auch einen Drink.« Über die Schulter gewandt sagte sie zu Jake: »Geh und misch dich unters Volk. Ich passe gut auf Fiona auf.«

Am liebsten wäre Jake mit ihnen gegangen. Es behagte ihm nicht, dass Fiona mit den Schauspielern und denen, die es werden wollten, zusammenkam. Sie waren Spieler und Blender, einer schlimmer als der andere. Verdammt, in L. A. waren fast alle Spieler und Blender – jedenfalls in den Kreisen, in denen er sich bewegte. Er sah, wie Kenny und die anderen Männer Fiona musterten, und sofort züngelte Eifersucht in ihm hoch. So war es vor Jahren auch auf der County Fair gewesen, als ein paar vorlaute Oberstufenschüler aus der Nachbarschaft sich an Fiona heranmachen wollten. Damals hatte er die Sache auf seine Weise geregelt. Was er jetzt empfand, hatte er seitdem bei keiner anderen Frau empfunden. Bis jetzt.

»He, Junge, alles okay?«

Zane tauchte neben ihm auf, mit einem Glas in der Hand.

»Ja, alles okay. Schön, dich auch mal wieder hier zu sehen.«

Zane zuckte die Schulter. »Tja, ich dachte, wenn ich irgendwo was Nettes finde, das mich heute Nacht wärmt, dann doch sicher bei dir.« Er klopfte Jake auf den Rücken und wies mit dem Kopf auf Fiona. »Die ist süß, nicht wahr?«

»Ja, stimmt. Richtig süß.« Er biss sich auf die Unterlippe, um Zane nicht zu sagen, dass er gefälligst die Finger von Fiona lassen sollte, doch er konnte sie nicht für sich beanspruchen. Noch nicht. *Von Tag zu Tag.* Was hieß das in Bezug auf Monogamie? Er sah, wie Kenny Fiona einen Arm um die

Schulter legte und ihr etwas zuflüsterte, das sie zum Lachen brachte. Mit Erschrecken stellte er fest, dass er genau wusste, was *von Tag zu Tag* bedeuten sollte. Der Gedanke, dass Fiona mit anderen Männern zusammen war, machte ihn verrückt. Mit Mühe hatte er die Vorstellung beiseiteschieben können, dass sie sich vielleicht mit anderen Männern traf, als sie meilenweit getrennt von einander lebten. Doch nun war sie hier bei ihm und er hatte ihre Süße wieder gekostet und sie in den Armen gehalten … Er hatte ihr in die Augen gesehen und zugelassen, dass sie den Teil von ihm berührte, den er so tief vergraben hatte. Er konnte es nicht länger leugnen: Bei dem Gedanken an Fiona mit einem anderen Mann zog sich alles in ihm zusammen.

»Sie kommt nächsten Freitag auch zu unserem Dinner. Vielleicht versuch ich's dann mal bei ihr.« Zane leerte sein Glas und zeigte zur Bar hinüber. »Ich hol mir noch einen. Für dich auch?«

Jake packte ihn viel fester am Arm, als er beabsichtigt hatte. »Das Dinner. Keine gute Idee, Zane.«

Zane sah ihn stirnrunzelnd an. »Und warum nicht?«

»Weil … da ist was zwischen uns.« Wow, hatte er gerade gesagt, dass sie zu ihm gehörte? Auf Zanes Gesicht breitete sich ein Tausend-Watt-Lächeln aus, also stimmte es. Ja, er hatte gesagt, dass sie zu ihm gehörte, und es fühlte genau richtig an.

»Super. Das ging aber schnell.« In diesem Moment steuerte Megan mit entschlossener Miene auf sie zu und Zane sagte: »Soll ich mich um Fiona kümmern, während du mal kurz mit Megan verschwindest?«

Jake war selbst überrascht, wie geschmacklos er Zanes Bemerkung fand. Er und Zane hatten sich immer gegenseitig unterstützt, wenn es darum ging, Frauen aufzureißen, und vor seiner Begegnung mit Fiona in Trusty hätte er ihn wahrscheinlich beim Wort genommen. Doch nun hatte er das Gefühl, dass der Mann, der er bis jetzt gewesen war, ein Mann wie Zane, um Lichtjahre von dem Mann entfernt war, der er sein wollte.

Jake sah zu Fiona hinüber. Sie hielt den Blick gesenkt und die Art, wie sie ihr Glas mit beiden Händen festhielt, zeigte deutlich, wie angespannt sie war. Kennys Mund schien nicht stillzustehen. Zwei andere Männer standen dabei, die Jake noch nie gesehen hatte. Wahrscheinlich hatte Kenny sie mitgebracht. Susie unterhielt sich gerade mit einer anderen Frau an der Bar. Sie hatte Fiona allein gelassen. Sofort meldete sich sein Beschützerinstinkt.

»Nein, Mann, nicht für mich«, sagte er zu Zane, bevor er sich einen Weg zu Fiona bahnte. Sie musste seinen Blick gespürt haben und sah ihn erleichtert an, als er ihr einen Arm um die Taille legte.

»Komm, wir hauen ab«, flüsterte er, während sie zum Haus zurückgingen.

»Und deine Freunde?« Sie warf einen Blick über die Schulter. »Jetzt konnte ich mich gar nicht von Susie verabschieden.«

Zane hob sein Glas, als sie an ihm vorbeigingen.

»Susie ist wirklich nett. Ich möchte ihr wenigstens Auf Wiedersehen sagen.«

Jake war es nicht gewohnt, dass Frauen lange diskutierten, bevor sie mit ihm eine Party verließen, und schon gar nicht, dass sie darauf bestanden, sich von jemandem zu verabschieden, den sie gerade erst kennengelernt hatten.

»Ist schon in Ordnung. Es macht ihr bestimmt nichts aus.«

Fiona blieb stehen und presste die Lippen zusammen. »Ihr

vielleicht nicht, aber mir. Es ist unhöflich, Jake. Ich bin gleich wieder da.« Sie ging zu Susie zurück, ohne dass er sie hätte aufhalten können.

Jake sah ihr nach, als sie entschlossen auf Susie zusteuerte, und auch die Männer an der Bar folgten ihr mit ihren Blicken. Fiona beachtete sie gar nicht. Sie sagte etwas zu Susie, die lächelte. Dann umarmten sie sich. Es war lange her, dass Jake wirklich etwas für jemanden empfunden hatte, und er hatte fast vergessen, wie es war, wenn man sich die Zeit nahm, Leute kennenzulernen. Für Fiona dagegen war es ganz selbstverständlich. Ihr Verhalten beeindruckte ihn und er wollte, dass sie diese Qualitäten auch in ihm wieder sah.

Als sie zu ihm zurückkehrte, wirkte sie viel entspannter. Hand in Hand gingen sie ins Haus.

»Danke, Jake. Sie ist so nett. Ich mag sie wirklich.« Sie schwieg einen Moment und fragte dann: »Willst du nicht wenigstens deinen Freunden Bescheid sagen?«

»Das ist schon in Ordnung. Sie sind nicht wirklich meine Freunde, nicht in dem Sinne, wie du es meinst, Fi.« Im Wohnzimmer nahm er sein Schlüsselbund vom Tisch und ging mit ihr zur Garage. »Die meisten sind Schmarotzer, Kletten, die sich an alles heften, was prominent ist. Mir wird jetzt erst klar, dass ich die meisten von ihnen kaum kenne.« *Und das macht mich total sauer.*

Er öffnete die Tür zur Garage und das Licht ging an.

»Ich kann immer noch nicht glauben, dass die alle dir gehören«, sagte sie und zeigte auf die Autos.

Jake hielt ihr die Beifahrertür des Mercedes McLaren auf. »Ich weiß. In Trusty komme ich ganz anders rüber, nicht wahr?« Er fürchtete, dass dieser Luxus ein weiterer Grund für Fiona sein könnte, das Weite zu suchen. Allmählich lernte sie seine Welt kennen und er hatte ein verdammt ungutes Gefühl dabei.

»Allerdings.« Sie nannte ihm noch einmal die Adresse des Apartments, in dem sie wohnte. Dann lehnte sie sich zurück und sah aus dem Fenster.

Jake nahm ihre Hand. »Da stoßen zwei Welten aufeinander, hm?«

»Ja, könnte man so sagen.« Sie sprach so leise, dass Jake sie kaum verstand. Wie so oft, wenn sie nervös war, spielte sie mit einer Haarsträhne und weckte damit in Jake den Wunsch, sie sich auf den Schoß zu setzen, die Arme um sie zu schlingen und ihr zu versichern, dass alles gut sei.

Sechzehn Jahre lang hatte Jake das Gefühl gehabt, durch Treibsand zu waten, doch erstaunlicherweise war es nun, als hätte es diese Jahre nie gegeben. Er erkannte eine Reife in ihren Zügen, die ihm bei ihrer ersten Begegnung in der Brewery nicht aufgefallen war. Ihr Blick war eindringlicher, als hätte sie Dinge gesehen, die ihr Kraft gaben. Er fragte sich, ob sie wohl irgendwann Verletzungen erlebt hatte. Allmählich ging ihm auf, welches Risiko sie an jenem Abend in der Bar auf sich genommen und wie viel Mut es sie gekostet hatte, ihn anzusprechen.

*Du warst stark genug, etwas zu tun, wonach ich mich seit Jahren gesehnt habe. Und ich konnte mir meine Sehnsucht nicht einmal eingestehen.*

Fiona überkamen Zweifel, ob sie vielleicht den Mund zu voll genommen hatte. Sie gehörte nicht zu Jakes neuer Welt. Sie war nicht der Typ, der von einer Party zur nächsten zog, und als sie sah, wie Megan Flexx sich über Jake hermachte, hätte sie ihr am liebsten die Augen ausgekratzt.

Auf dem Parkplatz vor ihrem Haus öffnete ihr Jake die Autotür. Kaum war sie ausgestiegen, zog er sie an sich, senkte seine Lippen auf ihre und sein leidenschaftlicher Kuss fegte all ihre Bedenken hinweg.

Arm in Arm gingen sie aufs Haus zu. Mit einem Blick erfasste Jake den Parkplatz, die Straße, die Häuser rechts und links. *Manche Dinge ändern sich nie*, dachte sie lächelnd. Früher hatte er sich seine Umgebung immer genau angesehen, als könnte jeden Moment jemand aus dem Unterholz hervorbrechen und er müsste sie beschützen. Bei ihm hatte sie sich immer geborgen gefühlt, so wie vorhin am Swimmingpool in seinem Garten, als sein dunkler Blick sie wie ein Sicherheitsnetz umfangen hatte.

Es fühlte sich so richtig an, wieder bei Jake zu sein, doch im Kreis all der Leute in seinem Haus war ihr unbehaglich zumute. Sie wusste, dass er beliebt war, und natürlich hatte sie damit gerechnet, dass er von Frauen umschwärmt wurde. Es in seinem eigenen Haus mit anzusehen, schockierte sie allerdings. Und der Gedanke, dass Leute jederzeit unangemeldet dort auftauchten, war noch beunruhigender.

*Von Tag zu Tag.*

Das Apartment, das Fiona gemietet hatte, war die einzige Wohnung im obersten Stockwerk. Sie waren allein im schwach erleuchteten Flur, als sie die Tür aufschloss. Dahinter lag ein gemütliches Wohnzimmer. Unter dem Fenster stand ein kunstledernes Sofa, daneben war ein Beistelltisch aus Holz mit einer großen Lampe. An den beigefarbenen Wänden hingen schlicht gerahmte Bilder von Los Angeles.

Jake lehnte im Türrahmen und betrachtete die einfache

Einrichtung.

»Willst du reinkommen?« Sie trat einen Schritt beiseite, um ihn vorbeizulassen, doch Jake hielt sie zurück. Er nahm sie in die Arme und als sich ihre Körper berührten, spürte Fiona die Wärme, die sie an genau den richtigen Stellen durchflutete.

»Ich kann nicht reinkommen«, sagte er mit rauer Stimme. Seine Hand glitt auf ihrem Rücken nach unten, wo sich ihr Hinterteil rundete. Mit lustvollem Schaudern erinnerte sie sich daran, wie diese Hand ihre Brüste gestreift hatte.

Sofort loderte das Verlangen in ihr auf und sie fragte sich, ob er es auch spürte.

»Stimmt, deine Freunde warten auf dich. Tut mir leid.«

»Nein, nicht wegen meiner Freunde.« Mit den Fingerknöcheln streichelte er ihr sanft über die Wange. »Sondern weil ich dich ins Schlafzimmer tragen und dir diese lästigen Klamotten ausziehen würde …« Er fuhr mit dem Finger am Ausschnitt ihres T-Shirts entlang, sodass ihr der Atem stockte. »Und dann würde ich mich so tief in dir vergraben, dass wir alles um uns vergessen.«

*Ja, bitte.*

Er drückte ihre Hüften an seine stahlharte Männlichkeit und Fiona spürte, wie sie rot und feucht wurde.

»Mmm. Du magst es, wenn ich so rede.« Er vergrub die Nase an ihrem Hals und flüsterte: »Siehst du? Ich habe nicht alles vergessen.«

Er tastete sich mit den Lippen an ihrem Hals entlang und schob ihr T-Shirt zur Seite. Dann senkte er den Mund auf die Rundung ihrer Schulter. Fiona hielt den Atem an. Er wusste nicht nur, welche Worte sie gerne hörte. Er wusste noch viel mehr.

Vor Erregung bebend warf sie den Kopf nach hinten. Sie

fühlte, was sie seit Jahren nicht mehr gefühlt hatte, während er genau an der Stelle saugte und leckte, die ihre Lust hellwach werden ließ und von der sie nie genug bekommen konnte. Eine Hand lag auf ihrem Rücken, die andere Hand dagegen – *oh, diese flinke und geschickte Hand* – sich zum Rand ihrer Shorts schob. Sie krallte die Finger in sein Hemd und presste die Lippen aufeinander, um ihn nicht um mehr anzubetteln.

»Ich will dich berühren«, flüsterte er.

»Wir sollten reingehen«, stieß sie hervor.

»Wenn wir das tun, wirst du mich nicht wieder los«, sagte er rau. Er ließ seinen Finger unter den Rand der Shorts gleiten und rieb sie durch ihren Slip hindurch. »Himmel, du bist so nass.«

Sie öffnete die Beine und das reichte ihm als Einladung. Sein leidenschaftlicher Kuss raubte ihr fast die Sinne, als sein Finger unter den feuchten Stoff schlüpfte. Es war ihr egal, dass sie auf dem Flur standen. Sie verlor sich in der Hitze seines Kusses und gab sich dem atemlosen Verlangen hin, zu dem er sie trieb. Sein Finger streichelte und rieb sie zum Höhepunkt, so geschickt, wie es nur jemand konnte, der ihren Körper genau kannte.

## *Zehn*

Am Mittwochvormittag wollte Fiona wieder zu Fuß zum Set gehen. Nicht, weil sie wieder darauf hoffte, dass das Schicksal wie schon am Tag zuvor eingreifen würde, sondern weil sie frische Luft und Bewegung brauchte, um einen klaren Kopf zu bekommen. Ihre Gedanken kreisten unablässig um Jake. Sie machte die Kühlschranktür auf.

Frühstück? *Hm, ich hätte Appetit auf Jake.*

Sie sollte Trish eine SMS schicken … *Ich habe vergessen, Jake meine Nummer zu geben.*

Das Dinner nächsten Freitag. *Dann sehe ich Jake.*

Es hatte sie wirklich schlimm erwischt. Gleichzeitig verspürte sie nagende Zweifel, ob sie sich nicht überschätzte. Sie wollte glauben, dass sie mit Jakes Lebenswandel zurechtkommen würde, doch der erwies sich als viel wilder, als sie sich vorgestellt hatte, und das machte ihr Sorgen. Was war, wenn er ungeschützten Sex gehabt hatte? O je. Schon wieder dachte sie an Sex. Am Abend zuvor war sie schnell und heftig zum Höhepunkt gekommen und hatte das drängendste Verlangen gestillt, doch sie hatte sich trotzdem die ganze Nacht nach mehr gesehnt.

Damals in Trusty war Sex mit Jake reine, unverfälschte

Glückseligkeit. Sie wagte kaum, sich auszumalen, wie viel besser es jetzt sein würde. Immerhin waren Erfahrungen auf diesem Gebiet nicht zu verachten.

Die Überlegung, wie er diese Erfahrungen gesammelt hatte, ließ ihre rosaroten Träumereien allerdings zerplatzen.

*Hör auf. Hör auf. Hör auf.*

Sie machte die Kühlschranktür zu, als ihr Handy klingelte. Wahrscheinlich war es Trish, die sich am Abend zuvor früher vom Set verabschiedet hatte, weil sie sich mit ihrem Agenten treffen wollte. Fiona kam es immer noch seltsam vor, dass sie hier in L. A. war und in die Welt von Trish und Jake eintauchte. All das war so weit von ihrem eigenen Leben entfernt. Aber im Moment passierten ja die seltsamsten Dinge.

Wieder schob sich das Bild von Jake und seinen wunderbaren Fingerspielen vom gestrigen Abend in ihre Gedanken. Auf dem Flur!

*Lieber Himmel, was habe ich mir denn dabei gedacht?*
*Dass ich ihn wollte.*

Konnte sie etwas dafür, dass er der Sex in Person war? Wie sollte sie ihm widerstehen?

Grinsend wie ein Schulmädchen nahm sie das Handy ans Ohr. Die Nummer kannte sie nicht. Wer mochte es sein?

»Hallo?«

»Wie sieht's aus? Machst du die Tür auf?« Beim Klang von Jakes sinnlicher Stimme durchlief sie ein wohliger Schauder.

Sie drehte sich um und starrte die Tür an, als würde sie von selbst aufgehen. Er war hier? *Du bist hier!* Sie sah rasch an sich herab: weißer Minirock, pfirsichfarbenes Tanktop, Riemchensandalen. *Okay.* Dann beugte sie sich hinunter und betrachtete ihr Spiegelbild in der Tür der Mikrowelle. *O mein Gott. Du bist hier. Du bist wirklich hier.*

»Du bist hier?« Am liebsten wäre sie zur Tür gestürzt und hätte sie aufgerissen, in Erwartung eines seiner atemberaubenden Küsse. Sie hatte nicht damit gerechnet, dass er zu ihr kommen würde. Im Gegenteil: Sie hatte gedacht, dass all sein Zorn zurückkehren würde, wenn er am Morgen aufwachte, oder dass er zumindest so durcheinander sein würde wie sie selbst.

»Ich bin hier, Fi.«

Das Lächeln in seiner Stimme war nicht zu überhören.

Mit klopfendem Herzen öffnete sie die Tür. Jake streckte ihr die Arme entgegen, als sei es das Natürlichste der Welt, zog sie an sich und gab ihr einen herrlich tiefen Kuss.

»Ich habe die ganze Nacht an dich gedacht.« Sein Blick glitt langsam und anerkennend über ihren Körper. »Vielleicht solltest du einen Overall anziehen.«

»Eifersucht steht dir besser als Wut.« In ihrem Innern vollführte sie einen Freudentanz.

»Ich bin eben ein wankelmütiger Mensch, mal so, mal so«, meinte er schulterzuckend, doch seine Augen blickten ernst.

»Nein, bei dir weiß man immer, woran man ist. Jedenfalls war es früher so. Komm rein. Ich will nur schnell meinen Schlüssel holen.«

Er blieb jedoch an den Türrahmen gelehnt stehen. »Ich glaube, ich warte besser hier.« Sein bohrender Blick ließ ihren Puls rasen.

Sie schnappte sich ihr Schlüsselbund von der Küchentheke. Sie war dankbar für den räumlichen Abstand zwischen ihnen. So konnte sie versuchen, ihre verdammten Hormone unter Kontrolle zu bekommen. Himmel, sie kam sich wieder vor wie damals, bei ihrem ersten Date mit Jake, als jeder Blick von ihm ihr einen erwartungsvollen Schauder durch den Körper jagte.

Er folgte ihr mit den Augen, als sie im Zimmer umherging

und ihre Sachen zusammensuchte. Es machte sie verlegen. Sie hatte vergessen, wie eindringlich sein Blick sein konnte und wie schutzlos, verletzlich und zugleich sexy sie sich fühlte, wenn er sie so ansah.

Als sie die Tür abschloss, legten sich von hinten seine Hände um ihre Taille.

»Du kannst ruhig reinkommen. Es ist ja nicht so, als würdest du dich mit einem Schlag in ein sexbesessenes Monster verwandeln.«

Er rieb seine stoppelige Wange an ihrer und ein Seufzer entfuhr ihren Lippen. Er wusste wirklich, mit welchen Tricks er sie in Fahrt brachte – und sie liebte es.

»Wenn ich ›reinkommen‹ höre, denke ich aber nicht an deine Wohnung, Fi.«

Fiona hatte Mühe, nicht auf der Stelle dahinzuschmelzen. Wie sollten ihre Beine sie tragen? Er drehte sie ihn in seinen Armen, nahm ihr Gesicht in seine schwieligen Hände und sah ihr in die Augen.

»Ich will dich, Fiona. Ich will dich mit Haut und Haaren. Ich konnte kaum bis zum Morgengrauen abwarten, um dich wiederzusehen. Und ich bin mindestens acht Meilen gelaufen, bevor ich hierher gekommen bin.«

»Okay«, flüsterte sie und versuchte, ihre Freude zu verbergen.

»Das Ganze macht mir Angst, Fi. Ich werd's vermasseln. Du weißt, dass ich das tun werde, und wenn ich es tue, dann bin ich wieder da, wo ich vor sechzehn Jahren war. Nur bin ich dann selbst daran schuld.«

*Ich werd's vermasseln.* Seine Gewissheit wirkte wie eine kalte Dusche. »Vielleicht vermasselst du es ja gar nicht.« *Bitte, sag mir, dass du es nicht tun wirst.*

»Ich habe dir gesagt, dass ich nicht mehr so bin wie früher.«

»Gestern Abend hatte ich aber einen anderen Eindruck.« Sie war sich sicher, dass sie den Jake wiederentdeckt hatte, den sie so gut kannte, selbst wenn sein veränderter Lebensstil nicht zu übersehen war und sie immer wieder zweifeln ließ.

Er führte ihre Hand an die Lippen und küsste sie. »Dir nahe zu sein, das kommt von ganz allein. Der Rest ist irgendwo tief in mir vergraben und ich weiß nicht, wie ich drankommen soll. Vielleicht sollte ich ihn besser lassen, wo er ist. Ich lebe in einer anderen Welt als du. In einer ganz anderen.«

Schweigend gingen sie die Treppe hinunter zu seinem Auto, während Fiona versuchte, die unangenehme Portion Realität zu verdauen, die er ihr gerade serviert hatte.

Auf der Fahrt zum Studio hielt er ihre Hand. Sie war aufgewühlt, ihre Gedanken wirbelten wild durcheinander.

»Offenbar hast du seit gestern Abend eine neue Freundin. Susie fand dich sehr nett.«

»Tatsächlich?« Nun, das war mal eine gute Nachricht. Sie mochte Susie. Vielleicht war ja nicht alles an Hollywood oberflächlich. Susie hatte keine Allüren, sie hängte sich nicht wie eine Klette an Jake und verschlang ihn auch nicht mit Blicken, wenn sie meinte, dass Fiona es nicht sah. Einige Frauen, die am Abend bei Jake gewesen waren, hatten ihn unverhohlen angestarrt.

»Ja, und ich habe sie gebeten, den anderen Bescheid zu sagen, dass sie nicht einfach bei mir zu Hause auftauchen sollen. Susie ist ständig mit allen und jedem in Kontakt, also wird es sich in ein paar Stunden herumgesprochen haben, dass sie mich in Ruhe lassen sollen.« An einer Ampel musste er halten und sah sie nachdenklich an.

»Du bringst mich ganz durcheinander, Fiona.« Er nahm

seine Brieftasche von der Mittelkonsole und reichte sie Fiona. »Machst du die mal auf?«

Als sie die Brieftasche aufklappte, zitterten ihre Finger leicht und sie hatte das Gefühl, eine Grenze zu überschreiten. Sie wusste nicht, was sie erwartete. Mit dem abgegriffenen und zerknitterte Foto, das in einer Plastikhülle steckte, hatte sie allerdings überhaupt nicht gerechnet. Es zeigte sie und Jake, und als sie Jake ansah, war sie sich sicher, dass er derselbe Mann war wie früher, jedenfalls irgendwo tief in ihm.

»Ich habe es immer bei mir.« Jake hielt den Blick starr auf die Straße gerichtet. Er wirkte entspannter, als Fiona es bei einem so persönlichen Bekenntnis erwartet hatte.

Sie fuhr mit dem Finger über das Foto. Jake hatte längere Haare als jetzt, sie waren vom Wind zerzaust. Ein Bartflaum bedeckte sein Kinn, sein Bart war längst noch nicht so dicht und kräftig wie jetzt. Er sah sie genau so an, wie er sie angesehen hatte, als er sie gestern Abend zum ersten Mal küsste. Sie erinnerte sich daran, wie das Foto entstanden war, ein paar Wochen vor ihrer Trennung. Sie hatten den Nachmittag mit Shea und Jakes Bruder Luke und seiner Schwester Emily am See verbracht.

»Warum?«, fragte sie und bereute es im selben Moment.

Er lächelte. »Das weiß ich selbst nicht so genau. In der Zwischenzeit habe ich bestimmt fünfzehn Brieftaschen zerschlissen und konnte das Bild nie wegwerfen.«

»Aber du musst es jedes Mal gesehen haben, wenn du deine Brieftasche aufgemacht hast.« Sie konnte sich nicht vorstellen, dass er das Bild hatte sehen wollen.

»Und ob.« Er warf ihr einen kurzen Blick zu. Nun lächelte er nicht.

*Oh-oh.*

»Warum hast du dir das angetan? Es ist ja nicht, als hättest du mich die ganzen Jahre gemocht. Im Gegenteil: Du hast mich eher gehasst. Wenn ich ein Mann gewesen wäre, hättest du mich letztens in der Brewery vermöbelt.«

»Wahrscheinlich hast du recht«, sagte er mit angespannten Kiefermuskeln.

»Also … warum?«

Er zuckte mit den Schultern. »Keine Ahnung.« Er bog in die Straße ein, die zum Studio führte. »Wegen nächstem Freitag … Willst du mit mir zum Dinner gehen?«

Ihr Herz setzte einen Schlag aus. Eleganter Themenwechsel. »Ich? Mit dir? Ja. Ja, natürlich möchte ich, aber bist du dir sicher? Zane sagte, das ist ein Riesending, mit allen Schauspielern und den Leuten vom Set. Und jeder Menge Fotografen.«

Er sah sie lächelnd an. »Ja, ich bin mir sicher, und nur damit wir uns richtig verstehen: Bedeutet von Tag zu Tag, dass wir monogam sind? Denn bevor ich dir sage, dass du bitte einen Bogen um Zane Walker machen sollst, muss ich wissen, ob ich das Recht dazu habe.«

Sie lachte. »Zane Walker? Also bitte. Der kann doch sicher jede haben, die ihm gefällt.« *Heiliger Strohsack, machst du dir Sorgen wegen Zane Walker und mir?*

»Ja, kann er, aber gestern Abend hatte er ein Auge auf dich geworfen, Fi.«

Jetzt wusste sie auch, weshalb er es gestern so eilig gehabt hatte, sie von der Bildfläche verschwinden zu lassen. Offenbar hatte es nicht nur damit zu tun, dass sie sich unbehaglich fühlte. Er war eifersüchtig gewesen. Bei dem Gedanken flatterte ihr Magen wie bei einem Schulmädchen.

Als sie auf das Studio zufuhren, bemerkte Fiona eine

Menschenmenge, die sich um den Eingang drängte, und fragte sich, ob etwas passiert war. Als Jake auf das Studiogelände einbog, war das Auto sofort von Paparazzi umringt. Blitzlichter leuchteten auf und eine Horde von Fotografen rief Jakes Namen. Sie hielten ihre Kameras sogar an die getönten Scheiben und drängten sich an die Seite des Wagens, um einen besseren Blick ins Innere zu bekommen.

»Das ist ja verrückt. Ist das jedes Mal so, wenn du zum Studio fährst?«

»Nicht wirklich.« Er hupte und beschleunigte leicht, um die Fotografen und Journalisten aus dem Weg zu scheuchen. Er fuhr zu seinem Wohnwagen und die Meute lief hinterher.

»Was werden sie bloß denken, wenn sie mich aus dem Auto steigen sehen?«

»Sie werden denken, dass wir zusammen sind«, sagte er grinsend. »Und sie werden dich mit Fragen bombardieren, sobald du die Tür aufmachst. Am besten lächelst du einfach und ignorierst sie.«

»Ignorieren?« Eine Elefantenherde zu ignorieren wäre dagegen ein Kinderspiel.

»Ja, beachte sie gar nicht.« In aller Seelenruhe griff Jake in das Fach in der Mittelkonsole, als gäbe es die wildgewordene Horde gar nicht, die aussah, als würde sie im nächsten Moment aufs Autodach klettern oder die Scheiben einschlagen. Er reichte ihr einen USB-Stick.

»Das hab ich vor ein paar Jahren gemacht. Mir ist erst gestern Abend aufgegangen, warum mir diese Lieder so gut gefallen. Jetzt ergibt es irgendwie einen Sinn, es ist der Soundtrack meines Lebens oder so ähnlich. Ich finde, du solltest den Stick haben, egal, was aus uns wird.«

*Egal, was aus uns wird.* Da war er wieder, dieser Zweifel,

dass er möglicherweise alles vermasseln würde, beiläufig einge-flochten in eine Geste reiner Nostalgie. Seine widersprüchlichen Botschaften würden sie noch ganz verrückt machen. Sie schob den USB-Stick gerade in ihre Tasche, als plötzlich jemand gegen das Fenster hämmerte.

Jake fuhr herum, doch es war Trace, die ihr Gesicht fast an die Scheibe drückte.

»Bleib sitzen. Ich mache dir auf«, sagte er zu Fiona und stieg aus.

»Jemand muss …«, hörte sie Trace sagen, bevor Jake seine Tür zuschlug. Dann hielt er ihr die Tür auf und schon stürzten sich alle Fotografen und Zeitungsleute auf sie. Er legte ihr den Arm um die Schultern und hielt sie an sich gedrückt, während sie sich einen Weg zu seinem Wohnwagen bahnten.

»Lächle einfach, als seien sie überhaupt nicht da«, sagte er und lächelte selbst.

Fiona fühlte sich gefangen. Die Meute, die ihnen Fragen entgegenschrie und sie mit Mikrofonen und Kameras bedräng-te, kam ihr vor wie ein Schwarm Geier, der jeden Moment herunterstoßen und sie zerhacken konnte. Sie drückte sich an Jake und staunte insgeheim, wie ruhig er zu seinem Wohn-wagen ging. Trace stand schon dort, mit der Hand auf der Türklinke, und wartete darauf, sie hineinzulassen.

Beide beherrschten sie dieses Spiel meisterhaft. Es war wie ein präzise abgezirkelter Tanz der Reichen und Berühmten. Fiona dagegen war überhaupt nicht für diese Welt geschaffen. Als sie endlich in Jakes Wohnwagen traten, zitterte sie am gan-zen Körper. Sie war schweißgebadet und hatte einen Klumpen im Magen.

Kaum waren sie eingetreten, schloss Trace hinter ihnen die Tür ab und vergewisserte sich, dass alle Vorhänge zugezogen waren. Dann stand sie mit verschränkten Armen da und zog eine gepiercte Braue hoch. »Was zum Teufel war das denn?«

»Die Medienleute müssen halt auch von irgendwas leben«, sagte Jake. »Wenn ich in der Stadt mit Freunden unterwegs bin, fotografieren sie ständig, weil sie es auf die Schauspieler abgesehen haben, mit denen ich normalerweise rumhänge. Und jetzt haben sie ein paar schöne Bilder, die sie für eine Weile beschäftigen dürften.« Er führte Fiona zu einem Ledersofa, setzte sich neben sie und nahm ihre Hand. »Du zitterst ja.«

»Ich bin so was nicht gewöhnt. Wie kannst du dabei nur so ruhig bleiben?«

Er zuckte die Schultern. »Ich hab ihnen Bescheid gesagt.«

Fiona traute ihren Ohren nicht und Jakes selbstgefälliges Grinsen machte sie wütend.

»Das ist doch hoffentlich nicht wahr, oder?« Trace hatte schnurgerades schwarzes Haar, das ihr bis auf die Schultern reichte. Sie war dünn wie eine Bohnenstange und mit ihrem dunklen Eyeliner, den eng anliegenden Jeans und dem schlichten weißen T-Shirt sah sie aus, als sei sie keinen Tag älter als achtzehn. Sie trug einen Kopfhörer, hatte sich ein Funkgerät an den Nietengürtel geklemmt und starrte Jake wütend an.

Sein Blick war ernst, als er ihr Gesicht in die Hände nahm. »Bei mir ändert sich gerade einiges und ich wollte klarmachen, mit wem ich zusammen bin. Die Paparazzi schießen ständig Bilder, wenn ich mit Schauspielerinnen auftauche. Diese neuen Bilder werden mir diese Schauspielerinnen vom Hals halten.«

Fiona wusste nicht, ob sie sich geehrt fühlen oder wütend sein sollte, weil er sie nicht vorgewarnt hatte.

»Tja, Jake, das ist ja alles furchtbar süß, aber ich bin immer noch deine Assistentin.« Sie stemmte die Hände in die Hüften. »Es gehört zu meinem Job, dass ich über solche Sachen Bescheid weiß. Außerdem ist es Fiona gegenüber kaum fair, sie so zu überfallen, egal, wie gut du es gemeint hast.«

»Danke«, sagte Fiona. Sie war überrascht, dass Trace offenbar genauso dachte wie sie.

Jake sah Fiona besorgt an. »Ich wollte dich nicht überfallen, Fiona. Ich dachte nur, dass du schrecklich nervös wirst, wenn ich es dir vorher sage.«

»Und das wäre schlimmer gewesen, als diesen Geiern völlig unvorbereitet zum Fraß vorgeworfen zu werden?« Trace verdrehte die Augen und wedelte mit der Hand. Am Daumen hatte sie blauen Nagellack, während die anderen Finger schwarz lackiert waren.

»Lieber Himmel, Trace, hast du eigentlich gar nichts zu tun?«

An seinem Gesichtsausdruck erkannte Fiona, dass er nicht böse war auf Trace, und als sie sah, wie Trace den Kopf schüttelte und ihn mit gespieltem Ärger angrinste, war sie überzeugt, dass sie diese Diskussion nicht zum ersten Mal hatten. Sie musste daran denken, wie der Regisseur ihn angebrüllt hatte, weil er seinen Triumphschrei ausstieß, bevor er *Schnitt* rufen konnte. Das war ihr Jake, wie er leibte und lebte.

»Klar, ich hab immer was zu tun. Jetzt muss ich erst einmal die Meute verscheuchen, die du angelockt hast. Tut mir leid, Fiona. Ich werde versuchen, sie dir für den Rest des Tages vom Hals zu halten.« Sie warf Jake einen wütenden Blick zu. »Und das nächste Mal nimmst du dir drei Sekunden Zeit und schreibst mir eine SMS, okay? Du bist zwar derjenige, der die Informationen verbreitet, aber ich sollte trotzdem wissen, was gespielt wird.«

»Ja, du hast recht«, räumte Jake ein. »Tut mir leid, Trace. Und jetzt verdufte.« Lächelnd wedelte er mit den Händen

Richtung Tür.

»Danke, Trace.« Fiona sah ihr nach und wandte sich dann Jake zu, der sie gar nicht zu Wort kommen ließ.

»Bitte, hör mir zu, bevor du wütend wirst. Es tut mir leid, aber ich weiß, wie unangenehm es dir gestern war, als Megan sich auf mich gestürzt hat. Und ich weiß, wie unbehaglich ich mich gefühlt habe, als die Typen dich von oben bis unten gemustert haben. Ich musste etwas unternehmen, sonst haben wir kaum eine Chance auf eine halbwegs vernünftige Beziehung. Es tut mir leid, Fi. Wahrscheinlich hätte ich es dir sagen sollen, aber ich habe das einfach nicht gründlich genug durchdacht. Ehrlich gesagt bin ich ziemlich durcheinander.«

Sie lehnte den Kopf zurück und seufzte. Der Tag hatte kaum angefangen und sie war schon erschöpft. »Ist das gut oder schlecht, Jake? Ich fühle mich völlig fehl am Platz. Ehrlich, ich bin dir dankbar für das, was du getan hast.« Sie sah ihn an und überlegte, wie sie ihm sagen sollte, was sie wirklich dachte.

»Aber?«

»Aber gestern Abend fand ich es schrecklich, als diese Frau sich an dich herangemacht hat.«

Er wollte etwas sagen, doch sie legte ihm den Finger auf den Mund.

»Ich weiß, das ist mein Problem. Ich weiß auch, dass sich vieles ändern wird, nachdem du dieses Zeichen gesetzt hast. Und, wie gesagt, ich bin dir dankbar dafür. Ich habe gesagt, dass ich damit klarkomme, und ich will es unbedingt versuchen. Es ist nur schwieriger, als ich es mir vorgestellt habe.« Sie hatte sich so lange danach gesehnt, mit Jake zusammen zu sein, und nun machte sie ihm einen Strich durch die Rechnung. Sie war durcheinander und am liebsten hätte sie aufgehört zu reden, aber sie konnte nicht. Sie musste ihm sagen, was sie empfand.

Sie waren immer ehrlich zueinander gewesen und ausgerechnet jetzt wollte sie nicht anfangen, etwas vor ihm zu verbergen.

»Es war ja nur ein Tag.« Er rieb sich mit der Hand über das Gesicht. »Und was du bis jetzt gesehen hast, war gar nichts, Fi.« Er stand auf und ging vor dem Sofa hin und her. »Wenn ich in ein Restaurant gehe, fallen die Fans über mich her. Das ist einer der Gründe, weshalb ich es getan habe. Bis morgen früh prangt unser Bild auf jedem Schundblatt. Es sollte mich nicht wundern, wenn es nicht schon in den Klatschspalten im Internet ist. Das wird den Ansturm zumindest etwas bremsen.«

Er kniete neben ihr und legte ihr die Hände auf die Knie. »Ich habe es für uns getan. Damit wir etwas Freiraum haben.«

»Ich weiß, Jake, ich verstehe das.« Verstehen war eine Sache, doch die Erinnerung an Megan Flexx und ihre unverhohlene Einladung an Jake war eine andere. »Ich bin nur ehrlich.«

»Ehrlichkeit ist gut. Ich will Ehrlichkeit und du verdienst sie.« Er sah ihr in die Augen und langsam breitete sich ein Lächeln auf seinem Gesicht aus. »Ein Tag nach dem anderen, okay? Bitte, sag mir, dass ich nicht alles schon so schlimm vermasselt habe, dass wir nie über diese paar Stunden hinauskommen.«

»Jake … ich kann gar nicht glauben, dass du dir das ebenso sehr wünschst wie ich.« Hatte sie das wirklich gesagt?

»Das kann ich auch nicht.«

»Von Tag zu Tag.«

Bis zum Nachmittag hatte Jake an verschiedenen Sets zu tun und führte seine Stunts mit der gewohnten Perfektion aus. Trace hatte gute Arbeit geleistet. Als Jake eine Pause machte, waren die Zugangskontrollen zum Studiogelände verschärft worden und weit und breit waren keine Paparazzi mehr zu sehen. Er machte sich auf die Suche nach Fiona und ging zu dem Set hinüber, an dem Trish filmte. Als er sie mit Zane und Patch zusammen sah, blieb er stehen. Die Eifersucht, die ihn durchzuckte, war einfach lächerlich. In den letzten zehn Jahren hatte er mehr Frauen gehabt, als er zählen konnte, aber eifersüchtig war er nie gewesen. Und kaum war Fiona wieder in seinem Leben, wurde er grün vor Neid. Seine Brüder hätten einen Heidenspaß, wenn sie das wüssten.

Zane sah ihn kommen, entschuldigte sich bei Patch und Fiona und fing Jake ab. Er packte ihn beim Arm und zog ihn ein Stück von den anderen weg.

Seit Jahren übernahm Jake die Stunts für Zane. Sie sahen einander so ähnlich, dass man sie selbst ohne Make-up für Brüder halten konnte, obwohl Jake gute fünf Zentimeter größer war als Zane.

»Hör mal, was war denn das für ein PR-Gag heute Morgen?« Zane verschränkte die Arme und warf einen Blick zu Fiona hinüber, die sie neugierig betrachtete.

Jake signalisierte ihr, dass sie auf ihn warten sollte. »Ich will es mit Fiona versuchen und brauchte etwas Freiraum.«

»Du willst es mit ihr versuchen?« Zane betrachtete Jake belustigt. »Ist dir klar, dass diese Fotos in jedem Käseblatt und überall im Internet erscheinen werden? Damit bist du so gut wie weg vom Markt. Und du ziehst jede Menge Aufmerksamkeit auf dich, die Medien werden ständig hinter dir her sein.«

»Wir haben einen Deal: Sie bekommen diese Fotos, aber dafür blieben sie uns von der Pelle. Es wird sich zeigen, ob es funktioniert, aber irgendetwas musste ich tun.«

»Warum? Ich meine, sie ist süß und sexy, aber *Es mit ihr*

*versuchen? Wie in* Nicht mit anderen Frauen schlafen?«

Jakes hatte keine Lust, Zane seine Gefühlslage zu erklären. Andererseits hatte Zane ihm in den letzten Jahren in nichts nachgestanden, wenn es um Frauengeschichten ging, und außerdem waren sie Freunde. Wenn er der Beziehung zu Fiona tatsächlich eine Chance geben wollte, musste er offen damit umgehen, egal, wie sehr er sich damit in die Schusslinie brachte.

*Beziehung.*

Das Wort war ihm so fremd, dass ihm beim bloßen Gedanken daran die Haare zu Berge standen. Doch dann fiel sein Blick wieder auf Fiona, die ihm zulächelte, und plötzlich klang das Wort *Beziehung* richtig gut.

»Ja, das ist genau das, was ich meine.« Er hatte mit angesehen, wie sich seine Brüder einer nach dem anderen in die Frau ihres Lebens verliebten, und hatte selbst Stein und Bein geschworen, dass es ihm niemals ebenso ergehen würde. Allerdings hatte er auch nie die Möglichkeit in Betracht gezogen, wieder etwas mit Fiona anzufangen.

»Und warum ausgerechnet die da? Warum um alles in der Welt willst du auf andere Frauen verzichten?« Zane zog ihn weiter von Fiona weg. »He, Mann, wach auf. Dir geht's doch prima, dein Leben ist fantastisch.«

Zane nannte Fiona nicht einmal beim Namen, sondern bezeichnete sie schlicht als *die da.* Jakes Augen verengten sich zu Schlitzen, als er einen Schritt auf Zane zumachte. »Ich schätze unsere Freundschaft, Zane. Ich respektiere dich, also respektiere du meine Entscheidung. Und wenn du noch einmal so von Fiona sprichst, muss ich dir wohl oder übel beibringen, was Respekt heißt. Kapiert?«

»Ist ja gut, Mann. Was hat sie bloß mit dir angestellt? Seit wann kennst du sie überhaupt? Seit einer Woche?«

»Mein halbes Leben lang.« Er starrte Zane böse an.

»Moment mal.« Zanes Blick ging zwischen Fiona und Jake hin und her und dann begriff er allmählich. Eines Abends, als sie sich noch nicht lange kannten, waren sie zusammen auf einer Party gewesen und Zane hatte sich darüber ausgelassen, dass ein gebrochenes Herz nur eine fadenscheinige Entschuldigung sei, sich nicht mitten ins Leben zu stürzen und es zu genießen. Betrunken wie er war, konnte sich Jake damals nicht zurückhalten und vertraute ihm seine Geschichte an. Es war das einzige Mal, dass er jemandem in L. A. davon erzählte. Er hatte Fionas Namen nicht genannt, doch Zanes dämmerte nun offenbar, was Sache war.

»Mist. Sie ist die, die dir das Herz gebrochen hat, stimmt's? Verdammt, Mann.« Zane starrte ihn ungläubig an. »Und für sie willst du alles aufgeben? Was denkst du dir bloß dabei?«

»Ich denke, du solltest jetzt die Klappe halten und ich sollte weggehen, bevor du etwas sagst, was mich richtig sauer macht.«

Zane hob resigniert die Hände. »Tut mir leid, Mann. Ich meine ja nur.« Er klopfte Jake auf den Arm. »Hör zu. Wenn es das ist, was du willst, ist das okay. Für dich, wohlgemerkt. Nicht für mich. Ich bleibe bei meinen One-Night-Stands. Aber wenn das die Richtung ist, für die du dich entschieden hast, kannst du auf mich zählen. Wirklich. Sie ist süß und ganz schön schlau. Du weißt doch, dass sie Geologin ist? Natürlich weißt du das.«

Jake trat einen Schritt zurück. »Ja, sie ist verdammt schlau, da hast du recht. Und süß ist sie auch und ehrlich gesagt haut sie mich um.«

»Eine Frage hab ich allerdings noch. Was hält sie von deinen ganzen Frauengeschichten? Meinst du nicht, dass die sich irgendwann rächen? Und bist du dir sicher, dass das funktioniert? Kleinstadtgöre und großer Star?«

»Keine Ahnung. Ist schon komisch, dass ausgerechnet du dir darüber Gedanken machst. Aber ich will's versuchen.« Er selbst zweifelte schon genug, da konnte er niemanden brauchen, der seine Zweifel noch bestärkte.

Jake ging zu Fiona hinüber, legte ihr den Arm um die Taille und gab ihr einen Kuss auf die Wange. Dabei ließ er Patch nicht aus den Augen. Patch war ein netter Bursche, aber er sah auch verdammt gut aus und schleppte nicht diesen Rattenschwanz an Frauengeschichten hinter sich her, an den Zane ihn freundlicherweise erinnert hatte.

»Hallo, Babe. Hallo, Patch. Wie geht's?«

»Euch beiden geht's offenbar gut.« Patch tätschelte Fionas Arm. »Ich lasse euch zwei besser allein. Bis später.«

»Okay, bis später.« Fiona winkte Trish zu, die gerade in der Maske saß.

»Wie läuft dein Tag?«, fragte Jake.

»Verrückt, aber gut. Und deiner?«

Er schob ihr das Haar von der Schulter. »Er wird gerade viel besser. Hast du irgendwelche Probleme gekriegt wegen heute Morgen?«

»Nein, aber Trish sagt, im Internet steht es schon, und Shea hat mich angerufen und gesagt, wir hätten die ganze Sache mit ihr absprechen sollen. Ich will gar nicht wissen, wie ich auf diesen Bildern aussehe. Ich war wie vom Donner gerührt.«

Er hob ihr Kinn mit dem Zeigefinger und lächelte sie an. Er wusste noch sehr gut, wie schutzlos und ausgeliefert er sich gefühlt hatte, als er zum ersten Mal sein Foto im Internet und in den einschlägigen Zeitschriften sah.

*Mist. Es geht schon los mit dem Vermasseln.*

Er hatte sich nicht überlegt, wie es sich für Fiona anfühlen würde. Sie hatte es sich nicht ausgesucht, plötzlich so im

Rampenlicht zu stehen.

»Hey, du siehst wundervoll aus, ganz bestimmt. Hör mal, es tut mir leid. Ich bin so daran gewöhnt, dass ich deine Gefühle überhaupt nicht in Betracht gezogen habe. Das war dumm von mir und es tut mir wirklich leid.«

»Ist schon gut. Ich wollte ja Teil deines Lebens sein.« Sie hielt inne und sah sich um. Sorge überschattete ihr blauen Augen und sofort bildete sich ein Klumpen in seinem Magen.

»Und das hier ist dein Leben.«

»Was ist los, Fiona? Sprich mit mir.«

Sie schüttelte den Kopf. »Hast du es wegen der Publicity gemacht? Oder wolltest du dir damit wirklich andere Frauen vom Hals halten?«

»Was? Wie kommst du darauf?«

»Weil Shea meinte, manchmal …«

»Sie ist deine Schwester, Fi, aber sie weiß nichts über mich.« Fiona sah ihn unglücklich an und er merkte zu spät, wie schroff seine Stimme klang.

»Nichts gegen Shea. Ich bin sicher, sie macht einen prima Job, aber was ich getan habe, habe ich für uns getan. Ich hatte keine Hintergedanken dabei.« Er nahm ihre Hand. »Vermutlich hat sich Shea Gedanken wegen meiner PR-Assistentin Luce gemacht. Sie springt wahrscheinlich im Sechseck. Ich kümmere mich darum.« Luce hatte schon ein paarmal versucht, ihn anzurufen, und er hatte sich noch nicht bei ihr gemeldet. Irgendwann musste er sich mit ihr auseinandersetzten, doch im Moment ging es ihm nur um Fiona.

»Ich dachte, es wäre das Richtige für uns, Fiona. Ich wollte nicht, dass du solche Szenen wie gestern mit Megan noch einmal erleben musst. Ich bin selbst schuld daran, aber ich kann auch selbst etwas daran ändern.«

»Jake, was immer auch zwischen uns passiert: Die Zeit wird zeigen, ob es sich bewährt. Und ich habe das Gefühl, dass deine Karriere und deine Art zu leben alle möglichen Herausforderungen mit sich bringen. Ich bin froh, dass du getan hast, was du getan hast.« Sie stellte sich auf die Zehenspitzen und gab ihm einen Kuss. »Wirklich, Jake. Es war lieb von dir, selbst wenn ich mich überrumpelt gefühlt habe.«

»Wirklich?« Dem Himmel sei Dank dafür, dass sie genauso vernünftig war wie früher.

»Wirklich. Aber …«

»Raus damit. Aber?« Aus den Augenwinkeln sah er, dass Trish in der Maske fertig war und sie nicht mehr lange allein sein würden.

»Könntest du mir das nächste Mal einfach Bescheid sagen?«

Er legte die Arme um sie. »Ja, natürlich. Und mach dir keine Sorgen. Du wirst umwerfend aussehen auf diesen Fotos, und wenn jemand etwas anderes behauptet, kriegt er es mit mir zu tun.«

Trish kam auf sie zu.

»Ich muss wieder an die Arbeit«, sagte Fiona.

»Was genau machst du als ihre Assistentin? Das Übliche?« Er liebte ihre Augen, die in der Nachmittagssonne funkelten, und er hätte am liebsten immer weiter mit ihr geredet und sie noch länger angesehen. Er wünschte sich, ihre kurze gemeinsame Atempause könnte ewig dauern.

»Sag's nicht weiter, aber ich bekomme kein Geld von ihr, also kann sie mich auch nicht feuern. Schließlich kann ich von meiner besten Freundin kein Geld annehmen. Und ich mache meine Sache auch nicht besonders gut, also … Ich sehe zu, dass sie ihre Termine einhält und ihren Text lernt und überall dort auftaucht, wo sie auftauchen soll. Wie es eine gute Assistentin eben machen würde, aber in Wirklichkeit braucht sie mich überhaupt nicht. Sie ist durch und durch professionell, und ich weiß, dass sie manchmal so tut, als brauchte sie mich, damit ich mich nicht so nutzlos fühle. Ehrlich gesagt bin ich im Augenblick mit den Gedanken ganz woanders.« Sie warf ihm einen schelmischen Blick zu. »Ich habe den Job angenommen, um in deiner Nähe zu sein. Mein Chef hat mir eine neue Stelle angeboten und ich habe mich für sechs Wochen beurlauben lassen, um mir zu überlegen, ob ich sie annehme. Trishs Vorschlag kam also genau zur richtigen Zeit.«

Er lehnte seine Stirn an ihre. »Dann bist du also eher ein Groupie als eine Assistentin?«

»Ja, kann man so sagen.«

Seufzend ließ sich Fiona auf das Sofa in Trishs Wohnwagen fallen. Dieser Wohnwagen war höchstens halb so groß wie Jakes, aber er war gemütlich und sauber. Es war sechs Uhr und Trish hatte gerade ihre letzte Szene für diesen Tag abgedreht.

»Ist denn das zu fassen? Fünfmal musste ich diese Szene spielen.« Trish plumpste auf das andere Ende des Sofas und legte Fiona die Füße auf den Schoß.

»Na und?« Fiona beäugte Trishs Füße. »Fußmassagen kosten extra«, zog sie die Freundin auf. »Ach, stimmt ja. Ich arbeite umsonst.« Sie streckte Trish ihre eigenen Füße entgegen. »Los, fang an. Meine Füße sind hundemüde. Schließlich musste ich dich den ganzen Tag von einem Set zum anderen scheuchen, Drehbücher holen und die Prinzessin mit Wasserflaschen versorgen.«

»Wahrscheinlich ist das mein erster und letzter Film mit Steve Hileberg.« Stöhnend legte sich Trish den Arm vors Gesicht. »Es war mir so peinlich. Fünfmal, Fi. *Fünfmal.*«

»Das ist doch bestimmt nicht ungewöhnlich. Und außerdem warst du hinreißend, als schließlich alles stimmte«, sagte Fiona und begann, Trish die Füße zu massieren. Auf Trishs Gesicht breitete sich langsam ein Lächeln aus.

»Meinst du wirklich? Du kannst ruhig ehrlich sein. Wenn es totaler Mist war, würde ich es lieber von dir hören als von den Filmkritikern. Sie sind gnadenlos in ihren Filmbesprechungen.« Trish zupfte an den khakifarbenen Shorts, die sie in der letzten Szene getragen hatte. »Ich kann sie noch nicht einmal mit meinen Reizen umgarnen. Diese gruseligen Männershorts habe ich fast in jeder Szene an.«

»Schließlich spielt der Film fast nur in der Wüste und in irgendwelchen Felshöhlen. Da kannst du eben nicht im Abendkleid auftreten. Außerdem siehst du richtig sexy aus in diesen Shorts. Einige Statisten haben dich angestarrt, dass ihnen fast die Augen aus dem Kopf fielen.« Sie klopfte Trish ermutigend auf den Unterschenkel. »Du weißt, dass du eine hervorragende Schauspielerin bist. Denk nur an die Oscar-Nominierung letztes Jahr. Du hast selbst gesagt, dass du nervös bist, weil es dein erster Film mit Steve Hileberg ist … und mit Zane Walker. *Zane Walker!* Ich sollte mich ehrfurchtsvoll vor dir verneigen.«

Trish seufzte. »Ist schon verrückt, das Ganze.« Sie nahm die Füße von Fiona Schoß und beugte sich zu ihr. »Und dass Jake Patch angesehen hat, als wollte er ihn erwürgen, ist mindestens ebenso verrückt.«

»Wovon redest du?« Fiona hatte nichts davon mitbekommen.

»Als Jake heute Nachmittag zum Set kam. Er war wütend auf Zane, weil der irgendwas zu ihm gesagt hat, und dann hat er Patch ins Visier genommen.« Sie verengte die Augen. »Wenn du mich fragst, sollte die Aktion mit den Presseleuten nicht so sehr die Frauen davon abhalten, sich ihm an den Hals zu werfen, sondern eher Männer abschrecken, damit sie die Finger von dir lassen.«

»*Pffft!* Du spinnst ja.« Oder hatte sie vielleicht doch recht? Schließlich hatte Jake erwähnt, dass Zane ein Auge auf sie geworfen hatte. »Ich bin ein Niemand und er ist … nun, er ist jemand.«

»Du kannst es ruhig herunterspielen, aber für einen Typen, der bis vor einer Woche noch nicht einmal mit dir geredet hat, geht er ziemlich entschlossen zur Sache. Er hat dich in aller Öffentlichkeit für sich beansprucht. Und du bist sexy und schlau und süß. Da hat er allen Grund, eifersüchtig zu sein.«

»Er hat allen Grund, eifersüchtig zu sein? Ich denke, es ist eher umgekehrt. Ich bin grün vor Eifersucht. Aber Eifersucht ist nicht gut und diese ganze Situation ist viel schwieriger, als ich es mir vorgestellt hatte.« Fiona lehnte sich zurück. »Ich vermute, dass es viele Gründe für die Aktion von heute Vormittag gab. Weißt du, er gibt sich wirklich Mühe.« Sie sah Trish an, die ihr aufmerksam zuhörte. »Unser erster Kuss gestern Abend war so viel besser als damals, viel intensiver, aber ich hatte auch das Gefühl, als hätte es diese Jahre der Trennung nie gegeben.«

Trish ergriff ihre Hand. »Es hat sie aber gegeben.«

»Ja, natürlich. Und ich glaube, er weiß nicht, ob er überhaupt treu sein kann oder so. Ständig warnt er mich, dass er es vermasseln wird. Als wollte er mich darauf vorbereiten.«

»Vielleicht will er sich selbst darauf vorbereiten.« Trish lehnte sich ebenfalls zurück. »Männer sind Dickschädel, das weißt du. Möglicherweise versucht er, sich nicht in dich zu verlieben, für alle Fälle.«

»Klingt nicht besonders ermutigend.« Fiona schloss die Augen. »Ich hatte gehofft, dass du mir sagst, ich sollte mich nicht verrückt machen.«

»Ich bin eben realistisch und Männer sind … nun ja, Männer. Manchmal geben sie sich richtig viel Mühe, doch dann passiert irgendwas und ihr Gehirn schrumpft oder löst sich auf oder Gott weiß was. Und dann vermasseln sie alles. Wahrscheinlich kennt er sich selbst nur zu gut.« Trish seufzte. »Ehrlich, Fiona, ich könnte das nicht, was du machst. Ich wünsche euch von ganzem Herzen, dass alles gut wird zwischen euch, denn es ist nicht zu übersehen, dass du ihn liebst. Und ich glaube auch, dass er intensive Gefühle für dich hegt. Warum sollte er sich sonst für alle sichtbar zu dir bekennen? Aber ich könnte es nicht ertragen, wenn sich andere Frauen an den Mann meines Lebens heranschmeißen.«

Fiona lachte, doch bei Trishs Worten wurde ihr das Herz schwer. Gleichzeitig freute sie sich, dass Trish Jake den Mann ihres Lebens nannte. Als sie noch in Trusty wohnten, kannte Jake nur die Frauen in der kleinen Stadt. Hier hatte sie jedoch unmittelbar erlebt, wie es sein würde, wenn sie und Jake zusammen wären. Sie gab es nur ungern zu, aber es war ihr nicht entgangen, wie viel Mühe es Jake kostete, ihre gemeinsame Gegenwart vor seiner Vergangenheit zu verteidigen.

# Zwölf

Am Mittwochabend wartete Fiona in seinem Wohnwagen auf Jake, während er bei einem Gespräch mit den Produzenten war. Der Wagen glich eher einem Wohnmobil der Luxusklasse. Sie fragte sich, wie oft Jake hier übernachtete. Lebte er im Wohnwagen, wenn er irgendwo drehte? Oder ging er in ein Hotel? Mietete er vielleicht eine Wohnung? Sie versuchte, sich vorzustellen, wie es sein würde, falls Jake und sie zusammenbleiben sollten. Würde sie ihn zu den Drehorten begleiten? Wollte sie das überhaupt? Eigentlich war es viel zu früh, sich über solche Details Gedanken zu machen, doch sie konnte nicht anders. Sie hatten zwar gerade erst wieder zueinandergefunden, doch sie kannte Jake schon ihr ganzes Leben lang. Er hatte sich in vielerlei Hinsicht verändert, aber er war nach wie vor *ihr* Jake. Wenigstens hatte sie in den letzten Tagen etwas von *ihrem* Jake auftauchen sehen und hatte das Gefühl, dass da noch mehr in seinem Inneren schlummerte.

Sie las gerade in der neuesten elektronischen Ausgabe der Zeitschrift *Geologie*, als ihr Handy vibrierte. Leider war es nicht Jake, sondern Shea.

»Hey, Shea.«

»Hi. Tut mir leid, dass ich mich jetzt erst melde, aber ich

hab's nicht früher geschafft. Ich habe gerade die Fotos von heute Morgen aufgerufen. Hast du sie schon gesehen?«

»Nein, will ich auch gar nicht. Ich weiß, dass ich fürchterlich aussehe.« Sie schob ihren Computer von sich weg. »Reggie, Brent und Jesse haben mich schon mit SMS zugeschüttet. Sie wollen wissen, wie es mit Jake denn nun *wirklich* ist.«

»Finn hat mich angerufen. Er sagte, er könnte es grundsätzlich nicht ertragen, wenn du ihm von irgendwelchen Typen vorschwärmst, also hab ich ihm erzählt, was los ist. Sie lieben dich, Fi. Sie machen sich Sorgen. So ist das nun einmal bei Brüdern«, sagte Shea.

»Ja, aber du weißt ja, wie Reggie ist. Er sagte, er würde Jake überprüfen. Ganz der Privatdetektiv.« Fiona lachte. Reggies Beschützerinstinkt ging manchmal mit ihm durch.

»Nun, besser so als Brüder zu haben, denen es egal ist, wie es ihrer Schwester geht«, meinte Shea.

»Stimmt. Und sie mögen die Bradens. Sie haben also nichts gegen Jake.« Eigentlich war sie ganz froh, dass sich ihre Brüder so rührend um sie sorgten, und das, obwohl sie alle viel zu tun hatten.

»Also, nachdem alle die Fotos schon gesehen haben … sieh sie dir an«, drängte Shea sie.

»Nein, ich will nicht.« Sie schob ihren Laptop noch weiter von sich weg. Die ganze letzte Stunde hatte sie gegen den Wunsch angekämpft, einen Blick auf die Bilder zu werfen.

»Fi, du musst sie dir ansehen. Vertrau mir. Ich verspreche dir, dass du nicht schockiert sein wirst. Bitte!«

Fiona beäugte den Laptop. »Nein, Shea.«

»Fiona, vertrau mir, bitte. Ich weiß, wie viel Jake dir bedeutet, und ich weiß, wie schwierig es heute Morgen für dich war. Aber du musst dir die Bilder ansehen. Alle reden darüber.«

Fiona verdrehte die Augen. »Ich weiß. Den ganzen Tag haben Leute mich darauf angesprochen. Offenbar hat Perez Hilton die Bilder in seinem Blog gepostet und dann tauchten sie auf den Webseiten von People und Huffington Post auf.«

»Ein Grund mehr, sie sich anzusehen.«

»Na gut. Wahrscheinlich ist es besser, wenn ich weiß, wie schrecklich ich aussehe.« Sie zog den Computer wieder zu sich heran und gab *People.com* ein. Unter der Überschrift *Stuntman Jake Braden ist vergeben!* fand sie die Fotos.

»Du lieber Himmel, hast du die Titelzeile auf People gesehen?«

Shea lachte. »Ja. Ist es nicht komisch, wie schnell so was geht? Aber sieh dir die Fotos mal genauer an, Fi. Du siehst hinreißend aus, okay? Was siehst du sonst noch?«

Fiona stöhnte auf. »Fiona Steele, vor Schreck erstarrt.«

»Sieh noch einmal genauer hin.«

Sie betrachtete Jakes aufrichtiges Lächeln und seinen eindringlichen Blick, in dem so viel Gefühl lag, dass es ihr die Sprache verschlug. »Er sieht aus wie …« Sie hatte sich so lange danach gesehnt, diesen Ausdruck in seinen Augen wiederzusehen.

»Genau, Fi. Und die Welt da draußen sieht es auch«, sagte Shea. »Jake sieht dich genau so an, wie er es früher immer getan hat. Ich war damals noch ein Kind, aber als ich diese Fotos sah, fiel es mir wieder ein. Fi, weißt du, was das bedeutet?«

Fiona nickte stumm. Sie konnte den Blick nicht von seinem Gesicht wenden. Jake hatte ihr den Arm um die Schulter gelegt und drückte sie an sich. Er sah glücklich aus. Wirklich glücklich, nicht mit diesem aufgesetzten Lächeln, das sie in den letzten Jahren in Zeitschriften gesehen hatte.

»Es bedeutet, dass du es richtig gemacht hast. Es war gut,

dass du das Risiko eingegangen bist, Fi. Ich glaube, er liebt dich immer noch, auch wenn er es selbst vielleicht noch nicht weiß.«

Die Tür zum Wohnwagen ging auf und Jake kam herein. Als er sie sah, breitete sich auf seinem Gesicht das gleiche Lächeln aus wie auf den Fotos. Fiona klappte den Laptop zu.

»Ich muss Schluss machen, Shea. Ich hab dich lieb.« Ohne Sheas Antwort abzuwarten, beendete sie das Gespräch. Wie gebannt starrte sie Jake an, in seinem eng anliegenden T-Shirt und den Jeans, die seine kräftigen Schenkel umspannten und nichts der Fantasie überließen. Sie stand auf, um ihn zu begrüßen, und er nahm sie in die Arme und gab ihr einen gierigen Kuss.

Es war wunderbar, wieder in seinen Armen zu liegen, und in diesem Moment war es ihr vollkommen egal, ob er sie der Presse ausgeliefert oder in den Jahren ihrer Trennung wer weiß was getrieben hatte. Sie liebte ihn jetzt, in dieser Sekunde, und seine Gefühle für sie waren so offenkundig wie seine leidenschaftliche Umarmung. Kaum hatten sich seine Lippen von ihren gelöst, vermisste sie sie schon. Sie berührte seine Oberlippe mit dem Finger und fuhr über die Bartstoppeln, die sie gekratzt hatten. Sie wollte sie spüren – überall.

»Der letzte Kuss ist schon viel zu lange her.«

»Hmm.« Mehr brachte sie nicht hervor, während sie sich an ihn drängte und den nächsten Kuss herbeisehnte.

»Ich habe die ganze Zeit an dich gedacht. Zwei Stunts sind danebengegangen, weil ich mir vorgestellt habe, wie ich dich in den Armen halte.« Er senkte seine Lippen auf ihre. »Und dich küsse.« Seine Hände glitten über ihren Rücken und drückten sie noch fester an sich.

»Sollte mir das leidtun?«

Er lächelte und verschloss ihren Mund mit seinen Lippen.

Er küsste sie, als wollte er sie nie wieder loslassen, und sie hatte nicht das Geringste dagegen einzuwenden.

»Nichts muss dir leidtun. Für heute Abend hatte ich etwas ganz Besonderes geplant.« Er küsste ihren Mundwinkel, dann ließ er seine Zungenspitze über ihre Unterlippe gleiten.

»Etwas Besonderes?«, flüsterte sie. Sie hatte keine Ahnung, wie sie überhaupt etwas hervorbrachte, während ihr ganzer Körper in Flammen zu stehen schien.

»Ein Date.« Er bedeckte ihr Kinn mit kleinen, flüchtigen Küssen und stahl ihr den Atem. »Wie bei einem richtigen Paar.«

Seine Hände strichen über ihren Rücken und sie drängte sich ihm entgegen. Sie wünschte sich nichts sehnlicher, als dass diese großen Hände über ihren ganzen Körper wanderten. Jetzt. Irgendwo in dem Nebel des Begehrens, das sie überrollte, ging ihr auf, dass er sie beide als ein richtiges Paar bezeichnet hatte, und ihr Herz quoll über vor Glück. Doch ihr Puls raste und sie war sich nicht sicher, dass sie eine zusammenhängende Antwort hervorbringen würde. Stattdessen krallte sie ihre Hände in sein Haar, als er sie hochhob. Sie schlang die Beine um ihn und ihre Lippen trafen gierig aufeinander. Halt suchend fuhr sie ihm mit den Händen durch die Haare, als ihre Zungen miteinander verschmolzen und sie in einem Strudel atemloser Leidenschaft versank. Er presste seinen harten Schaft an ihre Mitte und sie stöhnte auf. Seine Hände glitten unter ihr Hinterteil und hielten sie fest an sich gedrückt, während er seine Hüfte an ihr rieb, bis sie vor Verlangen glühte.

»Schlafzimmer.« Das Wort kam über ihre Lippen wie ein Befehl.

Jake löste sich von ihr und sah sie fragend an. »Fi?«

Die begierige Erregung, die sie durchströmte, raubte ihr die Stimme. Ihr Herz pochte heftig in lustvoller Erwartung gegen ihre Rippen. Sie nahm seine kratzigen Wangen in beide Hände und ihr Kuss räumte jeden Zweifel aus. Jake trug sie ins Schlafzimmer. Seine Hände tasteten, erforschten, seine Zunge schmeichelte, als sie zusammen aufs Bett fielen. Fiona hatte dieses unverhohlene Verlangen nicht mehr gespürt, seit sie und Jake in der Highschool zusammen waren, und sie gab sich keine Mühe, es zu verbergen. Sie zerrte an seiner Jeans, verzehrte sich nach seiner eindrucksvollen Männlichkeit. Wollte ihn ganz, mit Haut und Haaren. Er riss ihr das Hemd vom Leib und warf es beiseite. Er kniete zwischen ihren Beinen und streifte sich mit einer einzigen Bewegung das T-Shirt über den Kopf, dann zog er sie aus, bis sie nur noch ihren BH anhatte. Er beugte sich zu ihr hinunter und küsste sie, während seine Hände jeden Zentimeter ihrer Haut erkundeten.

»Weg damit«, sagte er, als er ihren BH aufhakte und zu Boden warf.

Seine Augen wurden fast schwarz, als er seine Hände um ihre Brüste wölbte und seinen Mund wieder auf ihren senkte. Seine Zunge glitt im selben Rhythmus über ihre, wie seine Finger mit ihren Brustwarzen spielten. Er spannte sie auf die Folter, bis die Hitze der Erregung ihre Haut zu versengen drohte. Ihre Hüften hoben sich vom Bett, drängten sich ihm entgegen, während sie wieder an seiner Jeans fingerte.

»Weg damit«, bettelte sie.

Jakes Lippen zuckten in teuflischem Grinsen. Er rollte sich zur Seite und zog rasch seine verbleibenden Kleider aus. Heiliger Strohsack! Sie hatte vergessen, wie riesig er war, wie dick, und er erschien ihr sogar noch üppiger als in ihrer Erinnerung. Sie leckte sich die Lippen, wollte ihn schmecken und wusste doch, dass es nicht ging, wegen der vielen Frauen, mit denen er zusammen gewesen war. Verdammt, sie kam nicht dagegen an.

Sie wollte ihm so viel Vergnügen bereiten wie er ihr, und sie griff ihm zwischen die Beine. Er hielt ihr Handgelenk fest und drückte sie mit glutvollem Blick auf die Matratze.

»Nein, Fi.«

Ihr sank das Herz. Sie wusste von seinen zahllosen Abenteuern, hatte sich aber geweigert, der Wahrheit ins Gesicht zu sehen, doch nun konnte sie sie nicht länger ignorieren.

»Ich habe nie ungeschützten Sex gehabt, aber ich will mich testen lassen, bevor …« Er legte sich neben sie und strich ihr sanft mit der Hand über Wange. Sein Blick war voller Emotionen. »Ich will kein Risiko eingehen, und wenn du lieber nicht weitermachen willst, können wir aufhören.«

»Und wenn ich doch weitermachen will?« Sie konnte abwarten, bis sie ihn schmecken durfte, aber sie wollte seine Nähe, wollte ihn in sich spüren. Wieder *sein* werden.

»Dann hab ich hier was.«

Sie nickte und er griff in seine Nachttischschublade und warf mit frechem Grinsen eine Handvoll Kondome aufs Bett.

»Angeber!«, neckte sie, doch in ihrem Innern ließ sein Kondomvorrat ihre Sorge wieder aufflackern. Im nächsten Atemzug hatte sie die Bedenken beiseitegeschoben. Sie würde einfach nicht zulassen, dass der Gedanke ihre Nähe störte.

»Wart's ab.«

Sie zog ihn auf sich und ihre Lippen trafen sich zu einem langsamen, sinnlichen Kuss. Ihre nackten Körper wanden sich um einander, sein Schaft an ihren Bauch gedrückt, ihre Beine um seine muskulösen Oberschenkel geschlungen. Ihre Haut glühte, während sie sich gegenseitig erkundeten. Seine schwieligen Hände ließen sie bis in ihr Innerstes erzittern. Sie griff zwischen seine Beine und streichelte ihn, was ihm ein kehliges Stöhnen entlockte.

»Fi«, sagte er drängend.

Sie rieb ihn fester, bis er sie am Handgelenk packte.

»Ich will dich, seit ich dich in der Brewery gesehen habe. Meinst du wirklich, dass das eine gute Idee ist?«

»Dich zu berühren, ist die beste Idee, die ich je hatte«, gab sie zurück und reckte den Kopf, um an seinem Oberkörper zu lecken. Er schmeckte heiß und salzig und so männlich, dass ihr Körper vor Verlangen bebte. Es war zu lange her, dass sie mit einem richtigen Mann zusammen war. Mit einem Mann aus Muskeln und Kraft. Mit einem Mann, der wusste, wie man Frauen liebte.

Jake Braden wusste, wie man eine Frau liebte, und er war kurz davor, genau das zu beweisen. Er glitt an ihrem Körper hinab, während sie seine Hände streichelten, und sein Mund sie liebkoste, küsste und verwöhnte.

Er lehnte die Stirn an ihren Bauch, schlang die Arme sie und drückte sie fest an sich. Fiona stiegen die Tränen in die Augen. Das war der Jake, den sie kannte. Der sinnliche, sanfte Mann, dessen Herz danach hungerte, geliebt zu werden. Als er flüsterte: »Himmel, ich habe dich vermisst«, rann ihr eine Träne über die Wange.

Er lag lange so und Fiona sog ihn in sich auf. Sie konnte kaum glauben, dass das tatsächlich endlich passierte. Sie waren endlich zusammen und sein Schutzwall brach in sich zusammen. Das Gefühl, wieder in seinen Armen zu liegen, war besser als sie es in Erinnerung hatte, besser, als sie erhofft hatte, doch als er den Kopf hob und ihr in die Augen sah, ließ die Liebe in seinem Blick ihr Herz sprechen.

»Liebe mich, Jake.«

Er griff nach ihrer Hand und hob sie an die Lippen, bevor er sich tiefer schob. Er packte ihre Oberschenkel, öffnete sie weiter und ließ sie dabei nicht aus den Augen. Dann war sein Mund auf ihr. Beim ersten wunderbaren Zungenschlag fiel ihr Kopf nach hinten. Sie grub ihre Finger in seine Hand, während er sie verwöhnte. Ihre Nerven waren wie elektrisiert. Sie musste sich ermahnen, weiterzuatmen – und als er seine Finger in sie gleiten ließ, verlor sie jedes Gefühl für das Hier und Jetzt. Hingegeben an die Lust warf sie sich gegen seinen geschickten Mund, bis sie tief in sich spürte, wie die Woge eines Orgasmus heranrollte.

»Komm für mich, Baby.«

Seine lustvolle Stimme durchbebte sie und trieb sie auf den Höhepunkt, während er sie in den längsten, intensivsten Orgasmus streichelte, den sie je gehabt hatte.

In all den Jahren, seit Jake und Fiona zusammen gewesen waren, hatte er nie vergessen, wie süß sie schmeckte und wie sexy die lustvollen Laute klangen, die sie auf dem Gipfel der Lust ausstieß. Er schmiegte seine Wange an die Innenseite ihres Schenkels und versuchte, sein Verlangen unter Kontrolle zu bringen. Diese Nähe mit ihr löste eine Woge der Emotionen in ihm aus und fast hätte ihm allein die Intensität ihres Zusammenseins den Rest gegeben. Jake hatte in seinem Leben nie nach Sicherheit gestrebt, doch wenn er mit Fiona zusammen war, fühlte er sich sicher und geborgen, und es haute ihn um. Fiona war alles andere als sicher. Sie hatte ihn schon einmal verlassen. Er sollte zumindest vorsichtig sein, doch als er heute Abend in den Wohnwagen kam, zog die Liebe in ihren Augen einen Schlussstrich unter die Vergangenheit.

Er küsste sich an ihrem Körper hoch, sog ihren Duft ein

und schmeckte ihre erhitzte Haut. Sie war ihm gleichzeitig neu und vertraut. Ihre Rundungen waren weiblich und unbeschreiblich sexy. Ihre Brüste schmiegten sich in seine Hände und als er mit der Zunge ihre harte Brustwarze berührte, stockte ihr der Atem und sie krallte sich noch fester an seinen Rücken. Er liebte die Art, wie sie sich an ihn klammerte, wie ihr Herz und ihr Körper ihm auf allen Ebenen antworteten. Sie war stark und zäh, empfindsam und liebevoll. Sie war immer noch so wie früher, nur intensiver und weiser, und das machte sie ihm nur noch liebenswerter. Er blickte in ihre Augen voller Liebe und in diesem Moment wusste er, dass er sie nicht nur beschützen wollte. Er wollte sie wieder lieben.

Dabei liebte er sie längst. Seine Liebe zu ihr war ungebrochen, auch wenn die Erinnerungen an ihre Vergangenheit und das, was aus seinem Leben geworden war, sie getrübt hatte.

Er nahm sie in die Arme und hielt sie fest. Wahrscheinlich zu fest, aber er wollte sie nicht mehr gehen lassen. Nie wieder. Ihr Herz pochte an seinem und als er sich von ihr löste, berührte sie seine Wange.

»Du spürst es auch.« Es war keine Frage.

*O ja, er spürte es.*

»Fi …« Sollte er sie noch einmal warnen, dass er alles vermasseln würde? Er war zu egoistisch geworden, das konnte doch gar nicht funktionieren, oder? Er hatte sich zu der Art von Mann entwickelt, die er in seiner Anfangszeit in Los Angeles verabscheut hatte. Der Typ, der nur auf Vergnügen aus war, und nicht wusste, wie man fühlte.

Sie streichelte seine Wange und lächelte ihn voller Vertrauen an.

Aber er fühlte. Sie half ihm, zu fühlen, ließ ihn erkennen,

dass er nicht so kaputt war, dass er nie wieder fühlen würde.

»Du siehst traurig aus«, flüsterte sie.

»Nein, Babe, ich bin glücklich.« Er küsste sie sanft. »Ich habe seit Ewigkeiten nicht mehr so viel empfunden.«

»Das war meine Schuld.« Sie wandte den Blick ab.

»Nein, ich glaube, dass dein Leben daran schuld war. Damals konntest du das ganze Durcheinander in deiner Familie nicht sortieren.« Er gab ihr einen Kuss auf den Mund, dann auf die Wangen und die Stirn. Mit jeder Sekunde wuchsen seine Gefühle. »Nun wissen wir beide, was dort draußen los ist. Wir wissen beide, was wir wollen. Und wir lernen gerade, wer wir wirklich sind. Es braucht Zeit, das alles zu verstehen, aber vielleicht musste dieser Schmerz damals sein.«

Sie runzelte die Stirn. »Schmerz muss niemals sein. Es tut mir leid, Jake.«

»Babe, wir sind beide erwachsen. Wir wissen, was wir wollen, und auch wenn ich eine Weile gebraucht habe, es herauszufinden, weiß ich, dass ich dich will.«

Sie legte ihm eine zarte Hand in den Nacken und zog seinen Mund zu sich herunter. Ihre Zungen berührten sich mit neu entfachter Lust und Begehren, das ihre Hüften von der Matratze hob. Er pulste vor Lust, und bevor er nach einem Kondom greifen konnte, tat sie es. Als sie es ihm reichte, trafen sich ihre Blicke und sie sahen einander mit hundert gemischten Gefühlen an.

Jake riss die Verpackung mit den Zähnen auf und sie half ihm, das Kondom überzustreifen. Das hatte er bisher noch keiner anderen Frau erlaubt, doch bei Fiona ließ er es zu, ohne einen Gedanken daran zu verschwenden – und genoss es. Sie legte sich auf das Bett zurück und Jake konnte kaum glauben, dass er wieder bei Fiona lag. Seine Fiona. Lieber Gott, wie konnte er sie jemals gehen lassen? Als er seinen Körper auf ihren senkte und in sie glitt, wusste er, dass er bis zu seinem letzten Atemzug dafür kämpfen würde, dass sie bei ihm blieb. Er hielt ihren Blick gefangen, während er sie ganz ausfüllte, und legte die Arme um sie und hielt sie an sich gedrückt. Das war es, was er am meisten vermisst hatte, diese Nähe. Diese Vertrautheit, die er nur bei Fiona gefunden hatte.

Das Verlangen zu lieben und geliebt zu werden.

Ihre Körper fielen von ganz allein in einen Rhythmus. Jake verschränkte seine Finger mit ihren und hielt sie neben ihrem Kopf fest, sodass er sie ansehen konnte, während er sie liebte. Sie wölbte sich ihm entgegen, um ihn noch tiefer aufzunehmen, und ihr Inneres schloss sich fest um ihn. *Lieber Himmel.* Er hatte vergessen, wie gut sie war und wie gut sie zusammenpassten.

Er lehnte seine Wange an ihre. »Ich halte das nicht lange durch, Fi. Nicht bei diesem ersten Mal mit dir. Es ist zu lange her.«

Auf ihren Lippen spielte ein wissendes Lächeln. »Da mache ich mir keine Sorgen.« Ihr Blick fiel auf die Kondome, die auf der Decke verstreut lagen.

Er gab ihr einen weiteren gierigen Kuss auf den einladenden Mund, drängte ihr die Zunge zwischen die Lippen, während er mit den Hüften rhythmisch zustieß. Sie drückte ihm die Hände auf den Rücken, wollte ihn noch tiefer in sich haben und rieb ihre Hüfte an seiner, während ihre Zungen ihren eigenen drängenden Rhythmus fanden. Ihre Fingernägel gruben sich in seine Haut, als ihr Kopf wieder nach hinten sank, ihr Körper vor Leidenschaft bebte und um seinen üppigen Schaft pulste. Er hörte, wie sie seinen Namen keuchte, als Wogen der Ekstase ihn überfluteten. Ihre Wangen waren erhitzt, ihr Atem kam stoßweise.

Er wollte mehr von ihr, immer mehr. Sie war seine Schwäche und seine Stärke. Sie hatte die Macht, ihn zu zerstören, und sie war die treibende Kraft hinter seinem Wunsch, besser zu sein, der Mann zu sein, den sie verdiente. Sie lohnte das Risiko. Sie packte seinen Hintern, presste ihre schweißglänzenden Körper aneinander, verschlang jeden Millimeter von ihm. Er biss sich auf die Lippen und vergrub das Gesicht an ihrem Hals, sodass nur ein gedämpfter Schrei zu hören war, als er sich Stoß um Stoß ergoss.

Lange lagen sie da, schwer atmend, ihre Körper ineinander verschlungen. Er hörte, wie ihr Atem sich beruhigte, spürte, wie ihr Körper ermattet in die Matratze sank. Dann erst zog er sich aus ihr zurück. Er drückte ihre Hand, rollte sich zur Seite und streifte das Kondom ab. Dann nahm er sie in die Arme.

»Fi?«

»Ja?«

»Ich bin froh, dass du mich nicht aufgegeben hast.«

»Ich hab's versucht.«

Er bemühte sich, sie ernst anzusehen, was nach einem derart umwerfenden Orgasmus nicht so einfach war.

»Du hast es versucht?«

Sie nickte. »Egal, wie sehr ich dir entkommen wollte, du warst immer da. Ich habe deine Augen in jedem Mann gesehen, hörte deine Stimme in meinem Kopf. Du hast mich verfolgt, von dem Moment, als ich zum College aufgebrochen bin, bis zu der Sekunde, als du in deinem Haus deine Lippen auf meine gelegt hast. Und in jeder Sekunde seitdem.«

Er konnte sich ein Lächeln nicht verkneifen. »Du hast meine Wut angefacht, Fi. Hast mich halb wahnsinnig gemacht – dabei warst du Lichtjahre entfernt. Ich dachte, ich explodiere vor Zorn, wenn ich noch einmal mit dir spreche, und an Küssen war schon gar nicht zu denken. Nachdem du mich eingefangen hattest, ist mir klar geworden –«

»Dich eingefangen?« Sie hob eine Augenbraue und sah ihn schelmisch an. Dabei ließ sie ihren Finger über seinen Oberkörper gleiten. »Yee-haw, Cowboy.«

Sie kreischte, als er sie zwischen den Rippen kitzelte. »Pass auf, was du sagst, sonst reite ich dich, wie du bisher noch nie geritten worden bist, Mädel.«

Sie verdrehte die Augen. »Leere Versprechungen.«

Er legte ihr die Lippen auf den Mund und brachte sie mit einem Kuss zum Schweigen.

»*Nachdem du mich eingefangen hast*, fiel mir auf, dass ich mich nicht davor gefürchtet habe, vor Wut zu explodieren. Ich habe mich vor Gefühlen gefürchtet. Davor, dass ich wieder die Liebe empfinde, die wir hatten. Diese Tür hast du geöffnet und bist hindurchgeschlüpft, Fi. Du hast meinen Verteidigungswall niedergerissen. Zum Glück.«

»Und dich von deinem Schürzenjägerdasein erlöst?« Ihre Stimme klang neckend, doch an ihren Augen sah er, dass sie es ernst meinte.

»Ja. Du hast mich aus meiner Burg geholt und hier bin ich nun.« *Aber wirf mich bitte nicht wieder weg.*

# Dreizehn

Am Freitagnachmittag flog Jake über das Dach eines Jeep und landete mit einem dumpfen Knall auf dem Boden. Wie es das Drehbuch vorsah, rappelte er sich mit gespielter Mühe auf und absolvierte dann seine letzte Kampfszene für diesen Tag. Jeder Schlag, jeder Tritt kam mit doppelter Wucht, weil er Fiona vermisste. Seit dem Abend in seinem Wohnwagen hatten sie sich kaum gesehen. Am Donnerstag war sie mit Trish und Shea verabredet gewesen und er hatte sie noch nicht einmal morgens abholen können, weil er selbst Termine mit Produzenten hatte, bei denen es um seinen nächsten Film ging. In den Pausen zwischen Trishs Szenen hatten sie Zeit für ein paar flüchtige Begegnungen, doch er hatte sie nicht in den Armen halten können und sehnte sich nach ihrer Nähe. Wenigstens hatte er es geschafft, seinen Arzt anzurufen und ihn zu einem Bluttest in seinen Wohnwagen zu bitten, natürlich unter dem Siegel der Verschwiegenheit. Er war froh, dass er das erledigt hatte. Als ihm der Arzt das Blut abnahm, kam es ihm vor wie die Chance auf einen neuen Anfang. Er war sich sicher, dass er aufgepasst hatte, und rechnete nicht damit, dass der Test positiv ausfiel, doch er wollte um Fionas willen kein Risiko eingehen.

Seit ihrer Begegnung in Trusty kreisten seine Gedanken fast

ununterbrochen um Fiona. Zuerst waren es Gedanken voller Zorn und Verletztheit gewesen, doch diese Zeit kam ihm schon ganz weit weg vor. Er hatte ein paar Stunden gebraucht, um zu verstehen, warum er in den letzten anderthalb Tagen so nervös und reizbar gewesen war, bis ihm aufging, dass er mittlerweile gerne an Fiona dachte, nachdem er sie so lange von sich ferngehalten hatte. Als er das klar hatte, dauerte es noch ein paar Stunden, bis er die unbekannten Gefühle akzeptierte. Seitdem hieß er die qualvolle Nervosität willkommen.

Er fühlte wieder. Das konnte nur ein gutes Zeichen sein.

Ein letzter rechter Haken und der andere Stuntman brach vorschriftsmäßig zusammen und starb einen höchst überzeugenden Filmtod.

»Schnitt!«, brüllte der Regisseur. »Schöne Keilerei, die ihr euch da geliefert habt.«

Jake winkte ihm zum Abschied und humpelte zu Tracy, die mit einem großen Becher Eiswasser auf ihn wartete.

»Das ist jetzt genau das Richtige, Trace. Danke.« Jake musterte ihren schwarzen Minirock und das passende T-Shirt. Da Trace nur selten einen Rock trug und außerdem sehr gut gelaunt wirkte, vermutete Jake, dass ihre Freundin in der Stadt war.

»Danke. Macht es dir was aus, wenn ich jetzt gehe? Ich bin mit Carla verabredet.« Trace und Carla, ein Model, waren seit drei Jahren mal zusammen und mal getrennt, eine typische On-Off-Beziehung.

»Ist sie in L. A.?« Jake freute sich für Trace, obwohl er nicht begriff, wie sie Carlas Allüren ertrug. Jake hatte Carla schon gekannt, bevor Trace auf der Bildfläche erschien. Sie gehörte zu denselben Cliquen wie er und er fand sie immer reichlich affektiert, während Trace bodenständig und unkompliziert war.

»Ja, sie ist übers Wochenende hier. Und weil du in den nächsten Tagen nicht drehst, dachte ich, wir könnten die Zeit zusammen verbringen.« Sie sah ihn fragend an.

»Ja, klar.« Er trank gierig von dem Eiswasser.

»Toll. Ach, und sie kommt nächsten Freitag mit mir zum Dinner. Du hattest gesagt, das ist okay.« Sie nahm ihm den leeren Becher ab.

»Natürlich. Bring mit, wen immer du willst.«

»Ich hab deinem Fahrer Bescheid gesagt, es ist alles arrangiert.«

»Danke, Trace. Hör mal, wahrscheinlich kümmert sich Carla um einen Wagen für euch beide, aber du kannst ihn gerne auf meine Rechnung setzen, okay?«

Trace hob ihre gepiercte Augenbraue, die heute nicht der übliche Silberring zierte, sondern eine kleine silberne Hantel.

»Jake, entdeckst du plötzlich dein weiches Herz?«, fragte sie lächelnd.

»*Pfft*. Das sage ich dir jedes Mal. Du nimmst das Angebot nur nie an.«

»Ja, weil du normalerweise erst im letzten Moment mit solchen Angeboten um die Ecke kommst. Wenn dein Fahrer dich einsammelt, schickst du mir eine SMS: *Hey, sollen wir dich mitnehmen?*« Sie lachte und wandte sich zum Gehen.

»Trace«, rief Jake.

Trace drehte sich um. »Ach, das hätte ich fast vergessen. Fiona macht um sechs Feierabend. Sie kommt dann zu deinem Wohnwagen.«

»Woher wusstest du, dass ich nach Fi fragen wollte?«

»Du hattest diesen verzückten Blick in den Augen. Ach ja, Jake und sein weiches Herz.«

»Solange es nur das Herz ist …«, sagte er zwinkernd. Trace

hob zum Abschied die Hand und ging kopfschüttelnd davon.

Im Wohnwagen duschte Jake und schickte Fiona dann eine SMS: *Ich bin im Wohnwagen. Habe eine Überraschung für dich.*

Gleich darauf vibrierte sein Handy. *Eine Yee-haw-Cowboy-Überraschung? Soll ich meine Sporen mitbringen?*

Klar, dass Fiona eine schlagfertige Antwort parat hatte. Seine Überraschung hatte zwar nichts mit Sex zu tun, doch die Erinnerung daran, wie sie sich geliebt hatten, ließ ihn auf der Stelle hart werden. Es war Ewigkeiten her, dass der bloße Gedanke an eine Frau diese Reaktion hervorgerufen hatte. Er genoss es, wieder Gefühle zu haben. Wie zum Teufel war er nur so lange ohne sie ausgekommen?

Während er noch darüber nachdachte, klopfte jemand an die Tür des Wohnwagens. Das musste Fiona sein. Jake öffnete mit einem freudigen Ruck. Vor ihm stand Megan Flexx.

Ohne eine Einladung abzuwarten, kam sie die Stufen hoch und hielt ihm die gespitzten Lippen zum Kuss entgegen.

Jake wich zurück. »Megan. Was machst du hier?«

»Ich drehe an einem anderen Set hier auf dem Gelände.« Ihre Augen verengten sich und sie wickelte sich eine lange, dunkle Strähne um den Finger. Wie üblich kaute sie auf einem Kaugummi herum. Sie produzierte eine rosafarbene Blase, die mit einem Knall zerplatzte, und saugte die klebrige Masse in einem einzigen Atemzug in den Mund zurück. »Ich hatte gehört, dass du noch hier bist, und da dachte ich, wir könnten … ein paar Szenen von neulich nochmal nachspielen.«

Jake warf einen raschen Blick über das Filmgelände. Zum Glück war Fiona nirgendwo zu sehen – und die Presse auch nicht. Ein Foto von Megan in ihrem äußerst knapp bemessenen schwarzen Kleid auf den Stufen zu seinem Wohnwagen war das Letzte, was er brauchen konnte.

»Megan, ich bin verabre–«

Wortlos schob sie sich an ihm vorbei in den Wohnwagen. Jake folgte ihr. Vor der Schlafzimmertür blieb sie stehen.

»Megan, ich habe keine Zeit für so was«, sagte er und stemmte die Hände in die Hüften. Mit einer einzigen fließenden Bewegung drehte sich Megan um und drückte sich an ihn.

»Dann beeilen wir uns eben.« Sie schob ihren Finger durch seine Gürtelschlaufe, doch er hielt ihre Hand fest.

»Nein.« Das hatte es noch nie gegeben: Jake Braden verschmähte eine schnelle Nummer mit Megan Flexx. Er fühlte sich unbehaglich, denn bewegte er sich auf unbekanntem Terrain. Schließlich passierte es nicht alle Tage, dass er die heißeste Schauspielerin weit und breit abwies.

Sie runzelte die Stirn und schob beleidigt die Unterlippe vor. Dabei sah sie so sexy aus, dass die meisten Männer vor ihr auf die Knie gesunken wären. Jake fand sie einfach nur abstoßend. Es war nicht so sehr Megans Schmollmündchen, sondern die Tatsache, dass er sich den Ruf eingehandelt hatte, jederzeit für einen Quickie zur Verfügung zu stehen. Nicht nur bei Megan, sondern bei vielen Frauen. Und jetzt musste er zusehen, wie er aus diesem Schlamassel herauskam.

Er hasste Schlamassel.

Megan schlang ihm den freien Arm um den Hals. »Oh, du hättest es heute gerne etwas rauer, wie? Von mir aus gerne.«

»Jake?«

Jake spürte, wie ihm das Blut aus den Wangen wich. Er drehte sich hastig um. Fiona stand in der Tür. Ihr strahlendes Lächeln erlosch, als sie ihn und Megan sah, und ihre Miene erstarrte zu einer schmerzerfüllten Maske. Sie machte auf der Stelle kehrt und rannte aus dem Wohnwagen.

»Fi!« *Mist.* Jake zerrte Megan zur Tür. »Raus. Sofort.«

»Was zum …?« Sie stolperte die Stufen hinunter.

»Tut mir leid, Megan.« Er zog die Tür hinter sich zu und sah sich suchend um. Fiona war verschwunden. *Verdammt.*

»Sie ist weg, Jake.« Megans Gesicht war wutverzerrt. »Was zum Teufel hat das zu bedeuten?«

»Ich versuche, ein guter Partner in einer Beziehung zu sein, und leider habe ich jetzt keine Zeit, dir das alles zu erklären. Es hat nichts mit dir zu tun. Nur mit mir. Aber eins steht fest: Ich bin vergeben.« Während er auf den Parkplatz zurannte, zog er sein Handy aus der Tasche.

»Ich dachte, das war nur ein PR-Gag«, schrie Megan ihm hinterher.

»Nicht, wenn es nach mir geht«, murmelte er. Dann sah er Fiona über den Parkplatz hasten.

Fiona kämpfte gegen die Tränen an, die ihr in den Augen brannten. Ihr tat alles weh. *Ich bin eine Idiotin. War das seine kleine Überraschung? Ein flotter Dreier mit Megan Flexx?* Ihr Handy klingelte, während sie über den Parkplatz stürmte. Sie hatte nur ein einziges Ziel: so schnell wie möglich zu verschwinden.

»Fiona!« Jakes Stimme verfolgte sie.

Sie ballte die Fäuste und biss die Zähne zusammen. *Es war dumm von mir, hierherzukommen und zu glauben, dass es funktioniert.*

Eine Hand legte sich schwer auf ihre Schulter. Sie strauchelte und Jake fing sie in seinen Armen auf, die so verflucht stark waren.

»Fiona.« Sein Gesicht war blass und sorgenvoll.

Sie drehte und wand sich und versuchte, sich aus seiner Umarmung zu befreien, doch er hielt sie fest. »Jake, lass mich los.«

»Fiona, es ist nicht so, wie du denkst.«

Die abgedroschene Phrase ließ sie erstarren. »Hast du das aus irgendeinem Film? Es kommt mir nämlich verdammt bekannt vor. Vielleicht solltest du dir mal was Neues ausdenken.« Eine Träne lief ihr über die Wange und sie wandte den Blick ab.

»Fi«, sagte er sanft. »Ich schwöre bei allem, was mir lieb und teuer ist, dass ich nicht getan habe, was du denkst, dass ich getan habe. Ich bin sicherlich kein Musterknabe, aber ich würde dich nie betrügen.«

Am liebsten hätte sie ihm widersprochen, ihn weggestoßen, ihn angebrüllt und all die Wut und Trauer herausgelassen, die sich in ihr zusammenbrauten, doch Jake hatte recht. Als sie damals in Trusty zusammen waren, hatte er sie nicht ein einziges Mal hintergangen, dabei hatte er dazu reichlich Gelegenheit gehabt. Sie wusste, wie er jetzt war. Er versuchte gar nicht, es vor ihr zu verbergen. Im tiefsten Innern ihres Herzens vertraute sie ihm und war immer noch überzeugt, dass das Wort eines Jake Braden galt. Er hatte sich so viel Mühe gegeben, um ihr zu zeigen, dass er es ernst meinte, doch sie hatte all das für einen Moment aus den Augen verloren und vorschnell ihre Schlüsse gezogen. Wenn er sagte, es sei nicht so gewesen, wie sie dachte, dann sagte er die Wahrheit.

Mit dem Daumen wischte er ihr die Tränen ab.

»Es tut mir leid, Fi. Ich weiß, wie es für dich ausgesehen haben muss. Megan stand vor der Tür und ich dachte, du wärest es. Sie kam herein, bevor ich irgendetwas unternehmen konnte. Ich habe sie abgewiesen und ich würde es immer und immer wieder tun. Ich will sie nicht.« Fiona hielt den Blick immer noch gesenkt und er ging ein wenig in die Knie, sodass er ihr in die Augen sehen konnte. Er sah sie mit solcher Inbrunst an, dass ihr Ärger vollends dahinschmolz. Als er ihren Namen flüsterte und mit einem Finger sachte über ihre Lippen fuhr, stockte ihr der Atem.

»Du hältst mich ganz schön feste«, stieß sie hervor.

»Und ich lasse dich nicht mehr los.« Er lächelte und Fiona spürte, wie ihr die Schamröte in die Wangen stieg. Sie hatte wirklich viel zu heftig reagiert.

Sie boxte ihn leicht auf die Brust.

»Ganz schön hart.«

»Tja, ich trainiere eben jeden Tag«, sagte er schmunzelnd.

Sie lehnte ihre Stirn an seine Brust. »Du hast immer wieder gesagt, dass du alles vermasseln würdest, und als ich euch zusammen sah, da dachte ich …«

»Verständlicherweise.«

Sie sah ihn an. »Ja, aber ein Teil von mir denkt, dass es dumm von mir ist, wenn ich dir glaube. Schließlich sagst du mir immer wieder, dass du nicht mehr so bist wie früher. Woher soll ich wissen, was ich glauben kann? Vielleicht hast du einen Fehler gemacht und versuchst, ihn zu vertuschen, oder –«

»Oder vielleicht habe ich keinen gemacht und möchte nicht, dass man mir die Schuld für etwas in die Schuhe schiebt, was ich *nicht* getan habe.« Er sah sie forschend an und sein Blick wurde hart. »Ich bin nicht derjenige, der dich verlassen hat, Fiona. Und ich bin auch nicht derjenige, der den Kontakt zu dir gesucht hat, damit du dich wieder in mich verliebst.«

»Ich weiß, aber –«

»Nichts aber.« Er ließ sie los und sofort wünschte sie sich, sie könnte in die Geborgenheit seiner Umarmung zurückkehren. »Ja, ich weiß, es sieht so aus, als hätte ich genauso weitergemacht, wie ich es in all den Jahren gewohnt war.« Er fuhr sich mit der Hand durchs Haar und wandte sich ab.

Fiona schnürte es die Kehle zu, als er sie ansah. Der Zorn, der eben noch in ihm loderte, war einem Schmerz gewichen, der sie mitten ins Herz traf. Er nahm ihre Hand.

»Fiona, ich weiß nicht, was du dir vorgestellt hast, wie das mit uns laufen würde. Eins ist jedoch sicher: Es wird nicht einfach sein. Menschen haben Erwartungen, und auch wenn es Erwartungen sind, die ich selbst geschürt habe, verschwinden sie nicht von heute auf morgen und auch nicht in einer Woche oder …«

Sie schüttelte den Kopf. »Hör auf. Ich hab's kapiert, okay? Ich komme mir unendlich dumm vor, weil ich einfach davongelaufen bin, und ich komme mir dumm vor, weil ich mir dumm vorkomme.« Sie hämmerte mit dem Kopf gegen seine Brust und überlegte verzweifelt, was sie tun sollte. Die Eifersucht hatte ihr Vertrauen in Jake einfach überrollt. Sie holte einmal tief Luft, dann noch einmal, und hoffte, ihre Vernunft würde endlich wieder die Oberhand gewinnen.

»Fi.« Lächelnd hob er ihr Kinn mit dem Zeigefinger. »Wenn ich dich mit einem Typen überrascht hätte, wäre ich ausgerastet. Du hast nichts falsch gemacht, mach dir keine Vorwürfe, weil du davongestürmt bist. Und eins kann ich dir versprechen: Ich würde dich nie betrügen. Das weiß ich ganz bestimmt. Das meine ich nicht mit *vermasseln*. Eigentlich weiß ich nicht genau, was ich damit meine, aber es ist eben schon eine ganze Weile her, seit ich eine Freundin hatte. Du sollst nur wissen, dass ich dich niemals so verletzen werde.«

»Okay.« Die Aufrichtigkeit in seinem Blick überzeugte sie.

Er hatte sich verändert, seit sie in Trusty mit ihm zusammen war, doch in ihrem Innersten war sie überzeugt, dass er sie nicht hintergehen würde.

»Ich war es, der unsere Beziehung öffentlich gemacht hat, erinnerst du dich? Hätte ich das getan – oder hätte ich mich auf jede nur denkbare Geschlechtskrankheit unter den Sonne testen lassen –, wenn ich vorgehabt hätte, dir wehzutun?«

»Du hast dich testen lassen?« Er hatte ihr zwar gesagt, dass er es vorhatte, aber sie hatte nicht damit gerechnet, dass er sein Vorhaben so schnell in die Tat umsetzen würde. Sie war sprachlos. Es war ein untrügliches Zeichen für seine Zuverlässigkeit und seine Gefühle für sie. Jetzt kam sie sich erst recht dumm vor, weil sie sofort das Schlimmste vermutet hatte.

»Ja, ich habe mich testen lassen. Fiona, ich stehe zu meinem Wort. Daran hat sich nichts geändert, ebenso wenig wie an meiner Fähigkeit, treu zu sein. Und, glaub mir, das überrascht mich vermutlich genauso wie dich.« Er lachte. »Das meine ich nicht so, wie es klingt.«

»Doch, tust du.« Sie spürte, wie sich die Spannung löste. »Ich hätte nicht gleich vom Schlimmsten ausgehen sollen.«

»Nun, jetzt wissen wir beide, dass es dazu nicht kommen wird. Mit *vermasseln* meinte ich nicht, dass ich mich hinter deinem Rücken mit einer anderen einlasse. Ich bin mir nicht sicher, was ich meinte, aber ich weiß, dass es *das* nicht war.«

»Dann *willst* du also eine monogame Beziehung?« Bis jetzt war es ihr gar nicht in den Sinn gekommen, daran zu zweifeln, aber vielleicht war es doch eine gute Idee, klarzustellen, dass es das war, was Jake wollte. Obwohl die Tatsache, dass er sich hatte testen lassen, eigentlich dafür sprach.

»Und ich dachte, in diesem Punkt wären wir uns einig. Ist es denn nicht das, was du willst? Darum geht es doch die ganze

Zeit, oder?«

»Ja. Ganz bestimmt, ja. Aber wir haben nicht darüber gesprochen, also …« *Und jetzt komme ich mir noch dümmer vor.*

Er schloss sie in die Arme und gab ihr einen Kuss auf die Stirn. »Bisher waren wir uns auch ohne Worte einig, Fi. Wir müssen nur irgendwie mit dem Rest der Welt zurechtkommen. Davon hängt es ab, ob wir uns über Wasser halten können oder untergehen. Ich kann gut schwimmen. Die Frage ist, wie lange du diesen Schwebezustand aushältst.«

*Ich habe ihn all die Jahre ausgehalten, also schaffe ich es auch noch ein bisschen länger.*

Zwanzig Minuten später betraten sie Hand in Hand eines der Gebäude auf dem Studiogelände. Wenn Fiona noch irgendwelche Zweifel gehabt hätte, ob Jake ihr wegen ihrer heftigen Reaktion böse war, so hätten sein federnder Schritt und das fröhliche Lächeln auf seinem Gesicht sie beruhigt. Sie kam sich auch nicht mehr dumm vor, hoffte allerdings, dass Megan Flexx keinen Ärger machen würde.

»Wohin gehen wir?«, fragte Fiona. Mit seinen hohen Decken, den freiliegenden Stützbalken und den langen, hallenden Fluren wirkte das Gebäude wie ein Warenlager.

»Es ist eine Überraschung. Weißt du, wenn Schauspieler und Schauspielerinnen an einem Set drehen, bekommen sie meist nicht mehr zu Gesicht als die Kulissen für ihre Szenen. Andererseits gibt es Führungen für Leute, die nie an einem Set arbeiten werden, und die sehen mehr als die, die tagein tagaus hier schuften. Und dann gibt es dich.«

Vor einer verschlossenen Tür blieben sie stehen. Jake legte ihr die Unterarme auf die Schultern und spielte mit ihrem Haaren, was alle möglichen Turbulenzen in ihrem Herzen auslöste.

»Du bist jeden Tag hier und hilfst deiner Freundin, ohne dafür einen Cent zu bekommen, weil du in meiner Nähe sein wolltest. Du hast deinen eigenen Job auf Eis gelegt und dein Leben auch. Und im Gegenzug willst du nicht mehr als eine Chance für uns und unsere Beziehung.«

Sie zog die Nase kraus. »Ich klinge wie ein Loser, nicht wahr?«

»Nein, du klingst wie mein Glücksbringer.« Er küsste sie zärtlich. »Du hast ein bisschen mehr Spaß verdient als den puren Genuss meines unsagbar attraktiven Körpers.«

Sie verdrehte die Augen. Was ihr bei seinen Worten durch den Kopf ging, behielt sie lieber für sich: *Wenn du so frech daherredest, würde ich mich am liebsten sofort auf deinen unsagbar attraktiven Körper stürzen.*

»Also …« Er schob die Tür auf und Fiona starrte fassungslos in einen riesigen Raum voller Kleiderständer, an denen Kostüme in allen Schattierungen und Stilrichtungen hingen. Er nahm sie bei der Hand und schloss die Tür hinter ihnen.

»Dürfen wir hier hinein?« So etwas hatte sie noch nie gesehen. Die Wand rechts von ihr war vom Boden bis zur Decke voll mit Schuhregalen. Eine bunte Sammlung von Accessoires gab es an der hinteren Wand und daneben hingen Waffen: Schwerter, Pistolen, Peitschen und noch viel mehr.

»Du kannst alles anprobieren, was dir gefällt.« Er zeigte auf die Kleiderständer. »Normalerweise holt Trace die Sachen, die ich brauche, daher war ich noch nicht so oft hier, aber ich dachte, es könnte dir gefallen.«

Fiona schlenderte durch einen der Gänge zwischen den Kleiderständern und fuhr mit den Fingern an flauschigem Samt, glatter Seide, weicher Baumwolle und feinen Spitzenstoffen entlang. Im Raum roch es nach Färbemitteln, Kleidern und seltsamerweise auch nach Plastik. Jake nahm eine Rüschenkreation aus blauem Taft vom Kleiderständer, bei dem sie unweigerlich auf den Saum getreten wäre, weil es viel zu lang war.

»Prinzessin?«, fragte er und hob eine dunkle Augenbraue.

Fiona schüttelte den Kopf und durchsuchte den Kleiderständer. Schließlich zog sie einen Kleiderbügel mit der Aufschrift *Conan* hervor, an dem das komplette Kostüm mit Schwert und anderen goldenem Zubehör hing. Dann nahm sie einen weiteren Kleiderbügel, auf dem *Xena* stand. Lächelnd hielt sie beide Kostüme in die Höhe.

»Wenn du Conan bist, bin ich Xena.« Sie streckte ihm das Conan-Kostüm hin. Allein die Vorstellung, dass Jake vorne nur mit der kleinen Ledertasche à la Schwarzenegger bekleidet sein würde, ließ ihr das Wasser im Mund zusammenlaufen.

»Babe, ich würde mich sogar als Osterhase verkleiden, nur um dich in diesem sexy Outfit zu sehen«, sagte er, nahm das Conan-Kostüm und begann, sich auszuziehen.

»Hey, du gehst da drüben hin.« Sie zeigte auf die andere Seite der Kleiderständer.

»Fi, ich glaube, ich habe alles gesehen, was es zu sehen gibt.«

Er trat zu ihr, doch sie legte ihm die Hand auf die Brust und schüttelte den Kopf.

»Geh.«

Sie war aufgeregt wie ein Teenager, als sie sich hinter dem Kleiderständer das Kostüm anzog. Der metallene BH passte fast perfekt, doch der Schutz für Schultern und Oberarme war schwierig anzulegen. Sie fühlte sich unglaublich sexy, als sie in den schwarzen Minirock schlüpfte, an dem vorne und hinten goldfarbene Lederlappen hingen. Dann streifte sie sich die roten Lederhandschuhe mit den schwarzen Fingern über, die ihr bis über die Ellenbogen reichten, zog zum Schluss noch goldene

Stulpen darüber und kam sich völlig verrucht vor. Sie stopfte die Haare unter eine lange schwarze Perücke und steckte die zusammengerollte Peitsche in die Schlaufe an ihrer Hüfte. Das Schwert war schwerer, als sie es sich vorgestellt hatte. Sie schnallte den Gürtel um, sodass er tief auf der Hüfte saß, hakte die dunkle Lederscheide ein und schob das Schwert hinein. Sie hatte das Gefühl, verführerisch und frivol auszusehen. In dem gigantischen Schuhregal fand sie ein paar Lederstiefel mit goldfarbenen Verzierungen. Sie passten zwar nicht ganz zu Xenas Kostüm, ließen sich aber bis unters Knie schnüren. Sie lächelte und freute sich auf Jakes Reaktion.

»Heiliger Strohsack.« Jakes Stimme ließ sie zusammenfahren.

Sie wirbelte herum und starrte ihn mit offenem Mund an. Vor ihr stand Jake in seiner ganzen muskelbepackten, sonnengebräunten Schönheit und trug nichts weiter als einen vergoldeten Lederschurz. Unter dem Gürtel sah etwas hervor, das wie ein Fellstück aussah. Fiona hatte keine Ahnung, was es war, doch sie hätte es am liebsten auf der Stelle heruntergerissen. An seiner rechten Hüfte hing eine Lederscheide mit einem Schwert mit vergoldetem Griff. Ihr Blick glitt an seinen kräftigen, sehnigen Beinen hinunter, nur um dann wieder nach oben zu wandern, wo das heiße Ledertäschchen sie in ihren Bann zog. Wie kam es, dass Leder einen gut aussehenden Mann noch tausendmal attraktiver aussehen ließ?

Beim Anblick seiner breiten Brust und Schultern leckte sie sich unwillkürlich die Lippen. Er hatte die Hände in die Hüfte gestemmt, sodass seine Muskeln eindrucksvoll hervortraten. An den kräftigen Handgelenken trug er lederne Manschetten, ein Lederband mit einem Stoßzahn aus Elfenbeinimitat und einem goldenen Medaillon hing ihm um den Hals und den krönenden

Abschluss bildete ein Stirnband aus Leder, das mit Juwelen besetzt war.

*Juwelen … Kronjuwelen.* Lächelnd senkte sie den Blick.

»Hey.«

Wieder zuckte sie zusammen und errötete.

»Sieh mich an, Frau.« Er zeigte auf sein Gesicht.

»Ich … versuch's ja.« Sie zwang sich, den Blick von seinen unteren Regionen zu lösen und ihm in die Augen zu sehen. Der Hunger, mit dem er sie ansah, ließ sie noch röter werden und entfachte einen Feuersturm zwischen ihren Beinen. Sie stellte sich vor, wie sie ihm diese köstlichen Lederaccessoires vom Leib riss – und dann Probleme bekam, weil sie das Kostüm kaputtgemacht hatte. Um sich abzulenken – und wenn sie seinen glutvollen Blick richtig deutete, hatte er ebenfalls eine Ablenkung nötig –, holte sie ihr Schwert aus der Scheide und richtete es auf ihn.

»Bleib, wo du bist, du Unhold«, sagte sie entschlossen.

Sein Mund verzog sich zu einem schiefen Lächeln. »Mein Schwert ist aber viel größer als deins.«

Sie wedelte mit ihrem Schwert. »Es kommt nicht immer auf die Größe an.«

»Du bist in vielen Dingen sehr geschickt, Fiona Steele.« Er machte einen Schritt auf sie zu, gleichzeitig wich sie einen Schritt zurück. »Aber mit meinem Schwert kann ich viel besser umgehen.« Seine Augen verengten sich zu Schlitzen und er kam langsam näher.

»Kann schon sein.« Sie ging rückwärts um den Kleiderständer herum. »Aber ich weiß, wie ich dein Schwert kleinkriege.«

Plötzlich packte er die Klinge ihres Schwertes mit einer Hand und zog daran, sodass sie mit einem Ruck an seine bloße

Brust flog. Er fühlte sich verdammt gut an und sie ließ ihren Händen auf seinen festen Muskeln freien Lauf.

»Das stimmt«, sagte er mit belegter Stimme, bevor er ihr einen so lustvollen Kuss gab, dass ihr das Schwert aus der Hand glitt und mit lautem Scheppern zu Boden fiel. Ein weiteres Scheppern zeigte an, dass er nun ebenfalls beide Hände frei hatte und sie nach Herzenslust streicheln konnte. Fiona gab sich seinem Mund, seinen Händen, seinem Körper hin. Lieber Himmel, sein Körper. Er war so hart und glühend und … Plötzlich riss sie die Augen auf. Sie hatte Arme und Beine um Jake geschlungen und war offensichtlich dabei, wie an einem Gerüst an ihm hochzuklettern. Im Kostümfundus!

Außer Atem zwang sie sich, ihre Lippen von seinen zu lösen. Zum Glück hielt er sie mit beiden Armen fest, denn ihre Beine waren noch nicht so weit, dass sie sie wieder tragen konnten. Lange und schweigend sahen sie sich in die Augen. Fiona überlegte, ob sie alle Vorsicht fahren lassen und an Ort und Stelle mit ihm schlafen sollte, während Jake aussah, als gingen ihm die gleichen Gedanken durch den Kopf. Allerdings neigte er wohl eher zu der An-Ort-und-Stelle-Variante. Fiona dagegen hatte Angst, erwischt zu werden.

Sie machte einen halbherzigen Versuch, ihn wegzuschieben. »Wir sollten uns noch ein paar Kostüme ansehen.«

»Es ist dein Abend. Was immer du willst, sollst du haben.«

»Hmm, das klingt vielversprechend.«

Er lehnte seine kratzige Wange an ihre. »Sollte es auch.«

Sie begehrte ihn mehr als alles in der Welt, doch im Kostümfundus beim Sex mit Jake Braden ertappt zu werden, klang wie eine reißerische Schlagzeile in irgendeiner Klatschzeitung. Und nachdem ihr am Morgen auf dem Weg zu Arbeit ein paar Paparazzi aufgelauert hatten, fühlte sie sich nirgendwo mehr sicher, auch wenn das vielleicht ein bisschen übertrieben war.

Sie trat einen Schritt zur Seite und schnappte sich ohne hinzusehen ein Kostüm vom Kleiderständer.

»Cowgirl?« Jake warf ihr einen neckischen Blick zu und hob dann ihr Schwert vom Boden auf.

»Gute Idee, Jake«, sagte sie in ihrem besten Südstaatenakzent. »Ich wette, hier hängt irgendwo ein heißes Cowboy-Outfit.« Sie klimperte mit den Wimpern, bevor sie auf der anderen Seite des Kleiderständers verschwand.

»Aha, jetzt bist du also heiß auf meine Brüder, wie?« Die Eifersucht in seiner Stimme war nicht zu überhören. Schließlich waren Wes und Luke Rancher.

Sie stellte sich auf die Zehenspitzen und sah ihn über den Kleiderständer hinweg an. »Falsch. Ich bin heiß auf Jake Braden in ein paar Chaps und nichts darunter.«

»Ihr Wunsch ist mir Befehl, Gnädigste«, sagte er neckend und machte sich sofort auf die Suche nach dem passenden Kostüm.

Sie verbrachten die nächste Stunde damit, verschiedene Verkleidungen anzuprobieren, von Chaps – und *nur* Chaps – über zottelige Affenkostüme bis hin den Pluderhosen eines Flaschengeistes. Sie lachten und küssten sich und spielten Nachlaufen wie ein paar ausgelassene Teenager. Fiona liebte diese verspielte Seite an Jake, die immer wieder mit dem Alphatier in ihm in Konflikt geriet. Sein teuflisches Grinsen führte dazu, dass sie sich noch neckischer geben wollte.

Fiona steckte den Kopf hinter einem der Kleiderständer hervor, während sie den Rest ihres Körpers züchtig vor ihm verborgen hielt.

»Hast du einen Ventilator?«, fragte sie.

»Bist du so heiß, dass du einen Ventilator brauchst? Also, wenn ich da etwas anderes vorschlagen dürfte …«

»Jake Braden, gibt es hier einen Ventilator oder gibt es keinen?«

Er verschwand in einem Wandschrank, holte einen großen Ventilator hervor und schaltete ihn ein.

»Bitte sehr, Ma'am.«

Fiona schlenderte in die Mitte des Raumes. Sie hatte ein weißes Marilyn-Monroe-Kleid an und zog einen Stuhl hinter sich her. Der Rock des Kleides wehte im Luftzug des Ventilators. Jake in seinem Jack-Sparrow-Kostüm sah sie mit offenem Mund an und ließ einen loderenden Blick über ihren Körper gleiten.

»Verdammt, Fi.« Er trat zu ihr und fuhr ihr mit der Hand über die Beine, während sie sich mit dem Rücken zum Ventilator auf den Stuhl stellte.

Ihr Kleid hob sich im Luftstrom. Fiona stützte die Hände auf die Knie, spitzte die Lippen und bedachte ihn mit ihrem verführerischsten Blick. Wahrscheinlich sah es eher aus, als hätte sie Bauchschmerzen. Verführerische Blicke lagen ihr nicht sonderlich. Jake strich ihr mit den Händen über die Schenkel und kam ihrer dampfigen Mitte gefährlich nah.

»Meinst du, du kannst mich so ansehen, ohne dass etwas passiert?« Er befeuchtete seine Lippen, bevor er sich damit auf der Innenseite ihres Schenkels entlangtastete. Als sie den sanften Druck seiner Zunge spürte, fiel sie fast vom Stuhl, doch Jake fing sie auf und gab ihr einen Kuss.

»Ich sollte dich jeden Abend hierher bringen.« Er stellte sie auf die Füße und zog sie zu dem Wandschrank, in dem er den Ventilator gefunden hatte.

Sie musste lachen und genoss es, so hemmungslos zu sein.

»Danke für heute Abend, Jake. Es war wirklich herrlich.«

Jake hob den Finger, dann verschwand er im Wandschrank und tauchte mit einem langen blauen Kleid wieder auf. Es sah genau so aus wie das Kleid, in dem Rose mit dem Wind in den Haaren am Bug der Titanic stand.

»Jake«, sagte Fiona atemlos, als sie über den blauen Samt strich. »Du hast es nicht vergessen.« *Titanic* war ihr Lieblingsfilm gewesen. In den zwei Jahren, in denen sie zusammen waren, hatten sie ihn bestimmt ein Dutzend Mal gesehen, und kannten fast den gesamten Text auswendig.

»Wie könnte ich das vergessen?« Er reichte ihr das Kleid. »Komm, probier es an.« Diesmal schickte sie ihn nicht weg. Sie bündelte ihre Haare über einer Schulter und er half ihr, das Marilyn-Monroe-Kleid auszuziehen und das Samtkleid überzustreifen. Dann band er ihr die breite Satinschärpe um und legte ihr den goldfarbenen Schal über die Arme.

Schließlich trat er einen Schritt zurück und weidete sich an ihrem Anblick. »Fiona, du bist viel, viel schöner als Kate Winslet.«

»Danke, Jake. Für alles.«

Aus dem Wandschrank holte er eine schwarze Jacke, eine dunkle Hose und ein weißes Hemd, wie Jack es getragen hatte, als er von hinten die Arme um Rose legte, um sie daran zu hindern, vom Schiff zu springen.

Sie half ihm aus dem Jack-Sparrow-Kostüm und hielt kurz inne, als er in der Unterhose vor ihr stand, um seinen Körper zum hundertsten Mal an diesem Abend zu bestaunen. Er schlüpfte in die Hose, streifte sich dann das Hemd über und begann, es zuzuknöpfen. Fiona trat zu ihm, schob wortlos seine Hände weg und machte einen Knopf nach dem anderen zu. Es war still im Raum, nur ihr rascher Atem und das Surren des

Ventilators waren zu hören. Sie half Jake in die Jacke, die sich über seinem breiten Kreuz spannte.

»Du solltest sie besser wieder ausziehen, sonst platzen die Nähte«, sagte Fiona lächelnd.

»Gleich.« Er legte ihr von hinten die Arme um die Taille und stellte sich mit ihr in den Luftstrom des Ventilators. Er schob ihr die Haare über eine Schulter, wahrscheinlich weil sie ihm ins Gesicht flatterten, und hauchte ihr einen Kuss auf den Nacken.

»Fiona, dir wieder so nah zu sein … Es erinnert mich an alles, was wir zusammen hatten. Was wir zusammen waren.«

Sie lehnte sich an ihn, spürte das Herz in seiner Brust schlagen und fühlte seinen harten Schaft an ihrem Hintern. Sie streckte die Hände zur Seite, wie Rose es getan hatte, und schloss die Augen.

Der Wind wehte ihr ins Gesicht und erinnerte sie an eine Situation, in der Wind ihr Angst gemacht hatte. Jake war damals nicht dabei, doch sie hatte das Gefühl gehabt, dass er ihr zur Seite stand. Sie legte ihm die Hände auf die Arme und erzählte ihm, woran sie gerade dachte.

»Einmal hast du mir gewissermaßen in einer schwierigen Situation geholfen. Wir sollten Bohrungen vornehmen, um die Möglichkeit von Goldvorkommen zu untersuchen, und wurden mit einem Hubschrauber zur Bohranlage geflogen. Beim Hinflug dachte ich, *Jake springt aus Hubschraubern*. Ich hatte solche Angst und ich weiß noch, das ich mich gefragt habe, wie du es schaffst, die Angst zu überwinden und zu springen.«

Sie drehte sich in seinen Armen um und sah ihn an. Der Ventilator blies ihr das Haar aus dem Gesicht und ließ den Schal nach hinten flattern. Sie drückte ihm die Hände auf die Brust und konnte es immer noch nicht recht glauben, dass sie bei ihm war. Wirklich bei ihm und mit ihm zusammen.

»Als der Hubschrauber landete und ich ausstieg, hatte ich Angst, ich könnte ins Meer geweht werden, weil der Wind so stark war. Ich kam nicht gegen ihn an und stolperte ein paar Schritte rückwärts, und dann dachte ich an dich. Ich stellte mir vor, dass du so wie jetzt hinter mir standest, und plötzlich blieb ich stehen. Es war, als wärest du bei mir. Ich spürte deine Gegenwart, in jedem Augenblick, während ich auf dieser Bohranlage war. Immer, wenn mich die Angst fast überwältigte, dachte ich an deine Stimme. Ich schwöre es, Jake, ich konnte sie tatsächlich hören. *Ich hab dich, Fi*, hast du geflüstert.«

Er drückte seine Wange an ihre und flüsterte: »Ich hab dich, Fi.«

Sie schwiegen einen Moment und dann sagte er: »Ich wünschte, ich hätte damals bei dir sein können. Wir haben so viel Zeit verloren.«

Sie hörte die Traurigkeit in seiner Stimme und fand es schrecklich, dass sie der Grund dafür gewesen war.

»In den letzten Tagen ist mir klar geworden, dass wir nicht zurück können. Entweder wir gehen vorwärts oder wir verschwenden unsere Zeit. Ich sehe an deinen Augen, dass du dir Vorwürfe machst wegen dieser Jahre, die wir verloren haben. Aber ich glaube immer noch, dass wir wahrscheinlich den Freiraum und die Zeit brauchten, um zu wachsen. Und ich will nicht zurück. Was wir jetzt haben, ist besser. Wir sind besser. Selbst, wenn wir ab und zu stolpern, können wir besser sein, als wir damals waren.«

»Wir waren ziemlich gut damals.« Sie wusste, dass alles zwischen ihnen besser sein würde als früher, denn schon das, hier, jetzt, war besser.

»Und jetzt werden wir einfach umwerfend. Damals hatten

wir keine Ahnung, zu was wir fähig sind oder was uns im Leben erwartet. Wir waren Träumer und steckten voller Widerspruchsgeist, den nichts und niemand unterkriegen konnte.«

»Du warst voller Widerspruchsgeist und du glaubst immer noch, dass dich nichts und niemand unterkriegen kann.«

»Ja, klar, ich weiß Bescheid.« Er lachte. »Mach dir nichts vor, Fi. Ich glaube, dass du mit mir Schluss gemacht hast, war eine Form der Rebellion, selbst wenn du es nicht so siehst. Es war deine Art der Gegenwehr, weil dein Vater eure Familie auseinandergerissen hatte. Das ist okay, schließlich waren unsere Gefühle damals alles, was wir hatten. Jetzt sind wir besser gewappnet, wir haben Erfahrungen gemacht. Also, machen wir uns keine Gedanken mehr darüber, was hätte sein können und welche Chancen wir verpasst haben. Wir haben das Glück, auf unsere Vergangenheit zurückgreifen zu können, aber lass uns nicht in der Vergangenheit verharren. Lass uns lieber sehen, was die Zukunft bringt.«

»Du meinst es wirklich ernst mit uns.« Es war keine Frage und sie brauchte keine Bestätigung. Es war eine Erkenntnis, ein Akzeptieren.

»Ja, ich meine es ernst. Wieder mit dir zusammen zu sein …« Er schüttelte den Kopf und wandte den Blick ab, als würde er einer Erinnerung dabei zusehen, wie sie sich auffaltete. »Ich hatte alles begraben, was gut war. Du weißt ja, wie nah wir uns in meiner Familie sind, und du hast mir klar gemacht, dass ich mich selbst von ihnen distanziert habe. Sie wissen nicht mehr, woran sie bei mir sind.«

»Doch, das wissen sie.« Erschrocken schlug sich Fiona die Hand vor den Mund. Sie hätte besser nichts sagen sollen. Wes hatte ihr einen Gefallen getan und sie wollte sein Vertrauen nicht missbrauchen.

»Wie meinst du das?«

»Dass sie wissen, wer du bist, und dass sie dich lieben.«

»Fi? Du siehst auf einmal sehr schuldbewusst aus.«

Eigentlich wusste sie, dass Ablenkungsmanöver nutzlos waren und er keine Ruhe geben würde, bis er die Wahrheit aus ihr herausgeholt hatte. Trotzdem, einen Versuch war es wert. »Hey, sieh mal.« Sie zeigte auf irgendein Kostüm an einem der Kleiderständer. »Das würde ich gerne mal anprobieren.«

Er packte sie an den Schultern und sah sie ernst an. Sie konnte ihn unmöglich anlügen. Fast hätte sie ihm einfach alles erzählt.

»Fiona Steele, was hast du gemacht?« Seine Lippen umspielte ein leises Lächeln und seine Hände waren bereit, sie gnadenlos auszukitzeln, wenn sie nicht auf der Stelle ein Geständnis ablegte.

»Jake, bitte.« Sie biss sich auf die Unterlippe und kniff die Augen zu.

»Glaubst du wirklich, dass du so einfach davonkommst?« Er schloss sie in die Arme und küsste sie. Dabei schob er ihr die Zunge zwischen die Zähne, sodass sie lachen musste. Er hob sie hoch, gab ihr einen weiteren Kuss und stellte sie wieder auf die Füße.

»Okay, okay. Bloß nicht kitzeln, ja?« Sie holte tief Luft. »Und sei bitte nicht böse auf Wes. Er wollte nur helfen und eigentlich war es Callies Idee, also trifft deinen Bruder wirklich keine Schuld.«

»Callie.« Sein Blick wurde wieder ernst.

»Ja. Nun, und deine Mom.« Sie spielte nervös mit den Fransen des Schals.

»Na, das wird ja immer besser«, sagte er kopfschüttelnd.

»Als ich nach Trusty zurückkam, fuhr ich als Erstes zu

Elisabeth, weil ich meiner Mutter einen Kuchen mitbringen wollte. Und da waren deine Mom und Callie.«

Er verschränkte die Arme, drückte das Kinn auf die Brust und sah sie mit versteinerter Miene an. »Und weiter?«

»Also, du weißt ja, dass deine Mom und ich uns immer ganz gut verstanden haben.« Was sie ihm nun erzählen würde, brachte alle in Schwierigkeiten, aber es ging nicht anders. Sie griff nach seiner Hand.

»Könntest du dich bitte hinsetzen? Das ist vielleicht alles ein bisschen viel.«

»Lieber Himmel.« Er setzte sich und starrte sie unverwandt an.

Fiona ging nervös auf und ab und beschloss dann, es so schnell wie möglich hinter sich zu bringen.

»*Vielleicht* habe ich ihr von meinen Gefühlen für dich erzählt und *vielleicht* hat sie gesagt, dass du nie über mich hinweggekommen bist. Und Callie meinte, ich sollte mit dir reden. Wir dachten, es wäre das Beste, wenn ich dich in der Brewery anspreche, also in der Öffentlichkeit, für den Fall, dass du richtig wütend werden solltest.«

Er lehnte sich zurück und rieb sich mit der Hand über das Gesicht. »Wer genau ist *wir*?«

»Das möchte ich lieber nicht sagen«, antwortete sie leise.

»Fi.«

Das Herz schlug ihr bis zum Hals. Sie kniete sich neben ihn und legte ihm die Hände auf die Beine. Sie konnte fühlen, wie angespannt seine Muskeln waren. Er rührte sich nicht.

»Ich weiß nicht, wie es gekommen ist, aber irgendwie dachten alle, es wäre eine gute Idee, wenn wir es noch einmal versuchen. Ich hatte solche Angst, aber da war etwas in deinem Blick, Jake. Ich habe es gespürt, als du mich zum ersten Mal angesehen hast. Ich habe es gespürt, obwohl du so wütend warst. Und ich glaube, deine Familie hat es auch gesehen.«

Sein Schweigen war kaum zu ertragen.

»Sag etwas, Jake. Bitte, sag mir, dass ich nicht alles kaputt gemacht habe. Dass wir noch eine Chance haben.«

Er sah sie nicht an.

*Nein, nein, nein!*

»Ich kann verstehen, dass du sauer bist, aber —«

»Verdammt, Fiona.«

Mit zittrigen Beinen stand sie auf und er zog sie auf seinen Schoß.

»Du treibst mich noch in den Wahnsinn«, sagte er mit rauer Stimme. »Und was meine Familie angeht …«

»Bitte, sei ihnen nicht böse. Sie haben nur dafür gesorgt, dass du mitgehst in die Bar und zur County Fair. Das war alles.« Sie war so aufgeregt, dass sie kaum einen klaren Gedanken fassen konnte. Auf keinen Fall wollte sie der Grund dafür sein, dass sich Jake mit seiner Familie stritt.

»Ich bin nicht böse.« Er atmete tief aus. »Es gibt ein paar Bradens, die einen Tritt in den Hintern verdient hätten, aber ich bin nicht böse.«

Fiona stieß einen Seufzer der Erleichterung aus. »Was bist du dann?«

Er verschloss ihren Mund mit einem Kuss. Erst sträubte sie sich, war aufgewühlt und besorgt, doch der Kuss war nicht rau und auch nicht wütend. Er war intensiv und gleichzeitig tröstlich. Als sich ihre Lippen schließlich voneinander lösten, war Jakes Blick weicher.

»Ich habe keine Ahnung, was ich bin. Es fällt mir schwer zu akzeptieren, dass ich für meine Familie wie ein offenes Buch war, während ich selbst noch nicht einmal wusste, was da alles in mir vergraben war. Aber ich bin froh, dass es so gekommen ist.« Er drückte sie fest an sich. »Bleib heute Nacht bei mir, Fi. Bitte.«

# Vierzehn

Auf der Fahrt zu ihrer Wohnung war Fiona sehr schweigsam, zupfte sich nervös an den Haaren und rieb mit dem Finger über den Rand ihres Sitzes. Sie sagte auch dann nichts, als sie ihre Sachen für den nächsten Tag holten, bevor sie weiter zu Jakes Haus fuhren.

»Alles okay, Fi?«

»Ja, klar.«

Besonders überzeugend klang es nicht, doch offensichtlich wollte sie nicht reden. Stattdessen starrte sie aus dem Fenster und in der Stille versuchte Jake, das zu verdauen, was sie ihm erzählt hatte. Er erinnerte sich genau, wie Pierce ihn gedrängt hatte, in Trusty zu bleiben und zur County Fair zu gehen, und wie ihn seine anderen Brüder zusammengestaucht hatten, weil er Fiona hatte abblitzen lassen. Nun ergab das alles einen Sinn, aber er konnte sich noch immer nicht erklären, wie sie Gefühle bei ihm sehen konnten, von denen er nicht einmal wusste, dass er sie hatte.

Als sie an seinem Haus ankamen, holte er Fionas Tasche aus dem Kofferraum und schulterte sie. Dann legte er den Arm um Fiona. Ihre Anspannung war in jeder ihrer Bewegungen spürbar.

»Ich bin dir wirklich nicht böse«, versicherte er ihr.

»Das ist es nicht.« Er schloss die Tür auf, doch sie blieb zögernd auf der obersten Treppenstufe stehen.

»Komm, Babe.« Er nahm ihre Hand und führte sie ins Haus. Dabei überlegte er krampfhaft, was los sein könnte. Langsam und widerstrebend folgte sie ihm. Er stellte ihre Tasche in der Eingangshalle ab und zog sie in seine Arme. Ihr Blick glitt durch den Raum und blieb an den Glastüren haften, die in den Garten führten.

»Keine Sorge, Susie hat allen Bescheid gesagt. Wir sind ganz ungestört, okay?« Er schob ihr eine Strähne hinters Ohr und gab ihr einen Kuss auf die Stirn.

Sie zuckte die Schulter. »Es fühlt sich seltsam an.«

»Seltsamer als beim ersten Mal?« Manchmal wünschte er sich, es gäbe eine Bedienungsanleitung für Frauen.

»Ein bisschen. Jake, was ich jetzt sage, klingt wahrscheinlich richtig albern, aber wenn ich hier bin, muss ich an die anderen Frauen denken, mit denen du zusammen warst.«

Er hob ihr Kinn mit dem Finger und küsste sie sanft auf den Mund. »Das verstehe ich und es tut mir leid, wenn es dir wehtut. An der Vergangenheit kann ich nichts ändern, aber ich kann dir versichern, dass ich noch nie eine andere Frau in mein Schlafzimmer gelassen habe.«

Sie verdrehte die Augen und schnaubte verächtlich. »Ich dachte, wir sind ein Paar, und das bedeutet, dass wir ehrlich zueinander sein sollten, Jake. Ich bin ein großes Mädchen, kein Dummkopf.«

Jake nahm sie bei der Hand und führte sie durch das Wohnzimmer in einen schmalen Korridor. Vor einer geschlossenen Tür blieb er stehen. »Wahrscheinlich spricht das auch gegen mich, aber ich wollte nie jemanden in meinem

Zimmer haben.«

»Es geht nicht darum, ein Urteil über dein Verhalten zu fällen, ich sage dir nur ehrlich, was ich empfinde. Früher hast du mich immer in dein Zimmer mitgenommen und das war im Haus deiner Mutter. Soll ich dir wirklich glauben, dass du in deinem eigenen Haus keine Frauen in dein Schlafzimmer gelassen hast?«

»Verdammt, Fi. Ich wusste nie so genau, warum ich keine Frau in meinem Zimmer haben wollte.« Er nahm ihre Hände in seine. »Es war deinetwegen, das wird mir jetzt erst klar. Doch als ich dich letztens hierhergebracht habe, bin ich mit dir direkt in mein Zimmer gegangen. Du bist außer meiner Putzfrau die einzige Frau, die es je betreten hat.«

Er machte die Tür zum Gästezimmer auf. Es war spärlich möbliert, außer einer Kommode und einem schlichten Doppelbett war es leer. Die Wände waren weiß und kahl, am Fenster hingen dunkle Vorhänge, zu denen die schwarze Tagesdecke auf dem Bett passte. Fiona machte den Mund auf, um etwas zu sagen, überlegte es sich aber anders. Dann ließ sie seine Hände los, trat in den Raum und sah sich stirnrunzelnd um. Schließlich wandte sie sich um, zog ihn von der Tür weg und machte sie zu.

»Okay.« Sie nickte und ging zur Treppe.

»Okay?«, fragte er verwirrt und beeilte sich dann, hinter ihr die Treppe hochzulaufen. Sie marschierte geradewegs in sein Schlafzimmer, als würde sie seit Ewigkeiten hier wohnen – und das gefiel ihm ausgesprochen gut.

Sie wandte sich lächelnd zu ihm um, packte ihn am Hemd und zog sein Gesicht zu sich herunter.

»Ich habe das Gefühl, dass du die Wahrheit sagst, und vielleicht bin ich albern oder vielleicht fühle ich nur das, was ich fühlen will. Aber in diesem Zimmer dort unten habe ich nichts als Kälte gespürt. Und hier … ist es heiß, Baby. Heiß, heiß, heiß.«

Mit einem Arm umschlang er ihre Taille, und während er seine Hüfte an ihrer rieb, vergrub er die andere Hand in ihrem Haar und küsste sie tief und innig und atemberaubend. Ein kehliger Laut brach aus ihr hervor, bebte zwischen ihnen und stahl ihm den letzten Rest an Vernunft. Sie war heiß und süß und erwiderte seinen Kuss mit unverhohlener Gier. Ihre Hände krallten sich in sein Haar, seinen Rücken, sein Hinterteil. Verdammt, wie sehr er es liebte, wenn sie seine Pobacken so packte. Er bog ihren Kopf nach hinten und ihre Münder lösten sich widerstrebend voneinander. Ihre Lippen waren feucht und prall und auf ihrer Haut zeigte sich ein rosiger Schimmer, wo er mit seiner unrasierten Wange darübergefahren war. Ihre dunklen, sinnlichen Augen waren halb geschlossen. Sanft nahm er ihre Unterlippe zwischen die Zähne und saugte daran. Ihre Fingernägel bohrten sich in seine Arme, als er erst seine Zunge über ihre gleiten ließ und sich dann an ihrem Hals entlangküsste. Sie begann zu zittern, ihr Atem wurde flacher und sie krallte sich an seinen Arm, als wollte sie ihm unter die Haut schlüpfen. Die andere Hand hatte sie in seinem Haar vergraben und drückte seine Lippen noch fester auf ihre Haut. Seine Härte pulste gegen den Stoff seiner Jeans und sehnte den Moment der Befreiung herbei.

Als sie seinen Kopf zurückbog, lösten sich seine Lippen von ihrem Hals. Der Blick in ihren Augen war längst nicht mehr verführerisch und lustvoll, sondern sandte eine andere eindeutige Botschaft aus: Sie wollte ihn, schnell und hart. Es raubte ihm fast den Atem, als sie mit der Zunge an seinem Kinn entlangfuhr und die Welt ringsum aufhörte zu existieren. Es gab nur noch sie beide. Gierig schob er seine Zunge in ihrem Mund, während er sie hochhob und zu seinem Bett trug. Dann lag sie unter ihm, und als er mit den Knien ihre Beine auseinanderdrückte, rutschte ihr Rock hoch. Er rieb seine Härte an ihrer Mitte, dann griff er ihre Knie, sodass er sich noch fester an ihre köstlichen Rundungen drängen konnte. Er riss sich das Hemd vom Leib und zog ihren Mund an seine Brustwarze, hielt sie dort, während sie saugte und ihn küsste, bis er fast explodierte. Er konnte es nicht länger aushalten – er musste sie haben. Er stöhnte vor Verlangen, und als sie ihre Lippen von seiner Brust löste, streifte er ihr das T-Shirt und den BH ab. Mit entblößtem Oberkörper lag sie vor ihm.

»Perfekt. Du bist verdammt perfekt.« Er nahm ihre Brustwarze und einen guten Teil ihrer Brust in den Mund. Sie drängte sich ihm entgegen und hielt seinen Kopf mit beiden Händen fest.

»Lieber Gott, Jake.« Fordernd hob sie ihre Hüfte gegen seinen harten Schaft. »Bitte, jetzt, Jake. Bitte.«

Er strich mit der Zunge erst über eine Brustwarze, glitt dann zur anderen Brust hinüber und widmete ihr dieselbe Aufmerksamkeit, während sich seine Hand zwischen ihre Beine schob und er fast den Verstand verlor, als er ihren heißen, nassen Slip ertastete. Er musste sie einfach schmecken. Bei Fiona war einmal nie genug, ach was, hundertmal wäre nicht genug. Er riss ihr die restlichen Kleider herunter und dann fand sein Mund ihre Mitte und tauchte stöhnend in ihre Nässe ein, während er sie so verwöhnte, wie er es so lange vermisst hatte. Fiona holte keuchend Luft und krallte die Hände in das Laken. Sie wölbte ihm die Hüften entgegen und er drängte sie wieder zurück auf die Matratze. Er wusste ja, wie sehr sie seine Kraft, seine Beherrschung liebte. Mit der Zunge streichelte und liebkoste er ihre köstliche Spalte, bis er spürte, wie der Orgasmus sie durchzuckte.

»Oh … Gott«, stöhnte sie.

Seine Zunge wurde sanfter, langsamer, sodass ihr lustvoller Rausch noch ein bisschen länger anhielt, bis er schließlich die Finger in sie gleiten ließ und nach der empfindlichen Stelle tastete, die sie wieder zum Höhepunkt treiben würde.

»Jake«, keuchte sie.

»Nochmal, Baby. Komm noch einmal, für mich.« Er senkte seinen Mund auf sie und spürte, wie sie einem weiteren Orgasmus entgegenpulste. Als die Woge sie auf den Gipfel der Lust spülte, schrie sie seinen Namen.

»Jake. Bitte.« Sie wand sich unter seinen Händen. »Ich muss dich in mir fühlen.«

Hastig streifte er seine restlichen Kleider ab, schob sich dann auf sie und vergrub seine Zunge zwischen ihren einladenden Lippen, während er seine Erektion an ihre nasse Mitte drängte und gleichzeitig nach einem Kondom griff. Himmel, sie fühlte sich umwerfend an. Er würde alles darum geben, in sie eintauchen zu können und zu spüren, wie ihre nasse Enge ihn umschloss.

»Beeil dich«, bettelte sie, als er das Kondom überstreifte.

Mit den Knien öffnete er ihre Schenkel noch weiter, verschränkte seine Finger mit ihren und drückte ihre Hände auf die Matratze. Sein ganzer Körper bebte vor Lust und er konnte sein Verlangen nicht mehr zügeln.

»Ich will nicht sanft sein, Fi«, sagte er rasch und wahrscheinlich zu schroff.

»Dann sei es auch nicht.«

Ihre Hüfte hob sich ihm entgegen und er stieß in sie, hart und ohne Umschweife. Beiden stockte für einen Moment der

Atem, als sie miteinander verschmolzen, doch er konnte seine Gier nach ihr nicht zähmen. Wieder und wieder stieß er tief in sie hinein und jedes Mal entlockte er Fiona ein lustvolles Keuchen. Er senkte seine Lippen auf ihre und küsste sie unerbittlich, während sein ganzer Körper vor Verlangen zitterte. Als sie ihm die Beine um die Taille schlang, war es fast um ihn geschehen. Er hob den Kopf, er musste unbedingt das Begehren in ihren Augen sehen. Die Verzückung auf ihrem Gesicht füllte sein Herz mit Liebe. Sie war sein. Offen und liebevoll. Sie wusste genau, was er brauchte, und dieser Gedanke erregte ihn noch mehr. Sie waren einander so nah, wie sich zwei Menschen nur sein konnten. Er küsste ihren Hals und streichelte die empfindliche Haut unter ihrem Ohr. Ihre Beine öffneten sich noch mehr und dann pulsierten die Muskeln in ihrem Innern um ihn.

»Fi, ich …«

Sie hatte die Lippen zusammengepresst, die Augen geschlossen und gab sich ganz den Wogen der Lust hin. Das war's. Zwei kraftvolle Stöße und er war auf den Höhepunkt und stöhnte in der Woge seines Orgasmus auf.

Er schlang die Arme um sie und schmiegte sein Gesicht in ihre Halsbeuge. Seine Gedanken ließen sich nicht aufhalten, egal, wie verletzlich sie ihn machten.

»Verlass mich nicht wieder, Fi. Bitte.«

Er spürte, wie sie unter ihm dahinschmolz.

»Nie wieder«, flüsterte sie.

Er schloss die Augen, und während er noch in ihr vergraben war, schickte er zum ersten Mal seit einer halben Ewigkeit ein Dankgebet gen Himmel. Er hatte geglaubt, dass er nie wieder jemandem würde vertrauen können.

Er hatte sich geirrt. Und zwar gründlich.

# Fünfzehn

Die darauffolgende Woche verging wie im Fluge. Jake und Fiona genossen es, in ihre alte Vertrautheit einzutauchen und gleichzeitig neue, aufregende Seiten aneinander zu entdecken. Finn hatte sich endlich bei Fiona gemeldet. Sie hatte sich schon Sorgen gemacht, weil er zwar mit Shea sprach, sie aber nicht anrief. Er wollte nicht stören, sagte er. Er wusste seit Jahren, dass sie immer noch in Jake verliebt war, hatte es aber sorgsam vermieden, ihr mit guten Ratschlägen auf die Nerven zu gehen. Er sagte, er freue sich für sie, und natürlich sagte er auch, dass er jederzeit alles stehen und liegen lassen würde, um für sie da zu sein. Und sie wusste, dass er es genau so meinte.

Seit dem Wochenende hatte Fiona jede Nacht in Jakes Haus verbracht. Stunde um Stunde lagen sie eng umschlungen da, liebten sich, dösten, liebten sich wieder und standen morgens zusammen auf, um den Tag gemeinsam zu beginnen. Sie hatten auch ihre Laufrunden am frühen Morgen wieder aufgenommen. Wie früher neckten sie sich, spornten sich gegenseitig an und schlugen sich gegenseitig fast die Zähne aus, als sie versuchten, sich beim Laufen zu küssen.

Jake mochte die Laufstrecke über die Hügel, doch Fiona

liebte es, am Strand entlangzulaufen. Die kühle Morgenluft und der leichte Wind, der nach Salz schmeckte, erfüllten sie mit einem Gefühl von Hoffnung und Neuanfang, während die Hügel sie an zu Hause erinnerten. Nach dem Laufen ging Jake in seinen Fitnessraum und Fiona schrieb und beantwortete E-Mails aus dem Büro, in dem sie normalerweise arbeitete. Sie duschten gemeinsam – und fanden dabei immer noch Zeit, sich zu lieben und zu verwöhnen. Dann frühstückten sie und versuchten, sich nicht gegenseitig gierig anzustarren, bis es Zeit war, zur Arbeit zu fahren.

An manchen Tagen musste Jake zu Terminen außerhalb des Sets und Fiona hatte alle Hände voll damit zu tun, mit Trish mitzuhalten.

Im Laufe der Zeit lernte Fiona Patch und Trace besser kennen und verstand sich auch mit Zane gut, der sie immer wieder wegen Jake aufzog. *Wo ist denn dein Loverboy? Wo hast du deinen Casanova gelassen?* Fiona nahm diese freundlichen Witzeleien ganz locker und kam inzwischen nicht nur mit Zane, sondern auch mit den anderen Promis am Set gut zurecht. Einmal hatte sie sogar Megan Flexx an einem der anderen Sets gesehen, und als Megan die Hand hob und ihr kurz zuwinkte, fasste sie es als Friedensangebot auf.

Am Freitagnachmittag hatte Jake sie mit einem romantischen Picknick im Park überrascht. Streng genommen war es kein richtiger Park, sondern die Kulissen für einen anderen Film. Für einen Ausflug ins Grüne hatten sie keine Zeit. Nachdem sie ihre Sandwiches gegessen hatten, streckten sie sich Händchen haltend auf einer Decke unter einem Baum aus.

»Mein Arzt hat mich heute angerufen.« Jake stützte sich auf den Ellenbogen und betrachtete sie mit ernster Miene.

Fiona stockte der Atem. »Und?«

Sein Grinsen wischte alle Befürchtungen weg: Die Tests waren negativ. Er senkte seine Lippen auf ihre und seine Zunge begann ihr Zauberspiel, das ihr den Verstand raubte und ihren Körper vor Verlangen brennen ließ. Jakes Küsse waren voller Verheißung auf beglückenden Sex und noch viel, viel mehr. Sie konnte nicht genug davon bekommen. Jakes große, kräftige Hände strichen langsam an ihrem Körper hoch und als er die Lippen von ihren löste, stöhnte sie auf und wollte ihn nicht gehen lassen.

Sein Daumen fuhr sanft über ihre Brustwarze. Jake sah sie an, als hätte er sie am liebsten an Ort und Stelle vernascht.

»Bist du dir sicher, dass du dich für das Dinner heute Abend bei Trish fertig machen willst? Und nicht bei mir?«

*Nein. Ich will in deinen Wohnwagen rennen und dich lieben, bis du nicht mehr weißt, wer du bist.*

»Ich …« Sie schluckte und versuchte, ihre Gedanken unter Kontrolle zu bekommen. Das Dinner erschien ihr ganz weit weg und sie musste sich mühsam in Erinnerung rufen, dass sie gut sichtbar in einer Filmkulisse lagen. Außerdem musste sie arbeiten und er hatte auch noch zu tun. Ein Schäferstündchen war also ausgeschlossen. Okay, was hatte er gefragt? *Dinner. Fertigmachen bei Trish.*

»Wenn es dir recht ist, würde ich gerne zu Trish gehen. Shea hat uns Kleider bestellt und einen Visagisten und eine Friseurin in Marsch gesetzt, der uns herrichten soll.«

»Aber Shea hat das hier nicht bestellt.« Sie spürte seine harte Männlichkeit an ihrem Bein.

»Das ist nicht fair«, flüsterte sie und zog seinen Mund zu sich herunter, um ihm einen weiteren köstlichen Kuss zu entlocken.

»Lieber Himmel, Jake.« Sie schnappte nach Luft und versuchte noch einmal, ihre Gedanken zu ordnen. Seine Küsse, seine Berührungen, ja, alles an ihm strotzte nur so vor Männlichkeit und Kraft. Und sie war hin und weg, total, unwiederbringlich.

»Es wird bestimmt lustig. Du kannst mich bei ihr abholen, wie bei einem richtigen Date.«

Jake nickte, dann sagte er ernst: »Okay, aber du hast ja keine Ahnung, wie es bei einem solchen Dinner zugeht. Du solltest besser vorher noch etwas von deiner nervösen Energie loswerden.« Wieder rieb er seine Hüfte an ihrer.

Fiona schloss die Augen und kämpfte gegen das Verlangen an, ihm entweder die Kleider vom Leib zu reißen oder nachzugeben und sich bei ihm für das Dinner fertigzumachen, damit sie vorher noch Zeit hatten, übereinander herzufallen. Andererseits hatte sie Trish versprochen, dass sie sich zusammen anziehen, schminken und frisieren lassen würden. Außerdem war sie so aufgeregt, dass sie Trish und ihre Bodenständigkeit brauchte, sonst würde sie womöglich als wimmerndes Nervenbündel beim Dinner aufkreuzen. Also versuchte sie, Jake Braden und seine betörende Männlichkeit aus ihren Gedanken zu verbannen, die Reste ihrer Vernunft zusammenzukratzen und ihre Nervosität zu überspielen.

»Was soll denn daran so schlimm sein? Es ist ein Abendessen in einem Restaurant, mehr nicht.« Sie hatte Trace gefragt, wer alles kommen würde, und Trace hatte sie vorgewarnt. Es würde ziemlich hoch hergehen, hatte sie gesagt. Die angesagten Stars wie Jake, Zane und noch ein paar andere und Trish als vielversprechendes Talent würden im Mittelpunkt stehen und von allen möglichen Leuten umschwärmt werden. Das klang nicht weiter besorgniserregend, fand Fiona. Damit würde sie klarkommen.

»Alle werden da sein. Die Presse, Regisseure, Produzenten, die gesamte Besetzung. Es wird furchtbar laut und die eine Hälfte wird den Film über den grünen Klee loben, während sich die andere Hälfte in düsteren Vorahnungen ergeht und prophezeit, dass der Film ein totaler Flopp wird.« Besorgt zog er die Stirn kraus.

»Das hört sich doch gar nicht so schlimm an.«

Er wandte den Blick ab und Fionas Magen krampfte sich zusammen. Wollte er sie etwa auf eine weitere Begegnung mit Megan Flexx vorbereiten? In den letzten Tagen hatte er ein paar ziemlich eindeutige SMS von einigen Frauen bekommen und hatte ihr ganz offen erklärt, wer sie waren. Er hatte ihnen sogar geantwortet und mitgeteilt, dass er nicht mehr zu haben sei.

»Und …« Jake setzte sich auf und lächelte. »Du wirst dort sein und wahnsinnig sexy aussehen, und alle Männer werden dir schöne Augen machen.«

Fiona kletterte ihm auf den Schoß und legte die Arme um seinen Hals. Sie war erleichtert, dass er bloß eifersüchtig war und nichts Schlimmeres am Horizont drohte, das sie sich gar nicht erst ausmalen mochte.

»Sollen sie mir doch schöne Augen machen. Du hast nichts zu befürchten.«

Jakes Handy vibrierte und sie spürte, wie er zusammenzuckte.

Sie stand auf. »Geh ruhig dran, ich muss sowieso gleich wieder an die Arbeit.«

»Nein, ist schon okay.« Er streckte die Hand nach ihr aus.

»Jake, wir haben doch schon ein paar sexy SMS von Frauen überstanden. Mir macht es nichts aus, also geh ruhig dran.«

Er schüttelte den Kopf und rieb sich die Augen. »Ich hasse den Mann, der ich war, Fi.«

»Ich nicht. Das heißt, irgendwie schon, aber ohne deine Vergangenheit wärest du jetzt nicht der, der du bist. Und außerdem hast du dich unter all den schönen Frauen dort draußen für mich entschieden.« Wieder vibrierte sein Handy. »Nun geh schon dran.«

Er seufzte, holte das Handy aus seiner Tasche und sah auf das Display. Seine Erleichterung war nicht zu übersehen. »Hey, Em.« *Emily* formten seine Lippen lautlos. Fi nickte.

»Wirklich? Wann kommen sie denn?« Jake zog Fiona zu sich heran, während er Emily zuhörte. »Dann sind wir noch am Set, aber wir könnten mit euch skypen.«

Fiona liebte es, wenn er *wir* sagte.

»Fiona und ich.« Er hielt das Telefon am ausgestreckten Arm von sich weg.

Fiona hörte Emily kreischen. Jake verzog das Gesicht und Fiona lachte. Dann setzte Emily ihren Redefluss fort.

Jake reichte Fiona das Handy. »Hier, das ist was für Mädels.«

»Hi, Emily«, sagte Fiona. »Ich bin's. Dein Bruder hat das Telefon weitergereicht. Wie geht's dir?«

»O mein Gott, Fiona. Ihr seid wirklich wieder zusammen!« Sie redete so schnell, dass Fiona lachen musste. »Ich wusste doch, dass er noch nicht über dich hinweg war. Ich wusste, dass ihr füreinander geschaffen seid. Ich wusste es! Ich bin ja so froh!«

»Wir auch, Emily. Danke.«

Jake streckte sich auf der Decke aus und schloss die Augen. Eine Hand ruhte auf Fionas Bein.

»Ich wollte Jake nur sagen, dass unsere Cousins Shannon und Sam bald nach Trusty kommen. Wir hatten gehofft, dass er auch hier sein könnte. Wir haben die beiden seit Jahren nicht mehr gesehen. Aber er meinte, er muss arbeiten. Dann skypen wir eben, nicht wahr?«

»Klar. Sag uns Bescheid, wann es euch passt, dann sind wir da.« Es fühlte sich wunderbar an, *wir* zu sagen. Jake drückte ihr Bein, als hätte er in diesem Moment das Gleiche gedacht.

»Okay. Hör mal, ich muss los. Dae und ich wollten mit Ross und Elisabeth ins Kino gehen. O mein Gott!«, rief sie plötzlich begeistert. »Mir ist gerade eingefallen, dass ihr das nächste Mal vielleicht zusammen nach Trusty kommt. Dann könnten wir gemeinsam etwas unternehmen.«

Fiona gefiel dieser Gedanke so gut, dass sie auch noch grinste, als Emily sich längst verabschiedet hatte.

Jake schlug die Augen auf und lächelte sie an. »Dir ist doch wohl klar, dass in ungefähr sieben Minuten ganz Trusty über uns Bescheid weiß, oder?«

»Die Buschtrommeln von Trusty arbeiten schnell.« Nicht, dass sie etwas dagegen hätte.

Jake grinste. »Die Buschtrommeln von Trusty sind nichts gegen Emily.«

»Hast du ihr deshalb von mir erzählt? Ich verstehe. Erst alarmierst du die Paparazzi und jetzt alarmierst du Emily, Trustys Gegenstück zu den Paparazzi. Wenn ich es nicht besser wüsste, würde ich denken, dass du versuchst, eine Botschaft auszusenden.«

Eine schwungvolle Bewegung und sie lag unter ihm.

»Jawohl, und hier ist die Botschaft, laut und deutlich: Fiona Steele ist nicht mehr zu haben.«

*Junge, Junge, das hörte sich verdammt gut an.*

# *Sechzehn*

Am Abend stand Fiona in einem trägerlosen schwarzen Cocktailkleid in Trishs Hotelzimmer und starrte überrascht ihr Spiegelbild an, während der Visagist, den Shea für sie angeheuert hatte, letzte Hand an Trishs Make-up legte.

»Du siehst wahnsinnig sexy aus, Fi«, sagte Trish. »Sieht sie nicht wahnsinnig sexy aus, Javier?«

Javier, der Visagist, drehte sich um, den Eyelinerstift in der Schwebe. Er schürzte die schmalen Lippen, die zu seinem bleistiftdünnen, in hautenge Jeans gekleideten Körper passten, und taxierte Fiona. Unter seinem gnadenlosen Blick begann ihr Magen zu flattern.

»Schätzchen, Jake Braden wird sein blaues Wunder erleben. Mit diesen Smokey Eyes und den purpurroten Lippen, die wie geschaffen sind fürs Küssen? Mmmmmh. Himmlisch!« Zu Trish gewandt fügte er hinzu: »Und bei dir stehen dann all die anderen Männer Schlange, Süße.«

»Danke, Javier, aber ich bin nicht auf Männerjagd. Mein einziger Wunsch ist es, diese Produktion über die Bühne zu kriegen, ohne dass mich alle hassen.« Trish winkte Fiona zu sich. »Kannst du Shea über FaceTime erreichen? Ich hatte ihr versprochen, dass wir ihr zeigen, wie wir aussehen.«

»Ja, natürlich. Ich hatte ganz vergessen, dass sie gestern Abend nach New York zurückgeflogen ist. Ich nehme deinen Laptop, der hat einen größeren Bildschirm.« Fiona startete die FaceTime-App und wählte Sheas Nummer. Gleich darauf war ihre Schwester zu sehen.

»Warte mal einen Augenblick«, sagte sie. Offenbar hatte sie das Telefon auf den Tisch gelegt, denn die Kamera zeigte an die Zimmerdecke. »Ich muss eben einen Vertragsentwurf fertigmachen. Dauert nur eine Sekunde.« Kaum hatte sie das Handy zur Hand genommen, führte ihr Fiona ihr Kleid vor und Shea riss die Augen auf. »Fi! O mein Gott! Seh sich das einer an! Du siehst aus, als gehörtest du auf den roten Teppich.«

»Da bin ich mir nicht so sicher, aber Javier hat wahre Wunder bewirkt, nicht wahr?«

Shea lächelte. »Du siehst wirklich hinreißend aus. Du wirst die Schönste weit und breit sein.«

»Ähem«, räusperte sich Trish im Hintergrund.

»Oh, warte mal, ich drehe den Laptop um. Trish musst du dir unbedingt ansehen. Sie hat ein smaragdgrünes Kleid an, das wie gemalt ist, und Javier hat irgendwas Fantastisches mit ihren Augen gemacht, das das Grün wunderbar betont.«

»Mit den Fachausdrücken hapert's noch ein bisschen, nicht wahr?« Javier war mit Trishs Make-up fertig und winkte Shea zu. »Alles fantastisch, Shea. Wie geht es dir, meine Liebe?«

»Ich freue mich für die beiden«, sagte Shea. »Danke für alles, Javier. Ist Mikaela noch da?« Mikaela war die Friseurin, die Shea für sie engagiert hatte.

»Sie musste schon gehen«, antwortete Fiona, »aber sie war auch fantastisch. Sieh dir nur mal an, was sie mit meinem Haar gemacht hat. So glänzend und voll war es noch nie.« Sie drehte sich langsam um die eigene Achse, sodass Shea ihre Frisur bewundern konnte.

»Wunderbar. Hör zu, Fi, ich bin nicht deine PR-Beraterin, das weiß ich, aber ich würde dir trotzdem gerne ein paar Ratschläge für heute Abend geben.« Sie klang so ernst, dass Fiona einen Schreck bekam.

»Okay.«

»Für dich ist es der erste Auftritt dieser Art, aber du musst so tun, als sei es das Normalste der Welt, wenigstens vor den Kameras. Um Jakes willen und um deiner selbst willen. Schultern gerade halten, Kopf hoch und lächeln, lächeln, lächeln. Egal, was passiert, achte darauf, dass man auf deinem Gesicht nie etwas anderes als ein Lächeln sieht.«

»Also keine Anspannung oder so.« Fiona konnte sich eigentlich nicht vorstellen, dass sie Anlass hätte, *nicht* zu lächeln, trotz ihrer Aufregung.

»Ich meine, es gibt den ganzen Abend keinen unbeobachteten Augenblick, von Anfang bis Ende. Du kannst darauf wetten, dass ausgerechnet dann ein Foto von dir geschossen wird, wenn du dich an der Nase kratzt. Das darfst du nicht vergessen.«

Fiona seufzte. »Das ist eine ganz schöne Herausforderung.«

»Du schaffst das schon. Denk nur immer an das hier.« Shea hielt ihr Handy so, dass ihr Computerbildschirm zu sehen war. Sie hatte sich die Fotos, die die Paparazzi von Jake und Fiona gemacht hatten, als Bildschirmschoner eingerichtet.

»Mensch, Fi«, sagte Trish. »Wie er dich ansieht! Ich kann gar nicht genug bekommen von diesen Fotos. Wir sollten sie vergrößern lassen und die Wände damit tapezieren.«

»Dieser Mann, den hat's wirklich erwischt«, sagte Javier, während er seine Utensilien zusammensuchte. »Was würde ich nicht darum geben, dass er *mich* so ansieht«, fügte er augenzwinkernd hinzu und sie lachten. »Okay, Ladys. Denkt daran: Nicht mit den Fingern in die Haare oder ins Gesicht. Auch die Augen nicht abwischen, also bitte keine Freudentränen.« Dann beugte er sich zu Trish und Fiona und raunte: »Und nur Luftküsse, so lange ein Fotograf in der Nähe ist.«

Sie dankten Javier und hörten sich dann von Shea noch eine ellenlange Liste von Anweisungen an. Sie sollten immer die Schultern straffen, ihren nicht vorhandenen Bauch einziehen – *vor der Kamera wirkt man gleich zehn Pfund dicker* – und andere Sachen tun oder lassen. Fiona war auf einmal viel aufgeregter als vorher.

Als sie sich von Shea verabschiedet hatten, machte Trish den Kühlschrank auf und reichte Fiona eine kleine Flasche Scotch. Sie selbst nahm sich auch eine.

»Wir brauchen einen Drink. Du bist ja vor Nervosität ganz grün im Gesicht.«

»Grün?«

»War nur Quatsch. Prost.«

Sie stießen mit den Fläschchen an und stürzten den Inhalt hinunter.

Fiona schüttelte sich, als ihr die brennende Flüssigkeit durch die Kehle rann. »Wie kann man nur so was trinken? Es schmeckt eklig.«

»Flüssiger Mut, meine Liebe. Gleich geht's dir besser«, sagte Trish und warf die leeren Flaschen in den Mülleimer. Als es klopfte, ging sie zur Tür.

»Das ist Jake«, sagte Fiona atemlos. Ihr Magen schlug Purzelbäume.

»Natürlich ist es Jake. Ich habe kein Date, das weißt du doch.« Trish öffnete die Tür und trat mit dramatischer Geste beiseite. »Mr. Braden, bitte treten Sie ein.«

Fionas Herz raste, als sie Jake sah. Er trug einen dunklen Anzug, der wie für ihn gemacht schien. Natürlich hatte es in den einschlägigen Zeitschriften immer wieder Fotos gegeben, auf denen er so geschniegelt gekleidet war, doch das war etwas anderes. Live und in Farbe hatte sie ihn seit ihrer Abschlussfeier an der Highschool nicht mehr derart fein gemacht gesehen. Damals fand sie ihn umwerfend und hätte sich nicht vorstellen können, dass es noch Steigerungsmöglichkeiten gab. Offenbar hatte sie sich in diesem Punkt jedoch gründlich geirrt. In den letzten Tagen hatte sie seinen herrlichen nackten Körper bereits nach Herzenslust erkundet und genossen, doch an seinem Anblick im Anzug war etwas, das ihr Verlangen auflodern ließ. Sie konnte den Blick nicht von ihm losreißen.

»Du siehst wundervoll aus, Trish.«

»Danke.« Trish schloss die Tür hinter ihm.

Ohne Fiona aus den Augen zu lassen, ging er zu ihr, legte ihr die Hand auf den Rücken und küsste sie auf die Wange.

»Du siehst hinreißend aus«, flüsterte er. »Kann ich nicht einfach mit dir nach Hause fahren, statt zu diesem Dinner zu gehen?«

Ihr ganzer Körper stand in Flammen.

»Okay, was immer du gerade gesagt hast: Das arme Kind ist von oben bis unten rot geworden«, lachte Trish.

Jake hob Fionas Kinn mit dem Finger und küsste sie sanft auf den Mund. »Was meinst du?«

Fiona schüttelte den Kopf. »Du kannst doch deinen großen Abend nicht verpassen.« Sie griff nach Trishs Hand. »Und ich will weder deinen noch Trishs großen Abend verpassen.«

»Danach habt ihr noch reichlich Zeit, euch miteinander zu vergnügen.« Trish verdrehte die Augen. »Drehst du am Wochenende?«

»Vielleicht eine Einzelszene, aber bis jetzt ist nichts abgemacht.« Jakes Blick ging zwischen den beiden Frauen hin und her. »Trish, sollen wir dich mitnehmen? Tut mir leid, ich hätte dir das schon viel früher anbieten sollen. Das war nicht besonders aufmerksam von mir.«

Fionas Herz zog sich zusammen. Auch wenn er es vorher vergessen hatte: Die Tatsache, dass er jetzt daran dachte, war ihr ungeheuer wichtig.

»Nein, danke. Ich habe mir vorgenommen, alleine hinzufahren. Es soll ein Statement sein.«

»Tatsächlich?«, fragte Fiona.

»Ja. In all den Jahren, in denen ich als Schauspielerin arbeite, bin ich noch nie allein zu einem Event gegangen, und ich habe das Gefühl, dass die Leute glauben, Schauspielerinnen *brauchen* immer einen Mann an ihrer Seite.« Trish strich ihr Kleid glatt und straffte die Schultern. »Ich bin klug und selbstsicher und ich will alleine dort ankommen und lächeln, damit es alle sehen.«

»Ich wusste ja gar nicht, dass du solch eine Feministin bist.« Fiona schob ihre Hand in Jakes.

»Beeindruckend«, sagte Jake. »Ich kenne nicht viele Schauspielerinnen, die ohne Begleitung bei einem Event aufkreuzen.«

»Danke.« Trish ergriff Fionas freie Hand. »Hilfst du mir bei meiner Frisur?«

Fiona runzelte die Stirn. *Bei deiner Frisur?*

»Mm-hm.« Trish zog sie mit sich. »Wir sind gleich wieder da, Jake.« Sie zerrte Fiona ins Badezimmer, schloss die Tür und lehnte sich schwer atmend dagegen.

»Ich will nicht alleine hingehen. Bis jetzt war ich noch nie nervös vor einem solchen Event, weil ich immer in Begleitung war. Und heute ist mir ganz schlecht vor Aufregung, als würde ich das erste Mal über einen roten Teppich laufen«, gestand Trish.

»Du bist nervös? Das hat man dir eben aber gar nicht angemerkt.« Fiona schüttelte den Kopf.

»Schließlich bin ich Schauspielerin. Ich bin gut, nicht wahr?« Trish brachte ein zaghaftes Grinsen zustande.

»Du bist spektakulär und außerdem fährst du mit uns.« Fiona nahm sie in die Arme.

»Aber das geht doch nicht, es ist immerhin dein Date. Ich glaube, ich schaffe das alleine. Sag mir nur, dass alles okay sein wird. Sag mir, dass das Schauspielern ganz einfach ist und dass ich heute Abend genau das tun werde. Es ist dumm von mir, so nervös zu sein. Ich war ja schon auf unzähligen Events dieser Art.«

»Kommt gar nicht in Frage. Wer schert sich denn darum, bei wie vielen Events du schon warst? Komm mit uns. Jake macht es nichts aus und außerdem können wir uns dann gegenseitig unterstützen. Ich bin auch nervös.«

»Ganz bestimmt?«, fragte Trish mit gerunzelter Stirn.

»Natürlich.«

»Und du findest mich deswegen nicht blöd? Schließlich bin ich sonst immer diejenige, die stark ist.«

»Nun, heute Abend bin ich stark und du kannst die wunderschöne Schauspielerin sein, die selbstbewusst genug ist, ohne Begleitung und mit ihrer besten Freundin und deren Freund im Schlepptau zu einem Event geht.«

Auf Trishs Gesicht breitete sich ein Lächeln aus. »Dein Freund.« Sie ergriff Fionas Hand.

»Ich weiß!«

Sie wackelten mit den Schultern und Hüften und grinsten

wie aufgedrehte Kinder, die einen Freudentanz aufführen. Dann holten sie beide tief Luft, strafften die Schultern und setzten wieder ihre Erwachsenengesichter auf.

»Bist du soweit?«, fragte Fiona.

»Jawohl.«

Jake und Fiona saßen Trish im Fond der Limousine gegenüber. Jake hielt Fionas Hand, mit der anderen Hand spielte sie mit dem Saum ihres schicken schwarzen Kleides. In den schwarzen Schuhen mit dem hohen Absatz sahen ihre Beine endlos lang aus. Das Bild, wie sie die Beine mitsamt den Hochhackigen um seine Taille schlang, schob sich immer wieder in Jakes Gedanken, so sehr er auch bemühte, sich abzulenken.

Er versuchte, die unanständigen Fantasien beiseitezuschieben. Schließlich würden sie sich gleich einer Horde von Fotografen gegenübersehen, mal ganz abgesehen von Trish, die ihnen gegenübersaß und ausgesprochen kämpferisch dreinblickte. Als er Fiona sanft über die Wange strich, wandte sie den Kopf und sah ihn an. Mit dem dunklen Lidschatten wirkte sie noch verführerischer als sonst. Ihr wunderschön frisiertes Haar hätte er am liebsten auf seinem Kissen ausgebreitet gesehen, während er sie liebte. Das Dinner war ihm herzlich egal, doch Luce, seine PR-Agentin, hatte ihm wegen der Paparazzi-Aktion in der vergangenen Woche die Hölle heißgemacht, daher hatte er versprochen, heute brav zu sein und sich zu benehmen.

Er kannte die Regeln des Promidaseins nur zu gut und hatte bisweilen seinen Spaß daran, sie zu durchbrechen. Ihm war allerdings auch bewusst, dass Fiona an diesem Abend tiefer in seine Welt eintauchen würde, und er wünschte sich sehr, dass sie sich in dieser Welt wohlfühlte und ihn in Zukunft überallhin begleitete. Er wusste, dass sie nervös war, und gab sich alle Mühe, ihre Nervosität zu zerstreuen.

»Ihr seht wundervoll aus«, sagte er aufrichtig.

Trish sah ihn durch ihre dichten Wimpern hindurch an.

»Danke. Es ist doch verrückt, dass ich Angst hatte, allein hinzugehen, oder?«

»Bei meinem ersten Dinner dieser Art war ich allein und mir war schlecht vor Aufregung. Dann habe ich gemerkt, dass die Leute dort völlig normale Menschen waren, wie du und ich.« Jake legte Fiona den Arm um die Schulter und hoffte, dass sie gut zuhörte. Um Trish machte er sich keine Sorgen, sie würde schon zurechtkommen. Er wollte seine Ratschläge allerdings auch nicht direkt an Fiona richten, weil er befürchtete, dass sie dann noch nervöser werden würde. »Bis wir ankommen, sind alle schon betrunken und schwärmen von dem Film und prophezeien, dass es der beste Film überhaupt wird. Und vielleicht wird er es tatsächlich. Aber eigentlich sind sie nicht anders als die Leute, mit denen Fiona sonst zusammenarbeitet. Sie denken nur, dass sie anders sind.«

Trish warf Fiona einen raschen Blick zu, als hoffte sie ebenfalls, dass Fiona gut zuhörte. »Ich kann mir nicht vorstellen, dass sie genauso sind wie Clark und Joe.«

»Clark und Joe sind Kollegen, zwei Wissenschaftler. Sie sind ziemlich … wissenschaftlerisch. Du weißt schon, still und ernst«, erläuterte Fiona.

»He, lass bloß die Nerds in Ruhe«, sagte Jake. »Schließlich habe ich einen Abschluss als Ingenieur.« Seine Mutter hatte darauf bestanden, dass er einen ordentlichen Abschluss am College machte, falls es mit seiner Karriere als Stuntman nichts werden sollte.

»Du bist der heißeste Nerd, den ich kenne.« Fiona beugte sich zu ihm und gab ihm einen Kuss, dann sah sie Trish an.

»Jedenfalls der heißeste männliche Nerd. Trish ist die weibliche Version. Ihr solltet eine Neuauflage von *Die Rache der Eierköpfe* drehen und aller Welt zeigen, wie nett und amüsant Nerds sein können.«

Eine Weile schwiegen sie, dann sagte Fiona: »War ein guter Versuch, aber ich bin immer noch nervös.«

Er lächelte sie aufmunternd an. »Ich bin ja bei dir. Stell dir einfach vor, dass du dich mit einer Truppe ziemlich lautstarker Freunde zum Essen triffst. Promis sind ganz normale Leute, sie stehen nur öfter im Rampenlicht.«

Fiona schüttelte den Kopf. »Entschuldige, Jake, aber Steve Hileberg ist *kein* ganz normaler Mensch. Zane Walker ist *kein* ganz normaler Mensch. *Du* bist kein ganz normaler Mensch.« Sie zupfte nervös an ihrem Kleid. »Bevor ich hierherkam, habe ich mir eingeredet, dass du ein vollkommen normaler Typ bist, derselbe, der du in Trusty warst. Aber dieser Typ bist du nicht. Du bist ein Star.«

Jake grinste. »Das ist nur mein Job. Das ist doch nebensächlich.«

Die Limousine hielt vor dem Restaurant.

»Aber es stimmt doch, was ich sage.« Sie sah Trish an. »*Du* bist auch kein ganz normaler Mensch. Ihr beide seid Superstars. Ich habe also allen Grund, nervös zu sein. Ich bin einfach nur ich. Das Mädchen mit den Steinen.«

Der Chauffeur hielt Jake die Tür auf, doch der rührte sich nicht. Er hielt Fionas Hand in seiner und starrte sie an.

»Das Mädchen mit den Steinen. Und das verführerischste Mädchen, das man sich nur vorstellen kann.« Er lächelte. »So habe ich dich genannt, als ich dich zu unserem ersten

Rendevous eingeladen habe.«

»Ich weiß.« Sie lächelte und er fragte sich, ob sie auch noch wusste, wann er ihr diesen Spitznamen gegeben hatte. Es war im Schullabor. Fiona hatte Gesteinsstücke unter einem Mikroskop betrachtet, während er eine Frage nach der anderen stellte, um ihre Aufmerksamkeit zu wecken. Sie hatte beharrlich in ihr Mikroskop gestarrt, bis er sagte: *Also, Mädchen mit den Steinen. Was machst du freitagabends am liebsten?* Später erzählte er ihr, er sei überzeugt gewesen, dass sie ihn nicht mochte, und sie gestand ihm, dass sie Angst hatte, es würde ihr die Sprache verschlagen, wenn sie ihn ansah.

Durch die getönten Scheiben flammten Blitzlichter auf und katapultierten sie zurück in die Gegenwart.

»Trish, willst du mit uns hineingehen?«, fragte Jake.

»Nein, danke. Ist schon okay«, meinte Trish. »Komm, Mädchen mit den Steinen. Lass es uns hinter uns bringen, bevor dich der Mut verlässt.«

In einem wahren Blitzlichtgewitter half Jake Trish und Fiona beim Aussteigen. Er legte Fiona den Arm um die Taille und drückte sie an sich.

»Jake, wer ist die geheimnisvolle Schöne an Ihrer Seite?«, rief ein Mann.

Dieser Typ musste wohl hinter dem Mond leben, wenn er die Fotos nicht gesehen hatte, die seit Tagen überall im Internet auftauchten. Jake sah Fiona in die Augen.

»Das ist schon längst kein Geheimnis mehr. Dies ist *the one and only* Fiona Steele«, sagte Jake stolz. Lächelnd betraten sie das Restaurant, gefolgt von Fotografen und Zeitungsleuten, die sie mit Fragen bombardierten.

»Fiona, nur ein Foto!«, rief ein Mann.

Sie drehte sich zu ihm um, als hätte sie ihr ganzes Leben

lang nichts anderes getan, als über den roten Teppich zu laufen, und lächelte ihn ungezwungen an. Jake platzte fast vor Stolz und Bewunderung. Er wusste, wie sehr es ihr zuwider war, so im Rampenlicht zu stehen, doch davon war ihr nicht das Geringste anzumerken. Sie wirkte unbefangen und selbstsicher, als sei das alles das Normalste der Welt. Er gab ihr einen Kuss auf die Schläfe, was ein neuerliches Blitzlichtgewitter auslöste. Jake ließ Fiona keinen Augenblick lang los, und als sie schließlich das Restaurant betraten, stürzten sich die Paparazzi auf Trish.

»Trish Ryder!«, gellte eine Frauenstimme und die Kameras blitzten um die Wette.

Das Spice, eines der vornehmsten Restaurants in der Stadt, empfing sie mit gedämpftem Licht, geschmackvoller Einrichtung und dem Duft nach exquisiten Speisen, teurem Parfüm und Geld. Männer in Anzügen von Armani und Frauen in Designerkleidern waren hier an der Tagesordnung. Die Hostess trug einen langen schwarzen Rock und hatte die schlanke, anmutige Figur eines Models, das auf den Laufstegen der Welt zu Hause war. Sie führte sie zum hinteren Teil des Restaurants, wo ein Raum für das Dinner reserviert war.

»Alles okay?«, fragte Jake Fiona leise.

»*The one and only?*« Sie zog die Augenbrauen hoch.

»Ja, du bist einzigartig, Fi. Ich habe nur so lange gebraucht, bis es mir klar wurde.« Jake spürte eine Hand auf seinem Arm und drehte sich um. An einem Tisch mit mehreren Leuten hatten sich zwei blonde Frauen erhoben, die ihm irgendwie bekannt vorkamen.

»Jake«, schnurrte eine von ihnen und küsste ihn auf die Wange.

»Erinnerst du dich noch an uns?«, sagte die große Blonde, die Fiona von oben bis unten musterte. »Wir haben gehört, dass du wieder in der Stadt bist.«

Jake zog Fiona noch enger an sich und spürte, wie sie erstarrte. An einem anderen Tisch entdeckte er zwei Schauspieler, die ihn zu sich winkten, und nutzte die Gelegenheit, den beiden Blondinen zu entkommen.

»Tja, die Damen«, sagte er. »War nett, euch wiederzusehen.«

Er schob Fiona weiter durch das Gedränge aus Fans und Schauspielern, Produzenten und anderen Leuten aus der Filmindustrie. Plötzlich vertrat ihnen Brenda Marlow, eine Schauspielerin, den Weg und schlang die Arme um Jake, sodass er Fiona loslassen musste.

»Wie wunderbar, dich wiederzusehen«, seufzte sie theatralisch.

*Heiliger Strohsack.* Er bemerkte den traurigen Blick in Fionas Augen, doch bevor er etwas sagen konnte, packte ihn Brad Parlor an der Schulter und zerrte ihn aus Brenda Armen. *Dem Himmel sei Dank.*

Brad war ein bekannter Schauspieler und Jake hatte nicht nur die Stunts in seinen letzten Filmen übernommen, sondern auch so manche Nacht mit ihm durchgefeiert.

»Jake«, sagte Brad. »Glückwunsch, Mann. Wie ich höre, ist dein neuester Film der reine Wahnsinn.«

»Hoffen wir's. Die Besetzung ist jedenfalls großartig.« Jake ließ den Blick über die Tische in unmittelbarer Nähe schweifen und entdeckte mehrere prominente Bekannte, an denen er nicht ohne Begrüßung und ein paar Worte vorbeikommen würde. Dabei wollte er nur eins: Fiona so schnell wie möglich durch die Menschenmenge in den reservierten Bereich schleusen. »Brad, entschuldige uns bitte.«

Im nächsten Moment standen zwei Schauspieler vor ihm, mit denen er in seinem letzten Film zusammengearbeitet hatte.

Er sagte artig Hallo und schon bildete sich eine Traube von Fans und Bekannten um sie. Er schüttelte ihnen die Hände, schlug ihnen kumpelhaft auf den Rücken und lachte über ihre Witze. Einer der Männer zerrte seine Begleiterin von ihrem Stuhl hoch, die ihn mit einer innigen Umarmung begrüßte. Er hatte noch nicht einmal ihren Namen mitbekommen. Gleich darauf warf sich ihm eine weitere Schauspielerin an den Hals und begrabschte ihn mit besitzergreifender Entschlossenheit. Er hoffte inständig, dass Fiona nicht zusah. Die Dame wieder loszuwerden war gar nicht so einfach. Sie verschränkte die Finger in seinem Nacken und flüsterte ihm ins Ohr, dass sie später auch noch da sei.

An den Nachbartischen standen die Leute auf und machten Fotos. Als erfahrenem Schauspieler fiel es ihm nicht schwer, ein professionelles Lächeln aufzusetzen, doch dann löste er die Hände der anhänglichen Schauspielerin mit mehr Nachdruck als geplant von seinem Hals und sah sich nach Fiona um. Sein Magen zog sich zusammen. Sie war nirgends zu sehen.

Er war groß genug, um die Menschenmenge zu überblicken, die sich durch das Restaurant in den reservierten Bereich schob.

*Wo bist du, Fi?* Er entdeckte Zane und packte ihn am Arm. »Hast du Fiona gesehen?«

Zane sah sich um. »Nein.«

»Verdammter Mist.« Er hörte Trish lachen und drehte sich in der Hoffnung um, dass Fiona bei ihr war, doch Trish stand mit Trace und Carla zusammen. Er drängte sich durch die Menge und fand Fiona schließlich vornübergebeugt mit der Hand an einer Stuhllehne. Mit einem Fuß angelte sie nach ihrem Schuh.

Er half ihr, den Schuh wieder anzuziehen, und nahm sie in die Arme.

»Es tut mir leid, Fi. Alles okay?«

»Jemand hat mich angerempelt und dabei habe ich meinen Schuh verloren. Sonst ist alles in Ordnung.« Sie sah ihn nicht an.

»Wer hat dich angerempelt?« Er spürte, wie der Ärger in ihm hochstieg, und plötzlich verabscheute er die ganze verdammte Veranstaltung.

»Woher soll ich das wissen?«, fragte sie kopfschüttelnd.

»Komm, wir suchen dir einen Platz.« Er führte sie in den reservierten Raum, der genauso überfüllt war wie das Restaurant. Noch vor zwei Wochen hätte Jake das Durcheinander und das Interesse der Presseleute genossen. Jetzt hatte er nur den Wunsch, Fiona in die Arme zu schließen und das ganze Chaos so schnell wie möglich mit ihr zusammen hinter sich zu lassen.

Einer der Produzenten packte ihn am Arm und verwickelte ihn in eine Unterhaltung mit zwei Technikern. Er spürte, wie Fionas Finger aus seiner Hand glitten, und als er sie festhalten wollte, legte Zane ihr einen Arm um die Schultern und bedeutete ihm mit einem knappen Nicken: *Ich hab sie.* Jakes Innerstes zog sich zusammen. Er wusste, dass Zanes Geste freundlich gemeint war, doch er ärgerte sich, weil es eigentlich seine Aufgabe war, sich um Fiona zu kümmern.

»Ich wollte mit dir über Zanes nächsten Film reden. Wir drehen in Sweetwater, in Upstate New York«, sagte der Produzent.

Jake hatte Mühe, ihm zuzuhören. »Prima. Klingt gut.«

»Am Sugar Lake, eine Mischung aus Liebesfilm und Thriller mit Kleinstadtflair«, fuhr der Produzent fort. »Wird ein absoluter Knaller.«

Verstohlen sah sich Jake nach Zane und Fiona um, konnte sie aber nirgends entdecken. Er hatte sie also schon wieder aus den Augen verloren.

»Super, klingt toll. Müssen wir unbedingt drüber reden.« Er entschuldigte sich und machte sich wieder auf die Suche nach Fiona, nur um fast mit Carla und Trace zusammenzustoßen.

»Jake, wie schön, dich zu sehen«, sagte Carla und gab ihm die üblichen Luftküsschen.

»Hi, Carla.« Sie trug ein weißes Minikleid und war ein gutes Stück größer als Trace, die in ihrem schwarzen Designerkleid hinreißend aussah.

»Hast du Fiona gesehen?«, fragte Jake seine Assistentin.

Trace stellte sich auf die Zehenspitzen, was allerdings nicht viel half. Selbst in hochhackigen Schuhen kam sie nicht über eins fünfundsechzig hinaus und hatte keine Chance, über den Wall aus kräftigen Schultern hinwegzusehen, der sie umgab.

Jake legte ihr lächelnd die Hand auf den Arm. »Ist okay. Ich werde sie schon finden.«

Er zwängte sich durch die Menge und blickte sich dabei suchend um. Schließlich entdeckte er Zane neben einer hochgewachsenen Frau, die er nicht kannte. Als Zane endlich zu ihm hinübersah, hob Jake fragend die Hand, doch Zane zuckte mit der Schulter und schüttelte den Kopf.

*Mist.* Er hätte wissen müssen, dass Zane sich nicht wirklich um Fiona kümmern würde. Er hätte sie nie allein lassen dürfen. Nach einer Weile sah er sie an einem Tisch sitzen. Er drängte sich an einer Gruppe von Leuten vorbei, die alle zu laut lachten, und kniete sich neben Fiona.

»Fi, es tut mir leid. Hier geht es zu wie im Tollhaus.« Er legte seine Hände auf ihre und als sie seinem Blick auswich, zog sich sein Magen zusammen. »Es tut mir leid, dass ich dich aus den Augen verloren habe. Ich passe auf, dass es nicht noch einmal passiert.«

»Es ist okay, schließlich ist es dein Job. Ich verstehe das schon.« Ihre Stimme klang distanziert.

»Einer der Produzenten hat mich abgefangen. Sie wollen, dass ich die Stunts in Zanes nächstem Film mache.«

Er rieb sich den schmerzenden Nacken und setzte sich auf einen Stuhl neben ihrem. An der Art, wie sie seinem Blick auswich, erkannte er nur zu deutlich, dass sie verstimmt war.

»Es tut mir wirklich leid. Alle wollten was von mir.«

»Ist schon okay.« Sie wandte sich zu Patch, der sich in diesem Moment neben sie setzte, und plauderte munter mit ihm.

Als er sah, wie locker sie sich mit Patch unterhielt, wie freundlich ihre Stimme klang und wie offen ihr Lächeln war, versetzte es ihm einen Stich. Als einer der Produzenten sie nach einer geologischen Studie fragte, die in der Nähe eines ihrer Sets durchgeführt worden war, sprach sie ruhig und selbstbewusst über ihre Arbeit. Dabei versuchte sie, komplizierte Fachbegriffe zu vermeiden, damit auch ein Laie verstehen konnte, was sie sagte. Im Gegensatz zu vielen Promis, mit denen er tagtäglich zu tun hatte und die ihre Arbeit für das Wichtigste auf der Welt hielten, war Fiona zurückhaltend und bescheiden, und Jake liebte sie dafür umso mehr.

»Jake.« Eine schwere Hand legte sich auf seine Schulter.

Jake erhob sich, um Steve Hileberg zu begrüßen. Fiona lächelte freundlich und wahrscheinlich fiel nur Jake auf, dass ihre Augen nicht mitlächelten.

»Steve, du hast meine Freundin ja schon kennen gelernt: Fiona Steele.« *Meine Freundin.* Es klang ungewohnt, aber auch richtig, obwohl er das Gefühl hatte, sich nicht so verhalten zu haben, wie man es von ihrem Freund erwarten konnte. Er hätte sie nicht aus den Augen lassen dürfen, auch wenn es nur für einen Moment war.

Steve war Anfang sechzig, hatte dichtes graues Haar und die blauen Augen hinter seiner Drahtbrille funkelten eindringlich. Er nahm Fionas Hand und gab ihr einen vollendeten Handkuss.

»Ja, natürlich. Auf den Titelblättern der Klatschblätter waren Sie kaum zu übersehen.«

Fiona errötete. »Damit muss man wohl rechnen, wenn man mit Jake Braden zusammen ist.«

»Oder vielleicht ist es umgekehrt«, erwiderte Steve freundlich, »und man muss damit rechnen, wenn man mit *Fiona Steele* zusammen ist.«

Er schwieg einen Moment und Jake war sich nicht sicher, an wen seine Worte gerichtet waren, ob an ihn oder Fiona. Oder vielleicht an sie beide.

»Jake, ich wollte dir nur Bescheid sagen, dass wir diese Szene morgen nicht drehen.« Steve klopfte ihm auf den Rücken. »Ihr beide habt also frei.«

Während der Dreharbeiten für einen Film versuchte Jake normalerweise, seinen Terminkalender bis zum Anschlag zu füllen. Dann drehte er den ganzen Tag und feierte bis tief in die Nacht. Je hektischer es wurde, desto besser. Doch auch das hatte sich von Grund auf geändert. Er freute sich darauf, einen freien Tag mit Fiona zu haben. Er warf ihr einen raschen Blick zu. Sie spielte nervös mit ihre Serviette und er wünschte, er könnte mit ihr allein sein und dafür sorgen, dass die Enttäuschung aus ihren Augen verschwand.

Fiona folgte Trish in eine riesige, hell erleuchtete Damentoilette, die von oben bis unten mit Marmor ausgekleidet war. Von dort aus gelangte man in einen luxuriös ausgestatteten Ruheraum mit eleganten Sofas und Sesseln. Das Ganze wirkte nicht wie eine Damentoilette, sondern eher wie eine Wohnung. Laut seufzend ließ sie sich auf eines der Sofas sinken.

»Könntest du mich freundlicherweise erschießen, Trish?«, sagte sie. Trish beäugte sie besorgt.

»Weil du dem bestaussehenden Mann dort draußen die kalte Schulter zeigst?« Trish setzte sich neben sie.

»Ja. Ich weiß nicht, was mit mir los ist. Die Leute haben sich auf ihn gestürzt, als wir ankamen, und er hat es gar nicht gemerkt, als ich zur Seite gedrängt wurde. Er hat nicht einmal nach mir gesucht. Er hat einfach … sein Ding gemacht.«

»Fi.« Trish starrte sie ungläubig an.

»Nein, du musst mir das gar nicht erklären. Er ist gefragt, alle wollen was von ihm, das verstehe ich. Ich weiß es und deshalb sollst du ja …« Sie hielt sich zwei Finger wie eine Pistole an die Schläfe.

Trish lachte. »Ich kann dich nicht erschießen. Wer soll denn dann dafür sorgen, dass ich meine Termine einhalte und mein Mittagessen nicht vergesse und pünktlich am Set erscheine?«

»Also wirklich, Trish. Du kommst sehr gut ohne mich zurecht, aber ich finde es nett von dir, dass du so tust, als bräuchtest du mich.«

»Als Themenwechsel nicht schlecht.« Trish lehnte sich zurück und seufzte. »Was ist los, Süße? Warum bist du so angespannt?«

Fiona stand auf und ging vor dem Sofa auf und ab. »Ich selbst bin mein größtes Problem. Ich reagiere total zickig, nur weil Jake das macht, was er machen muss: seinen Fans etwas bieten. Und irgendwie komme ich aus dieser Nummer nicht mehr raus.«

»Das bedeutet, dass mehr dahintersteckt. Ich kenne dich, Fi. Du bist nicht der eifersüchtige Typ, der ständig Bestätigung braucht. Also, spuck's aus.«

Fiona wandte sich ab. Wie sollte sie herausfinden, was wirklich in ihrem Kopf vor sich ging?

»Ich wünschte, ich wüsste, was los ist.«

»Machst du dir Sorgen, dass Jake auf Distanz gehen könnte? Oder dass er sich eine andere Frau sucht?«, fragte Trish.

»Nein, das ist es nicht, glaube ich. Ich vertraue ihm. Ich weiß, wie er über mich denkt. Was wir zusammen haben, das ist echt.«

»Wo ist dann das Problem?«

Sie spielte nervös mit der Sofalehne. »Glaubst du, mein Leben mit Jake würde so aussehen? Ich meine, wenn wir zusammenbleiben, geht es dann nur um Partys und darum, sich Frauen vom Hals zu halten? Lieber Himmel … haben Prominente überhaupt ein normales Leben?«

»Aha, jetzt verstehe ich. Um dieses Problem zu lösen, brauche ich keine Pistole.« Trish stand auf und ging zu Fiona. »Willst du schonungslose Offenheit? Oder Beste-Freundin-Geblubber?«, fragte sie dann.

Fiona stöhnte auf. »Schonungslose Offenheit.«

»Okay, sollst du haben. Ich denke, dass es sehr, sehr schwer wird, aber nicht unmöglich ist. Nach allem, was ich bisher gesehen habe, geht es nur, wenn ihr beide daran arbeitet, und du wirst eine Menge Kompromisse machen müssen.«

Fiona hätte nur zu gern geglaubt, dass ein Leben mit Jake möglich war, doch der heutige Abend hatte ihr die Augen geöffnet und jagte ihr Angst ein. »Heute Abend stand ich da und habe mir diesen verrückten Trubel angesehen. Zuerst war es aufregend, aber nach kurzer Zeit wirkte alles aufgesetzt und unecht. Und das ist ganz allein mein Problem, das weiß ich. Aber wie soll ich damit in unserer Beziehung zurechtkommen?«

»Wie kommst du mit den Idioten zurecht, mit denen du bei irgendwelchen Untersuchungen zusammenarbeiten musst? Wie gehst du mit Schwachköpfen um, die dich wie einen Menschen zweiter Klasse behandeln, weil du auf ihrem Gelände bist? Fiona, die Leute hier sind nur ein bisschen anders gestrickt. Sie sind nicht der Feind. Sie sind einfach schön und reich und nehmen sich selbst sehr wichtig, aber sie unterscheiden sich ansonsten nicht groß von Fachidioten, die sich um Explorationsstätten streiten.«

Fiona merkte erleichtert, wie ihre Anspannung nachließ. Trish gelang es eben immer wieder, eine Situation auseinanderzunehmen und so wieder zusammenzusetzen, dass sie nicht mehr bedrohlich wirkte.

»Danke, Trish.« Sie nahm Trishs Hand und zog sie zu einem der großen Spiegel, die an den Wänden hingen. »Weißt du, was ich sehe? Zwei schöne Frauen. Eine schöne Schauspielerin und eine schöne Fachidiotin.«

»Ich glaube nicht, dass dich da draußen jemand als typischen Nerd betrachtet. Hast du gesehen, wie der zweite und dritte Produzent dich auf dem Weg hierher angestarrt haben?« Trish lockerte mit den Fingerspitzen ihre Frisur und stemmte die Hand in die Hüfte.

»Du bist ja verrückt. Aber eigentlich glaube ich, dass du recht hast. Wenn es um meine Arbeit geht, weiß ich, wie ich Probleme anpacken muss, aber hier …« Sie betrachtete sich im Spiegel und sah eine starke Frau mit einer vielversprechenden Karriere und einem Mann, den sie anbetete. Die Frauen dort draußen konnten ihr nichts anhaben. Sie waren vielleicht größer, schlanker und reicher als sie, aber sie hatte alles, was ihr Herz begehrte, und würde nicht zulassen, dass ihre Unsicherheit das zerstörte.

»Siehst du, ich habe mich selbst klein gemacht und war dann irgendwie gefangen in diesem Gefühl, minderwertig zu sein. Jake hat damit gar nichts zu tun. Ich denke, ich sollte mich bei ihm entschuldigen.«

»So ist's recht«, sagte Trish und schob sie lächelnd zur Tür.

Fiona trat in den Korridor und zu ihrer Überraschung wartete Jake dort auf sie.

»Tut mir leid, ich wollte dich nur abfangen, bevor du wieder in den Saal gehst. Trish, ich habe meinem Chauffeur gesagt, dass er dich fahren soll, wenn du nach Hause willst. Fiona und ich nehmen einen anderen Wagen.« Er griff nach Fionas Hand.

»Okay, danke.« Trish umarmte Fiona und flüsterte ihr ins Ohr: »Du schaffst das.«

Fiona sah ihr lächelnd nach, als sie davonging.

»Tut mir leid, dass ich dich so abgepasst habe«, sagte Jake.

»Ich bin froh, dass du hier bist.« Sie legte ihm die Hände auf den Jackenaufschlag. »Es tut mir furchtbar leid, dass ich vorhin so zickig war.«

»Du warst nicht zickig.« Er zog sie an sich.

»Doch, war ich. Und es tut mir leid. Ich hatte es mir hier nicht so schlimm vorgestellt«, gestand sie.

»Fi, das war mein Fehler. Ich hätte besser auf dich aufpassen sollen.«

»Nein, Jake, du hast genau das gemacht, was du machen solltest. Dies ist deine Welt. Deine Fans haben bestimmte Erwartungen und das verstehe ich. Es ist nur so, dass ich *mich* für einen Moment aus den Augen verloren habe.« Sie drückte ihm einen Kuss auf die Lippen. »Ich bin stolz auf dich und auf das, was du erreicht hast, Jake, und ich möchte dich unterstützen bei dem, was du tust. Ich weiß, dass es zu deinem Job gehört, im Rampenlicht zu stehen, und ich finde, dass du deine Sache ganz hervorragend machst. Deine Fans finden das auch, und das ist es, was zählt. Ich musste nur meine Gedanken sortieren.«

»Danke, aber das funktioniert nur in beide Richtungen. Als Promi stehe ich nun mal im Mittelpunkt, aber ich möchte, dass es *unsere* Welt wird, nicht nur meine. Ich möchte dich in dieser Welt dabei haben, Fi, und das geht nur, wenn ich etwas ändere. Oder besser gesagt: Wenn ich eine ganze Menge ändere.«

Sie wusste, dass er damit nicht nur die Situation im Restaurant meinte. Er hatte schon so viel verändert, überlegte Fiona. Sie musste mehr Geduld mit ihm haben und mehr Zugeständnisse machen.

»Und deshalb hauen wir jetzt hier ab.« Er nahm sie bei der Hand und zog sie zum Ausgang.

Unterwegs sprachen einige Leute Jake an und wollten ihn in ein Gespräch verwickeln, doch er lächelte nur und winkte, ging aber unbeirrt weiter und ließ ihre Hand keine Sekunde los.

»Und was ist mit der Besetzung und der Crew? Solltest du nicht Bescheid sagen, dass wir gehen?«

»Hab ich schon.« Er legte ihr den Arm um die Schultern und hielt sie eng an sich gedrückt, als sie vor dem Restaurant von den wartenden Paparazzi überfallen wurden. Jake öffnete die Tür seines Ferrari, der vor dem Eingang parkte, und ließ Fiona einsteigen. Erst als sie sicher im Innern des Wagens saß, schob er sich hinters Steuer.

»Wie kommt denn dein Auto hierher?«

»Mit der nötigen Entschlossenheit geht alles.«

Der Motor heulte auf und Jake nahm Fionas Hand. »Ich liebe meinen Beruf, Fiona, aber dort drinnen hab ich's ordentlich verbockt.«

»Nein, Jake, es war mein Problem, nicht deins.«

Er beugte sich zu ihr und küsste sie, während die Fotografen das Auto umringten und versuchten, durch die getönten Scheiben zu knipsen. »Wir waren immer schon ein gutes Team. Wir schaffen das.«

Und als sie losfuhren und das Restaurant hinter sich ließen, wusste sie, dass er recht hatte.

# Siebzehn

Jake bog in die lange, von Bäumen gesäumte Zufahrt zu seinem Haus in den Bergen ein. Mondlicht schimmerte durchs Geäst, und als er schließlich den Wagen parkte, merkte er, wie der Stress von ihm abfiel. Er hatte das einfache Holzhaus auf seinem zwanzig Hektar großen Grundstück kurz nach seinem Umzug nach Los Angeles gekauft. Es kam nicht oft vor, dass Jake den Wunsch verspürte, dem hektischen Leben in Los Angeles den Rücken zu kehren, doch ab und zu brauchte er einfach seine Ruhe. Oft gab es solche Phasen, wenn er in seiner Heimatstadt zu Besuch gewesen war, wo er der Erinnerung an Fiona nicht aus dem Weg gehen konnte. Normalerweise hatte er dann versucht, sich mit Alkohol und Frauen abzulenken, doch das hatte nicht immer funktioniert. Manchmal hatte er sich einfach ganz zurückziehen müssen, um danach wieder seine Fassade hochzuziehen und so zu tun, als sei ihm das alles egal.

Irgendwann im Laufe der zweistündigen Fahrt war Fiona eingenickt. Als er den Motor ausmachte, regte sie sich. Jake beugte sich zu ihr und streichelte ihre Wange. Sie öffnete langsam die Augen und verzog die Lippen zu einem süßen Lächeln.

»Tut mir leid«, flüsterte sie.

»Das muss dir nicht leidtun. Schließlich habe ich dich in der letzten Zeit immer ziemlich lange wachgehalten.« Er küsste sie sanft.

»Mmm.« Sie legte ihm die Finger um den Nacken und zog ihn zu einem weiteren Kuss zu sich herunter.

»Mit dir bin ich gerne lange auf.« Sie blickte aus dem Fenster in die Dunkelheit. »Wo sind wir?«

»Weit weg von allem und jedem. Zwanzig Hektar Wald und Privatsphäre.« Er ging um das Auto herum und half ihr beim Aussteigen, dann holte er die Tasche, die der Chauffeur für sie gepackt hatte, aus dem Kofferraum. Er legte einen Arm um Fiona und gemeinsam stiegen sie die Treppe zur vorderen Veranda hoch. Er schloss auf und trat hinter ihr in das rustikal eingerichtete Holzhaus.

Das Erdgeschoss bestand aus einem offenen Wohnbereich, den ein Tresen mit hohen Stühlen davor von der gemütlichen Küche trennte.

»Hier ist es wirklich schön«, sagte Fiona, während sie umherging und mit den Fingern über die Sofalehne und den Ledersessel fuhr. Sie berührte die Steine, mit denen der Kamin eingefasst war, und nahm ein gerahmtes Foto in die Hand, das auf dem Kaminsims stand. Sie streifte sich die Haare hinter die Ohren und lächelte, während sie das Bild betrachtete. Es war vielleicht zehn Jahre alt und zeigte Jake und seine Mutter auf der Terrasse hinter Catherines Haus.

»Das ist süß«, sagte sie, stellte es ab und sah sich eine Aufnahme von Jake, Luke und Wes an, auf der sie in kurzen Hosen und mit bloßem Oberkörper dastanden und Angeln mit Fischen daran in die Kamera hielten.

Jake stellte die Tasche am Fuß der Treppe ab und fragte: »Möchtest du etwas trinken?«

»Gerne.«

Während er den Wein einschenkte, betrachtete sie die anderen Fotos von seiner Familie.

Er zog seine Jacke und die Krawatte aus und legte sie auf den Tresen. Einen Tisch gab es nicht. Er hatte noch nie jemanden mit hierher gebracht und er selbst störte sich nicht an der Schlichtheit der Einrichtung. Einen Augenblick lang wünschte er, er hätte sich mit der Möblierung etwas mehr Mühe gegeben, doch er wusste, dass Fiona nicht viel Wert auf materielle Dinge legte. Sicher gefiel ihr das Haus so, wie es war.

»Bist du oft hier?«, fragte sie, als er ihr ein Glas reichte.

»Klingt wie ein ziemlich abgedroschener Anmachspruch«, sagte Jake und ließ sich auf das Sofa fallen.

Fiona lachte. Sie trank einen Schluck Wein, setzte das Glas auf dem Couchtisch ab und streifte ihre hochhackigen Schuhe ab. Dann beugte sie sich hinunter und zog ihm die schicken Lederschuhe aus.

»Das Haus habe ich in meiner Anfangszeit in L. A. gekauft. Man könnte sagen, dass ich es deinetwegen gekauft habe.« Sie kniete vor ihm vor dem Sofa und er spürte, wie es in seiner Hose eng wurde.

»Meinetwegen? Weil ich allmächtig war, selbst als du mich gehasst hast?« Sie legte ihm die Hände auf die Knie und sah ihn mit einem aufreizenden Lächeln auf den Lippen an.

*Du hast ja keine Ahnung, welche Macht du über mich hast.*

Sie ließ beide Hände über seine Oberschenkel gleiten und öffnete sie dabei so weit, dass sie zwischen seine Beine passte. Dann begann sie, sein Hemd aufzuknöpfen. Nach jedem Knopf küsste sie ihn auf die entblößte Brust. Jake stockte der Atem. Er trank sein Glas in einem Zug leer, stellte es ab und versuchte, sie auf seinen Schoß zu ziehen. Fiona entwand sich jedoch seinem Griff und drückte seine Hände auf das Sofa. Gegen ihren verführerischen Blick kam er nicht an.

»Ganz schön widerspenstig, was?« Sie wandte sich wieder den Hemdknöpfen zu. »Entspann dich. Sonst willst du immer die Fäden in der Hand halten. Diesmal bin ich an der Reihe.« Sie leckte sich die Lippen und warf einen raschen Blick auf seinen Schritt. Er konnte keinen Hehl aus seiner wachsenden Erregung machen.

Als der letzte Knopf geöffnet war, schob sie das Hemd auf und senkte ihren Mund auf seinen Bauch. Mit heißen Lippen küsste sie sich am Rand seiner Hose entlang, knabberte spielerisch an seiner festen Haut und ließ ihre Zunge mit sanftem Druck über seine Bauchmuskeln gleiten, bis sein Innerstes loderte.

»Lieber Himmel, Fi.«

»Gefällt dir das?« Sie schlüpfte mit den Fingern unter den Hosenbund und knöpfte ihn auf.

»Und ob mir das gefällt.«

Sie schob sich auf ihn, die Augen dunkel und sündig, presste ihre Hüften an seine und raubte ihm mit einem betörenden Kuss den Atem. Er wollte sie gerade an sich ziehen, als sie zu Boden glitt und sich wieder zwischen seine Beine kniete. Sie zog den Reißverschluss an seiner Hose auf, schob sie herunter und befreite seine Erektion. Mit ihren zarten Fingern umschloss sie seinen harten Schaft und senkte dann ihre Lippen auf seine glatte Spitze. Dabei sah sie ihn unverwandt an, mit einem Blick, der unendlich verheißungsvoll und ein bisschen frech war. Er krallte die Finger in das Sofapolster.

Langsam umschmeichelte sie mit der Zunge die Spitze

seiner Erregung und schickte einen wohligen Schauer durch seinen Körper.

»Glückwunsch zum bestandenen Bluttest«, flüsterte sie.

»Himmel«, stieß er hervor.

Er packte ihre Arme, ganz einfach, weil er sich an ihr festhalten musste. Lächelnd schloss die Lippen um seine Härte und ließ ihren Mund daran herabgleiten, bis sie ihn ganz in sich aufgenommen hatte und er ihren Gaumen fühlen konnte. Er keuchte auf, sein Kopf fiel nach hinten und er spürte nur noch die berauschende Lust, die ihn durchströmte, als sie mit der Zunge seine Spitze liebkoste und mit der Hand seinen Schaft streichelte. Er vergrub die Hände in ihren Haaren und widerstand mit Mühe dem Wunsch, sie bei ihren aufreizenden Spielereien zu führen. Ihr atemloses Stöhnen vibrierte an seiner Erregung und ließ ihn jeden Muskel anspannen.

Langsam zog sie ihren Mund zurück. »Mmm, das gefällt dir.«

»Fi.« Er atmete schwer und musste sich zurückhalten, um sie nicht umzudrehen und von hinten zu nehmen.

»Jake«, flüsterte sie, ließ sich auf die Fersen sinken und verwöhnte seinen empfindlichen Hodensack.

Er spürte, wie sich seine Hoden zusammenzogen, und versuchte nicht einmal, das hungrige Stöhnen zu unterdrücken, als sie ihn wieder tief in sich aufnahm. Er drängte ihr die Hüften entgegen und konnte nicht genug bekommen von ihrem geschickten Mund. Bevor es zu spät war, zog er sich jedoch aus ihr zurück, sodass seine Härte mit leisem Klatschen an seinen Bauch schlug.

»Fi, ich komme gleich.«

Sie verengte die Augen zu Schlitzen, und als sie seinen

Schaft in seiner ganzen Länge ableckte, stöhnte er erneut auf.

»Aber das wollen wir jetzt noch nicht, oder?« Sie stand auf und hob den Rock ihres Kleides hoch, sodass er ihren Stringtanga aus schwarzer Spitze sehen konnte. Sie wand sich mit kokettem Hüftschwung aus ihrem Höschen und ließ es einen Moment zwischen Daumen und Zeigefinger baumeln, bevor sie es hinter sich warf.

Ohne ein Wort setzte sie sich rittlings auf seinen Schoß. Ihre Augen sagten ihm alles, was er wissen musste. Sie war selbstsicherer in ihrer Sinnlichkeit, als sie es als Teenager gewesen war. Die Art, wie sie die Führung übernahm, und ihre verführerischen Bewegungen erinnerten ihn an eine Tigerin, die gleichzeitig machtvoll und anmutig war.

»Kondom«, knurrte er mit einem letzten Rest an Beherrschung, obwohl er nichts lieber wollte als mit seiner Erektion in ihre nasse Mitte zu stoßen.

»Ich nehme die Pille und du hast dich testen lassen.«

Er sah sie an, stellte aber die Frage nicht, die ihm auf den Lippen brannte.

»Ich habe es immer mit Kondomen gemacht. Die Pille war für meinen eigenen Seelenfrieden.«

Mehr brauchte er nicht zu hören. Außerdem war er sich sowieso nicht sicher, ob er die Geduld aufgebracht hätte, sich ein Kondom überzustreifen, auch wenn ihre Antwort anders ausgefallen wäre. Er packte sie an den Hüften und senkte sie auf seinen mächtigen, pulsierenden Schaft.

»Lieber Himmel … beweg dich nicht.« Ihre samtige Mitte ließ seinen ganzen Körper beben vor Verlangen, doch er wollte sie ganz spüren. Mit zitternden Händen griff er um sie, öffnete den Reißverschluss ihres Kleides, zog es ihr vorsichtig über den

Kopf und warf es auf den Couchtisch.

Als sie ihren Mund auf seinen Hals senkte und saugte, war es um seine Beherrschung geschehen. Er krallte die Hände in ihr Haar, zerrte ihren Mund von seiner Haut und küsste sie tief und leidenschaftlich. Er drängte sich ihr entgegen, stieß härter und schneller in ihre heiße, nasse Mitte. Sie erwiderte seine Stöße auf ihre Weise, wand sich auf ihm, bis er das Gefühl hatte, vor Hitze zu verglühen. Tief in ihr vergraben schob er sie unter sich, um noch härter zuzustoßen. Er fuhr mit den Händen über ihre betörenden Rundungen, fasste ihre Hüften und hielt sie fest. Sie löste ihren Mund von seinem und griff keuchend nach seinen Armen.

Sie war hinreißend, wie sie so offen und voller Vertrauen unter ihm lag. Sein Herz quoll über vor Liebe. Er hatte keine Ahnung, wie aus seinem Geh-mir-verdammt-nochmal-aus-dem-Weg ein Ich-kann-mir-keinen-Tag-mehr-ohne-dich-vorstellen geworden war, aber wen kümmerte das schon?

»Jake ...«, stieß sie atemlos hervor.

Er hörte das Flehen in ihrer Stimme und hätte sie gerne noch ein bisschen verwöhnt, doch er wusste auch, dass er ihren Höhepunkt nicht lange überleben würde. Er nahm sie schneller und härter, hob ihre Hüften an, um noch tiefer in sie eindringen zu können, und spürte, wie sie die Beine anspannte. Sie krallte sich in seinen Rücken und schloss die Augen, als sie seinen Namen hinausschrie. Zu fühlen, wie ihr Innerstes um ihn pulsierte und sich ihre Hüften ihm wieder und wieder entgegenwölbten, zu sehen, wie sie sich auf dem Gipfel der Lust der Leidenschaft hingab, und zu wissen, dass er sie dorthin getrieben hatte, brachte ihn selbst kurz vor den Höhepunkt. Er schlang die Arme um sie und schmiegte sein Gesicht in ihre

Halsbeuge, um ihr so nah wie möglich zu sein, als der Orgasmus durch ihn toste und er sich in sie ergoss und ihr alles gab, was er hatte und was er fühlte.

*Achtzehn*

Am Samstag wachte Jake auf und nahm als Erstes den Duft von frischem Kaffee und das Sonnenlicht wahr, das durch die Glastüren strömte. Er reckte den Hals und sah Fiona, die barfuß auf der Terrasse stand. Sie war nur mit dem Hemd bekleidet, das er am Abend zuvor getragen hatte. Bei dem Gedanken an diesen Abend breitete sich ein Lächeln auf seinem Gesicht aus. Dreimal hatten sie sich geliebt und allein die Erinnerung reichte, um ihn wieder hart werden zu lassen. Wenn er mit Fiona zusammen war oder auch nur an sie dachte, war das offenbar ein Dauerzustand.

Er versuchte gar nicht, dagegen anzukämpfen, als er aufstand und ohne etwas anzuziehen in die Küche ging. In Gedanken war er immer noch bei der vergangenen Nacht. Nachdem sie sich geliebt hatten, hatten sie zusammen gebadet. Fiona zu umsorgen und sie zu waschen war sogar noch erotischer als sie zu lieben. Er verspürte den unbändigen Wunsch, sie zu beschützen, und als er sich nun einen Kaffee eingoss und nach oben ging, um sich eine frische Boxershorts zu holen, war ihm klar, dass er daneben noch ganz andere Wünsche hatte.

Sein Herz war voller Dankbarkeit. Er war so zufrieden und

so komplett wie in all den Jahren seit ihrer Trennung nicht.

Das Dachgeschoss war spärlich eingerichtet, außer einem großen Doppelbett gab es nur eine Kommode. Die Tagesdecke lag halb auf dem Boden. Dort war sie gelandet, als sie nach dem gemeinsamen Bad aufs Bett gefallen waren und sich mit derselben Unersättlichkeit geliebt hatten wie zuvor in der Badewanne. Danach hatten sie schnell geduscht und waren wieder nach unten gegangen. Zusammen hatten sie im schimmernden Mondlicht gelegen und geredet, bis sie irgendwann eingeschlafen waren.

Er blickte über das Treppengeländer in den Wohnbereich im Erdgeschoss. Die Holzböden und die hohen Decken ließen das Haus groß und luftig erscheinen, doch es war trotz allem ausgesprochen rustikal. Als er Fionas Kleid über der Sessellehne und ihre Schuhe neben der Couch sah, fiel ihm auf, dass das Haus auch eine sehr männliche Note hatte, was die dunklen Möbel noch unterstrichen. Trotzdem wirkten ihre Sachen nicht fehl am Platz. Im Gegenteil: Sie sahen aus, als gehörten sie dorthin.

Er nahm sich eine Unterhose aus der Kommode, zog sie an und ging dann zum Fenster und schaute zu Fiona hinunter, die am Geländer lehnte. Sie starrte in die Ferne, ihr Haar war zerzaust und sie hatte ein Bein angewinkelt, sodass nur die Zehen den Terrassenboden berührten. Sie zu beobachten, wenn sie es nicht mitbekam, rührte an einer Saite in ihm. Er war wirklich gemein zu ihr gewesen, bevor sie wieder zusammengekommen waren, und er wollte es wiedergutmachen. Für den Rest seines Lebens.

Er ging ins Bad, wusch sich das Gesicht und putzte sich die Zähne. Dann ging er nach unten auf die Terrasse.

»Hi«, sagte er, als er von hinten die Arme um sie legte und

ihr einen Kuss auf den Nacken gab.

»Es ist so wunderschön hier. L. A. kommt mir vor, als sei es in einer anderen Welt.«

»Zwei Stunden mit dem Auto – nicht ganz in einer anderen Welt, aber weit genug weg.«

Sie drehte sich um und lehnte sich an seine Brust. »Mir gefällt es hier.«

»Mir gefällt es, dass du hier bist.« Er küsste sie auf den Mund. »Aus vielerlei Gründen.«

»Einen dieser Gründe habe ich gestern kennengelernt. Auf dem Sofa, in der Badewanne, auf deinem Bett.« Sie fuhr mit dem Finger über seine Brust.

»Nun spiel mal nicht den Unschuldsengel. Das auf dem Sofa hast du angefangen.« Er zog sie an sich und seine Hand entdeckte ihr nacktes Hinterteil. »Nanu, was haben wir denn hier?«

»Ich hab doch nur meinen Spitzentanga dabei«, flüsterte sie.

»Hast du Angst, die Rehe könnten dich hören?« Er gab ihr einen langsamen, köstlichen Kuss. »Meinst du wirklich, ich würde dich einfach so in ein einsames Haus in den Bergen entführen? Mit nichts als einem Cocktailkleid und einem Spitzentanga?«

»Ja?« Sie hob eine Augenbraue.

Jake lachte. »Ja, wahrscheinlich würde ich genau das tun, aber diesmal habe ich vorgesorgt. Ich habe den Typen, der mir das Auto zum Restaurant gebracht hat, gebeten, eine Tasche mit dem Nötigsten einzupacken. Es gefiel mir zwar nicht, dass er dafür in deinen Sachen wühlen musste, die in meinem Haus sind, aber es ging nicht anders.«

»Du denkst auch an alles.« Sie küsste ihn aufs Kinn und drängte ihre Hüften an seine.

»Du weißt doch: Eigentlich denke ich immer nur an das eine.«

Fiona errötete so süß, wie nur sie erröten konnte. Er küsste sie und ließ seine Hand über die Rundung ihres Hinterteils in die Wärme zwischen ihren Beinen gleiten.

»Jake«, flüsterte sie. »Ich glaube, ich bin süchtig nach dir.«

»Es gibt schlimmere Süchte.«

Er zog sie an sich und verschloss ihre Lippen mit einem Kuss, während seine Hand die herrliche Feuchtigkeit zwischen ihren Beinen erkundete. Sie war nass und bereit und wunderbar. Sie schob seine Boxershorts herunter und befreite seine Härte, dann zog sie das Hemd über den Kopf, das sie anhatte, und warf es auf den Boden.

»Lieber Himmel, Fi«, flüsterte er und hob sie hoch.

Sie schlang die Beine um ihn, legte ihm die Arme um den Hals und senkte ihre Mitte auf seinen harten Schaft.

»O Jake«, flüsterte sie mit heiserer Stimme.

Sie fühlte sich unglaublich an. Ihre Schenkel waren weich und warm und weit gespreizt, als sie in sengender Hitze aufeinandertrafen. Sanft neigte er ihren Kopf nach hinten, suchte ihre Lippen mit seinem Mund und trieb sie mit rhythmischen Stößen zu immer drängenderer Lust.

Mit einem Ruck löste sie ihre Lippen und sog keuchend die Luft ein. »Jake ... o Gott, Jake.«

Er war in ihr vergraben und spürte, wie der Druck zwischen seinen Beinen ins Unerträgliche wuchs.

»Komm, Baby«, drängte er und stieß immer schneller zu.

Hungrig presste sie ihren Mund auf seinen und er fing ihre Schreie mit seinen Lippen auf, als sie gleichzeitig den atemberaubenden Höhepunkt erreichten.

Er hielt sie an sich gedrückt, spürte das wilde Pochen ihres

Herzens und die letzten Ausläufer des Orgasmus in ihrem Körper. Er sehnte sich danach, für immer so zu bleiben, mit ihr verschmolzen. Die Wogen seiner Lust verebbten, ihr Körper sank langsam gegen ihn. Er liebte es, ihr Gewicht in seinen Armen zu fühlen. Er liebte alles an ihr und tief in seinem Herzen wusste er, dass es schon immer so gewesen war.

»Fi«, flüsterte er.

Sie lehnte sich zurück und sah ihn besorgt an. »Bin ich dir zu schwer?«

»Nein, Babe, nie.« Er küsste sie, tief und innig, um die drei Worte zurückzuhalten, die ihm auf der Zunge brannten und die sein ganzes Leben verändern würden.

*So, wie du mein ganzes Leben verändert hast.*

Er drückte sie wieder an sich und schluckte die drei Worte hinunter. Jetzt war nicht der richtige Augenblick. Sie sollte nicht nackt in seinen Armen liegen, wenn er ihr sein Herz überreichte.

Er stellte sie auf die Terrasse und reichte ihr das Hemd, das sie auf den Boden geworfen hatte. Mit Mühe unterdrückte er den Wunsch, ihr zu sagen, was er fühlte, und Fiona sah ihn an, als wüsste sie, dass er etwas vor ihr geheim hielt. Irgendetwas musste er sagen.

»Fährst du immer noch Geländemotorrad?« Er hatte keine Ahnung, weshalb ihm ausgerechnet diese Frage in den Sinn kam.

»Ist das die Frage, die dir auf den Nägeln brennt?« Sie knöpfte sich das Hemd zu, während sie ins Haus gingen. »Ich bin schon seit Jahren nicht mehr damit gefahren. Seit unserer Zeit in Trusty.«

*Nein, das ist es nicht, was ich dir sagen wollte, aber für den Moment muss es reichen.* Wenn er Fiona sagte, dass er sie liebte, wollte er es so tun, dass sie sich für immer daran erinnerte. Und es sollte so sein, wie sie es sich immer erträumt hatte. *Das* wollte er nicht vermasseln.

»Dann sollten wir es mal probieren. Komm, wir duschen und dann fahren wir in die Stadt und holen uns was zu essen. Und dann machen wir eine Spritztour.«

»Gibt es hier in der Nähe eine Stadt?«

Er lachte. »Einen kleinen Laden, das ist alles. Er wird dich an zu Hause erinnern.«

Fiona legte ihm den Arm um die Taille. »Nachdem ich gesehen hatte, wie du lebst, und dein Haus in L. A. gesehen hatte, bekam ich so meine Zweifel, ob mein alter Jake noch irgendwo in dir steckt.«

»Wenn du in Trusty aufgewachsen bist, bleibt immer ein Teil davon in dir.« Er gab ihr einen Klaps auf das Hinterteil, als er hinter ihr die Treppe zum Bad hochging.

# Neunzehn

»Ich hatte keine Ahnung, dass der Weg hinter dem Haus weitergeht«, sagte Fiona, als sie über den holprigen Fahrweg tiefer in den Wald hineinfuhren.

»Ich brauche eine Unterstellmöglichkeit für meinen Truck«, sagte Jake grinsend. Früher hatte er sich weder für tolle Autos noch für schicke Häuser interessiert. Früher war er urwüchsig und bodenständig gewesen. Fiona fragte sich, ob er in irgendeinem Schuppen einen aufgemotzten Monstertruck beherbergte, der zu seinem Lebensstil in L. A. passte.

Eine große Scheune kam in Sicht. Jake stieg aus, schloss das Vorhängeschloss an der schweren Metallkette auf und warf die Kette beiseite. Er schob das Tor auf und Fiona sah den zerbeulten alten Ford-Truck, mit dem er früher in Trusty umhergefahren war. Sie starrte ungläubig auf den Wagen. Eine Woge der Erinnerungen überschwemmte sie. Sie konnte es kaum fassen, dass er ihn behalten hatte. Es dauerte eine Weile, bis sie wahrnahm, was sonst noch in der Scheune stand: zwei Geländemotorräder, ein altes Motorrad und ein schwarzer Anhänger, auf dem vermutlich die Geländeräder transportiert wurden.

»Ich habe noch nie jemanden mit hierher genommen.«

»Hm, dann bin ich also die Erste. Welch eine Ehre.« Ihr Lächeln verriet nicht, wie tief es sie berührte, dass er ihr seine ganz private Oase zeigte. Diese Geste schien zu bestätigen, was sie früher am Morgen in seinen Augen gesehen hatte. Sie hatte das Gefühl, dass sich sein Herz weit geöffnet und sie mit Haut und Haaren verschlungen hatte.

»Das passt doch, oder? Schließlich warst du bei anderen wichtigen Ereignissen auch die Erste für mich.« Ein schiefes Lächeln stahl sich auf seine Lippen.

Ihre Wangen brannten, als sie daran dachte, wie sie sich das erste Mal geliebt hatten. Sie war gerade sechzehn geworden. Jake und sie waren damals seit ein paar Monaten zusammen und es schien, als könnten sie nicht genug voneinander bekommen. Ständig küssten und berührten sie sich, so wie jetzt. Sie fuhren zu einer Stelle in den Bergen, wo Jake oft mit seinem Geländemotorrad unterwegs war. Sie wusste noch genau, wie nervös sie beide waren. Jake hatte Decken, Kerzen und eine Flasche Wein mitgebracht, die er seiner Mutter stibitzt hatte. Den Wein rührten sie jedoch nicht an, weil er nicht trank, wenn er mit dem Truck unterwegs war. Er sagte ihr immer und immer wieder, dass er sie liebte. Sie wusste, dass sie ihn in sich spüren wollte, doch dieses Gefühl machte sie nicht verlegen oder ängstlich. Als sie ihn zum ersten Mal nackt sah, konnte sie nicht verstehen, wovor ihre Freundinnen sich fürchten, wie, dass er zu groß sein könnte. Sie wusste, dass der menschliche Körper dafür geschaffen war, also würde es schon passen. Das Einzige, was ihr Angst machte, war ihre Liebe für ihn. Sie machte sich Sorgen, dass alle Welt es ihr ansehen würde, wenn sie sich zum ersten Mal liebten. Irgendwie würden es alle wissen. Doch als ihre Körper an jenem kühlen Septemberabend zum ersten Mal miteinander verschmolzen und Jake sie festhielt, als wollte er sie nie wieder loslassen, war sie sich sicher, dass das, was sie taten, etwas ganz Besonderes nur für sie beide war. Es war nichts, womit sie angeben oder was sie sich anmerken lassen würde. Es war größer als das, größer als sie beide.

Und als sie ihn nun sah, groß und breitschultrig, mit demselben Blick voller Liebe in den Augen, da wusste sie, dass das, was sie miteinander verband, in den letzten Tagen noch viel größer geworden war.

Er hielt ihr die Autoschlüssel hin.

»Könntest du den Wagen reinfahren, wenn ich den Truck rausfahre?«

Sie nickte wortlos und fuhr mit der Hand über die Seite des alten grauen Trucks, wie gefangen in ihren Erinnerungen. Sie öffnete die Fahrertür und strich über den abgewetzten Ledersitz. Wie oft hatte sie neben Jake gesessen und den Kopf an seine Schulter gelehnt. Selbst damals roch er schon nach harter Arbeit und robuster Männlichkeit.

Jake lehnte in der offenen Tür. »Derselbe alte *Midnight*.«

*Midnight*, Mitternacht, hatte er den Wagen getauft, nachdem sie sich in jener Nacht zum ersten Mal geliebt hatten. Sie hatte es fast vergessen.

»Und du hast ihn all die Jahre behalten. Das hätte ich nicht gedacht …« Sie ging um den Wagen herum zur Heckklappe und berührte den silberfarbenen Griff. Auf der Ladefläche hatte sie sich immer wieder geliebt, irgendwo in den Bergen rings um Trusty.

Jake stellte sich zu ihr und sagte: »In diesem Truck stecken eine Menge guter Erinnerungen.«

»Ja«, erwiderte sie kaum hörbar. »Ich kann es immer noch nicht glauben, dass du ihn behalten hast. Ich hätte gedacht, dass du die Erinnerungen nur zu gerne losgeworden wärst.«

»Ich hatte es vor.« Er warf einen raschen Blick auf die Ladefläche, dann sah er Fiona an und zuckte die Schulter. »Aber immer wenn ich ihn verkaufen wollte, habe ich es nicht übers Herz gebracht.«

Sie schob die Finger in die Vordertaschen seiner tief sitzenden Jeans. »Ich bekomme jedesmal Magenschmerzen, wenn ich daran denke, wie sehr ich dir wehgetan habe, und ich weiß, wie schwer es für dich sein muss, mir zu vertrauen. Ich werde dich nie wieder verlassen, Jake. Danke, dass du genug Vertrauen zu mir hast, um mir eine zweite Chance zu geben.«

Er nahm ihr Gesicht in beide Hände und sah sie mit ernsten Augen an. »Babe, sieh dir den Mann an, dem du das sagst. Ich denke, wir hätten beide Grund genug, dem anderen nicht zu trauen. Doch eins habe ich mittlerweile gelernt: Es hat keinen Sinn, immer wieder durchzukauen, was wir im Leben getan oder nicht getan haben. Das hilft uns nicht, die Basis aufzubauen, die wir brauchen. Ich vertraue dir, Fi.« Er küsste sie auf die Stirn. »Und ich hoffe, du weißt, dass du mir ebenfalls vertrauen kannst.«

Sie nickte stumm, weil sie Angst hatte, loszuweinen, wenn sie etwas sagte.

»Wenn Beziehungen einfach wären, würden sie niemals wachsen.«

Er schwieg einen Moment, dann meinte er mit einem Blick auf das Auto: »Komm, lass uns den Wagen hier unterstellen und dann fahren wir einkaufen.«

Zwanzig Minuten später stiegen sie die Stufen zu einem alten Farmhaus hoch, über dessen Tür ein verwittertes Holzschild prangte: GEMISCHTWARENHANDLUNG stand darauf.

»Jake! Hey, Junge, wie geht's?« Ein weißhaariger Mann kam

hinter der Ladentheke hervor und umarmte Jake.

»Stu, schön dich zu sehen. Dies ist meine Freundin Fiona.« Jake griff nach ihrer Hand.

In Stus freundlichen Augen blitzte kurz Überraschung auf, dann wischte er sich die Hand an seiner Jeans ab und streckte sie Fiona entgegen.

»Deine *Freundin*? Aha.« Er hob anerkennend die Augenbrauen, so als gefiele ihm der Klang des Wortes Freundin ebenso wie ihr. »Schön, Sie kennenzulernen, Fiona.«

»Ganz meinerseits.« Seine Hand war warm und weich, wie seine Stimme.

Der Laden erinnerte Fiona an die altmodischen Geschäfte, die sie in Harborside in Massachusetts gesehen hatte, wo ihre Brüder Jesse und Brett lebten. Hinter der Ladentheke gab es eine verschlossene Vitrine mit Arzneimitteln, an den holzverkleideten Wänden hingen Metallschilder und mitten im Laden standen Regalreihen mit Waren aller Art. Fiona sah zwar einen Ständer mit Zeitungen, aber Klatschzeitschriften hatte Stu offenbar nicht im Angebot. Sie war selbst überrascht, als sie erleichtert aufatmete. Hier waren sie wirklich ganz weit weg von allem. Sie sah verstohlen zu Jake hinüber, der sich angeregt mit Stu unterhielt. Er wirkte viel entspannter als in der Stadt.

»Wie geht's Kathy?«, fragte Jake.

»Hat mich nach wie vor an der Kandare, wie die letzten dreißig Jahre«, antwortete Stu lachend. Er ging wieder hinter seine Ladentheke und zog das Kassenbuch zu sich heran.

»Dreißig Jahre? Alle Achtung. Grüß sie von mir, ja?« Jake ging mit Fiona die Regalreihen entlang. »Willst du lieber essen gehen oder zu Hause kochen?«

*Zu Hause.* Aus seinem Mund klang es warm und einladend. Sie musste wohl wirklich über beide Ohren verliebt sein, wenn sie in alles, was er tat und sagte, viel zu viel hineininterpretierte.

»Es wäre doch ganz schön, draußen zu grillen und zu entspannen. Oder möchtest du essen gehen?«

Er zog sie an sich und flüsterte: »Ich würde am liebsten von den Köstlichkeiten naschen, die es zu Hause gibt.«

Sie gab ihm einen spielerischen Klaps. »Du bist wirklich schrecklich.«

»Überrascht dich das?« Er gab ihr einen Kuss auf die Stirn und begann dann, den Einkaufskorb mit genügend Vorräten für eine ganze Armee zu füllen.

Schließlich hatten sie alles, was sie brauchten, und Stu addierte ihre Einkäufe mit seiner alten Registrierkasse, bevor er sie in Papiertüten verstaute.

»Wie lange seit ihr hier in den Bergen?«, fragte Stu.

»Wir fahren irgendwann morgen wieder nach Hause.« Jake zog seine Brieftasche hervor.

Fiona, die gerade eine Zeitung durchblätterte, sah auf, als sie Jake *wir* und *nach Hause* sagen hörte. Sie sollte wirklich aufhören, in allem eine tiefere Bedeutung zu sehen.

Als er die Geldscheine aus seiner Brieftasche zog, strich er mit dem Daumen über ihr Foto, so als sei es eine alte Angewohnheit. Sie hakte sich bei ihm unter und er gab ihr einen Kuss aufs Haar. Ein leiser Schauer durchfuhr sie und sie fragte sich, wie es sein konnte, dass sie ihn seit Ewigkeiten kannte und immer noch jede Berührung seiner Lippen ungeheuer aufregend fand.

»Okay, Babe?«

*Und wie!*

Nachdem sie die Lebensmittel im Haus verstaut und rasch gefrühstückt hatten, gingen sie zur Garage. Unter den Bäumen war die Luft kühl, doch Fiona fror nicht. Wie sollte sie auch, wenn der heißeste Mann der Welt den Arm um ihre Schultern gelegt hatte?

»Bist du sicher, dass du noch weißt, wie man damit fährt?«, fragt er, als er die Geländemotorräder hervorholte.

»Ich weiß es schon, aber das heißt nicht, dass ich es noch gut kann.« Ihr Magen flatterte nervös. »Wir machen aber keine verrückten Sachen wie über Rampen fahren oder so, nicht wahr?«

Jakes Lachen war Musik in ihren Ohren. »Das würde ich dir nicht antun. Sollen wir es lieber bleiben lassen? Wir könnten auch einfach einen Spaziergang machen.«

»Nein«, sagte sie rasch. »Ich bin nervös, aber auch gespannt. Ich möchte es probieren. Wir hatten früher solchen Spaß dabei. Es wird schon klappen.«

»Okay.« Jake ging in die Scheune und nahm zwei Helme von einem Regal.

Fiona hätte den ganzen Tag einfach nur dort stehen und sein Hinterteil anstarren können.

»Ich weiß, dass du guckst.«

Fiona musste lachen. Er hatte immer gemerkt, wenn sie ihn beobachtete. Es war, als hätte er seine Augen überall.

Jake grinste, als er mit den Helmen in der Hand zurückkam. »Ist schon okay. Ich kann auch nicht aufhören, dir auf den Hintern zu starren.« Bevor sie etwas sagen konnte, hatte er ihr einen Helm übergestülpt. »Wir fahren ganz langsam, und wenn du eine Pause brauchst, dann hältst du einfach an. Ich bin die ganze Zeit bei dir. Mach nichts, wobei du dich nicht wohlfühlst, okay?«

»Wird schon gutgehen.« Sie sah hinüber zu den dichten Wäldern, die ihr das Gefühl gaben, geborgen und von der Welt abgeschirmt zu sein, und wünschte sich, sie könnten für immer hierbleiben.

Ihre Blicke trafen sich. In der Luft zwischen ihnen glühte mehr als bloßes Verlangen. Jakes Augen wurde dunkel und er öffnete den Mund, als wollte er etwas sagen. Er trat näher und sah sie fragend an, sodass ihr Puls zu rasen begann. Sie legte die Hand auf seinen Arm, sie musste ihn berühren, um die Schwere seines Schweigens auszugleichen. Dann atmete er tief aus und schluckte herunter, was er hatte sagen wollen.

Er legte ihr die Hand auf die Hüfte und wies mit dem Kopf auf das Geländemotorrad. »Komm, starte es.«

*Sie* war bereits auf Touren. Mit zitternden Knien ging sie zum Motorrad. Ein Geländemotorrad ist etwas ganz anderes als ein normales Motorrad, schmaler, weniger solide. Es war ein schönes Rad, ihr war jedoch klar, dass es sich darauf viel ungestümer fuhr als etwa auf Jakes Motorrad. Für einen Augenblick ließ sie ihre Gedanken zu der Fahrt durch den Regen schweifen, als sie hinter ihm gesessen hatte, die Arme um seinen betörenden Körper geschlungen, während das kraftvolle Beben der Maschine …

*Schluss jetzt!*

Jake saß bereits auf seinem Rad und Fiona beeilte sich, ihres zu starten. Als sie den Lenker umfasste, erfasste sie ein unbändiges Hochgefühl. O ja, sie wusste noch, wie man ein solches Rad fuhr, und sie erinnerte sich auch daran, wie kraftvoll es war. Der Motor ließ ihren ganzen Körper vibrieren, als sie Jake auf einem holperigen schmalen Weg durch den Wald folgte. Das schrille Knurren der Motorräder erfüllte die Luft, sie spürte den Wind auf ihrer Haut und genoss das Gefühl der Freiheit, das er mit sich brachte. So ausschweifend Jakes Lebensstil geworden sein mochte, so sehr hatte sich ihre Welt verengt. Wenn sie es richtig wild trieb, dann ging sie mit Trish oder Shea tanzen.

Das hier war so viel besser.

Adrenalin schoss durch ihre Adern und hinterließ einen Hunger nach mehr. Mehr Freiheit. Mehr Stärke. Mehr Spaß. Sie sah Jake auf seinem Motorrad, sah das Spiel seiner mächtigen Muskeln, als er vor ihr den Weg entlangjagte, und wusste, dass sie mit ihm all diese Dinge erleben konnte, in der Geborgenheit seiner Fürsorge. Alle paar Minuten drehte er sich zu ihr um, um sich zu vergewissern, dass alles in Ordnung war, nickte ihr kurz zu und sah dann wieder nach vorn. Er hatte sie immer beschützt und in ihrem Innern wusste sie, dass er auch in Zukunft auf sie achtgeben würde, auch wenn er sie bei dem Dinner am Freitagabend aus den Augen gelassen hatte. Eine Freundin zu haben war für ihn so neu wie L. A., seine Lebensweise und ihre Beziehung es für sie waren. An manches würden sie sich erst mit der Zeit gewöhnten, doch sie war dankbar und glücklich, dass es ihnen gelungen war, die Trennung hinter sich zu lassen, die ihnen beiden so viel Schmerz bereitet hatte.

Eine halbe Stunde später lichtete sich der Wald und machte sonnenbeschienenen Wiesen Platz. Sie fuhren einen schmalen Weg hoch bis zu einer Hügelkuppe, von der aus sie einen herrlichen Blick auf die umliegenden Berge hatten. Dort hielten sie an und stellten den Motor aus, doch Fionas Körper hörte nicht auf zu vibrieren.

Sie nahm den Helm ab und hängte ihn an den Lenker.

»Das ist wunderschön«, sagte sie.

»So wie du.« Er streckte ihr die Hand entgegen und half ihr abzusteigen.

»Du Schmeichler.« Sie stellte sich auf die Zehenspitzen und küsste ihn. Er duftete nach Sonne und Wind.

Er nahm sie bei der Hand und ging mit ihr zum Rand des Hügels. Dort ließ er sich ins Gras sinken und zog sie zu sich herunter. Seufzend legte er ihr den Arm um die Schulter. »Es gefällt mir, wieder mit dir zusammen zu sein.«

»Mir auch.«

»Nun, du bist immer mit dir zusammen, aber für mich ist es etwas Besonderes«, sagte er lächelnd und zog sie zu einem raschen Kuss an sich. »Du hast verdammt sexy ausgesehen auf diesem Motorrad. War es okay für dich?«

»Es war herrlich und wild. Ich hatte ganz vergessen, wie wunderbar es ist. Und ich hatte überhaupt nicht gemerkt, wie langweilig mein Leben geworden ist. Ich arbeite acht bis zehn Stunden am Tag, manchmal im Büro, sonst im Gelände. Meist zelten wir, das macht Spaß, aber es ist Arbeit, keine Freizeit. Ich vermisse solche Sachen wie diese Fahrt. Ich vermisse es, einfach mal einen Nachmittag zu genießen.« Sie legte die Hand über die Augen und betrachtete ihn. Er war unrasiert und sein Haar war vom Helm zerzaust. Die Muskeln an seinen Armen wölbten sich und er war brandheiß, heißer als alle Männer, die sie jemals gesehen hatte. Daneben strahlte er jedoch etwas aus, was vor einer Woche noch nicht da gewesen war. Er war warmherzig und aufmerksam und das leise Lächeln, das seine Lippen umspielte, spiegelte sich auch in seinen Augen.

»Ich habe mir gewünscht, mit dir zusammen zu sein, aber ich wusste gar nicht mehr, wie hinreißend es ist, Zeit mit dir zu verbringen.«

Er wackelte anzüglich mit den Augenbrauen.

»Das meine ich nicht. Doch, natürlich ist das auch hinreißend, aber ich meinte jetzt, wirklich bei dir zu sein. Du bist so lebendig. Ich kenne niemanden, bei dem ich mich so wach und energiegeladen fühle wie bei dir, und das hat nicht nur mit dieser Fahrt mit den Motorrädern oder mit der spektakulären Aussicht hier zu tun. So würde ich mich auch fühlen, wenn wir den ganzen Tag in deinem Haus geblieben wären.« Sie legte ihm die Hand auf die Wange. »Es hat mit dir zu tun, Jake. Ich habe dich wirklich vermisst.«

Er küsste sie sanft. »Und ich kann es kaum glauben, dass wir wieder zusammen sind. Du hast dir wenigstens erlaubt, an mich zu denken. Ich kann es nicht fassen, dass ich mich so viele Jahre gegen die Erinnerungen gewehrt habe. Es gab Zeiten, in denen mich dieser Kampf gegen die Erinnerungen fast umgebracht hat, weil der Schmerz so groß war, doch ich habe mir eingeredet, dass es noch viel, viel schlimmer sein würde, wenn ich die Erinnerungen zuließ.« Er schüttelte den Kopf und starrte hinaus auf die Berge. »Ich habe mich gründlich geirrt und das macht mich fertig. Ich hasse es, wenn ich mich irre.«

Er neigte den Kopf und sah sie lächelnd an. »Und wenn ich mich nicht so gewehrt hätte, wären wir vielleicht viel früher wieder zusammengekommen.«

Jake zeigte auf einen Habicht, der mit weit ausgebreiteten Schwingen am Himmel segelte. »Ich wünschte, ich wäre ein Habicht. Den ganzen Tag nur jagen und fliegen. Niemand, bei dem man Eindruck schinden muss, keine Terminpläne.« Er holte tief Luft, als würde er sich für etwas rüsten. »Mein Leben ist verrückt, Fi. Du hast ja es ja selbst gesehen. Tage wie heute haben Seltenheitswert.«

»Ich weiß.« Sie senkte den Blick und wappnete sich innerlich gegen das, was nun kommen würde: ein zarter Hinweis, dass sie sich besser nicht zu sehr daran gewöhnte, Zeit mit ihm zu verbringen.

»Aber einen guten Teil davon habe ich selbst in der Hand.«

Sie sah ihn an und begegnete scheinbar gelassen seinem

ruhigen Blick. Dabei pochte ihr Herz so heftig, dass es zu zerspringen drohte.

»Du weißt, dass ich nichts versprechen will, was ich nicht halten kann – dafür kennst du mich gut genug.«

Sie nickte stumm. Fast hätte sie ihn daran erinnert, dass sie diejenige gewesen war, die ihm ein Für-immer-und-ewig versprochen und ihn dann verlassen hatte.

»Ich erwarte nichts von dir, Jake. Ich habe nie aufgehört, dich zu lieben. Ich hatte mir eine zweite Chance für uns gewünscht und die hast du uns gegeben, doch ich erwarte nicht, dass du mir sonst noch etwas versprichst.«

Er nickte kurz, bevor er den Blick abwandte. Er legte den Arm um sie und drücke sie an sich. Eine Weile saßen sie so da, dann stand er auf und zog sie hoch. Ohne ein Wort nahm er ihre Hand und ging mit ihr auf eine kleine Baumgruppe zu.

»Was willst du, Fi?«, fragte er schließlich.

Unter den Bäumen roch es nach Fichten und Gras, vermischt mit einem leisen Moschusduft. Fiona meinte, den Geruch von Angst zu spüren, und ihr wurde klar, dass er von ihr kam. Was sollte sie ihm antworten? Sollte sie ehrlich sein? *Dich, Jake. Ich will dich. Für immer.* Sie zögerte. Vielleicht hatte er nach ihrer romantischen Zeit zusammen noch einmal darüber nachgedacht, was er wirklich wollte. Vielleicht bedauerte er, dass seine Freunde nun nicht mehr unangekündigt in sein Haus kommen würden oder dass er den Frauen auf ihre SMS geantwortet hatte, er sei vergeben.

Ihr Magen zog sich zusammen.

»Ich glaube, ich weiß es nicht.« Das war wenigstens ehrlich. Nun war er wieder an der Reihe. Sie hätte ihn gerne gefragt, was er wollte, doch dann bekam sie Angst vor seiner Antwort.

Sie setzten sich auf einen umgestürzten Baumstamm. Jake

zupfte einen Grashalm ab und wand ihn sich um den Finger.

Schweigend saßen sie nebeneinander, bis Jake schließlich fragte: »Willst du wissen, was ich will?« Er ließ den Grashalm fallen und stützte die Ellenbogen auf die Knie.

»Ich weiß nicht. Will ich es wirklich wissen?« *Bitte sag Ja. Bitte, bitte sag, dass ich die Antwort hören will.*

Er hob ihr Kinn mit dem Zeigefinger und sah ihr lange und eindringlich in die Augen, was sie noch nervöser machte.

»Fiona Steele«, flüsterte er kaum hörbar. Seine Stimme klang vertraut und eindringlich zugleich. »Ist das Angst, die ich da in deinen Augen sehe?«

»Vielleicht«, sagte sie zögernd.

Er runzelte die Stirn. »Warum, Fi?«

Sie presste die Lippen zusammen, um nicht loszuweinen. *Weil ich dich liebe. Weil ich es nicht hören will, wenn es für dich nicht mehr so ist wie gestern Abend.*

Warum machte sie sich solche Sorgen? Als sie seinem Blick begegnete, erkannte sie, dass ihre Liebe zu ihm noch tiefer geworden war. Die Angst, ihn nun zu verlieren, ließ sie ins Bodenlose taumeln. Es gab keine andere Möglichkeit. Wenn sie es ihm nicht sagte, würde sie sich nur noch mehr sorgen und sich noch unsicherer fühlen. Und eigentlich wollte sie so nicht sein.

»Weil ich dich liebe, Jake, wie ich dich immer geliebt habe.« *Warum rede ich so laut?* Nun ließ sich die Wahrheit nicht mehr aufhalten, sie strömte unaufhaltsam aus ihr heraus. »Weil ich in deinen Armen aufgewacht bin und davon geträumt habe, dass es jeden Tag so sein würde, für den Rest meines Lebens.« Sie konnte nicht länger stillsitzen, also stand sie auf und ging hin und her. »Weil ich nicht will, dass du mir sagst, du hättest es dir anders überlegt. Dass es alles ein Irrtum war. Dass du jede

Nacht eine andere Frau brauchst oder … oder…«

Jake stand ebenfalls auf und sie wandte sich ab. Nun hatte sie sich unsterblich blamiert. Sie schloss die Augen und hielt die Luft an. Wenn ihr doch Flügel wachsen könnten! Dann würde sie sich in die Lüfte schwingen und davonfliegen, wie der Habicht. Plötzlich spürte sie seine Hände auf ihren Hüften.

»Bist du fertig?«

»Ich glaube schon, aber ganz sicher bin ich mir nicht.« Sie kniff die Augen noch fester zusammen.

»Hm.«

Selbst mit geschlossenen Augen wusste sie, dass er näher kam, fühlte seinen warmen Atemhauch an ihrer Wange.

»Wenn du die Augen nicht aufmachst, gehen meine Hände vielleicht auf Wanderschaft.«

Sie lachte und machte die Augen auf. *Jepp.* Seine breite Brust war direkt vor ihr, nur mit einem dünnen schwarzen Tanktop bekleidet, dass sie ihm am liebsten vom Leib gerissen hätte, damit sie seine Haut berühren und küssen und sich daran weiden konnte. Sie lehnte die Stirn an seine Brust und sog ihn mit jedem Atemzug in sich ein.

»Deine Hände machen sowieso, was sie wollen.« Sie hob den Kopf und begegnete seinem ernsten Blick.

»Stimmt, aber ich wusste, dass dich das zum Lachen bringen würde.« Er hakte seine Finger in ihre Gürtelschlaufen und zog ihre Hüften an seine. Der jähe Zusammenprall jagte einen Schauer durch ihren Körper. Auf keinen Mann hatte sie je so reagiert wie auf Jake. Wenn er sie wegschicken sollte, säße sie wirklich in der Klemme. Für jeden anderen Mann wäre sie fortan verdorben.

»Diese Seite von dir bekomme ich nicht oft zu Gesicht.«

Sie verdrehte die Augen. »Unsinn. Ich bin doch wie ein

offenes Buch für dich.«

»In mancher Hinsicht vielleicht schon. Aber so kenne ich dich noch nicht.« Er presste seine Härte an sie. »Nun, das kenne ich sehr gut, aber ich glaube, ich habe dich noch nie so verlegen und verwirrt gesehen. Irgenwie gefällt es mir.«

Sie boxte ihn leicht auf die Brust, doch insgeheim hoffte sie, dass er weiterreden würde.

»Du bist hinreißend, wenn du verwirrt bist.« Er küsste sie auf die Stirn.

»Was du machst, ist nicht gerade hilfreich.« Durch seine Worte fühlte sie sich ein bisschen besser, aber die Schmetterlinge in ihrem Bauch waren immer noch in hellem Aufruhr, weil er um das eigentliche Thema herumschlich wie die Katze um den heißen Brei.

»Okay, du hast recht. Kommen wir zur Sache. Du liebst mich also.« Er lächelte.

Als er nicht weitersprach, hätte sie ihn am liebsten geschüttelt. Offenbar hatte er seinen Spaß daran, sie zappeln zu lassen. Er grinste sie gut gelaunt an.

»Okay, ja«, sagte sie schließlich. Er würde sie noch wahnsinnig machen. »Ich liebe dich.«

»Gut. Hätten wir das also geklärt.«

Er wandte zum Gehen, doch sie hielt ihn an seinem Tanktop fest.

»He, hiergeblieben. Du kannst mich doch nicht einfach so hängen lassen, du Idiot.«

Er lachte und schlang die Arme um sie. Immer noch lachend verschloss er ihren Mund mit einem Kuss.

»Was willst du denn wissen? Wie gerne ich dich küsse? Hast du das nicht inzwischen selbst gemerkt?« Er küsste sie noch einmal, eifrig und verboten gut. »Oder soll ich dir sagen, dass ich liebend gern in dir vergraben bin? Ich könnte es dir an Ort und Stelle beweisen.«

»Nein!« Sie lachte. »Moment. Ja!«

Es folgte ein weiterer Kuss auf ihren lachenden Mund.

»Oder vielleicht möchtest du hören, dass ich dir gehöre, ganz und gar, mit meinem Herzen, meinen Gedanken und meinem Körper? Nur dir?«

Als er seine Stirn an ihre legte, lief ihr eine Träne über die Wange.

»O Jake.«

»Ich musste mich einfach in dich verlieben, ich hatte gar keine Chance, es nicht zu tun. Ich habe nie aufgehört, dich zu lieben, ich musste mich also gar nicht *wieder* in dich verlieben. Ich musste nur zulassen, dass ich wieder etwas *fühle*. Ohne dich hätte ich das nicht geschafft. Ich liebe dich, Fiona.« Seine Stimme klang sanft. »Eigentlich hatte ich eine romantischere Szene im Sinn, aber ich kann es nicht ertragen, wenn du so besorgt und unglücklich bist.« Er nahm ihre Hand und sah ihr liebevoll in die Augen. »Ich will nicht jede Nacht eine andere Frau und ich denke auch nicht, dass dies hier ein Irrtum war. Du hast mich aufgeweckt, Fi. Und das ist verdammt nochmal das Beste, was mir passieren konnte.«

Er streifte sacht ihre Lippen und flüsterte: »Ich bin so dankbar, dass du mich nicht aufgegeben hast. Du wusstest, was ich brauchte, und ich brauchte dich. Ich liebe dich, Fiona, von ganzem Herzen.«

Ihre Lippen trafen sich in einem langen Kuss voller Liebe, der jedes seiner Worte unterstrich.

<h1 style="text-align:center">Zwanzig</h1>

Am Sonntag wachte Jake wie fast jeden Tag noch vor dem Morgengrauen auf. Eigentlich war das die Zeit für ihr tägliches Lauftraining, doch Fiona lag süß und weich halb neben, halb auf ihm, und da war Laufen das Letzte, was ihm in den Sinn kam. Seit dem Tag, an dem sie wieder zusammengekommen waren, hatte er eine Veränderung an sich wahrgenommen. Und seit er Fiona seine Gefühle für sie gestanden hatte, hatte er sich noch mehr geöffnet und wurde immer mehr zu dem Mann, der er früher war. Die Knoten in seinem Magen lösten sich allmählich, und der Druck, ununterbrochen irgendetwas zu tun, ließ nach. Bevor Fiona wieder in sein Leben getreten war, hatte er gar nicht bemerkt, wie zerstörerisch seine Lebensweise gewesen war.

Fiona hatte ihr Bein quer über seine Schenkel gelegt, ihr Arm ruhte auf seiner Brust. Ihr Atem bewegte seine Brusthaare gerade so sehr, dass es kitzelte. Er fuhr mit der Hand über die Rundung ihrer Hüfte und sie seufzte im Schlaf. Ihre Lippen waren halb geöffnet. Seine Gedanken gingen zurück zu dem vorangegangenen Abend. Sie hatten auf der Terrasse gegrillt und nach dem Essen hatten sie einen Spaziergang gemacht und sich danach eine Flasche Wein geteilt. Bis tief in die Nacht saßen sie zusammen in einem Liegestuhl und schauten in die Sterne. In die Sterne! Wie hatte er sich so rasch verändern können? Die Sterne hatten ihn seit Teenagertagen nicht mehr interessiert.

Er sah aus dem Fenster. Die Sonne ging gerade auf. In diesem Moment drehte sich Fiona um und bot ihm einen herrlichen Blick auf ihr Hinterteil, ein Anblick, der nicht ohne Wirkung blieb. Er schob sein Bein von hinten über ihres und legte ihr von hinten den Arm um die Schulter, dann drückte er den Kopf an die Rückseite ihres Arms, sodass er ihre schmale Gestalt fast ganz einhüllte. Unter dem Duft nach Seife, der von dem Bad übrig war, dass sie am Abend zuvor gemeinsam genommen hatten, nahm er ihren einzigartigen, ungeheuer weiblichen Duft war, den er anbetungswürdig fand. Sie atmete tief und er drückte seine Lippen auf ihre warme Haut. Diese Art der Nähe und Vertrautheit hatte er so sehr vermisst. Er wollte nie wieder ohne sie aufwachen. Endlich verstand er, wie seine Geschwister sich so schnell verlieben konnten. Er hatte Stein und Bein geschworen, dass er sich nie wieder auf eine monogame Beziehung einlassen würde, doch kaum hatte er Fiona zum ersten Mal wieder geküsst, war es alles, was er wollte. Dieser Sinneswandel überraschte ihn, aber er hatte nicht das Geringste dagegen einzuwenden.

Wie konnten alle, die ihm nahestanden, wissen, was er brauchte, und wie konnte er selbst es vollkommen übersehen? Er drückte Fiona fester an sich. Bisweilen fragte er sich, warum sie nicht längst von einem anderen Mann weggeschnappt worden war, doch eigentlich wusste er, dass ein anderer Mann keine Chance bei ihr gehabt hätte. Ihre Liebe zu ihm war in allem spürbar, was sie tat und sagte. Diese Liebe war größer als sie beide, ebenso wie seine Liebe zu ihr.

Sie drehte sich um und lächelte ihn schlaftrunken an.

»Gehen wir laufen?«, fragte sie.

Er gab ihr einen Kuss auf die Wange und in diesem Augenblick erkannte Jake, dass er sich gar nicht so sehr verändert hatte. Fiona hatte bloß den Schutzpanzer durchbrochen, den er mit sich herumgeschleppt hatte, und die Schichten abgetragen, bis der zum Vorschein kam, der er wirklich war. Er fühlte sich freier als je zuvor in seinem Leben.

»Sollen wir das Laufen nicht ausfallen lassen?« Er strich mit dem Daumen über ihr Kinn, dann folgten seine Lippen derselben Spur.

»Aber …« Sie schloss die Augen, als er sich zu ihrer Brust hinunterküsste und mit der Zunge über ihre Brustwarze fuhr. »O Gott.«

»Ich nehme an, das heißt Ja.« Mit dem Knie öffnete er ihre Beine und schob sich auf sie.

Sie drückte seine Hüften fest an sich. »Ich denke, so können wir uns viel besser Bewegung verschaffen.«

Er senkte seine Lippen auf ihre, als sie miteinander verschmolzen. Ihre betörenden Rundungen, ihre feuchte, warme Mitte, ihr köstlicher Mund – alles an ihr fühlte sich vertraut an. Ihre Körper bewegten sich in perfekter Harmonie, und als er ihr in die Augen sah, wusste er, dass sie genau wie er das Gefühl hatte, zu Hause angekommen zu sein. Seine Hand glitt tiefer, doch bevor er ihre Hüften anheben konnte, kam sie ihm entgegen und nahm ihn tiefer in sich auf. Ihre Augen schlossen sich.

Er schmiegte sich an ihren Hals. »Du fühlst dich wunderbar an.«

»Du … auch.« Sie biss sich auf die Unterlippe und er musste einfach mit der Zunge darüberfahren. Die Berührung steigerte ihre Erregung noch. »Härter«, flüsterte sie.

Ihre Hüften wölbten sich ihm entgegen und er packte ihr Hinterteil, um noch tiefer in sie stoßen zu können.

»Jake«, keuchte sie und warf den Kopf nach hinten.

»Komm, Baby.« Mit einer Hand schob er ihr Knie hoch. »Komm, Fi. Zeig mir, wie sehr du mich willst.«

Ihre Lider zuckten, ihr Lippen bewegten sich, doch sie brachte kein Wort heraus. Er wusste, dass sie kurz vor dem Höhepunkt war, spürte, wie sich ihr Körper anspannte und sich ihre Nägel in seine Haut gruben. Zwei harte Stöße und ihr Innerstes zitterte und bebte um ihn.

»Nochmal«, drängte er sie, während er ihr anderes Knie hochschob, sodass ihre Beine noch weiter gespreizt waren und ihn noch tiefer eindringen ließen. Jake konnte sich kaum noch zurückhalten, doch Fiona auf dem Gipfel der Lust zu sehen, gehörte zum Schönsten, was er je erlebt hatte. Erst riss sie die Augen auf, dann schloss sie sie und stieß einen Schrei aus, der ihn wie ein Blitz durchzuckte und ihn zum Höhepunkt trieb. Er stieß in sie, bis die letzten Wogen seiner Erregung verebbt waren, und gab ihr einen atemberaubenden Kuss, bevor er sich schweißgebadet und zufrieden neben sie legte.

Er wusste nicht, wie lange sie Hand in Hand dagelegen hatten, doch als sie schließlich geduscht und sich angezogen hatten, war die Sonne längst aufgegangen, und er wünschte sich, sie könnten das Wochenende noch einmal von vorn anfangen.

Fiona machte Eiweißomelett und Toast zum Frühstück. Sie aßen auf der Terrasse, und als sie fertig waren, zerkrümelte sie ein Stück Toast auf dem Terrassengeländer.

»Für die Vögel«, sagte sie lächelnd. »Hörst du sie zwitschern? Das ist so schön.«

»Ich weiß gar nicht, wann ich die Vögel das letzte Mal

wahrgenommen habe. Oder nehme ich mir einfach nicht die Zeit dafür.« Er hatte vergessen, wie gerne sie alle möglichen Tiere fütterte. »Als wir noch in Trusty wohnten, habe ich sie ständig gehört. Aber das hatte vielleicht damit zu tun, dass du überall Vogelfutter ausgestreut hast. Auf der Terrasse an unserem Haus, zum Beispiel, oder bei deiner Mom.«

Fiona lächelte. »Erinnerst du dich noch an den ersten Sommer, als wir zusammen waren? Damals wolltest du mir einreden, dass ich Bären anlocke, wenn ich Futter für die Vögel ausstreue, und du müsstest dann mit den Bären kämpfen.«

»Irgendetwas musste ich doch tun, damit du glaubst, ich sei der härteste Bursche überhaupt.« Er klopfte sich auf die Brust und ließ seine Muskeln spielen.

»Jede Frau sieht sofort, dass du ein großer, starker Kerl bist.« Sie kletterte auf seinen Schoß und legte die Arme um seinen Hals. »Selbst wenn du einfühlsam und liebevoll bist, bist du stark. Dein Blick geht mir durch und durch. Wenn du mich anfasst, würde ich am liebsten geradewegs ins Schlafzimmer rennen.« Sie drückte ihre Lippen auf seinen Mund und rieb ihr Hinterteil an seinen Lenden. »Und dieses Riesending zwischen deinen Beinen? Davon fangen wir besser gar nicht erst an. Wilde Tiere sind zahm dagegen.«

Er fasste in ihr Haar und zog sanft daran, was ihm einen verführerischen Blick einbrachte. Fast hätte er sie genommen und zurück ins Schlafzimmer getragen, doch er hatte schon andere Pläne für den Tag.

»Verstehst du, warum ich dich liebe? Du bist gut für mein Ego.«

»Warum trägst du mich dann nicht nach oben und beweist mir, wie furchtbar männlich du bist.«

So viel zu seinen Plänen …

Als sie schließlich aufbrachen, war es fast Mittag. Sie hatten nur zwei Nächte in dem Haus in den Bergen verbracht, doch es fühlte sich an wie eine Ewigkeit. In Jakes Truck herumzufahren war pure Nostalgie gewesen und Fiona war aufgefallen, dass Jake in seinem einfachen Holzhaus viel glücklicher wirkte als in der Stadt. Nachdem er ihr seine Liebe gestanden hatte – und die Erinnerung an diesen Augenblick ließ sie immer noch am ganzen Körper kribbeln –, schien er gelöster und lockerer. Er lächelte öfter, berührte sie jedes Mal, wenn sie an ihm vorbeiging, und wenn er sie liebte … Oh, wie er sie liebte! In seinen Armen hatte sie das Gefühl, in eine ganz andere Welt einzutauchen und endlich wieder sie selbst sein zu können. Sie hatte noch nicht mit vielen Männern geschlafen und keiner von ihnen reichte auch nur annähernd an Jake heran. Die Emotionen und der Hunger, die sie verspürte, wenn sie mit ihm zusammen war, waren einzigartig.

Auf ihrer Rückfahrt in die reale Welt, wie Jake sie nannte, gingen Fionas Gedanken zu ihrem Job und zu dem Leben, das in Fresno auf sie wartete. Bisher hatte sie die neue Stelle, die ihr Chef ihr angeboten hatte, und die Tatsache, dass ihre reale Welt so weit von Jakes entfernt war, erfolgreich verdrängt. Sie hatte sich vorgenommen, die neue Stelle abzulehnen, falls Jake und sie wieder zusammenkommen sollten. Diese Entscheidung hatte sie getroffen, bevor sie nach L. A. aufbrach, um als Trishs Assistentin am Set zu arbeiten, und sie wusste, dass sie das Thema früher oder später angehen musste. Aber nicht gerade jetzt.

Sie warf Jake einen raschen Blick zu und war überrascht, wie ernst er aussah und wie fest er das Lenkrad umklammerte.

»Alles okay?«, fragte sie.

»Ja«, antwortete er knapp. Er nahm zwar ihre Hand, sah ihr aber nicht in die Augen.

»Sicher?« Sie überlegte, ob er an seine Arbeit dachte oder ob er befürchtete, dass er etwas Wichtiges verpasst hatte. Oben in den Bergen hatten ihre Handys nicht funktioniert, und als sie wieder Empfang hatten, musste er gleich ein paar SMS beantworten, die in der Zwischenzeit eingegangen waren. Fiona war sich seiner so sicher, dass sie sich mittlerweile keine Gedanken mehr darüber machte, von wem die SMS wohl stammten.

Er sah sie kurz an. »Es ist … nichts.«

*Oh-oh.* »Jake, das klingt aber gar nicht nach *nichts*. Es klingt eher, als würde eine ganze Menge dahinterstecken.«

»Tut es auch, aber es ist nichts Gutes. Ich bin ein Idiot, dass ich überhaupt darüber nachdenke. Und ein noch größerer Idiot, dass ich dich danach frage.« Seine Hand packte das Steuer noch fester.

»Jetzt mache ich mir aber wirklich Sorgen.«

Jake schwieg.

»Jake, wenn du mit mir zusammen sein willst, müssen wir in der Lage sein zu kommunizieren. Ich denke, wir haben schon ein paar knifflige Situationen ganz gut gelöst, daher kann ich mir gar nicht vorstellen, weshalb du dich jetzt so aufregst. Spuck's einfach aus.«

Wieder sah er sie aus den Augenwinkeln an und hielt ihre Hand viel fester, als er es sonst tat.

»Okay, aber du musst versprechen, dass du mich dafür nicht hasst.«

»Warte. Ich bin mir nicht sicher, ob ich das hören will. Es

fühlt sich an, als hättest du mir gerade ein Messer in den Bauch gerammt.« Sie blickte aus dem Fenster und überlegte fieberhaft, wovon um Himmels willen er redete.

»Für mich fühlt es sich so an, ja.« Seine Stimme klang rau.

Fiona drehte sich wieder zu ihm. »Sag's mir einfach, sonst wird mir noch schlecht.«

»Es ist nur … Fi, ich bete dich an. Ich meine, wenn ich an dich denke, dann denke ich nicht nur an den Sex, obwohl er mit dir einfach traumhaft ist. Ich liebe alles an dir, aber Sex gehört natürlich auch dazu. Und wenn ich mir vorstelle, dass du andere Typen, mit denen du zusammen warst, so angemacht hast wie mich … Ich komme damit nicht klar.« Er umklammerte das Steuer so, dass seine Fingerknöchel weiß hervortraten.

Fiona musste unwillkürlich lachen, schlug sich aber schnell die Hand vor den Mund.

»Moment mal.« Sie versuchte, ihr Lachen herunterzuschlucken, das mehr mit ihrer Aufregung und Erleichterung zu tun hatte und nicht damit, dass sie sein Eingeständnis witzig fand. »Habe ich das richtig verstanden? Mein Freund, der mehrere flotte Dreier eingestanden und mehr oder weniger mit jeder Frau geschlafen hat, die er kriegen konnte, ist eifersüchtig auf mich und mein karges Liebesleben in der Vergangenheit?«

»Hab ich dir doch gesagt, dass ich ein Idiot bin«, knurrte er.

Sie lachte wieder, diesmal über den Ärger in seiner Stimme.

»Jake, meinst du das ernst? Ich habe dir doch erzählt, dass ich die Männer, mit denen ich geschlafen haben, an einer Hand abzählen kann.«

»Es geht nicht darum, wie viele Männer du hattest. Es ist … die Vorstellung, dass du sie verführt hast. Dass du mit jemand anderem das gemacht hast, was du mit mir machst.«

Sie konnte nicht anders: Sie musste einfach ihren Spaß mit ihm treiben. »Aha, du willst dir also nicht vorstellen, dass ich das mit jemand anderem gemacht habe?« Sie löste ihren Sicherheitsgurt, beugte sich über die Mittelkonsole und rieb ihn durch seine Jeans hindurch. Dabei stöhnte sie so verführerisch sie konnte. Sein Körper reagierte sofort.

»Fi«, brummte er.

»Oder das?« Sie zog seinen Reißverschluss auf und schloss die Lippen um seinen Schaft, der ihr entgegensprang.

»Himmel, Fiona, ich baue gleich einen Unfall.«

Das gab ihr ein noch größeres Gefühl von Macht. Sie ließ ihn von oben bis unten in ihren Mund gleiten und genoss es, als sein ganzer Körper sich anspannte. Bisher hatte sie noch nie den Mut gehabt, einem Mann in einem Auto einen zu blasen, aber bei Jake gab es kaum etwas, was sie nicht tun wollte.

»Fi… o… na.«

Sie spürte die Anspannung in seinen Schenkeln und liebkoste die Spitze seiner Härte mit der Zunge, während sie ihn gleichzeitig immer fester rieb. Sie wusste genau, was sie tun musste.

»Fi … du … ich komme …«

»Dann solltest du vielleicht anhalten.« Er fuhr auf den Seitenstreifen und schaltete den Motor aus. Mit einem Knopfdruck senkte er die Rückenlehne ab.

»Himmel.« Er vergrub die Hände in ihrem Haar, während sich seine Hüften ihr entgegendrängten und er ihre Kehle mit seinem Samen füllte.

Er atmete schwer. Fiona verpackte ihn wieder in seiner Jeans, kletterte dann über die Mittelkonsole und legte sich auf ihn. Der Kuss, der nun folgte, war der heißeste Kuss, den sie je erlebt hatten. Er verschlang ihren Mund geradezu, schmeckte seinen Erguss auf ihrer Zunge, und als sich ihre Lippen schließlich voneinander lösten, starrte er sie mit loderndem Blick an.

»Du bist der einzige Mann, bei dem ich mich das jemals trauen würde«, gestand sie. »Du bist der einzige Mann, bei dem ich mich traue, die Iniative zu ergreifen.«

Die Anspannung wich aus seinem Körper.

»Aber du bist trotzdem ein Idiot, dass du mir das gesagt hast. Nach all dem, was du mit dem kleinen Kerl dort unten schon alles angestellt hast.« Sie wollte sich aufrichten, doch er zog sie an sich und küsste sie leidenschaftlich.

»Ich habe nie behauptet, dass ich etwas anderes bin als ein Idiot, Fiona. Bei keiner anderen Frau war ich jemals eifersüchtig oder besitzergreifend, aber bei dir bin ich es. Also, ich bin ein Idiot, aber ich bin dein Idiot und du liebst mich.«

»Das kann ich nur bestätigen.« Sie gab ihm noch einen Kuss, und als sie wieder auf den Beifahrersitz gerutscht war, meinte sie: »Dafür bist du mir was schuldig, das ist dir doch wohl klar.«

Er schüttelte grinsend den Kopf und richtete die Rückenlehne auf. »Wenn ich Gleiches mit Gleichem vergelten soll, muss ich mir aber ganz schön Mühe geben. Das war atemberaubend, Fiona.«

»Danke für das Kompliment.«

»Ich habe eine Überraschung für dich«, sagte er lächelnd. »Hat nichts mit Sex zu tun, aber ich verspreche, dass ich das bei nächster Gelegenheit wieder wettmache, wenn du magst.«

»Ich mag.« Sie beugte sich zu ihm und gab ihm einen Kuss auf die Wange, während er auf die Straße zurückfuhr. »In der letzten Zeit hast du mich immer wieder überrascht. Ich kann mir gar nicht vorstellen, was du sonst noch ausgeheckt haben könntest.«

»Dasselbe könnte ich von dir sagen.« Er ließ diese Bemerkung im Raum stehen und Fiona staunte, dass sie nicht rot wurde.

Statt zu seinem Haus fuhr er zum Naturgeschichtlichen Museum. Fiona hätte das Museum schon immer liebend gerne besichtigt, doch daran war nie zu denken gewesen, weil sie immer einen Bogen um L. A. gemacht hatte.

»Wahrscheinlich warst du schon mal hier, aber ich dachte, wir könnten es uns zusammen ansehen.«

Seine Aufmerksamkeit berührte sie und sie beschloss, ihm ehrlich zu sagen, warum sie noch nie in diesem Museum gewesen war. »Ich kenne es noch gar nicht. Bisher habe ich Los Angeles immer gemieden wie die Pest. Erst als mir Trish den Job am Set anbot, habe ich all meinen Mut zusammengekratzt und bin endlich hergefahren. Ich hatte solche Angst, dir zu begegnen. Ich weiß, es klingt verrückt, schließlich ist die Stadt ja riesig. Aber ich wollte nicht riskieren, dich mit einer anderen Frau zu sehen.«

Er hob eine Augenbraue. »Aha. Jetzt stehe ich mit meiner Eifersucht wohl nicht mehr ganz so schlimm da, oder?«

Sie verdrehte die Augen. »Wie dem auch sei … Das Museum ist übrigens wegen Renovierungsarbeiten geschlossen.«

»Stimmt.« Er parkte den Wagen, öffnete ihr die Autotür und zog sie an sich. Das tat er immer wieder und sie fand es jedes Mal wieder schön.

»Das Museum ist zwar geschlossen, aber wenn man die richtigen Leute kennt, ist das kein Problem.« Jake legte ihr den Arm um die Schulter und sie gingen zusammen über den leeren Parkplatz zu einer Tür mit der Aufschrift WARENANNAHME.

»Du kennst jemanden, der hier was zu sagen hat? Und wir

gehen wirklich hinein?« Die Aussicht ließ ihr Herz höher schlagen, und die Tatsache, dass Jake den Besuch organisiert hatte, machte ihn zu etwas ganz Besonderem.

Er klopfte an eine Tür. »Ja, wir gehen wirklich hinein. Und der Blue-Moon-Diamant ist auch noch da.«

Fiona riss die Augen auf. »Machst du Scherze? O mein Gott, Jake.« Kreischend vor Begeisterung schlang sie die Arme um ihn und bedeckte sein Gesicht mit Küssen.

»Wow, wenn ich gewusst hätte, wie glücklich es dich macht, hätte ich dich schon viel früher hierher gebracht.«

»Der Blue-Moon-Diamant hat zwölf Karat. Er wurde erst vor Kurzem entdeckt und mit seiner Farbe ist er einer der seltensten Edelsteine der Welt. Er gilt als absolut makellos und … o mein Gott, Jake, das ist der Wahnsinn.«

Die Tür ging auf, ein kleiner, dunkelhaariger Herr trat heraus und breitete die Arme aus.

»Jake, alter Kumpel.« Er umarmte Jake und klopfte ihm auf den Rücken. Dann wandte er Fiona seine Aufmerksamkeit zu. »Und das ist also Fiona.« Er schüttelte ihr die Hand. »Nett, Sie kennenzulernen. Ich bin Theo.«

»Hi, Theo. Haben Sie vielen Dank, dass Sie uns das Museum besichtigen lassen.« Sie grinste wie ein Honigkuchenpferd. Hand in Hand mit Jake folgte sie Theo in den Rundbau.

»Lasst euch Zeit und seht euch um. In ungefähr drei Stunden muss ich zuschließen.« Er gab ihnen Hinweise zu den Abteilungen und erklärte, welche Bereiche sie wegen der Renovierungsarbeiten meiden sollten. Dann entschuldigte er sich und ließ sie allein.

Fiona kam sich vor wie ein Kind in einem Süßigkeitenladen. Und dass Jake sich diese Überraschung für sie ausgedacht hatte, war einfach überwältigend. Sie konnte gar nicht aufhören zu strahlen.

»Wo möchtest du anfangen? Bei den Edelsteinen und Mineralien?«, fragte er.

»Lass uns zuerst zu dem Diamanten gehen. Den sollten wir auf keinen Fall verpassen. Und dann … Entscheide du, was wir dann machen. Ich möchte so viel wie möglich sehen, aber du weißt ja, dass ich alles hier faszinierend finde.«

Mithilfe des Plans, den Theo ihnen gegeben hatte, fanden sie den Diamanten.

»Woher kennst du Theo?«, fragte sie.

»Vor ein paar Jahren haben wir hier einen Film gedreht. Er ist ein netter Kerl.«

»Ganz bestimmt. Ich kann es immer noch nicht glauben, dass du das für mich getan hast. Danke, Jake. Das hätte ich mir niemals träumen lassen.«

»Ach, Träume … Erinnerst du dich, als wir noch zur Schule gingen und zusammen diese Dokumentarsendungen über Geologie im Fernsehen gesehen haben? Du weißt doch, dass ich mich immer für das interessiert habe, was dich interessiert.« Er gab ihr einen Kuss. »Beim Sex und auch sonst.«

»Ich verlasse mich darauf«, neckte sie ihn. Dabei wusste sie, dass ihr gemeinsames Leben nie langweilig werden würde und ihr Liebesleben schon gar nicht.

Inzwischen hatten sie den Raum gefunden, in dem der Blue-Moon-Diamant ausgestellt war. Er strahlte in prächtigem Blau und war noch schöner als auf den Fotos, die Fiona gesehen hatte.

»Er wurde in der Diamantmine in Cullinan in Südafrika gefunden. Es war einer der wichtigsten Funde der Welt. Was hätte ich nicht darum gegeben, wenn ich diejenige gewesen wäre, die ihn gefunden hat. Kannst du dir vorstellen, was die

Leute in diesem Augenblick empfunden haben?« Sie hatte die Augen weit aufgerissen und versuchte nicht einmal, ihre Begeisterung zu bremsen.

Das konnte sich Jake tatsächlich vorstellen. Vermutlich hatten sie das empfunden, was er empfand, als er Fiona zum ersten Mal seit mehr als einem Jahrzehnt geküsst hatte.

»Es muss der aufregendste Augenblick in ihrem Leben gewesen sein.«

Als er die Begeisterung in Fionas Augen sah, wurde es ihm warm ums Herz. Seine Überraschung erwies sich als voller Erfolg. Allmählich ging ihm auf, dass er fast nur mit sich und seiner Beziehung zu Fiona beschäftigt gewesen war und gar nichts über ihr Leben, ihren Job und ihre Freunde wusste.

Sie waren viel zu sehr mit dem Durcheinander beschäftigt gewesen, dass er in seinem Leben angerichtet hatte.

Diese schockierende Erkenntnis ließ ihn einen Moment lang erstarren. War er wirklich so selbstsüchtig geworden?

Von den Edelsteinen und Mineralien gingen sie weiter in die prähistorische Abteilung und von dort in die Sammlung mit den Säugetieren, und Jake bemühte sich, auf Fionas Begeisterung einzugehen. In Gedanken sah er sich jedoch mit dieser unliebsamen Wahrheit konfrontiert. Dass Fiona nichts gesagt hatte, wunderte ihn nicht.

*Sie kennt mich.*

Einerseits war es ein gutes Zeichen: Fiona liebte ihn trotz seiner Fehler. Andererseits war er entsetzt, wie sehr er mit sich selbst beschäftigt gewesen war und etwas so Wichtiges einfach unter den Tisch gefallen war. Ein weiterer Beweis dafür, wie weit er sich von dem Mann entfernt hatte, der er einmal war. Von nun an wollte er alles dafür tun, dass es Fiona gut ging.

Zuletzt besichtigten sie den *Aurora Butterfly of Peace*, eine weltberühmte Sammlung farbiger Diamanten, angeordnet in Form eines Schmetterlings. Fiona betrachtete die Edelsteine intensiv.

»Wusstest du, dass die beiden Männer, die das zusammengestellt haben, zwölf Jahre brauchten, um die Diamanten zu sammeln? Es sind zweihundertvierzig Diamanten.« Ehrfürchtig berührte sie den Glaskasten.

»Nein, das wusste ich nicht. Aber offenbar gibt es vieles, was ich nicht weiß«, antwortete Jake. *Zum Beispiel, wie ich aus meiner Selbstsucht herauskomme und mich als würdig erweise, mit dir zusammen zu sein.*

»Insgesamt haben die Diamanten einhundertsiebenundsechzig Karat und sie kommen aus der ganzen Welt: Russland, Südafrika, Brasilien, Australien. Das ist erstaunlich, nicht wahr? Dass sie all diese seltenen Fundstücke an einem Ort zusammenbringen konnten?« Fiona schmiegte sich an ihn.

»Du bist erstaunlich, Fi.« Das war sie wirklich und er würde sich verdammt nochmal Mühe geben, für sie der beste Mann zu sein, der er sein konnte.

»Warum siehst du mich so an?«

Er schloss sie in die Arme. »Weil ich mich vermutlich wie der größte Idiot unter der Sonne aufgeführt habe und es gerade erst merke.«

»Wie kommst du denn darauf? Wir hatten gerade das unglaublichste Wochenende und sieh dir an, wo wir jetzt sind.« Sie wies mit der Hand auf den Glaskasten.

»Ja, aber das meine ich nicht. Komm.« Er holte sein Handy hervor und schrieb Theo eine SMS, dass sie fertig seien. In der

Eingangshalle trafen sie auf Theo, der mit ihnen zum Hinterausgang ging.

»Ich kann Ihnen gar nicht genug danken«, sagte Fiona begeistert. »Es war wundervoll, und wir sind so froh, dass Sie sich die Zeit genommen und uns hereingelassen haben.«

*Wir.* Er liebte es, sie das so selbstverständlich sagen zu hören.

»Keine Ursache. Jake, wir gehen bald mal ein Bier trinken, okay?« Theo klopfte ihm auf den Rücken.

Jake wäre am liebsten sofort nach draußen gerannt, um mit Fiona zu reden, doch schließlich konnte er Theo nicht einfach stehen lassen. »Machen wir. Danke nochmal, Theo.«

Im Auto konnte Fiona gar nicht aufhören, vom Museum zu schwärmen. Jake freute sich über ihre Begeisterung, obwohl er mit ihr unbedingt über ihre Welt, ihr Leben, ihren Job sprechen wollte. Den Job, den sie in Fresno hinter sich gelassen hatte, um mit ihm Kontakt aufzunehmen.

Auf dem Weg zu seinem Haus machten sie an einem Café halt und aßen etwas. Die ganze Zeit grübelte Jake darüber nach, wo er sonst noch Fehler gemacht hatte. Die Erkenntnis, dass er sich allein auf seine Themen konzentriert hatte, hatte ihm die Augen geöffnet und er schwor sich, dass ihm so etwas nicht wieder passieren würde.

Nach dem Essen fuhren sie zum Strand. Er wusste, dass Fiona besonders gern am Strand war. Sie ließen ihre Schuhe im Auto und gingen Hand in Hand durch den sonnengetränkten Sand. Es war wie üblich ziemlich voll und Jake merkte, dass ihn die Menschenmenge störte. Je mehr Zeit er mit Fiona verbracht, desto mehr sehnte er sich danach, mit ihr allein zu sein. Daran änderte auch die Tatsache nichts, dass er sie in den letzten beiden Tagen ganz für sich allein gehabt hatte. Ob er jemals genug von ihr bekommen würde? Wahrscheinlich nicht.

»Könnte es sein, dass dich irgendetwas beschäftigt?«, fragte sie.

»Für dich war ich immer schon wie ein offenes Buch.« Er setzte sich in den Sand und klopfte einladend neben sich.

»Wenn du plötzlich ganz schweigsam wirst, ist es nicht schwer zu raten, dass etwas im Busch ist.« Fiona setzte sich neben ihn. »Ich habe es an deiner Hand gemerkt, sie war ganz angespannt.« Sie stützte sich auf ihre Handflächen und seufzte. »Aber wie kannst du nach einem perfekten Nachmittag wie diesem angespannt sein?«

»Ja, stimmt, er war ziemlich perfekt«, räumte er ein. »Ich bin auch nicht wirklich angespannt, nur nachdenklich. Wir sind die ganze Zeit um mich und mein Leben, meine Welt, meinen Job gekreist. Jetzt möchte ich alles über dich erfahren, Fi.«

Sie lachte. »O je, und das hat dir Kopfzerbrechen bereitet? Ich dachte, du kennst mich schon in- und auswendig.«

»Du weißt, was ich meine. Wie ist dein Leben in Fresno? Wie ist dein Job? Hast du viele Freunde? Wie ist es mit Hobbys?« Er sah ihr ins Gesicht und schenke ihr seine ganze Aufmerksamkeit.

»Ah, das meinst du also.« Sie überlegte einen Moment, dann zeichnete sie mit dem Finger nebeneinander drei Kreise in den Sand. »Siehst du, das ist Fresno«, sagte sie und zeigte auf den ersten Kreis. Dann zeigte sie auf den zweiten. »Das ist Los Angeles. Und dieser dritte Kreis hier ist Trusty.« Sie zog eine bogenförmige Linie von Trusty über Los Angeles hinweg bis nach Fresno. »So habe ich bisher gelebt. Ich bin nach Trusty gefahren und habe meine Mutter besucht, dann wieder zurück zu meinem Leben in Fresno. Die ganze Zeit habe ich versucht, die Tatsache zu ignorieren, dass du nur ein paar Autostunden entfernt wohnst. Dann habe ich gearbeitet, bis ich das nächste Mal nach Trusty gefahren bin. Ich könnte ein Buch darüber schreiben: *Wie ich Jake Braden aus dem Weg gegangen bin.*«

»Lieber Himmel, Fi, war ich so schlimm?« Er rieb sich mit der Hand über das Gesicht.

»Ich weiß nicht. Es hatte nicht wirklich mit dir zu tun, Jake. Es war mein Problem. Ich hatte Angst davor, dich wiederzusehen. Ich wusste ja, dass du zu Hause in Colorado einen großen Bogen um mich gemacht hast, und das wollte ich hier nicht erleben. Aber es verging kein Tag, an dem ich nicht an dich gedacht habe, bis Trish mir die Chance bot, alles wieder einzurenken.«

Jake kam sich noch schäbiger vor als vorher. Der Gedanke, dass sie ihm aus dem Weg gegangen war, war schrecklich, auch wenn er selbst nichts anderes getan hatte. Nichts schien einen Sinn zu ergeben und trotzdem konnten sie all das hinter sich lassen.

»Aber wie ist dein Leben? Und was hat dich bewogen, es schließlich doch zu versuchen? Ich war in den letzten Wochen so mit uns und unserer Beziehung beschäftigt, dass ich gar darüber nachgedacht habe, wie dein Leben ohne mich aussieht.« Er sah den Verdacht, der in ihren Augen aufblitzte. »Und damit meine ich nicht Dates mit anderen Männern und den ganzen Unfug. Das hast du mir gründlich ausgetrieben. Ich meine dich, Babe. Gefällt dir dein Job? Ist er interessant? Gehst du oft mit Freunden aus? Hast du malen gelernt?«

Sie blinzelte ein paarmal. »Daran erinnerst du dich?«

»Klar. Du wollest es doch immer lernen. Aber anscheinend hast du es nicht getan?«

Sie schüttelte den Kopf. Es machte Jake ein bisschen traurig, dass sie sich diesen Traum nicht erfüllt hatte. Wenn es nach ihm ging, sollte sie alles bekommen, wovon sie nur träumte.

»Warum nicht?«, fragte er und nahm ihre Hand.

Sie zuckte die Schulter. »Ich hatte viel zu tun. Wie das im Leben so ist.«

»Tja, eigentlich weiß ich gar nicht, wie es im Leben so ist. Ich lebe seit Jahren in einer Fantasiewelt. Mein Leben ist nicht normal, und wenn ich ganz ehrlich bin, ist es nicht das Leben, das mir gefällt.«

»Dein Leben ist wundervoll.«

»Manches ist sicherlich wundervoll, aber nicht das, worauf es wirklich ankommt. Als wir oben in den Bergen waren, wollte ich gar nicht wieder weg. Es war so schön, einfach mit dir zusammen zu sein, Zeit miteinander zu verbringen, ohne für die Medien Männchen zu machen oder befürchten zu müssen, dass jemand hereinplatzt und irgendetwas von mir will. Ich hatte ganz vergessen, wie es ist, die Ruhe zu genießen. Und heute fiel mir plötzlich auf, dass ich so sehr daran gewöhnt bin, mich allein auf mich zu konzentrieren, dass ich mir nicht die Zeit genommen habe, deine Welt kennenzulernen. Ich möchte alles über dich wissen, Fi. Ich möchte wissen, wo du lebst, was du bei deiner Arbeit den ganzen Tag machst, was du dir erhoffst und erträumst.«

»Aber das ist alles nicht besonders aufregend.«

»Für dich vielleicht nicht, aber mir ist es wichtig. Lebst du in einer Wohnung? Oder in einem Haus? Gefällt es dir dort?« Je mehr Fragen er stellte, desto lieber wäre er sofort ins Auto gesprungen, um nach Fresno zu fahren. Er wollte ihre Welt erleben, nicht nur darüber reden.

»Ich wohne in einem Bungalow. Er ist ganz schlicht und außerdem ist es das letzte Haus an einer schmalen Landstraße, also ist es sehr friedlich dort. Und, ja, mein Bungalow gefällt mir sehr. Er passt zu mir.«

Er nickte und stellte sie sich in ihrem Bungalow vor. »Können wir hinfahren? Vielleicht am nächsten Wochenende?«

Sie lächelte, runzelte aber gleichzeitig die Stirn. »Du musst aber nicht –«

»Ich möchte es, Fi. Erzähl mir mehr. Was ist mit deinem Job? Du hast erwähnt, dass du vielleicht eine neue Stelle bekommst. Freust du dich?« Kaum hatte er die Frage gestellt, erkannte Jake, wie bedeutsam ihre Antwort sein würde. Vielleicht mochte sie ihm gar nicht sagen, wie sehr sie ihre Arbeit liebte, weil sie ihre Beziehung nicht gefährden wollte, die sich mit rasender Geschwindigkeit entwickelt hatte.

»Ich liebe meine Arbeit.« Sie sah ihn nicht an, sondern starrte auf das Meer.

»Und?«

»Und ich habe mich über die neue Stelle gefreut. Ich habe hart dafür gearbeitet. Aber das war, bevor ich hierherkam.« Der Blick, mit dem sie ihn ansah, war voller Emotionen, und er glaubte zu wissen, was sie empfand.

Sie schwiegen einen Moment. Er wollte sie nicht drängen, ihm mehr über ihre Arbeit und die bevorstehende Beförderung zu erzählen. Bis jetzt war ihm überhaupt nicht klar gewesen, wie viel sie aufs Spiel gesetzt hatte, um nach Los Angeles zu kommen.

»Wie ist es mit Hobbys?« Ein recht kläglicher Versuch, das Thema zu wechseln.

Sie zuckte die Schulter. »Ich habe nicht viel Zeit für Hobbys«, sagte sie, während sie mit dem Finger Muster in den Sand zeichnete. »Ich lese viel und treffe mich mit Freunden, aber die Arbeit hält mich ganz schön auf Trab. Und meine Hoffnungen und Träume? Nun, ich würde gerne irgendwann nach Griechenland fahren. Und es wäre wirklich cool, wenn ich irgendetwas Wichtiges und Aufregendes entdecken würde, aber über solche Sachen denke ich nicht oft nach.« Sie hob den Kopf und sah ihn an. »Du bist es, über den ich nachdenke. Mein Herz ist untrennbar mit dir verwoben, Jake. Alle meine Hoffnungen und Träume drehen sich um dich.«

Er legte die Arme um sie. »Ich liebe dich, Fi.«

»Ich liebe dich auch.«

»Ich möchte deine Welt kennenlernen.«

*Ich möchte deine Welt sein.*

# Einundzwanzig

Auf Jakes Wunsch verbrachten sie die Nacht auf Montag in der Wohnung, die Fiona für die Zeit in Los Angeles möbliert gemietet hatte. Jake gefiel es offenbar, von ihren Sachen umgeben zu sein, obwohl es streng genommen natürlich nicht Fionas Wohnung war. Sie hatte ihr Bettzeug aus Fresno mitgebracht und außerdem ein paar Familienfotos, die sie auf ihren Nachttisch gestellt hatte. Sie hatte es sich so gemütlich wie möglich gemacht, aber trotzdem fühlte sie sich nicht zu Hause. Solange Jake dort war, war es jedoch etwas ganz anderes. Nach ihrer morgendlichen Laufrunde duschten sie zusammen, ein Ritual, das ihr inzwischen ganz selbstverständlich vorkam und auf das sie sich jeden Morgen freute.

»Fi, der Kaffee ist fertig«, rief Jake aus der Küche herüber.

Wie lange hatte sie davon geträumt, den Tag auf diese Weise zu beginnen. Mit Jake. Sie hatte gehofft, dass diese Träume wahr werden würden, doch wirklich daran geglaubt hatte sie nicht. Von Gefühlen überwältigt sank sie aufs Bett und spürte, wie ihr die Tränen in die Augen stiegen.

»Babe?« Jake stand im Türrahmen. Er war barfuß, hatte nur seine Jeans an, die an genau den richtigen Stellen eng anlag. Auf seinem bloßen Oberkörper zeichneten sich seine Bauchmuskeln ab wie ein Pfeil, der auf die beeindruckende Wölbung in seiner Hose zeigte.

Fiona atmete tief aus und weidete sich an seinem Anblick. »Hast du schon mal gehört, dass Katzen Glöckchen um den Hals tragen, damit ihre Besitzer wissen, dass sie da sind?«

Er grinste. »Ja.«

»Kurz bevor ich zur Arbeit muss, darfst du hier nicht mit nacktem Oberkörper herumlaufen. Zieh dir ein Hemd an. Und eine Hose, die nicht ganz so eng sitzt. Und Schuhe. Lieber Gott, ich liebe sogar deine nackten Füße. Das ist doch nicht normal.« Sie streckte die Hand nach dem Kaffeebecher aus, den er mitgebracht hatte, doch er hielt ihn außer Reichweite.

»Ich habe den Kaffee gemacht, also darf ich dich küssen.«

Sie stand vom Bett auf, hakte die Finger in die Gürtelschlaufen seiner Jeans und schlug ihm mit dem Kopf gegen die bloße Brust. »Musst du eigentlich so gut riechen?«

»Ich warte«, flüsterte er.

Sie hob das Kinn und nahm den Kuss gnädig entgegen, als sei er eine lästige Pflicht.

»Oho, so ist das also«, sagte Jake neckend.

»Was erwartest du denn? Du stehst hier wie ein Schokoriegel, der nur darauf wartet, vernascht zu werden, und zufällig bin ich süchtig nach Schokolade.«

Er leckte sich die Lippen.

»Himmel.« Sie sank wieder aufs Bett. »Zum Glück bekomme ich kein Geld von Trish, sonst würde sie mich heute auf der Stelle davonjagen. Wegen mangelnder Zurechnungsfähigkeit.«

Irgendwie schafften sie es, aus der Tür zu kommen, ohne vorher noch einmal ins Bett zu fallen. Ein paar Stunden später hatte sich die Erregung, die Fiona bei Jakes verheißungsvollem

Anblick verspürt hatte, immer noch nicht gelegt. Sie stand mit Patch ein gutes Stück vom sogenannten *closed set* entfernt, während Zane, Trish und Jake die Bettszene drehten. Bei einem *closed set* waren nur die Leute zugelassen, die unmittelbar an der Szene beteiligt waren.

»Hast du schon das Neueste von Zane und Jake gehört?«, fragte Patch.

»Nein«, erwiderte Fiona. Sie hatte keine Ahnung, was Patch meinte, aber am Set wurde ständig über alles und jeden geredet. Dass irgendwelche Gerüchte über Jake und eine andere Frau im Umlauf sein könnten, beunruhigte sie inzwischen nicht mehr. Dieses Thema hatten sie hinter sich gelassen. Er hatte ihretwegen so viel an seinem Lebensstil geändert und sie vertraute ihm, so wie sie es früher in Trusty getan hatte.

»Sie sollen den Film am Sugar Lake machen. Also, Zane übernimmt die Hauptrolle und Jake macht alle seine Stunts. Wirst du auch dort sein?« Patch warf den Kopf zurück, sodass sein dunkles Haar für den Bruchteil einer Sekunde nach hinten geschleudert wurde, nur um ihm im nächsten Moment wieder in die Stirn zu fallen.

»Ähm …« *Werde ich dort sein?* Sie hatte keine Ahnung.

»Okay, das ist ein eindeutiges Jein. Tut mir leid, Fiona. Ich dachte, die Sache zwischen euch geht klar. Wenigstens hat Jake das allen erzählt.« Patch wies mit dem Kopf auf Jake und Trish, die auf sie zugeschlendert kamen. »Ich nehme an, die Szene ist im Kasten.«

»Warte, Patch. Wer sind *alle*?«

Jake winkte ihr zu und berührte Trish dann am Arm. Sie blieben stehen, um sich zu unterhalten. Fiona fragte sich, worüber sie wohl redeten. Vor allem aber wollte sie wissen, wer *alle* waren, denen Jake erzählt hatte, ihre Beziehung sei eine abgemachte Sache.

Patch lachte. »Wer alle sind? Der Bursche hat die Medien einbestellt. Was meinst du wohl, wer alle sind? Wahrscheinlich gibt es niemanden, der nicht denkt, dass ihr zwei zusammen seid.«

»Oh. Okay. Ich dachte, er erzählt es einzelnen Leuten.«

»Wir reden hier von niemand Geringerem als Jake Braden. Ein Wort von ihm ins richtige Ohr und schon weiß die ganze Welt Bescheid. Schätzchen, du gehörtest in dem Moment zu ihm, als die Paparazzi euch fotografiert haben.« Patch sah zu Jake und Trish hinüber. »Geheime Beratung, wie es aussieht. Ich gehe lieber und sehe nach Zane. Wahrscheinlich braucht er seine Wasserflasche. Wenn ich jemals groß rauskommen sollte, erinnere mich bitte daran, dass ich meinen Assistenten keine Wasserflaschen schleppen lasse. Es ist so entwürdigend.«

»Bis später, Patch.« Ihr Handy vibrierte. Eine SMS von Shea. *Der Termin für das Abschlussdinner steht fest. Soll ich dir ein Kleid besorgen?* Was würde sie nur ohne Shea machen? *Klar. Wann ist es? Danke!* schrieb sie zurück, während Jake und Trish auf sie zukamen.

Bei dem Gedanken an das Dinner wurde ihr das Herz schwer. Sie sah Jake auf sich zukommen und seine dunklen Augen sahen sie an, als könnte er es nicht erwarten, sie in den Armen zu halten. Und sie wusste, dass mit dem Abschluss der Dreharbeiten auch ihre gemeinsame Zeit zu Ende sein würde.

Trish hatte sich noch nicht umgezogen, sondern trug noch einen seidenen Morgenmantel an, der mit einem Gürtel um die Taille gebunden war. Fiona wusste, dass sie darunter die Spitzenunterwäsche für die Bettszene trug, die im ungünstigsten Moment von einer Kampfszene unterbrochen wurde. Trish sah wundervoll aus mit ihrem perfekten Make-up und ihrem zerzausten rotbraunen Haar. Inzwischen hatte sich auch ihre Nervosität gelegt. Sie war von Natur aus Schauspielerin und Fiona war froh, dass Steve Hileberg sie nicht mehr aus der Fassung brachte.

»Hey, Fi«, sagte Trish. »Wir haben gerade von dem Abschlussdinner erfahren. Ich wollte Shea fragen, ob sie uns wieder die Kleider besorgen kann.«

»Sie hat mir gerade geschrieben und mich wegen des Kleides gefragt. Also weiß sie offenbar schon Bescheid.« Fiona hakte ihre Finger in Jakes Hosentaschen. »Darf ich dich begleiten?«

»Wen würdest du wohl sonst begleiten, hm?« Jake hob eine Augenbraue. »Natürlich, Babe. Trish? Willst du mit uns hingehen?«

»Nein, danke. Also … da ist jemand, den ich fragen möchte.« Verlegen zupfte Trish an ihrem Gürtel.

»Was?« Fiona riss die Augen auf. Trish hatte ihr gar nicht erzählt, dass sie sich in jemanden verguckt hatte.

»Ja, ich habe es vor ungefähr zwei Minuten beschlossen. Ich glaube, ich werde Clark fragen.«

Fiona und Jake tauschten einen verwirrten Blick. »Clark? Meinst du Clark Kent? Aus meinem Büro?«, fragt Fiona.

»Ja. Wieso nicht? Ich meine, wir verstehen uns gut, und ich glaube, es würde ihm wirklich Spaß machen.« Jake sah sie überrascht an. »Was ist?«, fragte Trish.

»Clark Kent? Du bringst Superman mit?« Er lachte.

»Er heißt nicht wirklich Clark Kent«, erklärte ihm Trish. »Sein richtiger Name ist Clark Taver, aber Fiona und ich nennen ihn Clark Kent, weil er genau so aussieht – dunkles Haar, gute Figur, dunkle Brille.«

»Ich hatte keine Ahnung, dass du ihn *so* magst«, fügte Fiona hinzu. »Und ich wusste gar nicht, dass ihr in Kontakt seid. Ich dachte, du hättest ihn nur gesehen, wenn du mich besucht hast.«

»Ich mag ihn nicht *so*.« Trish verdrehte die Augen. »Wir schreiben uns Mails und auf Facebook. Letztens haben wir über den Film gechattet und da hat er alle möglichen Fragen gestellt, wie es am Set zugeht und so weiter.« Sie zuckte die Schulter. »Ich dachte, es würde ihm vielleicht Spaß machen. Und außerdem habe ich sonst keinen Begleiter, warum also nicht? Ich meine, es ist Clark. Ist ja nicht so, als wollte er, dass ich mit ihm schlafe oder so.«

»Cool. Das ist wirklich nett von dir, finde ich.« Das war typisch für Trish. Sie dachte immer an andere.

»Ich muss mal für kleine Mädchen.« Trish deutete auf eines der Gebäude. »Wir sehen uns später.«

»Hm, ich nehme an, das mit Clark ist keine Liebesheirat«, sage Jake. Er legte ihr den Arm um die Taille und küsste sie auf den Hals, was ihr einen süßen Schauer durch den Körper jagte, bis hinunter zu den Zehen. »Im Gegensatz zu uns.«

»Er ist wirklich ein netter Kerl und sie verstehen sich gut, wie Trish schon sagte. Aber als Paar sehe ich die beiden nicht. Er ist nicht direkt mein Chef, aber er ist einer meiner Vorgesetzten. Und außerdem könnten sie überhaupt keine Beziehung haben, schließlich ist sie ständig unterwegs.« Kaum hatte sie die Worte ausgesprochen, fiel ihr ein, dass Jake vermutlich ebenfalls ständig unterwegs war. Sie musste sich wirklich Gedanken darüber machen, wie ihre Beziehung auf lange Sicht funktionieren sollte. Doch nicht gerade jetzt. Im Moment waren sie glücklich miteinander und das war das Einzige, was zählte.

»Das stimmt, und nach allem, was sie mir erzählt hat, wird sie künftig noch gefragter sein.« Jake runzelte die Stirn.

»Ja, das hat sie mir heute Morgen auch gesagt.« Fiona freute sich für Trish, doch der Gedanke, sich von Jake zu trennen und ihren Job wieder aufzunehmen, machte sie traurig, obwohl sie versuchte, ihn wegzuschieben. Sie brauchte Ablenkung.

»Trish hat mir auch gesagt, dass du sie gefragt hast, ob ich am Freitag und am Wochenende freihaben kann. Sie muss am Samstag vielleicht drehen.« Sie legte den Kopf schief und verengte die Augen zu Schlitzen. »Was hast du jetzt wieder in der Hinterhand?«

Trish kam aus dem Gebäude, in dem sie eben verschwunden war, und lief auf sie zu.

»Ich dachte, wir könnten nach Fresno fahren und dort etwas Zeit verbringen.«

»Aber warum am Freitag?«

»Weil ich sehen möchte, wo du arbeitest, und am Samstag geht das wahrscheinlich nicht. Trish meinte, das sei okay, aber wir können es auch sein lassen, wenn es dir nicht recht ist.«

»O doch, es ist mir recht. Ich bin nur … überrascht. Meine Arbeit ist nicht sehr interessant.«

»Alles an dir ist interessant. Zwei Jahre lang hast du mir erzählt, dass du für dein Leben gern Geologin werden willst, und den Blick in deinen Augen habe ich nie vergessen. Als wir im Museum waren, habe ich diesen Blick wiedergesehen. Ich möchte dich in dieser Welt erleben, Fi. Du bist seit Wochen in meiner Welt. Jetzt ist es an der Zeit, dass ich deine kennenlerne.«

»Okay, aber vielleicht bist du am Ende enttäuscht.«

»Das glaube ich nicht. Deine Arbeit ist ein Teil von dir, wie könnte ich mich nicht dafür interessieren?« Er gab ihr noch einen Kuss. »Ich muss noch etwas mit Zane besprechen. Sollen wir uns in meinem Wohnwagen treffen? Um sechs?«

»Perfekt.« Sie sah ihm nach, als er davonging. »Mmmmh. Dieser Mann ist umwerfend.«

»Euch beide hat's ja mächtig erwischt.« Trish packte Fiona am Arm und zog sie zu ihrem Wohnwagen. »Komm schon. Ich muss mich umziehen. Du solltest eigentlich dafür sorgen, dass ich mich spute, und nicht dem brandheißen Stuntman schöne Augen machen.«

»Ich kann einfach nicht anders. Wie es scheint, werden wir dieses Wochenende in Fresno sein.«

»Hab ich auch schön gehört. Er liebt dich, Fi, er liebt dich sehr.« Trish schloss die Wohnwagentür hinter sich.

»Ja«, flüsterte Fiona kaum hörbar und ließ sich auf das Sofa sinken, während Trish im Schlafzimmer verschwand, um sich umzuziehen.

»Meine Agentin meint, ich kriege eine Menge Rollenangebote in großartigen Filmen, und dann sieh dir Jake und dich an. Kaum zu fassen, wie schnell sich unser Leben verändert hat«, rief Trish zu ihr hinüber.

»Ja, es ist verrückt.« *Verrückt und wundervoll und fast zu schön, um wahr zu sein.*

Gleich darauf kam Trish in weißen Shorts und einem gelben Tanktop aus dem Schlafzimmer. Sie ließ sich neben Fiona aufs Sofa fallen.

»Shea hat mir auch eine SMS wegen des Dinners geschickt. Wie kann es sein, dass sie diese Sachen immer weiß, bevor wir davon erfahren?« Trish legte ihr Handy auf den Tisch.

»Vielleicht hat deine Agentin sie angerufen, weil sie sicher sein wollte, dass du in der Presse so erscheinst, wie du es verdient hast. Das ist eine ganz andere Welt als meine, nicht wahr?« Fiona spielte geistesabwesend mit Trishs Handy.

»Ein Unterschied wie Tag und Nacht. Das Ganze hier ist so

weit weg von Veröffentlichungen in Fachzeitschriften, Mineralisation und Geochemie, dass du bestimmt völlig durcheinander bist.« Trish rieb sich mit der Hand über ihr Tattoo, das zum Drehen mit Make-up verdeckt wurde.

»Ich finde, in mancher Hinsicht sind Schauspielerei und Geologie genau dasselbe«, fuhr Trish fort. »In deinem Job siehst du dir verschiedene Arten von Beziehungen und Modellen an. In der Unterhaltungsindustrie haben wir es mit emotionalen Beziehungen und der symbiotischen Verschmelzung von Figuren zu tun. Deshalb unterscheiden sie sich zwar, sind sich aber auch wieder ähnlich.«

»Ja, alles klar«, lachte Fiona. »Was mache ich bloß, Trish?«

Trish legte die Füße aufs Sofa. »Was meinst du? Du fährst nach Fresno, gibst mit deinem prachtvollen Freund an, grüßt Clark von mir, zeigst Jake dein wundervolles Haus und dann kommst du zurück und spielst meine Assistentin, bis wir in ein paar Wochen mit dem Drehen fertig sind. Und dann feiern wir eine gigantische Party.«

»Und dann?« Fiona stand auf und ging unruhig hin und her.

»Wie, und dann?« Trish sah Fiona verständnislos an, dann weiteten sich ihre Augen und sie meinte: »Oh. *Dann.* Habt ihr denn noch nicht darüber gesprochen, was passiert, wenn er mit dem Film fertig ist?«

»Er ist noch ein paar Wochen länger am Set als du. Und, nein, wir haben eigentlich nichts anderes besprochen als das, was du schon weißt.«

»Dass ihr wilden, leidenschaftlichen Sex habt und so verliebt seid, dass ihr es nicht ertragt, eine einzige Nacht getrennt zu sein. Den Teil hab ich verstanden.« Sie lächelte Fiona an und stand auf. »Rede mit ihm.«

»Gut und schön, aber was ist mit meiner neuen Stelle?«

»Was soll damit sein? Du wusstest davon, bevor du hier-hergekommen bist. Und du hast gesagt, dass du die ganze Sache frohen Herzens aufgibst, falls ihr wieder zusammenkommt, und dass du dir einen anderen Job in L. A. suchst. Oder hast du es dir anders überlegt?«

»Nein, ganz bestimmt nicht. Aber … ich weiß, wir sind erst am Anfang unserer Beziehung und so weiter, aber er hat nichts davon gesagt, dass ich nicht nach Fresno zurückgehen soll. Und jetzt will er hinfahren und ich frage mich, ob er vielleicht denkt, dass wir eine Fernbeziehung haben werden.«

Trish holte ein Mineralwasser aus dem Kühlschrank, reichte es Fiona und nahm sich selbst auch eins. »Seit wann hast du Angst, zu sagen, was du denkst? Frag ihn.«

»Es fühlt sich komisch an, wenn ich das mache. So, als würde ich unsere Beziehung vorantreiben wollen oder –«

»Eure Beziehung vorantreiben? Der Junge ist hin und weg von dir.« Trish trank ihr Wasser. »Das ist unübersehbar. Ich glaube, du brauchst dir keine Gedanken zu machen, dass du etwas überstürzt. Außerdem ist eure Beziehung ja nicht ganz neu. Ihr habt eine gemeinsame Vergangenheit. Das solltest du nicht vergessen. Und so, wie er dich ansieht, will er mit niemandem außer dir zusammen sein. Ich finde, du solltest ihn einfach fragen.«

*Ihn fragen.* Es klang so einfach. Warum also kam es ihr so schwierig vor?

# Zweiundzwanzig

Als Jake am Freitagnachmittag nach Fresno kam, spürte er, wie ihm eine Last von den Schultern fiel. Bevor Fiona und er wieder zusammengefunden hatten, hatte es mehr Stress als Erleichterung bedeutet, L. A. hinter sich zu lassen. Jeder Besuch in Trusty war ein zweischneidiges Schwert gewesen und er musste sich davon erholen, statt umgekehrt nach Colorado zu fahren, um sich von seinem hektischen Leben in L. A. zu erholen. Doch als er nun durch die breiten Straßen von Fresno fuhr und nach Fionas Hand griff, genoss er das Gefühl der Freiheit, Los Angeles weit weg zu wissen.

Die Fahrt in den Süden des Central Valley war nicht weit, doch während Fresno eine ganz normale, geschäftige Stadt war, fühlte sich L. A. an wie eine in sich geschlossene Welt, in der alles größer und verrückter war als anderswo.

»Wie ist es für dich, wieder hier zu sein?«, fragte er Fiona.

Sie sah so sexy aus in ihrem kurzen Sommerkleid und den Riemchensandalen. »Fühlt sich komisch an, als wäre ich seit Ewigkeiten nicht mehr hiergewesen. Dabei war es nur ein Monat.«

»Ist es das erste Mal, dass du so lange weg warst?« Er ließ sich von ihr zu ihrem Büro lotsen und versuchte sich vorzustellen, wie Fiona hier in dieser Stadt lebte – ohne ihn. Sie hatten so viel Zeit zusammen verbracht, dass er sie sich nicht mehr anders vorstellen konnte als an seiner Seite.

»Bei Grabungen bin ich manchmal wochenlang unterwegs, aber das fühlt sich anders an. Vielleicht liegt es daran, dass wir zusammen zurückkommen, oder daran, dass eine neue Stelle auf mich wartet, wenn ich wieder hier bin. Ich bin mir nicht sicher.«

In der letzten Zeit hatte er viel über diese neue Stelle nachgedacht. So sehr er sich auch wünschte, mit ihr zusammen sein zu können: Sie hatte schon so viel aufgegeben, um ihnen und ihrer Beziehung eine Chance zu geben. Es kam ihm unglaublich selbstsüchtig vor, sie zu bitten, noch mehr aufzugeben. Und schließlich wollte er den alten, selbstsüchtigen Jake ganz weit hinter sich lassen.

Er beschloss, die neue Stelle erst einmal nicht anzusprechen. Er freute sich darauf, Fiona in ihrem Element zu sehen, und war stolz auf das, was sie erreicht hatte. Aus Gesprächen mit Trish wusste er, dass ihre Kollegen sie sehr schätzten.

»Hier müssen wir abbiegen. Es ist das Gebäude dort drüben, das mit der Glasfassade.«

Jake parkte neben dem Gebäude und hielt Fiona die Beifahrertür auf.

»Hast du angerufen und Bescheid gesagt, dass wir kommen?« Er wusste selbst nicht genau, warum er unbedingt ihr Büro sehen wollte, aber er vertraute seinem Bauchgefühl. Und sein Bauchgefühl sagte ihm, dass dies genau der Ort war, an dem sie heute sein sollten.

»Ja, ich habe meinem Chef eine Nachricht hinterlassen.«

Das Gebäude machte einen sehr nüchternen, fast sterilen Eindruck, mit seinen robusten Teppichböden und breiten, stillen Fluren. An den weiß gestrichenen Wänden hingen gerahmte Fotos von Grabungsstätten, Steinen und Fossilien. Sie stiegen die Treppe in die zweite Etage hoch. Jake griff nicht nach Fionas Hand und hielt absichtlich ein bisschen Abstand, weil er sie entscheiden lassen wollte, ob und welche öffentlichen Zeichen von Zuneigung sie bei einem Besuch in ihrem Büro für angemessen hielt. Als sie seine Hand nahm, war er froh, dass er es ihr überlassen hatte.

»Du wirst gleich ein paar Wissenschaftler kennenlernen. Das bedeutet: zurückhaltend bis schüchtern und immer zu ernsten Diskussionen aufgelegt.« Sie zögerte an der Tür und er spürte ihre Nervosität.

»Wenn du nervös bist – ich muss nicht mit hineingehen. So gerne ich dich auch in Aktion erleben würde: Ich will nichts tun, womit du dich nicht wohlfühlst.«

»Nein, das ist es nicht. Ich bin nur …« Sie presste die Lippen aufeinander und legte ihm eine Hand auf die Brust. Dann atmete sie tief ein und aus. »Jake, ich bin Wissenschaftlerin. Du wirst mich im Geologiemodus sehen. Bis jetzt habe ich gar nicht richtig darüber nachgedacht. Die Leute hier drinnen kennen mich als Wissenschaftlerin, nicht als jemand, der auf einem Motorrad durchs Gelände jagt.«

Er strich ihr mit dem Daumen über die Unterlippe und flüsterte: »Dann sollten wir ihnen wohl besser nichts von den unanständigen Sachen erzählen, die du so gerne machst.«

Als sie lächelte, wusste er, dass sein Versuch, die Spannung zu lockern, erfolgreich war.

»Ich liebe deine Intelligenz und alles andere an dir, Fi. Als wir noch zur Schule gegangen sind, warst du ein wahres Superhirn. Wie viele Mädchen verbringen ihre Mittagspause im Labor? Ich bin Ingenieur, das weißt du doch. Wir sind wie geschaffen füreinander. Wir können hart arbeiten, aber wir können uns auch entspannen und einander genießen. Hab ein wenig Vertrauen in mich, Babe.«

»Manchmal vergesse ich, wie gut du mich kennst.« Sie strich ihr Kleid glatt und schob dann die Türen auf.

Eine blonde Empfangsdame mit Kurzhaarschnitt und großen blauen Augen sah von ihrem Computer auf und lächelte. »Fiona. Ich dachte, du kommst erst in ein paar Wochen wieder. Schön, dass du da bist. Hat Paul dich heute Morgen erwischt?«

Fiona schüttelte den Kopf. »Nein. Deirdre, das ist Jake Braden. Jake, das ist Deirdre, unsere Büroleiterin.«

»Nett, Sie kennenzulernen, Deirdre.«

»Hi, Jake«, erwiderte sie knapp und wandte sich dann wieder Fiona zu, ohne ihn eines weiteren Blickes zu würdigen. Das war er nicht gewohnt, stellte aber zu seiner Überraschung fest, dass er es angenehm fand, nicht im Mittelpunkt zu stehen. Hier war Fiona die Hauptperson und er liebte es, sie in dieser Rolle zu sehen. »Die *Science Daily* hat deinen Artikel über die Validität des Fossilberichts angenommen. Paul ist begeistert.«

Fionas Augen weiteten sich vor Überraschung. »Er ist angenommen worden? Machst du Witze? O mein Gott, das ist gigantisch.«

»Aber nein, ich mache keine Witze.« Deirdre sprach mit ruhiger, gleichmäßiger Stimme, im Gegensatz zu Fiona, die aussah, als würde sie gleich platzen vor Aufregung.

»Glückwunsch, Babe.«

Sie schlang ihm die Arme um den Hals und lachte. Soviel zum Thema Zurückhaltung bei öffentlichen Zuneigungsbekundungen.

»Das ist einfach unglaublich«, sagte sie immer wieder,

während sie durch einen doppelflügelige Tür in ein großes Labor gingen.

Jake hatte erwartet, eine Gruppe von verschrobenen Wissenschaftlern in weißen Kitteln über Mikroskope gebeugt zu sehen. Das war natürlich lächerlich, schließlich war Fiona alles andere als verschroben. Stattdessen sah er Computermonitore, klobige Geräte, die an überdimensionale Mikroskope erinnerten, Periodensysteme an den Wänden und Regale voller Bücher und Aktenordner.

Sie gingen an einem großen Spektrometer vorbei um eine Ecke und dann durch eine weitere Tür. Als sie eintraten, drehten sich drei Männer zu ihnen um. Ein hochgewachsener, dunkelhaariger Mann sah Fiona eindringlich an.

»Fiona. Hast du's schon gehört?« Er ging zu ihr und streckte ihr beide Hände entgegen, die Fiona begeistert drückte.

»Ja, Paul. Ich kann es kaum glauben.« Sie strahlte über das ganze Gesicht.

»Glaub es ruhig.« Paul nickte. »Du hast mal wieder den Nagel auf den Kopf getroffen. Ich bin so stolz auf dich.«

»Danke.« Fiona wandte den Kopf und sah Jake an. »Paul, dies ist Jake Braden. Jake, dies ist der Leiter meiner Abteilung, Paul Marx.«

Paul war Mitte bis Ende dreißig, hatte dichtes dunkles Haar und braune Augen. Er hatte die sehnige Statur eines Läufers, mit kräftigen Beinen und einem festen Händedruck. Er sah überhaupt nicht aus wie jemand, der sich seinen Lebensunterhalt mit dem Ausgraben von Steinen verdiente. Er sah aus wie jemand, der Steine ausgrub und sie zwei Meilen weit trug.

»Jake. Sie sind mit Fiona zusammen aufgewachsen, stimmt's?«

»Ja, Sir.« *Und jetzt bin ich ihr Freund, also könnten Sie bitteschön ihre Hände loslassen?*

Paul zog Fiona an sich. »Fiona ist eine großartige junge Frau. Sie ist klug und ihr Name wird bald in aller Munde sein.«

Fiona errötete. »Höchstens unter Wissenschaftlern.« Sie löste sich aus seinen Armen und stellte sich zu Jake. »Unsere Untersuchungen haben gezeigt, dass geologische Faktoren wie das Vorkommen von Fossilien und geologischen Formationen nicht als unabhängige Messgrößen im Fossilbericht gelten können.« Sie zuckte die Schulter, als sei damit alles gesagt.

Ein blonder Mittzwanziger kam um einen großen Schreibtisch herum. Dort hatte er sich mit einem anderen Mann unterhalten, bei dem es sich nur um Clark Kent handeln konnte. Sein dunkles Haar, die Brille und die scharf geschnittenen Gesichtszüge ließen Jake zweimal hinschauen.

»Hi, ich bin Joe.« Der blonde Mann schüttelte Jake die Hand und deutete dann auf den dunkelhaarigen Kollegen. »Das ist Clark. Fiona hatte angenommen, dass die Anzahl von Fossilien nicht von der Menge zugänglicher Steine abhängt, sondern dass die einfachen Muster der Gesteinsgeschichte und des Fossilberichts auf externe Faktoren zurückzuführen sind.« Er schüttelte den Kopf. »Wenn sie sich in etwas verbeißt, lässt sie so schnell nicht wieder los. Gut gemacht, Fiona.«

»Wann kommst du wieder zur Arbeit?«, fragte Clark. »Wir wollten über mögliche weitere Artikel zu dem Thema sprechen. Jackson und ich haben ein paar Theorien, die an das anknüpfen, was du herausgefunden hast.«

»Das würde mich sehr interessieren.« Zu Jake gewandt sagte Fiona: »Macht es dir etwas aus, wenn ich noch einen Moment hierbleibe?«

»Nein, lass dir Zeit.«

Sie zeigte auf einen Holzschreibtisch in der Ecke. »Das ist meiner, wenn du dich setzen willst. Oder ich zeige dir, wo die Kaffeeküche ist.«

»Ich zeig's ihm«, sagte Paul. »Kommen Sie, Jake, hier entlang.«

Jake folgte Paul in die Küche.

»Fiona ist eine hervorragende Wissenschaftlerin«, sagte Paul, während er Kaffee in einen Becher goss und ihn Jake reichte. »Dort drüben sind Milch und Zucker, falls Sie mögen.«

»Danke. Ja, Fiona ist bei allem, was sie macht, erfolgreich.«

»Das sehe ich.« Paul lehnte sich an den Schrank und betrachtete Jake über den Rand seines Kaffeebechers hinweg.

Jake wusste nicht, was er mit dieser seltsamen Antwort anfangen sollte.

»Bestimmt hat sie Ihnen von der neuen Stelle erzählt, die ich ihr angeboten habe.« Paul setzte seinen Kaffeebecher ab.

»Sie hat sie erwähnt, ja.« Offenkundig hielt Paul große Stücke auf Fiona. Jake fragte sich, ob er sich dabei nur auf die Arbeit beschränkte.

Paul nickte. »Es ist eine sehr verantwortungsvolle Position. Sie würde die Leitung von zwei Geologenteams übernehmen.«

Jake lehnte sich neben ihn an den Schrank. »Sie ist geduldig und verantwortungsbewusst. Ich bin sicher, dass sie ihre Sache sehr gut machen würde.«

»Hören Sie, Jake, wir wissen beide, warum Fiona sich hat beurlauben lassen. Offenbar sind Sie beide wieder zusammen.«

»Hat sie Ihnen das erzählt?« Fiona hatte die wissenschaftliche Ebene so sehr betont, dass es Jake überraschte, dass sie etwas so Persönliches mit Paul besprochen hatte. Das grüne Gespenst Eifersucht war sofort zur Stelle.

»Nein, eigentlich nicht.« Seine schmalen Lippen verzogen

sich zu einem Lächeln. »Sie sagte, sie würde unbezahlten Urlaub nehmen, um mit ihrer Freundin Trish am Set zu sein. Ich habe mich gefragt, warum eine Frau wie Fiona, die so engagiert bei der Arbeit ist, für sechs Wochen verschwindet, wenn sie mitten in den wichtigsten Untersuchungen des Jahres steckt.« Er zuckte die Schulter, schob die Hände in die Hosentaschen und kreuzte die Beine. »Ich habe meinerseits ein paar Nachforschungen angestellt und hatte bald eine interessante Theorie.«

»Und was wollen Sie mir nun damit sagen?« Jake betrachtete Paul, seine lockere Haltung, den gelassenen Ton seiner Stimme, seinen wohlwollenden Blick, und fragte sich, was zum Teufel er andeuten wollte. Offenbar war es kein Kräftemessen um eine Frau, was sie hier veranstalteten. Es musste etwas anderes dahinterstecken, aber was?

»Fiona ist eine brillante Wissenschaftlerin. Sie ist kein Groupie, der einen Job im Sonnenstudio an den Nagel hängt.« Pauls Blick wurde ernst.

»Ich glaube, ich verstehe nicht, was Sie mir sagen wollen. Es geht Sie zwar nichts an, aber Fiona ist kein kurzes Abenteuer für mich, falls es das ist, was Sie beunruhigt.«

Paul trank einen Schluck Kaffee und erwiderte Jakes Blick. »Ich bin Wissenschaftler, Jake. Ich forsche. Und ich weiß ziemlich gut Bescheid, wenn es um Jake Braden geht.« Er richtete sich zu seiner vollen Größe auf und straffte die Schultern. »Sie ist ein guter Mensch, Jake, aber ich bin sicher, das wissen Sie bereits. Ich bitte Sie nur um eins: Dass Sie sich sicher sind, bevor sie etwas aufgibt, was sich als die größte Chance ihres Lebens erweisen könnte.«

Jake spannte die Kiefermuskeln an, doch er wusste, dass Paul recht hatte. Die bittere Wahrheit war, dass man Jake Braden früher nie zweimal mit derselben Frau gesehen hatte.

Das ließ sich im Internet nur allzu leicht recherchieren. Paul respektierte Fiona offenbar als Wissenschaftlerin und wollte sie beschützen, soviel war Jake klar. Eine Frage musste er jedoch noch stellen, um sich ganz sicher zu sein.

»Nur, damit wir uns richtig verstehen, Paul. Beschränkt sich Ihr Interesse auf Fionas Karriere oder haben Sie darüber hinaus noch andere Gründe, weshalb Sie dieses Gespräch mit mir führen?«

Wieder lächelte Paul. »Sie sind intelligent. Wahrscheinlich hätte ich einen Mann mit einem Ingenieursdiplom nicht unterschätzen sollen. Wenn ich nicht schwul wäre, wäre sie der richtige Typ für mich. Ich kann Ihnen jedoch versichern, dass mein Interesse rein platonisch ist, nicht sexuell. Ich mag sie sehr. Sie ist ein guter Mensch und eine hervorragende Wissenschaftlerin. Vermutlich habe ich ihr gegenüber einen ausgeprägten Beschützerinstinkt entwickelt.«

Jake bemühte sich, seine Überraschung ebenso zu verbergen wie seine Erleichterung. »Okay.«

Paul zog seine Brieftasche hervor und zeigte Jake ein Foto von einem gut aussehenden, dunkelhaarigen Mann, der einen kleinen Jungen auf dem Schoß hatte. »Mein Mann Kane und unser Sohn Johnny.«

»Zwei hübsche Burschen.« Jake holte seine Brieftasche heraus und reichte Paul das Bild, das ihn und Fiona als Teenager zeigte.

»Die Liebe meines Lebens, Fiona.«

# Dreiundzwanzig

Der Samstag wurde verdammt nochmal der längste Tag, den Jake je hinter sich gebracht hatte. Jede Szene musste mehrmals wiederholt werden. Er vermasselte zwei Stunts, weil er an das dachte, was Paul ihm gesagt hatte. Und außerdem hatte er in der Nacht kaum ein Auge zugetan. Fiona fehlte ihm jede Sekunde. Ohne sie aufzuwachen, war schrecklich. Ohne sie zu laufen, war noch schrecklicher. Er konnte sich nicht vorstellen, wie er es so lange ohne sie ausgehalten hatte. Er sah auf seine Uhr. Es war fast sechs und sie mussten noch eine Szene drehen. Er winkte Trace zu sich heran.

»Handy«, knurrte er und wedelte ungeduldig mit der Hand.

»Du könntest ruhig *bitte* sagen.« Sie knallte ihm das Telefon in die ausgestreckte Hand. »Was ist heute los mit dir? Du wirkst wie ein Tiger im Käfig.«

»Langer Tag.« Er schickte Fiona eine SMS. *Vermisse dich, hoffe eure Untersuchungen laufen gut. Kuss.*

Er reichte Trace das Handy, die ihn anstarrte, als hätte er den Verstand verloren.

»Der Tag ist nicht lang und außerdem hattest du gestern frei. Was ist denn nun wirklich los?«

Sie verschränkte die Arme vor der Brust und verengte ihre

schwarz umrandeten Augen.

»Fiona.«

Auf ihrem Gesicht breitete sich ein Lächeln aus, während sich seine Miene verfinsterte. »Du bist so verliebt, dass du nicht mehr klar denken kannst. Dass ich das noch erleben darf!«

Jake kniff die Augen zusammen. Ja, er vermisste sie so sehr, dass er wie benebelt war. Viel schlimmer aber war, dass er den Ausdruck auf ihrem Gesicht gesehen hatte, als sie an die Diskussion mit ihren Kollegen dachte. Daran war nichts auszusetzen, überhaupt nichts. Er freute sich, dass sie etwas tat, was ihr Spaß machte, aber ihr Gesichtsausdruck öffnete ihm auch die Augen. Er konnte Fiona nicht bitten, etwas aufzugeben, *was sich als die größte Chance ihres Lebens erweisen könnte*, wie Paul es formuliert hatte. Das wäre so, als wollte sie, dass er auf seinen nächsten Film verzichtete. Das konnte er nicht von ihr verlangen. Der alte Jake hätte es vielleicht getan, doch nun war ihm klar geworden, wie selbstsüchtig er gewesen war, und er würde diesen Fehler nicht noch einmal machen. Der alte Jake war passé. Der neue, bessere Jake – oder eher der Jake, der sich wieder in den Mann zurückverwandelte, der er einmal war – würde Fiona nie bitten, das zu tun.

*Mist.*

Es war zum Verzweifeln.

Da hatte er endlich wieder Gefühle zugelassen, hatte sich erlaubt zu lieben, hatte sich eingestanden, dass er vieles in seinem Leben falsch gemacht hatte – und wozu das Ganze? Um festzustellen, dass ein Leben mit der einzigen Frau, die er liebte, nicht möglich war, wenn sie sich nicht auf eine Fernbeziehung einließen oder jeden Tag vier Stunden zur Arbeit pendelten? Und was war mit seinen Drehterminen? Er war mindestens sechs Monate im Jahr unterwegs. So lange konnte er unmöglich von ihr getrennt sein, ohne den Verstand zu verlieren.

»Hallo, Träumerchen.« Trace zupfte ihn am Arm.

Er hatte überhaupt nicht mitbekommen, dass sie mit ihm redete.

Sie hielt ihm sein Handy entgegen und er las Fionas Antwort.

*Ich vermisse dich auch. Hoffentlich sind deine Stunts ungefährlich und nicht zu schwierig. Diese Untersuchungen werden der Hammer. Wir arbeiten wahrscheinlich bis in die Nacht. Kann es kaum erwarten, dich morgen zu sehen!*

»Alles okay? Hast du jetzt die nötige Fiona-Dröhnung?« Trace nahm ihm das Handy wieder ab. »Am Set warten alle auf dich und Hileberg hat gerade verkündet, dass ihm die letzte Szene nicht gefällt. Sie wird nochmal aufgenommen. Das wird wirklich eine lange Nacht.«

Als Fiona und ihre Kollegen Schluss machten für den Abend, war es nach zehn Uhr. Paul fuhr sie nach Hause und versprach, sie am Morgen wieder abzuholen, um mit ihr über die neue Stelle zu sprechen. Trace hatte ihr eine Nachricht geschickt, dass Steve Hileberg niemanden gehen ließ, weil er einige Nachtszenen drehen wollte, und dass Trish ebenfalls zum Set beordert worden war. Fiona hatte ein schlechtes Gewissen, weil sie nicht bei ihr sein und moralische Unterstützung bieten konnte, auch wenn sie sehr wohl wusste, dass sie keineswegs ein Musterexemplar von Assistentin war. Sie schrieb ihr eine SMS und natürlich antwortete Trish, dass alles kein Problem sei.

Sie suchte in ihrer Tasche nach dem Haustürschlüssel, und als sie ihn hervorzog, kam ein USB-Stick mit heraus, der sich mit einem Schlüssel verhakt hatte. Sie starrte einen Augenblick verwirrt darauf, bis ihr einfiel, dass Jake ihn ihr gegeben hatte, als er sie zum ersten Mal zum Set gefahren hatte. Das war der Vormittag gewesen, an dem die Paparazzi über sie hergefallen waren. Sie hatte noch seine Stimme im Ohr. *Mir ist erst gestern Abend aufgegangen, warum mir diese Lieder so gut gefallen. Jetzt ergibt es irgendwie einen Sinn, es ist der Soundtrack meines Lebens oder so ähnlich.*

Aufgeregt schloss sie die Tür auf und rannte, zwei Stufen auf einmal nehmend, die Treppe hoch. Sie steckte den USB-Stick in ihren Laptop. Wie hatte sie ihn nur vergessen können? Der Soundtrack seines Lebens. Sie warf ihre Tasche aufs Bett, und während sie die Lieder hörte, zog sie sich aus. Zuerst kam *Hanging by a Moment* von Lifehouse. Sie bewegte sich im leichten und vertrauten Rhythmus der Musik, während sie sich die Zähne putzte. Der zweite Song überraschte sie – und er tat weh. Es war *Go on … Miss Me* von Gloriana, in dem ein Junge seine Freundin wegen einer anderen verließ.

Fiona legte sich auf ihr Bett und hörte sich die anderen Lieder an. *Here Without You* von 3 Doors Down, *Drops of Jupiter* von Train, *You and Me* von Lifehouse und *Fallen* von Alicia Keys. Die Lieder drückten den Schmerz aus, den Jake nach ihrer Trennung empfunden hatte, und wenn sich Fiona vorstellte, wie er sie sich anhörte, fühlte sie sich elend. Trotzdem zwang sie sich, alle Songs bis zum Schluss anzuhören. Die nächsten beiden waren wie ein Schlag in die Magengrube. *She's So Mean* von Matchbox Twenty und *Please Forgive Me* von Bryan Adams.

Kein Wunder, dass er seine Gefühle so tief vergraben hatte. Wenn man nach den Songs ging, hatte er auch dann an sie gedacht, wenn es ihm gar nicht bewusst war. Das machte ihr

Mut und sie sprang auf.

Sie wusste genau, was sie tun wollte, und sie wusste, was sie tun musste.

*Eins nach dem anderen.*

Sie setzte sich mit ihrem Laptop aufs Bett und stellte ihre eigene Playlist zusammen. Zuerst kamen Darryl Worleys *I Miss My Friend* und *It's Not Over* von Daughtry, dann fügte sie *You're Gone* von Matchbox Twenty, *State of Grace* von Taylor Swift und *I Try* von Macy Gray hinzu. *I Choose You* von Sara Bareilles und *I Would've Loved You Anyway* von Trisha Yearwood kamen als Nächstes.

*I Would've Loved You Anyway*, ich hätte dich auf jeden Fall geliebt. *Ja, das hätte ich.*

Sie nahm Songs auf, die sie an Jake erinnerten, was praktisch auf jeden Song zutraf, der jemals veröffentlicht wurde. Dann suchte sie Lieder heraus, die eine besondere Bedeutung für ihre Beziehung hatten. Bei *3 AM* von Matchbox Twenty lief ihr eine Träne über die Wange. Sie hatte ihn jede Minute an jedem Tag vermisst, an dem sie getrennt waren. Als sie mit ihrer Playlist fertig war, war es fast zwei Uhr in der Frühe.

Sie stand auf und zog unter dem Bett einen Karton hervor. Darin lag ein Bär, den Jake auf der County Fair gewonnen und ihr geschenkt hatte, als sie siebzehn war. Sein Fell war inzwischen fadenscheinig, nach all den einsamen Nächten, die er in ihrem Arm verbracht hatte, doch seine schwarzen Knopfaugen sahen sie immer noch genauso eindringlich an wie am ersten Tag. Sie nahm ihn heraus und strich ihm sanft über den Kopf. Dann drückte sie ihn an sich und dachte an die Gespräche, die ihr am nächsten Tag bevorstanden. Mit Paul. Und mit Jake.

# Vierundzwanzig

Es war bereits sechs Uhr, als Jake in Fresno ankam, um Fiona abzuholen. Hileberg hatte einen letzten Dreh anberaumt, und wenn Steve Hileberg sagte, dass sie drehten, dann duldete er keinen Widerspruch. Als sie ihm die Tür öffnete, schnürte es ihm die Kehle zu, so sehr liebte er sie. Sie hatte ein eng anliegendes smaragdgrünes Tanktop an, dazu schmal geschnittene Jeans, die jede ihrer betörenden Rundungen betonten, und um ihre Augen schimmerte etwas. Jake konnte den Blick nicht abwenden. Er schloss sie in die Arme und hatte das Gefühl, als sei er wochenlang von ihr getrennt gewesen, nicht nur zwei Nächte.

»Zwei Nächte sind viel zu lang«, flüsterte er an ihrem Ohr, bevor er ihren Mund mit seinen Lippen verschloss.

Er hob sie hoch und sie legte wie selbstverständlich die Beine um seine Taille. Er wusste, wohin das führen würde. Die Treppe war nur ein paar Schritte entfernt, das Sofa war noch näher. Doch so sehr er das Gefühl genoss, ihren süßen Körper an seinem zu spüren, ihren Mund zu schmecken und zu fühlen, wie ihre warme Zunge über seine glitt, so wusste er doch, dass es falsch wäre, jetzt im Bett zu landen. Pauls Bemerkung war durch seine Gedanken gebraust wie ein Tornado und eine

Unterhaltung mit Trish hatte die Sache auch nicht besser gemacht. Als er sie nach Fionas Job fragte, hatte sie ihm in den höchsten Tönen vorgeschwärmt, wie hervorragend sie ihre Arbeit machte, wie sehr ihre Kollegen sie schätzten und wie begeistert sie sich in neue Entdeckungen stürzte, sowohl praktisch als auch in der Theorie.

Sie mussten reden. Je früher, desto besser.

Auf der Fahrt zurück nach Los Angeles hielten sie sich an den Händen und sprachen über Jakes Wochenende am Set. Er spielte auf Zeit, das wusste er, aber warum verdammt nochmal auch nicht. Selbstlos zu sein machte weiß Gott nicht immer Spaß, und er war dabei, einer der selbstlosesten Männer unter der Sonne zu werden.

»Die Untersuchungen, die Paul und die anderen vorhaben, könnten bedeuten, dass künftige Projekte großzügig gefördert werden. Sie werden einen weltbekannten Wissenschaftler mit ins Boot holen, der den vorangegangenen Artikel geschrieben hat. Sie bestreiten seine Untersuchungsergebnisse, was ihm gar nicht gefallen wird, aber genau das ist der Grund, weshalb sie ihn dabeihaben wollen. Es ist zwei Jahre her, dass er seinen Artikel geschrieben hat, und sie meinen, dass es gut aussieht, wenn sein Name im Zusammenhang mit dem Projekt auftaucht. Eine brillante Idee.«

Jake drückte ihre Hand. »Hört sich alles großartig an, Fi.«

»Ja, und Paul ist so begeistert von allem. Er meint, dass die Aufmerksamkeit, die die Gruppe durch meinen Artikel bekommt, ihre Forschungen vorantreiben wird.« Fiona zog ihr Handy hervor und begann, SMS zu schreiben. »Mir ist gerade etwas eingefallen, tut mir leid. Ich schicke Clark nur schnell eine Nachricht. Sie wollten die Notizen zusammenfassen, die wir dieses Wochenende gemacht haben, und ich bin mir nicht sicher, ob sie neben meiner Büroadresse auch meine private E-Mailadresse haben. Schließlich will ich nichts verpassen.«

Jake zog sich das Herz zusammen, als er sie so neben sich sitzen sah. Ein Lächeln umspielte ihre Mundwinkel, sie nagte aufgeregt an ihrer Unterlippe, während sie auf ihr Handy starrte. Eine Fernbeziehung wäre vielleicht doch nicht so schlimm, oder? Sie würden immer noch Zeit füreinander haben. Er konnte sein Haus in Los Angeles verkaufen und sich in der Nähe von Fresno ein neues kaufen.

Pendeln wäre fürchterlich. Aber auch das würde er schaffen. Er konnte nicht zulassen, dass Fiona die neue Stelle verpasste. Er würde ihr nicht im Weg stehen, auch wenn es bedeutete, dass ihre Beziehung ernsthaft gefährdet wurde.

Schließlich steckte Fiona ihr Handy weg, nur um es im nächsten Moment wieder hervorzuziehen.

»Ich habe gestern Abend vergessen, Trish anzurufen. Ich will ihr nur eben erzählen, wie es war.«

»Lass dir Zeit.« Ich hab's nicht eilig damit, alles kaputtzu-machen.

Sie rief Trish an und erzählte ihr von der Veröffentlichung ihres Artikels und von dem Projekt, das ihre Kollegen planten. Dabei wedelte sie aufgeregt mit der freien Hand.

»Ich weiß«, pflichtete sie Trish lachend bei.

Als sie in seine Einfahrt einbogen, sprach sie immer noch mit Trish. Jake hatte sich in der Zwischenzeit überlegt, wie er ihr das sagen würde, was er ihr am allerwenigsten sagen wollte. Je länger er grübelte, desto angespannter fühlte er sich. Er war wie ein Tiger im Käfig, als er vor dem Haus auf und ab ging und darauf wartete, dass sie aufhörte zu telefonieren. Und gleichzeitig fürchtete, dass sie aufhörte zu telefonieren.

Er stand mit dem Rücken zu Fiona, als er ihre Arme von

hinten um seine Taille fühlte. Sie drückte die Wange an seinen Rücken.

»Tut mir leid, Jake. Du bist die ganze Strecke nach Fresno gefahren, um mich abzuholen, und dann rede ich ununterbrochen auf dich ein oder telefoniere pausenlos.«

Er drehte sich in ihren Armen um und der vertrauensvolle Blick ihrer schönen Augen versetzte ihm einen Stich. Er musste es hinter sich bringen, bevor er die Nerven verlor.

»Ist schon okay.« Er war überrascht, wie barsch seine Stimme klang. »Fi, ich denke, du solltest die neue Stelle annehmen.« So, nun war es heraus. Er hatte es gesagt, klar und deutlich und unmissverständlich. Warum also starrte Fiona ihn ungläubig an, als hätte sie keine Ahnung, wovon er redete? Warum ließ sie ihn los und stolperte rückwärts, als hätte jemand sie weggestoßen?

Es waren die schwierigsten Worte, die er je hatte sagen müssen. Alles, was er nie an sich verstanden hatte, ergab einen Sinn, wenn er mit Fiona zusammen war. Sie hatte seine chaotische Welt in Ordnung gebracht und ihm den Weg zu seinen Gefühlen gezeigt. Er wollte sie mehr, als er jemals etwas gewollt hatte, doch in den letzten sechzehn Jahren hatte er sich immer alles genommen, was er haben wollte. Nun war er derjenige, der Fiona den Vortritt ließ und dafür sorgte, dass sie bekam, was *sie* wollte. Was sie verdiente.

»Ich möchte, dass du die neue Stelle annimmst. Du hast hart dafür gearbeitet. Du verdienst sie und du kannst mir nicht erzählen, dass du sie nicht willst.« Er ballte die Hände. Er durfte ihr auf keinen Fall zeigen, dass er log. »Wir kriegen das hin. Schließlich sind wir nicht das erste Paar mit einer Fernbeziehung.«

»Eine Fernbeziehung? Ist es das, was du wirklich willst? Das ist doch nicht dein Ernst.« Ihr Atem kam stoßweise und ihre Stimme überschlug sich fast.

»Doch, Fiona, es ist mein Ernst. Ich will, dass du die neue Stelle annimmst.« *Verdammt.* Die Lüge bohrte sich wie ein glühender Spieß in seine Brust und ließ sein Herz bluten. Das war die Rache für seine Jahre der Selbstsucht. Und es war schrecklich.

Fiona schüttelte den Kopf. »Nein, Jake. Nein.« Sie trat zu ihm, mit Tränen in den Augen.

Jake wandte den Blick ab und schluckte seine eigene Verzweiflung hinunter.

»Nein, Jake. Ich kenne dich, du meinst das nicht wirklich ernst. Du willst nicht, dass wir eine Woche oder länger voneinander getrennt sind. Ich weiß, dass du es nicht willst. Du willst nicht fünf oder sechs oder mehr Wochen unterwegs sein und drehen, während ich tausend Meilen entfernt bin.«

Er biss die Zähne so fest zusammen, dass er Angst hatte, er würde sie zermalmen. Er konnte ihr nicht sagen, dass er log, und auf diese Weise die Karriere zerstören, die sie sich so hart erarbeitet hatte. Er schüttelte den Kopf.

»Warum?«, fuhr sie ihn an. Ihre schönen Augen waren voller Schmerz.

Er schluckte.

Fiona krallte die Faust in sein T-Shirt. Ihr Gesicht war rot, ihre Augen nur noch schmale Schlitze. »Sag mir, warum. War das alles nur ein Spiel für dich? Das glaube ich dir nicht eine Sekunde lang.«

Ihre Blicke trafen sich. Der Kloß in seinem Hals wurde noch dicker, als ihr die Tränen über die Wangen strömten.

Er streckte die Hand aus, um sie wegzuwischen, doch sie schlug sie weg.

»Nein. Rühr mich nicht an. Du schuldest mir eine Erklärung.« Sie stürmte auf die andere Seite der Einfahrt, machte kehrt und stapfte wütend auf ihn zu, bis er die roten Äderchen in ihren Augen sehen konnte.

Ihr Blick war nicht mehr wütend, sondern verletzt, und ihre Stimme wurde weicher. »Ich weiß, dass du mich liebst, Jake. Oder vielleicht … vielleicht weiß ich gar nichts von dir.« Dann nickte sie, als verstünde sie plötzlich. Sie stolperte rückwärts.

»Du liebst mich, Jake. Ich weiß, dass du mich liebst.«

Er konnte es nicht ertragen, sie so unglücklich zu sehen. »Ja, ich liebe dich, Fiona.« *Mehr als du jemals wissen wirst.*

»Warum willst du dann, dass wir getrennt leben?« Als er schwieg, schüttelte sie den Kopf und ging noch ein paar Schritte zurück. »Das ist alles so durcheinander. Ich weiß nicht, was ich falsch gemacht habe, aber eine Fernbeziehung ist nichts für mich, Jake.«

Wut und Trauer wirbelten in ihm auf und trieben ihn nach vorn.

»Was hast du dir dabei gedacht, Fiona?« Mit zwei gewaltigen Schritten war er bei ihr, der jahrealte Zorn bahnte sich einen Weg und er konnte ihn nicht zurückhalten. »Jetzt sind wir wieder da, wo wir vor sechzehn Jahren waren. Es geht um deine verdammte Zukunft und ich werde dich nicht zurückhalten. Damals wolltest du deine Freiheit und du hast sie bekommen. Ich habe mich nicht an deine Fersen geheftet, auch wenn ich tagein, tagaus an nichts anderes gedacht habe. Ich wollte nur, dass du glücklich bist, und wenn dein Glück nur ohne mich zustande kommt, dachte ich, nun, leck mich. Es war schlimm, es tat weh und ich habe mich aufgerappelt und bin weitergegangen.«

»Du hast dich davor versteckt«, fauchte sie.

»Na und? Du hast dein Leben so gelebt, wie du es wolltest. Damals habe ich dir den Weg freigemacht und in all den Jahren, die wir getrennt waren, habe ich mich zu dem selbstsüchtigsten Idioten entwickelt, den ich kenne. Außer meiner Familie waren mir alle egal. Niemand kam an mich heran, Fiona. Niemand.«

Tränenüberströmt blinzelte sie ihn an. »Jake«, flüsterte sie.

»Nein. Es war, wie es war, und ich war bereit, all das hinter mir zu lassen. Du hast mich zu einem besseren Menschen gemacht, Fi. Du brauchtest nur einen Monat, um mir den Spiegel vorzuhalten und mir zu zeigen, was für ein selbstsüchtiger Bursche aus mir geworden ist. Das war das Beste, was du für mich tun konntest – und das Schlimmste. Denn hier sind wir nun. Du bist auf dem Höhepunkt deiner Karriere und ich sitze fest.« Seine Arme zitterten vor Enttäuschung. »Ich sehe dich in allem, was ich tue. Als ich gestern aus dem verdammten Haus gesprungen bin, dachte ich nur daran, dass ich besonders gut aufpassen muss, damit ich dich wiedersehen kann. Und als ich dich in Fresno abgeholt habe, fühlte es sich an wie zu Hause. Aber das ist alles egal, denn wenn ich dich bitte, zu bleiben, bin ich wieder der selbstsüchtige Typ, der ich schon lange nicht mehr sein will.«

»Jake –« Sie streckte die Hand nach ihm aus, doch er trat einen Schritt zurück.

»Nein, lass mich ausreden. Ich will nichts lieber als dich heiraten, Fiona. Dich in jeder Sekunde meines Lebens an meiner Seite haben. Ich will zu dir nach Hause kommen und mit dir aufwachen, und du bist die einzige Frau, mit der ich jemals wieder schlafen will. Ich will eine verdammte Familie mit dir – aber das ist jetzt alles egal.«

Er wandte sich ab und rieb sich heftig mit der Hand über

das Gesicht. Dann ließ er die Hände sinken und krümmte die Schultern, als könnte er so dem Wunsch beikommen, einen Rückzieher zu machen. Er atmete ein paarmal tief durch, wappnete sich insgeheim gegen die Tränen in ihren Augen und drehte sich um.

Sie hatte die Hand vor den Mund geschlagen und starrte ihn aus tränenfeuchten Augen an.

»Heiraten?«, flüsterte sie.

Er griff nach ihrer zitternden Hand. »Ja. Heiraten. Dich heiraten. Tut mir leid, Fiona.«

»Du bist ein Idiot.«

Er nickte. »Und was für einer, aber ich arbeite daran. Nicht selbstsüchtig zu sein ist gar nicht so einfach, damit du es weißt, aber das ändert nichts an der Tatsache, dass ich dich liebe.«

Sie schluckte schwer, dann trat sie zu ihm. Ihre Beine berührten sich. Sie drückte ihre weiche, warme Hand an seine Wange und Jake schloss die Augen und genoss die tröstende, liebevolle Geste.

»Es tut mir so leid, Fi. Ich will, dass es klappt mit uns, aber vor allem will ich dich nicht von etwas losreißen, das dich so glücklich macht.« Er sah zu ihr hinunter und spürte, wie seine Entschlossenheit dahinschmolz. »Du hast mich in der Hand, Fi. Das hattest du immer schon.«

Sie lächelte.

»Sei selbstsüchtig, Jake. Dieses eine Mal kannst du selbstsüchtig sein.«

»Du machst es mir nicht gerade einfach. Ich versuche wirklich, das Richtige zu tun.«

»Das ist das Richtige«, sagte sie leise.

*Und das ist verdammt schwer.*

»*Das* ist das Richtige.« Sie legte ihm die Arme um den Hals und senkte ihre Lippen auf seine.

Salzige Tränen mischten sich in ihren Kuss und ihre Herzen pochten wild aneinander. Seine starken Arme hielten sie umfangen. Sie fühlte sich so gut, so richtig an. Vielleicht war es nicht der richtige Weg, vielleicht war er im Grunde seines Herzens ein selbstsüchtiger Mensch, doch er konnte nicht mehr lügen. Er löste seine Lippen von ihrem köstlichen Mund und starrte ihr in die Augen, die seinen Blick voller Liebe erwiderten.

»Zum Teufel mit der neuen Stelle. Heirate mich, Fiona. Such dir hier einen Job oder arbeite von zu Hause aus oder höre ganz auf zu arbeiten. Ich unterstütze dich in allem, was du willst, nur bin ich nicht selbstlos genug, um dich noch einmal ziehen zu lassen. Es ist selbstsüchtig und ich bin ein verdammter Idiot, dass ich dich bitte, das aufzugeben, was du liebst, aber ich will dich, Fiona, und ich habe dich damals gehen lassen. Und das passiert mir nicht noch einmal.«

Sie nahm sein Gesicht in beide Hände und sah ihn ernst an. »Ich habe die neue Stelle schon abgelehnt und heute Morgen meine Kündigung eingereicht.«

»Du …«

Sie nickte. »Ich wusste, dass du mich liebst. Ich will dich nicht aus der Ferne lieben oder mich danach sehnen, mit dir am Set sein zu können. Ich will jede Sekunde meines Lebens mit dir verbringen.«

»Du hast gekündigt.« Er konnte es nicht fassen.

»Ich habe dich damals verlassen, um mich selbst zu finden, und ich habe das geschafft, was ich schaffen wollte. Ich habe in meinem Beruf eine Spur hinterlassen und ich kann weiterhin veröffentlichen. Aber es sind nicht die Entdeckungen oder die Veröffentlichungen, die mir gefehlt haben, um vollständig zu sein. Ich habe mich selbst gefunden, aber ein Puzzlestück fehlte immer noch. Das wichtigste Stück. Ohne dich fehlt mir etwas, Jake. Du bist das fehlende Puzzlestück.«

Er lehnte seine Stirn an ihre und atmete tief ihren süßen Duft ein. »Heirate mich, Fi. Lass uns wilde Jungs und schlaue Mädchen zusammen großziehen. Werde meine Frau. Werde mein. Gott weiß, dass ich längst dein bin.«

»Merkst du es denn nicht, du Dummchen? Ich bin doch schon dein. Schon immer.«

*Fünfundzwanzig*

Jake und Fiona hielten sich bei der Hand und strahlten über das ganze Gesicht. Der für Montag vorgesehene Dreh war in letzter Minute abgesagt worden und die beiden hatten die freie Zeit nach Kräften ausgenutzt. Sie hatten den Tag damit verbracht, sich in den Armen zu liegen, sich öfter zu lieben, als sie jemals zugeben würden, und waren bestenfalls aufgestanden, um ins Bad zu gehen. Vor einer Stunde hatten sie schließlich geduscht und sich für das Abschlussdinner angezogen. Es war sieben Uhr am Montagabend, sie saßen auf Jakes Bett und starrten auf den Bildschirm von Jakes Laptop.

»Bist du soweit?«, frage Jake. Der Cursor schwebte über dem Skype-Icon.

»Nun klick schon drauf. Dein Fahrer soll in zehn Minuten hier sein.«

Jake drückte sein Bein an ihres, sodass der Schlitz in Fionas weißem Kleid aufsprang. Er legte ihr die Hand auf den Schenkel und schmiegte sich in ihre Halsbeuge.

»Bist du sicher? Wir können später noch mit meiner Familie skypen und das Dinner ausfallen lassen.« Er deutete mit dem Kinn auf das Bett und hob eine Augenbraue.

Sie errötete. »Du bist unersättlich. Nun mach schon.«

Am Abend zuvor hatten sie Fionas Brüder angerufen, um ihnen die gute Nachricht zu überbringen. Reggie, Jesse und Brent warnten Jake in bester Großer-Bruder-Manier, er möge gut auf ihre Schwester aufpassen. Finns Botschaft fiel etwas sanfter aus. *Fiona will andere Leute glauben machen, dass sie ein dickes Fell hat und stark wie ein Ochse ist. In Wirklichkeit ist sie eine wundervolle, starke Frau mit einem großen, empfindsamen Herzen. Beschütze ihr Herz, Jake, dann sind wir Freunde bis in alle Ewigkeit. Wenn du ihrem Herzen etwas antust, wirst du dein blaues Wunder erleben.* Jake respektierte die Warnungen der Brüder. Mit Dae hatte er es genauso gemacht. So war das eben, wenn Brüder ihre Schwestern liebten. Die Familie bedeutete alles für Jake und er wusste, dass die Brüder ihre Drohungen nicht wahr machen mussten. Er hatte vor, Fiona für den Rest ihres Lebens zur glücklichsten Frau unter der Sonne zu machen.

Er verliebte sich mit jeder Sekunde mehr in sie. Nun sah er sie an, blickte dann auf den Laptop und schließlich ging sein Blick wieder zu ihr.

»Okay, aber vergiss nicht, du bist mit mir zusammen. Nicht, dass du dich in meinen Cousin Sam verliebst.«

Fiona verdrehte in gespielter Empörung die Augen. »Okay, ich will versuchen, mich zurückzuhalten, wenn du mir versprichst, dass du die ach-so-sexy Megan Flexx gar nicht wahrnimmst, wenn sie sich dir das nächste Mal an den Hals wirft.«

»Unsinn, die Frau kann dir nicht annähernd das Wasser reichen.«

»Genau. Und Sam kann dir nicht das Wasser reichen.« Sie wies auf den Laptop.

Jake klickte auf das Icon und ein paar Sekunden später starrten Emilys große braune Augen sie an. Sie kreischte und hüpfte aufgeregt und ab.

»Emily!«, rief ihre Mutter hinter ihr.

»Hi!« Emily winkte, als hätte sie die beiden seit Jahren nicht gesehen. Jakes Mutter spähte ihr über die Schulter.

»Hi! Ich hab euch lieb«, sagte seine Mutter.

»Hi«, sagten Jake und Fiona wie aus einem Munde.

Von der Seite kam Wes ins Bild.

»Hey, Bruder«, sagte er. »Hey, Fiona.«

»Hi«, sagten sie noch einmal.

»Ihr zwei seht … glücklich aus.« Wes zwinkerte Fiona zu.

Jakes ernster Blick ging von Wes zu Fiona und zurück.

»Wir sind glücklich, aber wir haben nur ein paar Minuten Zeit.« Jake verschränkte seine Finger mit Fionas.

»Nach allem, was ich gehört habe, habt ihr sogar ganz viel Zeit. Nämlich den Rest eures Lebens.« Emily schob Wes beiseite und grinste. »Shea hat mir eine SMS geschickt und gesagt, dass Fiona in L. A. bleibt.«

»Ich hatte gehofft, ich könnte euch die gute Nachricht persönlich überbringen.« Jake sah Fiona an.

Fiona zog die Nase kraus. »Tut mir leid, ich hab ihr gestern Abend eine SMS geschickt.«

»Ist schon okay.« Er küsste sie sanft.

Emily rief: *Oooooh*, Wes flüsterte: *Himmel*, als würde er sich ärgern; doch Jake wusste, dass er sich nur über die Art lustig machte, wie Jake noch vor Kurzem über die Beziehungen seiner Geschwister gespottet hatte. Dann dröhnte eine tiefe Stimme, die Jake seit Jahren nicht mehr gehört hatte: »Junge. Sind wir in deinem Schlafzimmer?«

Sams gut aussehendes Gesicht erschien auf dem Monitor. Er hatte dichtes schwarzes Haar, einen kleinen Bart und Augen, die vor Übermut blinzelten. Er war Jakes Großcousin und lebte an der Ostküste, wo er Floßfahrten organisierte.

»Sam, das ist ja ewig her. Das ist Fiona und, ja, wir sind im Schlafzimmer«, antwortete Jake.

»Cool. Hey, Fiona. Ich habe schon viel von dir gehört.« Sam streckte einen Arm zur Seite aus und zog seine Schwester Shannon ins Bild. Sie war Anfang zwanzig, hatte langes braunes Haar und warme braune Augen.

»Hey, Shannon«, sagte Jake. »Das ist meine Verlobte Fiona.« Meine Verlobte. Er hatte keine Ahnung, welcher Macht im Himmel er Fiona zu verdanken hatte, doch er würde alles tun, um es diesmal nicht wieder zu vermasseln. Auf keinen Fall.

»Schön, euch zu sehen. Emily sagte, ihr habt nur wenig Zeit, aber wir wollten auch nur kurz Hallo sagen.« Shannon lebte in Maryland in Peaceful Harbor und Jake hatte sie fast drei Jahre lang nicht gesehen.

»Du siehst gut aus, Shannon. Wie lange seid ihr in Trusty?«, fragte er.

»Ich bin ein paar Monate hier, wegen eines Umweltprojekts. Wir führen Untersuchungen in den Bergen durch. Vielleicht haben wir mehr Zeit, wenn du das nächste Mal in Trusty bist. Von hier aus fahre ich zu Onkel Hal und bleibe dort eine Weile. Und Sam …« Sie lehnte sich zur Seite, damit Sam wieder in die Kamera sehen konnte.

»Ich weiß nicht, wie lange ich hier bin, Mann. Meine Teams stellen gerade die Sachen für unsere nächste Reise zusammen.«

Nun schob sich Jakes Mutter wieder vor die Linse. »Jake, wenn du mit deinem Film fertig bist, können wir alle zusammen eure Verlobung feiern.«

»Das wäre wunderbar, Mom. Danke.« Jake zog Fiona in seine Arme.

»Vielen Dank. Das wäre wirklich herrlich«, sagte sie zu seiner Mutter.

»Schön, euch alle zu sehen. Shannon und Sam, wir reden ein anderes Mal länger, aber wir müssen gleich los und ich will noch kurz mit Wes sprechen. Könnt ihr ihn ganz schnell holen?«

»Yo, Bruder.« Wes erschien zwischen Shannon und Sam. »Was gibt's?«

»Ich wollte dir nur sagen, dass ich dir den Hintern versohle, wenn wir uns das nächste Mal sehen«, grinste Jake.

»Meinst du nicht, du solltest mir dankbar sein, dass ich dich damals mit in die Bar geschleift habe?«, erwiderte Wes kämpferisch.

»Ja, da hast du wohl recht. Dafür gibt's auch nichts auf die Mütze, aber dafür, dass du mich angelogen hast. Das wird richtig wehtun, glaub mir.«

»Jake!« Fiona stieß ihn an. »Ich pass auf, dass er dir nichts tut«, sagte sie zu Wes.

»Ist schon okay, Fiona. Ich werde mit ihm fertig«, sagte Wes.

»Wir lassen ihn aber nicht.« Über Wes' Schulter kam Callie ins Bild und hob seinen eingegipsten Arm hoch. »Dein Bruder und sein Kumpel Chip meinten, sie müssten auf einem Bullen reiten. Der Bulle hat gewonnen. Also, keine Raufereien.«

Jake zog Fiona an sich. »Ich bin trotzdem der Gewinner.«

Auf dem Weg zum Abschlussdinner hörten sie sich die Playlist an, die Fiona für Jake zusammengestellt hatte, und kuschelten auf dem Rücksitz der Limousine. Zu den Songs mussten sie nichts sagen. Sie wussten beide, was sie bedeuteten und warum sie sie ausgesucht hatte. Nachdem Jake gelernt hatte, auf sein Herz zu hören, verstanden sie einander ohne Worte.

Fiona konnte es immer noch nicht fassen, dass Jake seine Gefühle für sie in den Hintergrund gestellt hatte, um selbstlos zu sein und ihr die neue Stelle zu ermöglichen. Immer, wenn sie dran dachte, stiegen ihr die Tränen in die Augen. Sie hatte noch nie einen Mann kennengelernt, der sich solche Mühe gegeben hatte, sich zu ändern.

Aber sie wusste, dass sich Jake eigentlich gar nicht ändern musste. Er musste nur das wiederfinden, was er verdrängt hatte, und sie war sich sicher, dass sie die richtige Wahl getroffen hatte. Die einzige Wahl, mit der sie leben konnte. Paul hatte die Neuigkeit gelassen aufgenommen, obwohl es ihm leidtat, dass sie ging. Er hatte ihr angeboten, sie so oft wie möglich als Beraterin hinzuzuziehen. Im Moment freute sich Fiona, dass sie mit Clark und Joe an ihren neuen Veröffentlichungen arbeiten konnte. Jake hatte gesagt, dass er gerne mehr Zeit im Haus in den Bergen verbringen und Kinder haben wollte, sobald sie verheiratet waren. Aber er genoss die Zeit, die sie zu zweit verbrachten, ebenso wie sie.

»Babe, ich habe mit Jack Remington, dem Mann meiner Cousine Savannah gesprochen und auch mit seiner Mutter Joanie und seinem Bruder Sage. Sie wollen dir Kunstunterricht geben. Joanie ist Malerin und Sage ist Bildhauer und Maler.«

»Jake …« Sie wusste nicht, was sie sagen sollte. Dass seine Cousine Savannah, Hal Bradens Tochter, geheiratet hatte, wusste sie, aber sie hatte keine Ahnung, dass sie in eine Künstlerfamilie hineingeheiratet hatte. Der Gedanke, dass Jake an ihren alten Traum gedacht hatte, machte sie sprachlos. »Wann hat du das denn geschafft?«

»Als du geduscht hast.«

Sie lächelte und schüttelte den Kopf. »Du bist immer für eine Überraschung gut. Ob das jemals aufhört?«

»Wahrscheinlich nicht, denn ich will, dass deine Träume wahr werden. Und weil ich zwischen diesem Film und dem nächsten in Sweetwater eine Pause habe, dachte ich, wir könnten nach New York fliegen, etwas Zeit mit den Remingtons verbringen, damit du sie kennenlernst, und uns überlegen, wie wir deine Kunststunden am besten einplanen.« Er zuckte die Schulter. »Vielleicht sind wir eine Woche pro Monat dort, während du malen lernst, oder wir nehmen uns einen Monat, wenn wir frei haben, und dann sehen wir uns die Stadt an. Was immer du willst.«

»O Jake.« Fiona blinzelte ein paarmal, um die Tränen zurückzuhalten. »Danke«, sagte sie dann und gab ihm einen Kuss.

»Und während wir da sind, sehen wir uns nach einem Verlobungsring um.«

Sie riss Augen auf. »Wir müssen aber nicht —«

Er legte ihr den Finger auf die Lippen. »Ich nehme mein Mädchen nach Griechenland mit, auf die romantischste Hochzeitsreise, die es je gab. Du hast mir meinen romantischen Ich-liebe-dich-Moment gestohlen, aber lass mir das. Bitte.«

Die Limousine hielt vor dem Restaurant und bevor Fiona etwas sagen konnte, war Jake schon aus dem Auto gesprungen und reichte ihr die Hand.

Kameras blitzten auf und Paparazzi riefen ihre Namen. Jake legte den Arm so fest um ihre Schulter, dass sie dachte, sie würde Druckstellen bekommen, aber das wäre auch okay gewesen.

Am Eingang zum Restaurant zupften zwei Fans Jake am

Arm. Er hielt Fiona noch fester, und als die beiden jungen Mädchen versuchten, sich von rechts und links an ihn zu drängen, schob er sie beiseite.

»Ihr könnt ein Foto machen, aber meine linke Seite gehört meiner Verlobten.«

Nachdem die Fans ihre Fotos geschossen hatten, sah Jake Fiona in die Augen und nahm sie in die Arme. Er gab ihr einen tiefen Kuss, während mindestens fünfzig Kameras auf sie gerichtet waren. Fiona war es keineswegs peinlich, aber sie bekam weiche Knie. Er mochte es gewöhnungsbedürftig finden, wieder Gefühle zu haben. Fiona dagegen hatte das Problem, dass jeder leidenschaftliche Kuss und jede Umarmung ihren Körper glühen ließen. Das Verlangen zu verbergen, das Jake in ihr entfachte, würde in Zukunft gar nicht so einfach sein. Aber sie freute sich schon darauf, zu üben.

Er hielt sie in seinen starken Armen fest und drückte seine Wange an ihre. »Ich hab dich, Fi«, flüsterte er, »und ich lass dich nie wieder los.«

# Lust auf mehr von den Bradens?

Auch die Geschichten von Jakes Geschwistern werden jeweils in einem eigenen Buch erzählt. Beginnen Sie doch mit *Bei Heimkehr Liebe*, dem ersten Band der Serie, und lernen Jakes Bruder Luke kennen. Falls Sie bereits Fan der Reihe *Love in Bloom – Herzen im Aufbruch* sind und schon alle Romane über die Bradens aus Weston und Trusty gelesen haben, blättern Sie einfach um und lesen das erste Kapitel von *Geheilte Herzen*, dem ersten Band der Serie über die Bradens aus Peaceful Harbor.

Lesen Sie hier einen Auszug aus dem nächsten Band!

# Geheilte Herzen

## DIE BRADENS (PEACEFUL HARBOR)

### LOVE IN BLOOM – HERZEN IM AUFBRUCH

## Eins

»Bist du sicher, dass ich nicht zurückkommen soll, wenn sie weg sind?« Jewel Fisher holte ihre Handtasche unter der Registrierkasse hervor und überflog noch einmal den Dienstplan, um sicherzugehen, dass sie wirklich erst am Montag wieder arbeiten musste.

»Ja. Ganz sicher. Geh und amüsier dich ein bisschen. Du hast seit Monaten kein freies Wochenende gehabt.« Chelsea Helms, Jewels Chefin und Besitzerin von *Chelseas Boutique*, schob sie sanft von der Kasse weg. Jewel arbeitete seit zwei Jahren bei ihr, kannte sie aber schon viel länger. Chelsea war mit Rick, Jewels älterem Bruder, zur Highschool gegangen. Vor zwei Jahren war Rick bei einem Militäreinsatz in Afghanistan ums Leben gekommen.

»Im Februar hatte ich ein Wochenende frei.« Auf dem Weg zur Ladentür rückte Jewel die Stapel auf den Tischen mit den

Auslagen zurecht.

Chelsea verdrehte die Augen. »Das ist zwei Monate her. Und außerdem weißt du genau, dass ich nicht nur den Laden meine, sondern auch deine Familie. Ein bisschen Abstand von beidem würde dir guttun. Mach irgendwas Verrücktes. Vielleicht bist du dann endlich keine Jungfrau mehr, wenn du am Montag wiederkommst.«

Jewel hatte weder vor, sich von ihrer Familie freizunehmen, noch, ihre Unschuld zu verlieren. Nicht, dass sie ihre Jungfräulichkeit für etwas Besonderes gehalten hätte, das es wert wäre, bewahrt zu werden. Das Thema beschäftigte sie einfach nicht. Als sie noch zur Schule ging, hatte sie ihrer Mutter nebenher bei der Betreuung der jüngeren Geschwister geholfen und nun arbeitete sie den ganzen Tag in der Boutique. Da blieb ihr wenig Freizeit. Doch auch, wenn sie selten an Sex dachte, war sie sich der Tatsache bewusst, dass er allgegenwärtig war. Während des Studiums hatte sie zu Hause gewohnt, um ihre Mutter unterstützen zu können. Dadurch war sie der sexgeladenen Atmosphäre in den Wohnheimen entronnen, wo in jedem Blick und jedem verführerischen Lächeln ein Versprechen mitzuschwingen schien. Die wenigen Dates, die sie nach dem College gehabt hatte und die allesamt von Chelsea eingefädelt worden waren, hatten sich als glatter Reinfall erwiesen. Jungs in ihrem Alter waren ihr einfach zu unreif, und sie hatte weder die Zeit noch das Interesse, sich auf die Suche nach einem älteren Typ zu machen.

Und außerdem war da dieser Kuss gewesen …

Dieser Kuss, der sie nachts nicht einschlafen ließ und wegen dem sie eben doch davon träumte, wie ein ganz bestimmter Mann seine Hände auf über ihren Körper gleiten ließ …

»Erde an Jewel.« Chelsea holte Jewel abrupt in die

Wirklichkeit zurück und betrachtete sie stirnrunzelnd.

»Tut mir leid. Ich, ähm …« … *kann nur an einen denken, und der ist fast eins neunzig groß und weit, weit weg in dem Krieg, in dem mein Bruder sein Leben gelassen hat.* »Ich glaube, ich werde eine lange Wanderung machen, um mal wieder einen klaren Kopf zu kriegen. Es kommt mir vor, als würde ich seit Ewigkeiten auf Hochtouren laufen.«

»Das tust du auch, Jewel. Und nun raus mit dir. Geh wandern. Lies ein Buch. Tu irgendwas Entspannendes.« Chelsea hob die Brauen. »Aber ich denke immer noch, dass es zum Stressabbau nichts Besseres gibt als Sex.«

Als das Telefon läutete, winkte Chelsea ihr zum Abschied zu. Jewel stieg in ihren Jeep, der vor der Tür parkte, und machte sich auf den Weg zum Haus ihrer Mutter. Sie gab sich alle Mühe, *nicht* an Nate Braden zu denken, denn der Gedanke an Nate brachte sie vollends durcheinander. Den Kuss, den sie nicht vergessen konnte, hatte er ihr bei einer Silvesterparty im *Mr. B.* gegeben, dem Pub, der zur Mikrobrauerei seiner Eltern gehörte. Als er sich Punkt Mitternacht umdrehte und sie in die Arme nahm, hätte er jede andere Frau im Raum haben können. Sie hatte einfach am nächsten gestanden. Und es war ein Segen gewesen, dass er seine starken Arme um sie gelegt und sie festgehalten hatte, denn der Kuss hatte sie geradezu dahinschmelzen lassen.

Sie schob den Gedanken an Nate endgültig beiseite. Als sie am Haus ihrer Mutter ankam, saß ihre jüngere Schwester Krissy schmollend auf der Treppe. Sie hatte das Kinn in die Handfläche gestützt und sah angestrengt zu Boden. Krissy und ihre anderen Geschwister sollten das Wochenende bei ihrer Tante in der Nachbarstadt verbringen.

Jewel setzte sich zu ihr auf die Treppe. »Was ist los, Krissy?«

Mit ihren zwölf Jahren war Krissy fast genauso launisch wie der fünfzehnjährige Patrick.

»Ich habe die Rolle nicht bekommen, die ich unbedingt haben wollte.«

Ihr Vater war gestorben, als Krissy vier war. Zwei Jahre später ging ihr ältester Bruder Rick zum Militär und Krissy kam überhaupt nicht damit zurecht, dass er weg war. Schließlich meinte ihre Mutter, dass sie etwas brauchte, das ihr Spaß machte und sie von der klaffenden Lücke ablenkte, die Vater und Bruder hinterlassen hatten. Es war genau die richtige Idee. Krissy war die geborene Tänzerin, und als Rick getötet wurde, war das Tanzen für Krissy wie ein Rettungsanker.

Jewel strich ihrer Schwester über das glatte blonde Haar. Durch die zehn Jahre Altersunterschied zwischen ihnen kam sie sich eher vor wie eine gern gesehene Tante und nicht so sehr wie eine ältere Schwester. Es machte sie traurig, dass Krissy nicht die Rolle bekommen hatte, von der sie geträumt hatte, doch gleichzeitig war sie froh, dass sich ihre Geschwister mit den gleichen Problemen herumschlugen wie ihre Altersgenossen. Jewel hatte alles dafür getan, damit sie nicht dieselben Pflichten übernehmen mussten wie sie und Rick. Sie haderte nicht mit den komplizierten Verhältnissen in ihrer Familie, aber als Sechzehnjährige die Verantwortung für drei jüngere Geschwister übernehmen zu müssen – das wünschte sie niemandem. In den vergangenen sechs Jahren hatte sie auf vieles verzichtet.

»Das tut mir leid, aber bestimmt klappt es beim nächsten Mal«, versuchte Jewel, ihrer Schwester Mut zu machen.

»Hoffentlich. Diesmal hat Selina die Rolle bekommen. Sie ist wirklich gut und hat es verdient, aber ich hatte es mir so sehr gewünscht. Sie tritt zusammen mit Tray Martino auf und er ist der süßeste Junge in der ganzen Tanzklasse.«

Wie konnte es sein, dass eine Zwölfjährige mehr Interesse an Jungen hatte als Jewel mit zweiundzwanzig?

Als hinter ihr die Haustür aufging, drehte sie sich um. Mit einem Koffer in der einen und einer Einkaufstüte in der anderen Hand hetzte ihre Mutter Anita an ihnen vorbei die Treppe hinunter. Das Haar hatte sie zu einem unordentlichen Pferdeschwanz gebunden.

»Jewel, Schätzchen, du hättest nicht herkommen müssen. Ich habe dir doch gesagt, dass wir zurechtkommen.« In ausgebleichten Jeans und T-Shirt sah man ihrer Mutter ihre siebenundvierzig Jahre nicht an. Sie war knapp zwanzig gewesen, als Rick zur Welt kam, und obwohl sie innerhalb von sechs Jahren ihren Sohn und ihren Mann verloren hatte, hatte sie sich nicht nur ihre seelische Gesundheit bewahrt, sondern war ihren Kindern auch eine fantastische Mutter, selbst wenn sie ständig unter Zeitmangel litt. Bevor ihr Mann starb, hatte sie stundenweise von zu Hause aus als Buchhalterin gearbeitet, aber einen Monat nach seinem Tod hatte sie einen Vollzeitjob in einem Büro angenommen. Mittlerweile hatte sie sich zu einer leitenden Position hochgearbeitet und jetzt belegte sie nebenher Kurse, um ihren Collegeabschluss nachzuholen. Als Rick geboren wurde, hatte sie ihre Ausbildung abgebrochen.

Jewel klopfte Krissy auf die Schulter. »Gib nicht auf. Bestimmt bekommst du die Rolle im nächsten Jahr.« Sie erhob sich und holte zwei Tüten, die an der Tür standen. »Ich wollte Patrick nur an sein Biologieprojekt erinnern. Und Taylor muss den Text mitnehmen, den sie für die Theateraufführung lernen soll«, sagte sie zu ihrer Mutter.

Anita half ihr, die Tüten ins Auto zu legen. »Biologieprojekt?«, fragte sie stirnrunzelnd. »Er hat mir gesagt, dass er es im Laufe der Woche fertig gemacht hat.«

»Hast du es dir zeigen lassen?«, fragte Jewel.

Patrick kam aus dem Haus geschlurft. Er war groß und schlaksig, wie Rick als Teenager, hatte dichtes blondes Haar und die gleichen mandelförmigen blauen Augen wie ihr Vater. In letzter Zeit wirkte Patrick in sich gekehrt und grüblerisch, und das machte Jewel Sorgen.

»Ich bin seine Mutter. Natürlich habe ich mir die Arbeit zeigen lassen.«

»Ihr braucht mich nicht zu kontrollieren«, maulte Patrick, öffnete die Autotür und ließ sich auf den Beifahrersitz sinken.

»Hast du das Buch eingepackt, das du für Englisch lesen musst?«, fragte Jewel.

Er seufzte und schwieg.

Jewel warf ihrer Mutter einen Blick zu, die das Buch aus der Seitentasche seines Koffers zog.

»Jewel, es ist alles da«, beharrte ihre Mutter. Sie musste hart arbeiten, um über die Runden zu kommen, aber wie sollte sie gleichzeitig im Büro sein, sich um ihre Kinder kümmern und sie durch die Gegend kutschieren? Ganz zu schweigen von Einkäufen, Arztterminen und natürlich dem Versuch, den Verlust des Mannes zu verkraften, den sie seit der Highschool geliebt hatte. Rick hatte nach dem Tod des Vaters sein Studium abgebrochen und war nach Hause zurückgekehrt, um bei allem zu helfen, was ihre Mutter nicht bewältigen konnte, ohne ihren neuen Job zu riskieren. Als er zwei Jahre später zum Militär ging, hatte Jewel diese Pflichten übernommen und kümmerte sich seitdem um all die Kleinigkeiten, die tagtäglich anfielen.

»Ich weiß, Mom, aber es kann ja nicht schaden, noch einmal nachzusehen.«

Die Haustür wurde aufgerissen. Taylor stemmte die Hände

in die Hüften und brüllte: »Jewel? Wo sind meine roten Turnschuhe?«

Taylors welliges blondes Haar reichte ihr fast bis zur Taille. Sie hatte niedliche rote Shorts und ein weißes T-Shirt mit rundem Ausschnitt an und sah eher wie dreizehn als wie zehn aus.

»Im Schuhschrank im Flur. Du hattest sie letztens an, als du bei Katie warst, erinnerst du dich?«

»Ach ja, stimmt.« Sie rannte zurück ins Haus.

»Und du, Schatz? Was hast du in den nächsten zwei Tagen vor?«, fragte ihre Mutter.

»Heute Nachmittag gehe ich wandern und morgen koche ich das Abendessen für die Woche vor und friere alles ein. Und wahrscheinlich fange ich mit dem Buch an, das du mir geliehen hast.«

Ihre Mutter presste die Lippen aufeinander. »Warum rufst du nicht eine Freundin an und ihr macht euch einen netten Abend? Trinkt etwas, geht zusammen essen. Unternehmt etwas. Du musst nicht immer für uns kochen, Jewel. Ich bin eure Mutter. Ich schaffe das.«

»Ich weiß, und du bist die beste Mutter überhaupt. Aber ich helfe gerne. Außerdem hast du zwischen dem Büro und dem Abendkurs kaum Zeit, Luft zu holen.« Ihre Mutter war stolz, sie würde nie um Hilfe bitten. Tatsächlich hatte sie sich zuerst gegen Ricks und dann gegen Jewels Einsatz gesträubt, bis ihr klar wurde, dass die beiden helfen würden, egal was geschah. Anita arbeitete in ihrer Freizeit ebenso hart wie in den Stunden, für die sie bezahlt wurde, und umso mehr bemühte sich Jewel, sie zu unterstützen, so gut es ging.

»Und wo wir gerade beim Thema Luftholen sind«, sagte ihre Mutter und umarmte sie. »Ich liebe dich und weiß zu schätzen, was du alles für mich tust, aber du solltest wirklich ein bisschen Spaß haben. Tu es um meinetwillen. Als ich in deinem Alter war, war ich verheiratet und hatte Kinder, und du hast noch nicht einmal eine ernsthafte Beziehung. Geh tanzen oder so. Mach all die Dinge, die für Dad und mich selbstverständlich waren.«

»Ja, Mom, versprochen.« Eine Wanderung war zwar nicht das, was ihre Mutter oder Chelsea unter Spaß verstanden, doch Jewel freute sich darauf. Sie half, das Gepäck ins Auto zu laden, und winkte Mutter und Geschwistern nach, als sie losfuhren. Dann stieß sie einen tiefen Seufzer aus, doch zugleich zog sich ihr Herz zusammen. Die geheimen Ängste, die sie immer wieder in die Nähe ihrer Familie trieben, ließen sich nicht so leicht verdrängen.

Wenn die Familie getrennt war, kam nichts Gutes dabei heraus. Das hatte sie am eigenen Leib erfahren müssen.

»Ich denke, ich werde mich einfach von Jewel fernhalten.« Nate Braden füllte einen Bierkrug, schob ihn über den Tresen seinem älteren Bruder Sam hin und sah seine Schwester Tempest fragend an. »Tempe? Für dich auch eins?«

»Klar«, sagte Tempe, ohne von ihrem Notizheft aufzusehen. Das blonde Haar fiel ihr ins Gesicht. Sie war Musiktherapeutin und arbeitete gerade an einem neuen Lied, aber Nate war überzeugt, dass sie jedes Wort mitbekam, das sie sprachen. Sie war eine ausgezeichnete Zuhörerin. Wer sie nicht kannte, hielt sie für lieb und sanftmütig, weil sie zierlich war und ein freundliches Naturell hatte, doch Nate wusste es besser. Sie war ziemlich geradeheraus und ließ sich nichts vormachen, was er für gewöhnlich schätzte. »Nein, wirst du nicht.«

»Was werde ich nicht?«, fragte Nate, während er ihr Bier zapfte. Es war Samstagabend und Nate hatte gerade das *Mr. B.* zugemacht, die Kneipe, die der Kleinbrauerei seiner Familie angeschlossen war. Vor einer Woche war er nach sechs Jahren beim Militär als Zivilist nach Hause zurückgekehrt. Nun half er seinen Eltern aus, während er überlegte, wie seine Zukunft aussehen sollte.

»Du wirst dich nicht von Jewel Fisher fernhalten«, sagte Tempe.

»Und ob.« Nate zapfte sich selbst ein Bier und trank einen großen Schluck. Bisher hatte er weder mit seiner Familie noch mit sonst jemandem über seine Gefühle für Jewel gesprochen. Leider konnte er nichts vor seiner Familie geheimhalten und aus irgendeinem Grund hatten Sam und Tempe heute beschlossen, das Thema auszuwalzen.

Sam schnaubte verächtlich und nippte an seinem Bier. Er fuhr sich mit der Hand durch das kurze, dunkle Haar und stützte sich mit einem Ellenbogen auf den Tresen. Sam war der Besitzer von *Rough Riders*, einer Firma, die Abenteuerurlaube mit Raftingtouren anbot. Dass er den größten Teil seiner Zeit auf dem Wasser verbrachte, weil er seine Kunden bei ihren Ausflügen begleitete, sah man ihm an: Er war muskulös und rund ums Jahr braun gebrannt.

»Du kannst es nicht.« Tempe schüttelte den Kopf. »Du schaffst es einfach nicht, dich fernzuhalten.«

»Aber ich kann es verdammt noch mal versuchen.« Nate spannte den Kiefer an. Er wusste, dass Tempe recht hatte. Vor sechs Jahren, nachdem er mit dem College fertig war und seine Ausbildung zum Reserveoffizier beendet hatte, war er zusammen mit seinem Freund Rick zur Armee gegangen. Vor zwei Jahren hatte Nate hin und her überlegt, wie er Rick sagen sollte, dass er Jewel sehr mochte und sich gerne mit ihr verabreden wollte. Ihn plötzlich mit *Ich liebe deine Schwester* zu überfallen, war wohl nicht das Richtige. Eigentlich war es verrückt, denn Nate und Jewel hatten noch nicht einmal ein Date gehabt. Aus Rücksicht auf Rick und angesichts der Tatsache, dass Nate ganze fünf Jahre älter war als Jewel, hatte Nate seine Gefühle für sie immer für sich behalten. Aber sechs Jahre waren eine lange Zeit, um gegen seine Gefühle für ein Mädchen anzugehen, das man die meiste Zeit seines Lebens beinahe jeden Tag gesehen hatte. Die Entfernung half. Wenn er in Peaceful Harbor in Maryland geblieben wäre, hätte er nicht verbergen können, was er für sie empfand. Bei jedem Heimaturlaub war es eine Qual für ihn gewesen zu sehen, wie Jewel zu einer hinreißenden jungen Frau heranwuchs, und sich gleichzeitig von ihr fernhalten zu müssen.

Nate vertraute seinem Bauchgefühl und er vertraute seinem Herzen. Vor zwei Jahren war er zu dem Schluss gekommen, dass er seinem besten Freund endlich reinen Wein einschenken sollte. Ohne Ricks Segen würde er Jewel nie sagen, was er für sie empfand. Aber kurz vor dem Ende ihres Einsatzes wurde Rick bei einer ganz gewöhnlichen Versorgungsfahrt von einem Scharfschützen getötet. Nate hatte seine Ausbildung abgeschlossen und bekleidete daher den Rang eines Offiziers, während Rick ein einfacher Soldat war. Sie hatten sich riesig gefreut, als sie in derselben Einheit eingeteilt wurden, doch Nate hätte nie gedacht, dass er derjenige sein würde, der Rick seinen letzten Befehl erteilte.

Rick war in einer Kiste aus Kiefernholz nach Hause zurückgekehrt und Nate hatte es nicht fertiggebracht, sich der Stadt zu stellen, in der er und Rick zusammen aufgewachsen waren – und seinen Gefühlen für Jewel schon gar nicht. Er hatte sich für weitere zwei Jahre verpflichtet, doch diese Zeit hatten den Schuldgefühlen, die ihn verzehrten, nichts von ihrer Schärfe genommen.

Es war schlimm genug, wieder in Peaceful Harbor zu sein und all die Orte zu sehen, an denen er und Rick ihre Jugend verbracht hatten. Außerdem hatte ihm Rick mit seinem letzten Atemzug aufgetragen, sich um seine Familie zu kümmern und sie zu beschützen – und seine Pläne für ein Leben mit Jewel waren sowieso null und nichtig. Er galt als Kriegsheld, war hochdekoriert von seinem Einsatz zurückgekehrt, doch seine Schuldgefühle waren so übermächtig, dass er kaum an Rick denken konnte, ohne den Verstand zu verlieren. Dass seine Liebe zu Jewel keine Zukunft hatte, machte alles noch schlimmer.

»Tempe hat recht, Nate.« Sam hielt den Blick seines Bruders fest. Er war der zweitälteste von Nates fünf Geschwistern. Er redete nie um den heißen Brei herum, doch heute Abend ging Nate seine unverblümte Art auf die Nerven.

Es war schlimm genug, dass Nate in jener Silvesternacht, als er auf Urlaub in Peaceful Harbor gewesen war, seinen Gefühlen für Jewel nachgegeben hatte. Sie hatten sich geküsst und es hatte sich umwerfend angefühlt, aber gleichzeitig wusste er, dass er die Finger von ihr lassen musste. Schließlich war er derjenige gewesen, der Rick in die Schusslinie des verdammten Scharf- schützen geschickt hatte.

»Du hast immer schon auf Jewel gestanden, ob du es willst oder nicht«, fuhr Sam fort. »Das wird sich nicht plötzlich ändern.«

Nate verkniff sich eine Antwort, weil seine Mutter in diesem Moment aus der Küche kam. Sie summte eine Melodie und lächelte ihren drei Kindern zu. Sie trug ihr dichtes blondes Haar immer offen, sodass sich ihre Locken wild auf den Schultern kräuselten. Im Vergleich zu ihr sah Nates Vater, der ihr auf dem Fuße folgte, geradezu geschniegelt aus. Er war so dunkelhaarig, wie sie blond war, und so makellos ordentlich wie sie hippiehaft. Er war groß und breitschultrig und hatte seine Statur an seine vier Söhne weitergegeben. Den wenigsten Leuten fiel auf, dass sein Gang immer ein wenig steif wirkte. Thomas »Ace« Braden war erst ein paar Jahre beim Militär gewesen, als er bei einem Unfall seinen linken Unterschenkel verloren hatte.

Maisy legte Nate die Hand auf den Arm. »Ich habe dich so sehr vermisst, Natey. Ich bin froh, dass du wieder da bist.«

Er war erleichtert über den Themenwechsel. »Ich habe dich auch vermisst, Mom, aber gewöhn dich nicht zu sehr daran, mich in der Nähe zu haben. Du weißt, dass ich noch nicht beschlossen habe, wie es bei mir weitergeht.«

Ihr Lächeln reichte bis hinauf zu ihren meerblauen Augen. Er hatte sie wirklich vermisst. Und er hatte es vermisst, mit der Familie zusammenzusein und über etwas anderes zu reden als Kriegseinsätze und Opferzahlen, auch wenn Tempe und Sam ihm jetzt wegen Jewel zusetzten. Nach zwei Jahren hatte er endlich aufgehört, sich hinter dem Krieg zu verstecken, und war nach Hause gekommen, um sich seiner Vergangenheit zu stellen. Seine Familie hatte ihm gefehlt und er musste sich eingestehen, dass auch Jewel ihm gefehlt hatte.

»Ich weiß, Schätzchen«, sagte seine Mutter. »Aber du bist jetzt hier und das reicht mir fürs Erste.«

»Außerdem ist es toll, wieder einen meiner Jungs hinter dem Tresen zu sehen.« Sein Vater hatte sich das dunkle Haar nach hinten gekämmt und gescheitelt. Mit seiner geraden Nase, dem Grübchen am Kinn und den gemeißelten Zügen hätte man ihn glatt mit Cary Grant verwechseln können. Selbst wenn seine Miene ernst war, lag eine Weichheit in seinem Blick, wenn er mit seinen Kindern sprach. Nate kannte ihn von seiner zornigen und von seiner fürsorglichen Seite, doch bei allem, was mit seiner Familie zu tun hatte, schwang ein Unterton bedingungsloser Liebe mit.

»Bist du schon zum alten Bahnhof rübergefahren? Ich glaube, Rick würde wollen, dass du dir diesen Traum erfüllst, Nate«, sagte sein Vater und sah ihn so herausfordernd an, dass Nate seinem Blick nicht ausweichen konnte. Sein Vater wusste, wie sehr ihn Ricks Tod getroffen hatte, aber das hinderte ihn nicht daran, ihn immer wieder damit zu konfrontieren.

Schweigend trank Nate einen Schluck aus seinem Glas, um sich davon abzulenken, wie sehr sein Herz ihm sagte, dass Peaceful Harbor der Ort war, wo er hingehörte. Er und Rick hatten beide leidenschaftlich gern gekocht und geplant, nach ihrer Zeit bei der Armee ein Restaurant zu eröffnen. *Tap It* sollte es heißen. Noch ein Traum, den der Krieg zum Teufel gejagt hatte.

»Noch nicht«, antwortete Nate. Er hatte nicht nur einen Bogen um den alten Bahnhof gemacht, den er und Rick als den perfekten Standort für ihr Restaurant auserkoren hatten. Auch einen Besuch bei Ricks Familie hatte er bisher aufgeschoben und auch Jewel hatte er seit seiner Rückkehr noch nicht gesehen.

Manchmal war der Ort, an den man gehörte, leider nicht der Ort, an dem einem das Leben leicht fiel.

»Wir lassen euch Kinder in Ruhe. Vergesst nicht, dass wir nächsten Donnerstag den Weihnachtsbaum verbrennen. Schade, dass Shannon nicht hier sein kann, aber Ty hat versprochen, ihr Fotos zu schicken. Wenn du es schaffst, wäre das großartig, und wenn nicht«, Maisy zuckte mit den Schultern, ging auf die andere Seite des Tresens und tätschelte Sam die Schulter, »dann ist das auch okay. Und, Sammy, nimm deinen Bruder nicht zu hart ran. Er muss viel verkraften und ist schließlich gerade erst zurückgekommen.« Jedes Jahr nach Weihnachten stellten die Eltern ihren Weihnachtsbaum zum Trocknen in den Schuppen. Im April kamen dann alle zusammen, um ihn anzuzünden, gemeinsam die Flammen und Feuerfunken zu betrachten und dem Knistern zuzuhören, wenn das Holz verbrannte.

Sam verdrehte die Augen. »Bis Donnerstag, Ma.«

»Ich liebe dich auch, Sammy.« Maisy hatte vier wilde Jungen und zwei Mädchen großgezogen, die es faustdick hinter den Ohren hatten. Im Laufe der Jahre hatte sie gelernt, Augenrollen und Launen zu ignorieren.

»Nate, lass dir die Sache mit dem Restaurant noch einmal durch den Kopf gehen. Es gibt viele Möglichkeiten, unsere gefallenen Helden zu ehren.« Das Lächeln, mit dem sein Vater ihn ansah, milderte den Druck ein wenig, den Nate verspürte. »Schön, dass du wieder hier bist, mein Junge.« Er nahm Maisy bei der Hand und sie winkte ihnen über die Schultern zu, als sie nach draußen traten.

»Mal ehrlich, Alter«, sagte Sam. »Du musst mit diesem Mist klarkommen. Rick ist nicht mehr da. Du kannst nichts dagegen tun. Aber Jewel ist immer noch hier.«

Tempe legte seufzend ihr Notizbuch beiseite. »Hast du nicht gehört, was Mom gesagt hat, Sam?«

»Hey, es ist nur die Wahrheit«, meinte Sam. »Was willst du?«

»Wie wär's mit ein bisschen Mitgefühl?«, sagte Tempe. »Nate, hast du mal darüber nachgedacht, mit einem

Therapeuten über all diese Dinge zu reden?«

»Meinst du, das hätte ich nicht längst getan? Mit drei der besten Psychologen, die die Armee zu bieten hat. Ich könnte ein Buch über die Schuldgefühle eines Überlebenden schreiben. Und außerdem sparst du nicht mit Ratschlägen – selbst wenn ich dich nicht darum bitte. Tempe, es ist nicht so, als *wollte* ich mit dieser dunklen Wolke leben, die die ganze Zeit über mir schwebt.« Wenn er nur nicht so verdammt ehrgeizig gewesen wäre. Dann hätte er die Ausbildung zum Reserveoffizier sein gelassen und wäre als einfacher Soldat in den Krieg gezogen, wie Rick. Und dann müsste er jetzt nicht damit leben, seinem Freund den todbringenden Befehl gegeben zu haben. Seine eigene Familie wusste Bescheid, doch bisher hatte Nate noch nicht den Mut gehabt, Ricks Mutter und seinen Geschwistern zu sagen, was damals passiert war. Es war schon schlimm genug für sie, erst den Vater und dann den Bruder zu verlieren. Sie mussten nicht auch noch wissen, dass der Mann, den sie in ihrer Familie immer mit offenen Armen empfangen hatten, derjenige gewesen war, der Rick zu dem Einsatz geschickt hatte, von dem er nicht zurückgekehrt war.

Nate würde alles darum geben, wenn er derjenige gewesen wäre, der getötet worden war. Ricks Familie brauchte ihn. Bei Nate und seiner Familie war das anders. Rick war ein guter Mann gewesen. Als sein Vater starb, hatte er gerade zwei Jahre auf dem College absolviert, doch er hatte nicht eine Sekunde gezögert, seine eigenen Pläne hintanzustellen, nach Hause zurückzukehren und seiner Mutter und seinen jüngeren Geschwistern zu helfen. Für Nate war eine Karriere beim Militär ein lebenslanger Traum gewesen. Er hatte in die Fußstapfen seines Vaters treten und das tun wollen, was seinem Vater nicht vergönnt gewesen war. Rick dagegen hatte sich für die Armee entschieden, weil er hoffte, seiner Familie damit das Leben leichter zu machen. Er konnte jeden Monat Geld nach Hause schicken und musste sich nicht von seiner Mutter durchfüttern lassen. Er war zu gut zum Sterben, als Mann und als Freund. Nate vermisste ihn jeden Tag.

Tempe legte ihre Hand auf Nates. »Ich meine nur, dass es vielleicht helfen würde, wenn du weiterhin mit jemandem darüber sprichst. Du kannst diese Schuld nicht ständig mit dir herumtragen, Nate, und du darfst nicht zulassen, dass sie dein ganzes Leben bestimmt.«

Nate reichte es für diesen Abend. Er wusste, dass seine Familie es gut meinte, aber irgendwann war eine Grenze erreicht.

»Wisst ihr, was das Großartige an der Armee war?« Nate ging um den Tresen herum und kramte seine Schlüssel aus der Tasche. »Niemand hat sich einen Dreck um mein Privatleben geschert. Schließt ab, wenn ihr geht, okay? Ich fahre nach Hause.«

Zehn Minuten später saß Nate in seinem Truck am Stoppschild an der Ecke Main Street und Whippoorwill Avenue und dachte an Jewel. Konnte er seine Gefühle für sich behalten? Er hatte keine Ahnung, ob er es schaffen würde oder nicht, aber er musste es zumindest versuchen. Eins jedoch konnte er auf keinen Fall tun: sich ganz von den Fishers fernhalten. Er war es Rick schuldig, sein Versprechen einzulösen und sich um sie zu kümmern. Er bog in die Whippoorwill Avenue ein und fuhr langsam durch das Gewirr von Nebenstraßen zu dem bescheidenen Haus der Fishers. Die Zufahrt war leer und im Haus brannte kein Licht. Erleichterung durchflutete ihn, gefolgt von einem ganzen Berg an Schuldgefühlen. Dass Jewel fünf Jahre jünger war als er, spielte jetzt, wo sie beide erwachsen waren, keine große Rolle mehr. Seine Mitverantwortung an Ricks Tod stellte jedoch inzwischen ein viel größeres Hindernis dar, als es der Altersunterschied zwischen ihnen es jemals gewesen war.

Nates Handy klingelte, während er Richtung Fluss fuhr. Er lächelte, als das Bild seiner jüngsten Schwester Shannon auf dem Bildschirm erschien.

»Hey, Schwesterherz. Wie geht's?«

»Hallo, Nate. Mir geht's prima hier draußen. Ich hatte vergessen, wie anders Colorado im Vergleich zu Peaceful Harbor ist, aber Onkel Hal und alle anderen sind wunderbar. Oh mein Gott, du solltest die Kinder von Treat und Max sehen. Sie sind so süß.« Shannon wohnte bei ihrem Onkel Hal in Weston, Colorado, während sie an einem Projekt in den Bergen arbeitete, bei dem es um die Beobachtung von Rotfüchsen ging. Treat war das älteste von Hal Bradens sechs Kindern, ihren Cousins zweiten Grades. Er und seine Frau Max hatten eine Tochter, Adriana, die nach Treats verstorbener Mutter benannt war, und einen kleinen Sohn namens Dylan.

»Ich muss zunächst einmal mein Leben auf die Reihe kriegen.« Insgeheim spielte Nate mit dem Gedanken, nach Weston zu ziehen, falls er es in Peaceful Harbor nicht aushielt. »Wann kommst du zurück?«

»Ich bin mir noch nicht sicher. Es hängt davon ab, wie schnell ich die Daten sammeln kann, die ich für meine Forschungen benötige. Tut mir leid. Ich würde dich gerne sehen.«

Nate stellte sich vor, wie sich Shannon ihr langes, dunkles Haar hinter das Ohr strich, und wünschte, sie wäre hier bei ihm in Peaceful Harbor. Sie hatten eine immer eine besonders enge Beziehung gehabt und Nate vermisste sie. Shannon war zwar ziemlich neugierig und steckte ihre Nase gerne in die Privatangelegenheiten ihrer Geschwister, aber er und seine Brüder hatten einen ebenso ausgeprägten Beschützerinstinkt, wenn es um sie und Tempe ging.

»Und? Wen hast du schon alles getroffen, seit du zurück bist?«, fragte sie vorsichtig.

Nate wusste, was sie meinte. Die Frage, wie seine Begegnung mit den Fishers verlaufen würde, bewegte seine ganze Familie. Sie alle wussten, wie unendlich schwierig die Rückkehr in seine Heimatstadt für ihn war. Shannon hielt sich auf dem Laufenden, was ihre Eltern und Geschwister anging, und wahrscheinlich hatte sie bereits mit Tempe oder Sam gesprochen und wusste, dass Nate die Brauerei gerade verlassen hatte – und dass er bisher einen Bogen um die Fishers gemacht hatte.

Ob die Schuldgefühle jemals nachlassen würden? Er bog in die Mountain Road ein, die zu seinem Blockhaus führte, und brachte mühsam hervor: »Niemanden. Die Fishers waren nicht zu Hause.«

»Oh.«

In dem Schweigen, das sich zwischen ihnen ausbreitete, war die Sorge spürbar, die Shannon empfand. Nate schaltete das Fernlicht ein, nicht nur, um die Straße besser sehen zu können, sondern auch, um sich für den Bruchteil einer Sekunde von den Fishers abzulenken.

»Nate?«

»Ja?«

»Es wird alles gut. Du wirst wissen, wann die Zeit reif ist. Ich glaube an dich.«

*Wenn ich mir doch auch so sicher sein könnte.*

»Danke, Shan.« Dort, wo die Wanderwege abzweigten,

wurde die Straße enger. Plötzlich bremste Nate scharf. Am Straßenrand stand Ricks roter Jeep. Der Aufkleber der US Army am Heck des Wagens war wie ein Stich mitten ins Herz.

»Hör mal, fährt Jewel immer noch Ricks alten Jeep?«

»Ich glaube schon. Warum?«

Nate stellte sich neben den Jeep und stellte den Motor aus. »Er ist an einem der Wanderwege geparkt, aber es ist schon nach zehn. Es ist stockfinster hier draußen und Jewel hasst die Dunkelheit.«

»Vielleicht ist sie mit Freunden unterwegs.«

»Meinst du?« Seit Ricks Tod hatte sich Jewel in eine sichere kleine Blase zurückgezogen und sich fast nur um ihre Arbeit und die Familie gekümmert. Alle, die Jewel kannten, wussten das. Er bezweifelte, dass sie freiwillig nach Einbruch der Dunkelheit auf einem Wanderweg unterwegs sein würde.

»Nein, eigentlich nicht. Versuch, sie anzurufen.«

»Hier draußen gibt es kein zuverlässiges Netz, aber ich probiere es. Ich werde sie suchen. Ich sage dir Bescheid, wenn ich Näheres weiß.« Nate holte sein Jagdmesser und seine Stirnlampe aus dem Handschuhfach. Hinter dem Sitz zog er einen Erste-Hilfe-Rucksack hervor, hängte sich das Messer an den Gürtel und schulterte den Rucksack. Dann warf er einen Blick in ihren Jeep. Auf den Sitzen lagen keine persönlichen Gegenstände und die Türen waren verschlossen. Er war froh, dass Jewel seine Sicherheitswarnungen beherzigte. Nach Ricks Tod hatte er versucht, der Familie zu helfen, wenn er auf Urlaub war, obwohl es schwierig war, seine Gefühle für Jewel zu verbergen. Er hatte Geschenke für die Kinder mitgebracht und ihnen zum Geburtstag gratuliert, aber die Ratschläge, die er Jewel gegeben hatte, hatten nichts mit seinen Schuldgefühlen oder dem Wunsch zu tun, an die Stelle des älteren Bruders zu treten. Sie war ihm wichtig, so wichtig, dass er zu hadern begann, während er den Wanderweg entlangging.

Was waren das für Freunde, die nachts mit ihr in die Wildnis zogen, wo sie doch Angst vor der Dunkelheit hatte? Zum Glück waren Nate und Rick früher tagelang durch diese Wälder gestreift, sodass Nate sie kannte wie seine Westentasche. In dem Sommer, bevor Rick getötet wurde, hatte Nate überlegt, mit Jewel hierher zu kommen, wenn er das nächste Mal Urlaub hatte. Er wollte ihr all die geheimen Orte zeigen, die er so sehr liebte. Er hatte sogar mit dem Gedanken gespielt, ihr endlich zu gestehen, was er für sie empfand. Aber sein Auslandseinsatz sollte damals noch ein ganzes Jahr dauern. Es war nicht fair, sie zu bitten, auf ihn zu warten. Und dann starb Rick und alle Hoffnungen, jemals mit Jewel zusammen zu sein, starben mit ihm.

Schuldgefühle konnten alle Hoffnungen und Träume ersticken.

Der Lichtstrahl seiner Stirnlampe erleuchtete einen schmalen Streifen auf dem ausgetretenen Weg. Je tiefer Nate in den Wald vordrang, desto dichter wurde das Blätterdach. Er zog sein Handy hervor und wählte Jewels Nummer. Die Mailbox schaltete sich ein.

*Verdammt, Jewel, wo bist du?*

Er formte einen Trichter mit den Händen und rief in die Dunkelheit: »Jewel?«

Tiefe Stille war die Antwort. Bis auf sein eigenes heftiges Atmen war kein Laut zu hören. Verbissen ging er weiter den Weg entlang, rief immer wieder ihren Namen und suchte im Licht der Lampe nach Spuren. Er wusste, dass ein Stück weiter zwei Pfade vom Hauptweg abzweigten, die sich meilenweit durch den Wald schlängelten. Falls Jewel überhaupt irgendwo hier war, gab es keinen Anhaltspunkt, welchen der beiden sie genommen hatte. An der ersten Abzweigung blieb Nate stehen und betrachtete den Boden. Er konnte keine frischen Fußspuren entdecken, doch das war nicht überraschend. So früh im Jahr waren noch nicht viele Wanderer unterwegs. Er hoffte inständig, dass er auf der richtigen Fährte war, aber noch viel lieber wäre es ihm, wenn Jewel überhaupt nicht im Wald, sondern bei ihrer Mutter zu Hause oder irgendwo mit Freunden zusammen war.

Er ging weiter bis zur nächsten Abzweigung, die eine Meile entfernt lag. Er zog sein Hemd aus und wischte sich den Schweiß von der Stirn. Dann stopfte er es in seinen Rucksack und untersuchte den Boden.

*Bingo.* Er folgte den Fußspuren tiefer in den Wald.

Der Gedanke, dass Jewel möglicherweise allein hier draußen in der Dunkelheit war und sich fürchtete, ließ ihn weiterhasten. Immer wieder rief er ihren Namen. Er redete sich ein, dass es vielleicht eine ganz harmlose Erklärung dafür gab, warum der Jeep am Straßenrand geparkt war. Falls der Motor gestreikt hatte, hatte sie sicher einen Freund gebeten, sie abzuholen und nach Hause zu fahren. Andererseits wusste er, dass sie den Wagen brauchte, um zur Arbeit zu kommen und ihrer Mutter zu helfen, also hätte sie ihn wahrscheinlich eher abschleppen oder jemanden kommen lassen, der ihr an Ort und Stelle half.

»Jewel!«, rief er in die Dunkelheit. »Jewel!«

»Hier! Hier drüben!« Jewels zitternde Stimme ließ sein Herz bis zum Hals schlagen.

Er rannte über die Kuppe des Hügels und wäre fast über sie gestolpert. Sie lag an einem Baum. Nate kauerte sich hin und ließ rasch einen prüfenden Blick über ihre zusammengekrümmte Gestalt schweifen. Sie starrte ihn mit weit aufgerissenen Augen an. Es sah aus, als hätte sie geweint. Die zerzausten Haare hingen ihr ins Gesicht, auf einer Wange war ein schmutziger Streifen zu sehen. Sie hatte eine abgeschnittene Jeans an und an ihren bloßen Knien klebte Erde. All die Gefühle, die er so mühsam zurückgehalten hatte, bahnten sich ungehindert einen Weg an die Oberfläche.

»Nate? Wie hast du mich bloß gefunden?« Ihre Augen füllten sich mit Tränen. »Warum bist du überhaupt hier? Ich habe mir den Fuß verknackst. Ich dachte, ich müsste bis in alle Ewigkeit hierbleiben.«

Er schloss sie vorsichtig in die Arme und achtete darauf, nicht an ihren verletzten Knöchel zu stoßen. Er drückte sie an sich und hätte sie am liebsten nie wieder losgelassen. Ihre Tränen benetzten seine Haut, während er besänftigend auf sie einredete.

»Ganz ruhig, alles wird gut. Ich bin ja bei dir. Ich habe deinen Jeep gesehen und habe mir Sorgen gemacht.«

»Ich bin so froh, dass du hier bist. Ich hatte solche Angst, Nate.«

In ihrer Stimme lagen Dankbarkeit und etwas, das tiefer ging und ihn an den Kuss in der Silvesternacht erinnerte. An die Hitze, die sie umfing, als sich ihre Lippen trafen. Er wusste, dass es nicht richtig war, aber er wollte sie wieder und wieder küssen, bis die Furcht aus ihren Augen wich. Dass er ausgerechnet jetzt daran dachte, wo sie sich bebend vor Angst an ihn schmiegte, sagte wohl eine Menge über ihn aus.

»Danke, dass du nach mir gesucht hast«, sagte sie und holte zitternd Luft.

Ihre Stimme riss ihn aus seinen Gedanken und er schob seine Gefühle dorthin zurück, wo sie hingehörten. Wenn er etwas beim Militär gelernt hatte, dann war es die Fähigkeit, sich von seinen Emotionen zu distanzieren. Widerwillig kehrte er in die Wirklichkeit zurück und konzentrierte sich darauf, Jewels Verletzungen zu begutachten und sie in Sicherheit zu bringen.

»Wie lange ist es her, dass du dir den Knöchel verstaucht hast?«

»Ich weiß es nicht. Es war noch hell.«

Also war sie seit Stunden verletzt und allein hier draußen gewesen. Er hätte sie längst finden können, wenn er nicht mit seiner Familie abgehangen und den Umweg zum Haus der Fishers gemacht hätte.

»Tut mir leid, Jewel. Ich wünschte, ich wäre früher hier gewesen. Warum bist du alleine hier? Wie ist es passiert?«

»Ich musste einfach mal raus. Mom hat die Kinder übers Wochenende zu Tante Giselle gebracht, also dachte ich, ich fahre hier raus und …« Sie zuckte mit den Schultern. »Ich habe mein Handy hervorgeholt und dann ist es mir aus der Hand gerutscht und den Hügel hinuntergefallen. Als ich es holen wollte, hat sich mein Fuß an dieser dummen Wurzel verfangen.« Sie deutete auf eine Wurzel, die aus dem Boden ragte.

»Es ist okay, dass du wandern gehst. Ich weiß, du bist stark und umsichtig, aber allein loszuziehen ist keine so gute Idee.«

»Ja, das weiß ich jetzt auch.« Sie lächelte und sein Blick fiel auf ihre vollen Lippen.

Widerwillig sah er weg. »Ich sollte mir deinen Knöchel mal ansehen.«

Nate richtete seine ganze Aufmerksamkeit auf ihre Verletzung und nicht darauf, wie warm und weich ihre Haut war. Behutsam drehte er ihren Fuß erst zur einen, dann zur anderen Seite.

Sie zuckte zusammen und schob seine Hände weg. »Bitte

nicht.«

»Tut mir leid. Scheint nicht gebrochen zu sein, nur ein bisschen geschwollen. Ich versorge dich jetzt und dann sehe ich mich nach deinem Handy um.« Er griff nach seinem Rucksack.

»Nein. Kannst du zuerst mein Handy holen?« Mit dem flehenden Blick aus ihren blauen Augen stimmte sie ihn um.

Er suchte den steilen Abhang mit den Augen ab, aber selbst mit der Stirnlampe konnte er kaum etwas erkennen. Er war froh, dass sie mit ihrem verletzten Knöcheln nicht versucht hatte, den Hügel hinunterzukommen.

Erst als er einen Schritt zu Seite machen wollte, bemerkte er, dass sie sich die ganze Zeit an seinem Stiefel festgeklammert hatte. Er kauerte sich wieder neben sie und reichte ihr die Stirnlampe. »Hier. Die nimmst du. Ich bin nur ganz kurz weg und du kannst mich die ganze Zeit sehen.«

Sie hielt die Lampe an die Brust gedrückt.

Er wollte sie nicht allein lassen, aber er hatte keine Wahl. »Du musst mir helfen. Richte den Lichtstrahl auf den Hügel, damit ich sehe, wohin ich trete.«

»Oh, okay.«

Sie leuchtete ihn mit der Stirnlampe an und er spürte, wie sie ihn mit dem Blick folgte, als er den Abhang hinunterkletterte.

»Es liegt wahrscheinlich ein bisschen weiter links. Pass auf, nicht stolpern. Sei vorsichtig.« Ihre Stimme klang voller Sorge. Sie machte sich immer Sorgen um ihre Familie, da sollte sie nicht auch noch um ihn Angst haben.

»Alles in Ordnung, Jewel. Ich könnte mit verbundenen Augen hier herumklettern.« Mittlerweile hatte er sich an die Dunkelheit gewöhnt und nach kurzer Zeit hatte er das Handy tatsächlich gefunden.

»Ich habe es.« Er hielt es hoch, damit sie sehen konnte, dass mit ihm und dem Handy alles in Ordnung war. Dann erklomm er den steilen Abhang und reichte ihr das Telefon.

»Danke«, sagte sie und umklammerte das Handy mit der einen Hand und das Licht mit der anderen. »Hier draußen hat man kein zuverlässiges Netz. Ich habe versucht, mich bei meiner Mutter zu melden, weil ich wissen wollte, ob sie heil bei meiner Tante angekommen ist, aber ich habe keine Verbindung gekriegt. Und jetzt hat das blöde Ding keinen Saft mehr.«

»Wir laden es auf. Und ich bin sicher, mit deiner Mutter ist alles in Ordnung. Deine Tante wohnt ja nur eine Stunde entfernt.« Er kramte in seinem Rucksack und zog eine elastische Binde hervor. »Ich will nur schnell deinen Knöchel bandagieren. Dann trage ich dich hier raus.«

»Bandagieren? Das tut bestimmt weh.« Ängstlich sah sie ihn an. »Und du kannst mich nicht tragen. Bis zu meinem Jeep sind es bestimmt drei Meilen.«

Sie hatte keine Ahnung, wie es war, eine militärische Ausrüstung durch die Wüste zu schleppen. Jewel war knapp eins sechzig groß, während er fast eins neunzig maß. Er hätte sie mit links zu ihrem Auto tragen können, obwohl er sie natürlich viel lieber mit beiden Händen fassen und ihre Lippen mit seinen bedecken und …

*Mist. Ehrlich, Braden! Reiß dich zusammen.*

Er zwang sich, sich zu konzentrieren. »Wenn ich den Knöchel nicht bandagiere, schlenkert der Fuß hin und her, während ich dich trage, und dann tut es erst recht weh.«

Sie sah ihn mit großen Augen an. »Du kannst mich nicht tragen.«

Er legte ihr den Finger auf die Lippen. »Jewel, ich trage dich«, wiederholte er sanft, aber beharrlich.

Sie blinzelte ihn durch ihre dichten blonde Wimpern an. So hilflos sah sie selten aus. Normalerweise hatte sie alles unter Kontrolle, und das spiegelte sich in ihrem ernsthaften, kompetenten Blick wider. Wie hatte er nur vergessen können, dass ein einziger Blick von Jewel ihm den Boden unter den Füßen wegzog?

»Warte«, sagte sie leise und legte ihm die Hand auf den Arm. Für einen Moment schloss sie die Augen und umklammerte seinen Arm. »Okay. Fang an«, sagte sie dann.

Er hatte Dutzende von Männern mit den grauenhaftesten Wunden versorgt und war dabei immer ganz ruhig gewesen, doch der Anblick von Jewels angstvoll zusammengekniffenen Augen machte ihm deutlich, wie verletzlich sie war – und ließ ihn seine eigene Verletzlichkeit spüren.

Ende des Auszugs

Wenn Ihnen die Vorschau gefallen hat, können Sie *Geheilte Herzen* hier erwerben und weiterlesen!

# Danksagung

Über Jake Braden zu schreiben, war eine Herausforderung und eine Freude. Die Männer der Bradens sind bekannt für ihre guten Manieren, doch Jake war innerlich so gebrochen, dass er diesen Teil seines Wesens für lange Zeit gewissermaßen aus den Augen verloren hatte. Als ich Fiona kennenlernte, wusste ich, dass die Liebe, die sie für Jake empfand, aus ihm wieder den Mann machen würde, der er einmal war. Ich bin so froh, dass mich sein schlechtes Benehmen und sein skandalöser Lebensstil nicht davon abgehalten haben, ihn mit Fiona zusammenzubringen. Ich hoffe, Sie haben sich in jeden einzelnen Braden und in die Frau – oder den Mann – in ihrem Leben verliebt. Danke, liebe Leser und Leserinnen, dass Sie mich immer wieder ermutigen, Ihnen neue Geschichten über die Bradens zu bringen. Und Sie können sich schon jetzt auf zwei weitere brandheiße, reiche und sinnliche Braden-Familien freuen, die in Zukunft erscheinen werden: die Bradens in Peaceful Harbor und die Bradens in Pleasant Hill.

Wenn Sie Englisch sprechen, kann ich Ihnen nur empfehlen, auf meiner Facebook-Seite vorbeizuschauen. Wir haben dort viel Spaß dabei, über unsere liebenswerten Helden und

Heldinnen zu chatten. Außerdem versuche ich immer, meine Fans darüber auf dem Laufenden zu halten, was in der Welt unserer fiktionalen Freunde passiert:
www.facebook.com/MelissaFosterAuthor

Meinem Lektoratsteam bin ich wie immer zu ewigem Dank für die unermüdliche Arbeit verpflichtet. Danke, Kristen Weber, Penina Lopez, Jenna Bagnini, Juliette Hill, Marlene Engel und Lynn Mullan. Danke, Natasha Brown, für das wunderbare Cover-Design, und danke, Clare Ayala, fürs Formatieren.

Und natürlich geht mein Dank auch an meinen Mann, Les, der mich mit Schokolade, Liebe und Fotos für meine »Wand der Inspiration« versorgt, ohne je einen Funken Eifersucht zu zeigen. Ich liebe dich, Babe. Im wirklichen Leben bist du mein Held.

Abonnieren Sie Melissas Newsletter, um über Neuerscheinungen informiert zu werden:
www.melissafoster.com/Newsletter_German

Bisher erschienen in englischer Sprache:

# The Bradens (Peaceful Harbor)

Healed by Love
Surrender my Love
River of Love
Crushing on Love
Whisper of Love
Thrill of Love

# The Remingtons

Game of Love
Strokes of Love
Flames of Love
Slope of Love
Read, Write, Love

# Seaside Summers

Seaside Dreams
Seaside Hearts
Seaside Sunsets
Seaside Secrets
Seaside Nights
Seaside Embrace
Seaside Lovers
Seaside Whispers

Entdecken Sie Melissa Fosters Bücher auch auf:
www.melissafoster.com/herzen-im-aufbruch

www.ingramcontent.com/pod-product-compliance
Lightning Source LLC
Chambersburg PA
CBHW031618180726
48284CB00005B/1599

9 781941 480601